MINGUO TONGSU XIAOSHUO
DIANCANG WENKU

民国通俗小说典藏文库·程瞻庐卷

新广陵潮

（第一部）

李涵秋　程瞻庐◎著

中国文史出版社

"滑稽之雄" 程瞻庐

萧　遥

　　民国初年的文坛上，小说的创作呈现出欣欣向荣之气象，一时间，不同题材、不同风格、不同旨趣的作品层出不穷、洋洋大观。正统的文学史教材里，往往将旧派小说即章回体小说置于次之又次的地位，一笔带过而已，然而在当时的社会，这类小说的受众群体是相当广大的，其畅销程度远远超过了如今被奉为正朔的新文学。

　　旧派小说被排挤，有其自身的原因，也有时势的原因。一方面是因为旧派小说家大多依靠市场存身，为迎合世俗口味，作品中不可避免地会出现低俗下品的情节，加之这一作家群体水平参差、良莠不齐，时日愈久，而"内容愈杂，流品愈下，仅就文字而言，到后来也是庸俗浅陋，没有早先的'哀感顽艳''情文并茂'了。这也是旧派小说历史过程中必然产生的现象，预示着它的日趋没落，不能自拔"（范烟桥《民国旧派小说史略·概说》）；另一方面，"五四"新思潮挟风雷之势而起，要求以新的文学风貌来迎接新的文明，扬新必要抑旧，特别是旧风尚依然有相当数量的拥趸，为着警醒世人，必须予旧派以猛烈的打击，矫枉的同时未免过正。

　　事实上，有相当一部分旧派小说家是自尊自重，并且要求进步的，他们借着章回体小说的壳子，同样创作出号召民主共和、自由平等的作品。特别是以写世情世风、人间百态为主旨的社会小说，更是用或写实或讽喻的手法，活画出清末民初新旧思想激烈冲突下的一幕幕社会悲喜剧。其中的一位代表人物就是程瞻庐。

　　程瞻庐，名文棪，字观钦，又字瞻庐，号望云居士。苏州人。出生于1879年，即光绪五年，1943年因病去世，享寿六十四岁。如以1911年辛亥革命胜利、民国政府成立为界，其三十二岁之前身在晚清，之后三十二年身在民国，新旧两个时代刚好各占一半。关于程瞻庐的生平，于今所见资料甚稀，仅能从周瘦鹃、郑逸梅、严芙孙、赵苕狂等好友为其所作之小传或序言中窥见一二。程瞻庐生于光绪初年，其时仍以科举八股取士，程幼时即厌弃八股，喜读古文，旧学功底深厚。二十岁左右，程瞻庐考入官学。不久，清政府废除八股文，改考策论。比起僵化刻板的八股，策论更注重考生议论时政、建言献策的能力，程氏"每应书院试，辄前列"，"年二十四，入苏省高等学校，屡试第一，遂拔充该校中文学长"（赵苕狂《程瞻庐君传》），可见其与时俱进之能。毕业之后，曾执教于多所学校，兼课甚多。程瞻庐脾气随和，性格优容，国学功底深厚，又能为白话小说，加之他住在苏州十全街，因此大家赠他一个雅号曰"十全老人"。"十全老人"诸般皆善，唯不堪案牍阅卷之劳形，"每周删改之中文课卷，叠案可尺许"。恰值此时，其小说作品刊行于世，广受好评。先有《孝女蔡蕙弹词》刊于《小说月报》，其后又作《茶寮小史》正续编，迅速奠定了他在文坛的地位。说到《孝女蔡蕙弹词》，还有一则趣事。当年《小说月报》倡导新体弹词，程遂将《孝女蔡蕙弹词》寄去，主编恽铁樵粗读之后，便予以刊发，并寄去稿费。等到刊物出来，恽重读之后，"觉得情文并茂，大有箴风易俗的功用，认为前付的稿酬太菲薄了，于是亲写一信向瞻庐道歉，并补送稿酬数十元"（郑逸梅《民国旧派文艺期刊丛话》）。此事传为佳话，亦可见程氏文笔在当时是很受赞赏的。赵苕狂为其所作小传中也曾提及："恽铁樵君主任《小说月报》时，不轻赞许，独心折君所著之《孝女蔡蕙弹词》，谓为不朽之作。"有此谋生手段，程瞻庐遂弃教职，专职著文。应当说，程瞻庐为师还是很合格的，不然当其辞职之时，也不会有"校长挽留，诸生至有涕泣以尼其行者"之情状。此后他陆续在《红玫瑰》等杂志连载多部长篇小说，并发表短篇小说及小品随笔数百篇。值得一提的是，程瞻庐亦如张恨水、向恺然（平江不肖生）等一样，是被《红杂志》《红玫瑰》等刊物包下文章的。所谓包下文章，就是凡程瞻庐所写文章，均在该杂志发表，而杂志则为其提供丰厚的稿酬，足见当时程氏文章之风靡程度，以及杂志对程瞻庐的信任和推崇。须知包圆作品是有一定风险的，倘若作家不能保证质量，劣作频出，对于杂志的销量和声誉是有相当影响的。但是程瞻庐对得起这份信任，时人称其有"疾才"，不仅速度快、文笔佳，而且"字体端正，稿成，逐句加以朱圈，偶误，必细心挖补，故君稿非常清晰，终篇无涂改处也"（严芙孙《程瞻庐小传》），可见其创作态度。民国著名"补白大王"郑逸梅曾拟《花品》撰《稗品》，分别予四十八位小说家以二字考语，曰"或证其著作，或言其为人"，如"娇婉"之于周瘦鹃、"侠烈"之于向恺然、"名贵"之于袁克文等，对程瞻庐则以"洁净"二字相赠。

程瞻庐的写作风格，总体而言，为"幽默滑稽"四字，时人以"幽默笑匠""滑稽之雄"号之。周瘦鹃曾为其《众醉独醒》作序曰："吾友程子瞻庐，今之淳于、东方也。其所为文，多突梯滑稽之作，虽一极平凡事，而得君灵笔为之抒写，便觉诙谐入妙，读者每笑极至于泪泚，殆与卓别灵、罗克同其神话焉。"幽默与滑稽看似同义，其实是有差别的。有人曾这样解释："所谓幽默，乃是内容大于形式；所谓滑稽，则是形式大于内容。"形式大于内容，一般是指以反常规的夸张的行为、语言、做事方式，令人们当即意识到故事和人物的荒诞可笑，瞬间爆发出笑声；内容大于形式，则是将褒贬夹带于正常的叙事逻辑中，通过细节的描述对某一人物或现象进行戏谑或反讽，令人细品之后，心中了然，会心一笑，余味悠长。这两点，都要做到已属不易，都能做好更是难上加难，而程瞻庐恰好是其中的翘楚。

例如程瞻庐有一套仿《镜花缘》风格的小说作品，包括《滑头国》《健忘国》《小器国》等，写的是兄弟三人外出游历，一路之上的所见所闻。"滑头国"中无人不奸，无人不狡，店铺中挂了"童叟无欺"的牌匾，却是狠狠宰客，客人诘问之下，店家居然毫不讳言，并表示是客人读反了牌匾，其实是"欺无叟童"，无论老人儿童，一律欺之骗之。"健忘国"中人人记性极差，姓甚名谁、家乡何处、家中几口，等等等等，通通不记得，因此要将所有的信息记录下来，甚至包括妻子的身材相貌、穿着打扮乃至情夫是谁，都贴在身上，招摇过市，毫无顾忌。由于这几部作品规模较小，结构上虽不显其高明，其主旨也一目了然，在于讽刺当时社会见利忘义、不顾廉耻的种种怪现象，但其中情节的怪诞、语言的机变，足以令人捧腹。

茶寮，是程瞻庐作品中经常出现的一个重要场所，也是程瞻庐创作灵感的重要来源。"君得暇，啜茗于肆，闻茶博士之野谈，辄笔之于簿，君之细心又如此。"（严芙孙《程瞻庐小传》）颇有几分蒲松龄著《聊斋》的风范。茶寮酒肆是各色人等聚集之地，也是各类消息八卦的集散地。程瞻庐日常喜好到茶寮听书，并借机观风望俗，将世间百态、人情冷暖作为素材，一一写入小说。他的《茶寮小史》开篇第一句就是："小小一个茶寮，倒是人海的照妖镜、社会的写真箱。"书中借茶博士之口，将一众悭吝卑琐、有辱斯文的读书人刻画得穷形尽相。"提起那个老头儿，真恨得人牙痒痒的。他去年在这里喝了六十碗茶，临算账时，他只给我小洋四角。我说：'差得甚远，每碗茶三十文，六十碗茶该钱一千八百文。'他把脸儿一沉，说道：'我只喝你十六碗茶，哪里有六十碗茶？'我揭账簿给他看，他说：'你把十六两字写颠倒了，却来硬要人家茶钱。'我与他理论，他竟摆出乡绅架子，把我狗血喷人般地一顿毒骂。……他昨天提起嗓子，喊算茶账，纯是装腔作势，叫作缺嘴咬蚤虱——有名无实。他把手插入袋内，假作摸钱钞的模样，直待人家全会了钞，他才把手伸出。要是人家不会钞，他便永远不会也不肯把手伸出，要他破费一文半文，比割他的头颅还要加倍痛苦。"程瞻庐脾气好，作文虽然尽多讽刺，但是语气并不峻切，而是不急不躁，不温不火，令人莞尔，不忍弃掷。

程瞻庐的另一代表作《唐祝文周四杰传》，以民间传说的"江南四大才子"为主角，至今仍为人津津乐道，据说很多影视作品也是以此书为底本进行改编的。四大才子虽然在历史上各有坎坷，周文宾甚至是杜撰出的人物，但传说中他们各自的风流韵事显然更是老百姓们喜闻乐见的。程瞻庐的这部小说摒弃了以往话本中明显不合逻辑的粗鄙段落，用自己特有的"绘声绘形""呼之欲出"的笔墨，将四大才子风流超逸又各具面貌的形象跃然纸上。唐伯虎的倜傥，祝枝山的老辣，文徵明的俊雅，周文宾的潇洒，栩栩如生，如在眼前。民国时期的《珊瑚》杂志曾刊登过一位读者的评论："长篇小说，总不离喜怒哀乐、悲欢离合，唯有程瞻庐的《唐祝文周四杰传》，却是一部纯粹的喜剧的小说。……瞻庐的小说，原是长于滑稽，这部纯粹的喜剧的小说，当然是他的拿手。全书一百回，处处都充满着幽默的笑料。"

程瞻庐的一生横跨清末与民国两个时期，亲身经历了辛亥革命这一重大历史变迁。新旧思潮的激烈冲突在他身上作用得非常明显。他自幼接受的是旧文化教育，一方面恪守传统道德，另一方面也见证了八股等糟粕对国家和知识分子的戕害，他的思想中有对变革的渴望和肯定。同时，晚清之后大力倡导的"西化"又令他恐慌并困惑，民国政府成立之后，各种蜂拥而起的新思潮、新现象令包括他在内的许多旧知识分子不由自主地抗拒，因此他的思想是十分矛盾的。以女子解放这一思潮为例，程瞻庐不赞成"女子无才便是德"这一说法，他认同男女都应该读书，都应该接受良好的教育，并且学有所成，报效国家；但是他并不支持女子接受西式教育，甚至对出洋的男子也颇有微词。他的作品中时常有对没有文化的老妈子的讽刺，对阻止女子读书的腐儒的不满，但也常见对留洋归来"怪模怪样"的男女的讽刺。他认同婚姻自由，反对包办，对于旧时姑表联姻等陋俗更是强烈不满，但同时又对过于自由浪漫的恋爱大加批判。他并不赞成妻子为去世的丈夫殉节，但又对真去殉节的女子啧啧赞叹。他鼓励女子放足，却又反对女子剪发……凡此种种，可见在那个特殊的过渡时期，从晚清走入民国的旧式知识分子的复杂心态。

总而言之，程瞻庐的小说在当时既有其进步性，也有一定的局限性；既体现了知识分子面对外忧内患的忧虑和担当，也表现出旧文人的保守和怯懦。这是由时代决定的，并不只是他个人的原因。从文学的角度，他的小说思路开阔，情节生动，可读性非常强，在"鸳鸯蝴蝶派"言情题材为主的作品中别具一格，在当时赢得了众多读者的青睐，在今天也依然有可供参考和借鉴的意义。

目　　录

1

序

　　李君涵秋应沈君知方之请，有《新广陵潮》说部之作。第一回甫脱稿，而涵秋遽归道山。吉光片羽，弥复可珍。

　　沈君不忍残稿之废弃也，驰书吴下，嘱余有以续成之。余未敢率然以应，自顾才力远不逮涵秋，兼以赓续他人之作，较之自出机杼，其难万倍。

　　曩者钮君福五强余续涵秋残稿《镜中人影》，此中甘苦，知之已深。然涵秋撰《镜中人影》，累数十万言，篇中人物，已具梗概，虽未言其结果，而草蛇灰线，犹有迹象可寻。续而成之，第不背其本旨可也。而《新广陵潮》则何如乎？第一回寥寥六七千言，访墓遇雨以外，绝少事实，续之者殊不易觅得线索，其难一；《广陵潮》仅出至第八集，中间尚有许多事实未曾结束，与《新广陵潮》第一回实不相衔接，续之者未窥完豹，无从着笔，其难二；《新广陵潮》开端即言云麟垂垂已老，儿女成行，长男已婚，大女已嫁，而《广陵潮》第八集中尚未言云麟生育儿女，其间相距当有二十年之久，假令涵秋不死，补苴罅漏，必有妙笔以斡旋之。今则其人云亡，向谁索解？其难三。有此三难，是涵秋《新广陵潮》残稿已无继续之可能。即有作手，亦当搁笔，况不才如余者乎？因举斯义以念沈君，而沈君坚欲余续成之，俾竟涵秋未竟之志。

　　余既应钮君请，续成《镜中人影》矣，《镜中人影》可续，而《新广陵潮》则否，将何以邀沈君之谅解？用是固辞不获，勉为其难，续成四十九回，合涵秋残稿计之，凡五十回，共四十万言。

　　统观全书，涵秋残稿仅占五十分之一，是《新广陵潮》一书，大都不佞之作，而非涵秋之作也。虽然涵秋苟不首撰此第一回文字，则《新广陵

1

潮》四字，何从发生？沈君苟不尊重涵秋残稿，强余续成之，则《新广陵潮》四十万言，何从出版行世？余非广陵人，纵喜治小说家言，亦万万无作《广陵潮》之幻想。而今竟续成此四十九回之《新广陵潮》，此其中似有佛氏之所谓因缘者在，故不敢没涵秋创作之功，贸然掠《新广陵潮》为已有。第曰涵秋残稿，不佞续撰而已，此不佞续成《新广陵潮》之缘起也。

至于《新广陵潮》与《广陵潮》内容、人物，固有几分关系，然书中主人，则已截然不同，阅者当知不佞此作系根据"新"字着笔，新者，革其旧之谓了。倘是书仍奉云氏子为主体，而以他人为辅，则免沿袭《广陵潮》之旧例，恶在其为新也，职是之故，书中于云麟扫墓返家以后，即撇开一笔，别具机杼。《新广陵潮》自有主人云氏子不与焉，四十九回之文字，悲欢离合，以吕氏子代为主人，而涵秋开首之残稿，即作为本书之结脉，首尾联合，如环无端，于是乎，《新广陵潮》乃得离《广陵潮》而独立成书，此又不佞规划《新广陵潮》之大概也。

全书既竣，校阅一过，复瓻而已，何堪问世。而世界书局将以之刊行单本，例不可以无弁言，因记之如此。

丙寅季夏瞻庐识于吴下之鲈溪草堂

第一回

抚松楸凄凉怀小妹
思竹树邂逅遇蛮婆

　　诸君读我这一部《新广陵潮》，却有一句话要预先申明。须知这部《新广陵潮》是从第一百一回起的，不是从第八十一回起的，是紧紧衔接着一百回的，不是衔接着第八十回的。我何以说这样话呢？因为我所著的前集《广陵潮》，刚出至八集，还有九集、十集不曾出版，这九集、十集之中，当然有许多事迹，诸君未曾读过，若误将我这部《新广陵潮》接着第八集顺读下去，那是简直有些驴头不对马嘴了哇。

　　嗟乎！白云苍狗，事变无常，沧海桑田，年光易驶，诸君可知道我这书中的主人翁云麟，如今已渐渐入了老境了。珠衣玉貌，已非张绪当年；豪竹哀丝，况是相如善病。自从他老母秦氏下世之后，他是闭户蛰居，不与世接。南河下那所大宅子劈分两院，东边院子里住着他大夫人柳氏，柳氏生了一男二女；西边院子里住着他二夫人红珠，红珠生了一男一女。家中用的男女仆婢倒还不少，唯有那个黄大妈将近九十岁的人，依旧精神健旺，还不曾露出十分老态，好在她的家里已经没有别人，二十四桥旁边的那所草庐荒得不成模样儿。云麟念她是个义仆，自己出世的那一天还是她亲手接生的，后来也不曾离过云家这份门户，因此上格外另眼看待，不让她操作杂务，家中大小事件一古拢儿交给她指挥坐镇。不但仆婢们见了她十分畏惧，便是云麟的一班小儿女，在黄老太婆面前从来不敢放肆。偏生黄大妈有些倚老卖老，云麟夫妇的举动如若有一点半点差错瞧不入老太婆的法眼，她便抬出老主人老主妇的大帽子，照例可以呵斥他们，所以云麟这小小家庭上下人等倒是相安无事，从来没有什么勃豀诟谇。

　　这时候，云麟虽然和红珠同住在一个院里，红珠是自经多难，时时刻刻思量忏悔她的平生绮孽，另外辟了一所静室，全放着些药炉经卷。云麟夜间只是在套房里下榻，镇日价闲着没事，只把那些养生书籍放在身边消遣。窗子外面种着两三株梅花，其余便全是芭蕉。当时刚是仲春天气，梅花瓣子落了一地，不知从哪里飞来的两只翠鸟，尽管不住地在枝头乱叫。云麟起身很早，便亲手将帘子卷起，脸朝着天井里呆呆地望。望了一会儿，觉得微微透入一阵晓风，身上有些寒浸浸起来，低头一看，才知道自家只披了一件罗衫，禁不住那春寒料峭，随即将帘子重行放下，背着手踱到红珠这边房里来。只见红珠已靠在妆台旁边梳洗，笑问道："这时候还早呢，你何不多睡一会儿？"

红珠笑道："我待要睡呢，只是睡得不大沉重。适才又听见你在那边塞塞窣窣，格外合不上眼，不如起来还爽快些。"她一面说，一面拿梳子将头发一绺一绺地拢得齐整，然后弯下腰去洗脸。

云麟站在她背后，一声儿也不开口，一直望她调脂弄粉，梳洗完毕。红珠又站起身子，打开自家的首饰锦匣，拣出几件时新的钗环，预备插戴，不防那锦匣里圆溜溜地露出一颗精光肥润的大珠。云麟一见了那颗珠子，登时变了颜色，忍不住流下两行清泪，还待拿手去拈弄，红珠已瞧出他的用意，连忙将他臂膀一推，啪嗒一声，早将那匣子盖得完风不透，勉强笑说道："大清早起，何苦来又伤心？"

这"伤心"二字触入云麟耳朵里，益发哭得沉痛哽咽，说道："你可记得那一年，这珠子是谁携带到扬州来的？不料转瞬之间，这珠子还依然无恙，人亡物在，她这轻轻年纪竟自化为异物，松楸月黑，青冢春深，屈指算来，仪妹妹死了将近有十年了。她死的时候，不过在二十外岁，若是在迟嫁的女孩子，或者还不曾出阁，又谁可怜她已做了五六年的寡鹄？我不晓得这老天爷为甚的竟这样无情？"

红珠听见他这番话，也禁不住提起袖子来拭泪，劝道："死的已经死了，你便哭碎了肝肠，又有何益？总怪我不好，不该将这珠子露入你眼睛里。"

云麟忍泪说道："你这话又呆了。自从她死后，魂梦里我这颗心也不曾忘记她那一种轻嚬浅笑，见珠子怎样，不见珠子怎样……"

红珠其时将一双媚眼向他微瞟了瞟，笑道："你说话放仔细些，假如她这时候不曾死，听见你下她这轻嚬浅笑的字眼儿，又该生气。今年春社

2

很早，母亲的坟墓你打算在几时去祭扫？那时顺道再拢一拢仪小姐的墓所，你要哭到那里去哭不好？省得在屋里淌眼抹泪。"

云麟跺脚说道："不错，不错，不是你提起这事，我几乎忘却了那些锞锭子可曾预备没有。"

红珠笑道："还等你吩咐呢，我早经派给阿巧他们，按日替我做这份糊锞锭的功课。如今都堆在篾篓子里，搁在后边三间空楼上。"

云麟不觉欢喜起来，说道："我在屋里也闷得够了，趁着花明柳媚的时节，明天便和你同去。"

红珠道："这事也该告诉太太一句，她一般高兴出城去逛逛。"

云麟皱眉说道："她还能吃这辛苦吗？打从去年年底，一直闹到今日，这血分的病丝毫没曾见效，打从上房里走到厅上还得两三个丫头扶持着她，你还累她到坟上去磕头礼拜……"

他们刚在房里谈话，门帘一揭，恰好那个阿巧搀着第五个小少爷桂凤进来。桂凤今年刚得五岁，却非常伶俐，见了云麟，他早垂着一双小手，恭恭敬敬地叫了一声"阿爹！"引得云麟眉开眼笑，一把将他搂入怀里，指着红珠向他说道："你为甚不叫你妈？"

桂凤笑道："我早就叫过妈了，爹那时还不曾起身，难道又要派我的不是？"

红珠也笑道："当真的，我还睡在被窝里，他和奶妈就闹到我床面前。此刻会见已是第二次了。"

阿巧站在旁边，拿着一幅红汗巾，只是掩着嘴微笑。红珠正色说道："这又好笑则甚？你将五少爷放在这里，快到大太太那边说一句，说老爷明天要去上老太太的坟，问大太太可去不去。"

阿巧一声答应，如飞地跑出房外。

云麟携着桂凤的手，笑问道："近来可曾认方字块子没有？"

桂凤点头说道："认得有三百多字了，都是二姐姐教给我的，我待问小四姐姐，小四姐姐她却不肯理会我。"

云麟笑道："你的小四姐姐比你大了四岁，她肚子里怕还识不了几个大字，如何便能教你？随后你还是问二姐姐好了。"

没多一会儿，阿巧重又走来，笑道："大太太叫我告诉老爷，昨天夜里血来得更是厉害，又夹着胃气，整整闹了大半夜不曾好生睡觉。上坟

3

的话，叫大少奶奶随同老爷去吧。"

云麟双眉紧锁，望着红珠说道："这病闹来闹去，怎生是好？目下还在壮年呢，便这样三日阴天两日晴的，闹得叫人害怕，万一将来上了几岁年纪，如何禁得住这样折磨？"

红珠叹道："太太也是生产生得多了，以致酿成这等虚症在，不知道的都说太太身体并不瘦弱，其实比如一棵树，外面虽然好看，内里的心却是空的，除得拿药参来补养，也没有别的方法。明天的事情，你交代他们去料理吧，这当儿我要到那边去先瞧瞧太太。"

说着，便加了一件随身衣服，蹑着脚步走入这边上房，嘴里嚷着说道："怎么昨天还好好的，一夜工夫又闹得这种厉害？"

其时早有仆妇们将门帘打起，红珠挨身而入。只见大少奶奶和二小姐她们都鸦雀无声地坐在房里发怔，大小姐已经嫁了，不曾回来，大少爷芝凤赶着大早到学校里去上课。柳氏头上扎着玄色纱兜，还穿着薄棉袄子，斜倚在枕上，脸上黄得和蜡似的，一点血色都没有。见红珠进门，有气无力地含笑说道："二月天气，外边气候还凉，你巴巴地清早跑过来，不要受了风寒。如今已有一个病了，再把你病倒，我们这屋里还不是闹得乱七八糟？我也没有什么大事，不过又来了些血，总得望交了夏令，时候转暖，或者可以有点起色。"

红珠此时已坐近床侧，拿出纤手在柳氏额角上摸了摸，又在自己额角上摸了摸，笑道："幸亏外感还没有，专行调理这一门，先生们用药也爽手些。"随即又望着大少奶奶，红珠笑问道："你们总该打发人去请过先生了吧？"

霍氏笑回道："娘说道，药委实是吃怕了，今天想不去请先生诊视。"

红珠急道："这个如何使得？快叫人去吩咐刘贵，还是请夏先生的早门，要人参我那箱子里还有。"

霍氏不敢怠慢，站起身来，打发一个仆妇到门房里照这样去说。柳氏向她二女儿彩凤慢吞吞地说道："你们将姨娘请到靠梳桌那边去坐，她是最爱洁净的，我这床上腌臜得很，她坐在这里我反不安。"

彩凤听着，便笑嘻嘻地来扯红珠，红珠笑道："太太说哪里的话？我们都是一般的女人，讲什么腌臜不腌臜？"她虽然这说，然而脚步子早已挪动，坐向一张藤榻子上面。

4

柳氏笑问道："适才听见他父亲说要去上坟，我可是不能陪同你们去了，我命我这媳妇替我在老太太坟前多磕几个头，告诉老人家我实在是因病缠着，如果好了，秋间再来补祭。万一不幸，倒好过来和老太太做伴。"

二小姐彩凤听她母亲说出这样伤心的话，登时眼泪鼻涕哭得抽抽噎噎的。红珠不禁也有些心酸。只有大少奶奶望着她们一言不发。柳氏笑道："我不过这样说说罢了，哪里能够便会死呢？"

大家正在这里谈论，忽听得房门外面滴笃滴笃的有拐杖的声音。红珠知道是黄老太婆进来了，忙抬了抬身子，笑道："老妈妈起身得早，有什么事叫丫头她们跑跑好了，你又赶过来则甚？"

黄大妈也笑道："姨太太说我早，你才早呢！天气不冷不热，正好陪大相公多睡一会儿，比不得我们上了年纪的人，每逢到五更头里，两只眼睛想它合拢，它再合拢不来了。老了，没有几年在世上混了。怎么我听见丫头们说我们这太太的病倒又闹了一夜？像这样反反复复，如何是好呢？阿弥陀佛！有什么灾难，给我们这老婆子替代了也罢。自从除了老太太，太太便是这一家的家主，万万风吹草动不得呀！"她一面叽里咕噜地说，一面歪了身子，便坐在红珠下首。柳氏微笑说道："多谢妈妈记挂着，我这老毛病是不要紧的。"

黄大妈只见柳氏嘴唇皮动了动，又听不见她说的是什么，将拐杖向地板上一跺，就待赶过来问柳氏的话。彩凤机灵不过，早抢近前，俯着她的耳朵高声告诉了她一遍。黄大妈才点点头，重行坐下，一转眼看见红珠身上衣衫穿得单薄，她拿右手使劲向红珠肩胛上一捏，嚷道："哎呀，了不得，外边的东风和刀剪似的，吹得人骨头疼，你敢是和小命作对，只薄薄地穿一件夹衫。女人家的标致也不在乎少穿几件衣服，窄窄地打扮得和那瘦蜻蜓仿佛，我老实可是瞧不入眼，不能依我的性子，依我性子，便得拿这拐杖捞你好几下，才泄我心头的恨气。"

红珠呵呵地笑道："妈妈又来排揎我了，我们年纪轻，这夹衫穿在身上便很够了，比不得你们老人家怕冷。"

这时候，彩凤见黄大妈着实讨厌，气得粉脸失色，躲在她嫂子背后冷笑说道："老不死的妖怪，听见她开口，我就生气。爹和妈一味地纵容她惯了，不知几时变作了秋胡老妈妈子，将我们一古拢儿吃下肚腹去，那才叫人害怕呢。"

黄大妈耳朵虽不大济，然而瞧出彩凤她们的神情，猜到是在那里批驳自己，正待发话，可巧外面请的先生早门已经到了。云麟陪着先生一齐到了上房，让先生在上首椅子上坐地，先略叙了几句寒暄，那个夏先生方才笑问道："适才听见贵管家传话，怎么尊夫人昨夜又觉得不大爽快？兄弟不敢耽搁，特地赶过来问候问候。"

云麟皱着眉头说道："原是的呀，我总以为她这病一交春令，可望痊愈，不知为甚还是不能脱身，委实叫人心里着急。"

夏先生沉着脸说道："春令木旺，肝家主事，肝经不能摄血，当然有此变状。趾翁放心，兄弟都有法子可想……"

刚说到这里，早有两个丫头、一个仆妇前后簇拥着柳氏，轻移慢步地出来，颤颤地坐在桌子侧首。红珠、彩凤、霍氏、黄大妈都一齐围在背后。四小姐紫凤听见里边热闹，她也跑得进来，伸着脖子叫了一声儿"夏先生"。夏先生笑道："四小姐，你还认得我咧！记得去秋你闹湿热，我只说了一句叫你不许吃糖果子，你便哇地哭起来，骂我将来夏得江，不然就要夏得海。四小姐，你可记得不记得了？"一番话说得满堂哄然大笑。

紫凤也笑了，扑地向她母亲怀里一躲。红珠摩着她额发笑道："快别要则声，娘请先生诊脉呢！"

夏先生诊了一会儿脉，又请柳氏伸出舌头望了望舌苔，又问了几句琐屑的话，笑道："不要紧，不要紧，这里有风，太太请回房里去吧。我开一个方子，可以吃两剂，如若有点效验，后天我再来替太太请安。"

柳氏轻轻说了一句："费先生的心。"然后大家又一窝蜂随着柳氏进房。

夏先生将方子斟酌完毕，又捻着一撮黑胡子念了两遍，随手递给云麟，笑道："请趾翁教正。"

云麟接过道："高明得很。"又回头向自己贴身用的那个小厮，名字叫作阿才的问道："轿金可曾开发了没有？"

阿才说道："早经开发过了。"

夏先生已离了座位，不住地说道："这个可不消吧，我也要到教场里去吃茶的。"

云麟笑道："可惜我不能奉陪了，改一天再竭诚奉请。"

当时将先生送出大门，一直望着他上轿，彼此拱了拱手，转身退入自己住的那座书室，独自无聊，背负着手踱到天井里，将那几盆山茶浇了些天水。一直到了午后光景，才见红珠笑盈盈地走来。云麟笑问道："吃了药怎样？"

红珠笑道："此时已安静睡了。太太这病总得着实将养，不操劳，不烦心，才是正办。无如她的脾气又好管闲事，差不多的琐琐屑屑，你吩咐仆婢们去料理好了。她一经硬朗，都得亲自动手，便是银钱出入，也不肯假手给人。"

云麟叹了一口气说道："江山易改，本性难移，我因为这些上面，也曾着实劝说过好几次，无奈她不肯相信，也没有法子。比如大小姐嫁的这份人家，蹊径不大宽裕，这也是各人的命，能够津贴些他们便津贴些罢了。怎生她一经提到大小姐，便是满眼抹泪。人生非金石，怎生禁得起这样折磨？且自由她去吧。明天上坟的布置，我已叫他们办得妥帖，芝凤的母亲是万难去了，其余究竟哪几个随我们同往？"

红珠笑道："大少奶奶是要去的，二小姐也想去，是我拦着她在家里伺候太太，其余大约再带着紫凤。桂凤年纪小，禁不起乡间的风日，我已关照阿巧好好哄着他，我们临走时候不要吃他瞧见，也就没事。"

云麟将头连点了几点，说："这样办得很好，明天不是星期，料想芝凤也不能去。咳！我也猜得到他们的心理，像这些扫墓的故事，恐怕他们未曾不笑我顽固。几十年后我们若是葬在那里，是再不想这班文明儿子跑去看望看望的了。"说毕，不觉有些怅然不乐。

红珠笑道："你又来无故地发这些牢骚了。我瞧大少爷的为人心地倒还忠厚，便是对着你，也还规规矩矩，我倒怕我这桂凤太活泼了些，将来免不得要闹什么非孝和什么讨父。那时怕你不怄得肚肠子疼。"说着，扑哧一笑。

因为明天要出城扫墓，这一晚大家便早早安寝。紫凤那女孩子听见爹妈带她出门去玩耍，兀自欢喜得一夜不曾好生安寝，约莫天色才有些发亮，她早一骨碌爬起，逼着服侍她的那个仆妇替她梳头盥洗。她打听得哥哥在嫂子房里住宿，却不敢去惊动，转三脚两步地赶到她母亲这边，揭开帐子，使劲将她母亲摇得醒了。红珠揉了揉眼睛，果然见时候已是不早，也就忙着下床趿着一双睡鞋，走近窗下，轻轻将帘子揭开一望，只见晓暾未上，东边一抹红霞烧得像红缎子似的，不由皱着眉头笑说道："照这天色，怕还不能出城吧，恐怕要遭雨。"

她在这边说话，其时云麟便踱过来笑道："怎样？你又懂得天文了？好好日头，哪里会有雨落？"

紫凤也急道："太阳都吃我瞧见，那不是圆溜溜地躲在云肚里，到了妈说起来，她都有这样的扯三搭四。"

红珠笑道："我尝听见年老人说，朝霞不出门，暮霞行千里，我因为这朝霞烧得很是厉害，所以顾虑到这一层。你们既然不相信，就照你们这样办好了。"

紫凤得了这口气，当然是跳跳跃跃又跑去催她嫂嫂收拾动身。大家挨延了一会儿，差不多已是巳正午初光景，然后才上了道路。红珠坐一乘轿子，紫凤和她嫂嫂霍氏坐一乘轿子，其余仆婢们各坐上了车。纸锭篓子也绑在车子上面，家人押着祭礼盒担，倒有七八行人众。云麟等他们上道之后，才命阿才将他心爱的那匹黑驴子从厩里牵出来，备好鞍鞯。这驴子浑身全黑，没有一根杂毛，走起路来又轻又快，云麟曾经替它取了名字，叫作尉迟驹。自家跨上那尉迟驹，鞭影一扬，那四只蹄子早泼风也似的赶着轿子去了。阿才的两条腿哪里及得驴子四条腿，在后边紧紧赶上，赶得七端八吼。好在云家的墓址不大过远，出了北门，越过二十四桥，进了头一道西山，早见万松如墨，被野风吹得瑟瑟有声。果不其然，那四山的云气真个咕嘟咕嘟冒上天来，遮得那太阳连影子都没。

看守坟墓的那个冯二见主人下乡来祭扫，忙得手慌脚乱，先将家人们引入墓道里面，用张矮桌子将祭菜陈设齐整，点齐香烛。云麟和红珠一干人挨次行礼，又将纸锭在草地上焚化完毕。依冯二意思，一定要请他们到屋里去吃茶。云麟笑道："本来是要打扰你的，叵耐天色不好，我们还得顺拢一处，来不及耽搁了。"说完这话，便吩咐家人们拿出钞票赏给冯二。冯二千恩万谢，连祭菜一古拢儿端回去享受了。紫凤又逼着人将那松树枝折了一大把，放在空锞篓子里，好带回去算个上坟的纪念。

一行人众离了冯二的庄子，又向淑仪葬的那个所在缓缓行来了。没有三五里远近，只见苍松翠柏底下，隐隐露着一堆芳草，这便是淑仪姑娘安魂藏魄的墓所了。云麟见了这个形状，回思旧事，一阵心酸，那眼泪禁不住和断线珍珠一样簌簌地直流下来，呆呆地一句也不开口，亲自拿起酒杯，向她墓上奠了满满的一杯清酒，又命霍氏和紫凤行礼。这时候，红珠想到当初和淑仪的一番亲爱，不谓她青年玉貌，眨眨眼便化为异物，徒然留此一抔黄土，叫人瞧着伤心。她转借那芳草地上盘膝而坐，哀哀地大哭起来，哭得十分沉痛。仆妇们上前来劝她，她只是不理。还是云麟含泪向她说道："你这样伤心，她未必能够知道的。你瞧这树林里已丝丝地落下小雨，耽搁久了，恐怕路上不好行走。"

红珠这才忍住了眼泪，抽抽噎噎扶着小婢站起身来，又依依不舍地对着那墓所望了又望。行近大路旁边，上车的上车，上轿的上轿，冒雨向原路赶回。阿才将那尉迟驹牵至云麟面前，云麟跨得上去，紧紧傍着红珠的轿子。不料那春雨越落越大，坐在轿子里面的人尚不觉得，唯有尉迟驹，它垂下两只长耳朵，只顾咶蹄扬鬣。云麟的衣服湿了半边，看看离北门不远，他便向轿夫们说了一句："我们拣一处地方歇一歇吧。"说着，拿鞭子向前面树林子里一指，说，"你们跟随我来。"

说完这话，他将两腿一夹，身子微微向前挫了挫。尉迟驹放开四蹄，风驰电掣地直蹿到一座尼庵面前。云麟才将缰绳用手一带，那驴便立住了。他跳下了驴背，阿才赶上来接过缰绳，只见云麟已蹿入庵门，拣那没雨地方站下来等候红珠她们。没有一会儿工夫，大家都到门首，红珠抬头一望，只见那庵门石额上依旧刻着"送子观音庵"五个蓝字，不由笑了一笑，望着云麟说道："亏你竟想到这避雨的所在。"

云麟近前携着她的素手，俯耳笑说道："可惜今天是落的雨，如能再落一场雪，岂不大妙！"

红珠吃他提到这句话，不觉粉脸上微微罩了一层红晕，低笑道："亏你还记得这样清楚，若是我，早就忘记这事。"

云麟笑道："记得记不得也不关紧要，我们进去再说。"

于是一大群的人穿过那条深深的甬道，走入第二重门，里面的尼姑才知道是城里云老爷内眷光降，立刻笑嘻嘻地迎得上前。原来这时候那个庵里住持的小尼姑，法名叫作月镜，年纪约莫才得二十四五岁，生得俊俏甜蜜，平时也常到红珠那边走动。不过红珠近来虽然好佛，却轻易不肯和这些尼姑周旋。至于这座送子观音庵，倒有好几年不来随喜了。月镜便笑嘻嘻地问老爷可拜拜佛。云麟点头笑道："叫他们孩子去磕个头吧，我是老了，筋骨不大方便。"

月镜命佛婆敲钟擂鼓，一面望着云麟笑说道："老爷说话真是客气，像老爷生得这样安富尊荣，望了去也不过三十左右岁罢了，怎么倒喊起老来？"

云麟笑道："好，好，你这张嘴很是会说，有什么地方让我们坐一坐。"

月镜忙不迭地说道："有有有。"登时将他们引入左首那座客厅。里面陈设的虽然倒不怎样，只是远不如灵修在日布置得整齐。云麟和红珠都坐下来，紫凤不耐烦久坐，早拖着她嫂子向各处去游玩。佛婆送上几盏清茶。月镜开口笑道："这是雨前龙井，是一个师兄打从杭州带来送我的，虽然及不得公馆里茶叶讲究，老爷和姨太太吃一杯解解渴吧。我听见大娘们说老爷是去扫老太太墓的，不料碰着这雨，难得老爷和姨太太脚踏贱地，一发吃过午饱再进城也好。"

云麟这时便拿眼望着红珠。红珠笑道："饭倒可以不必吧，等雨住了，我们须早回公馆，因为我们太太病在屋里。"

月镜正色说道："阿弥陀佛，太太怎生常闹病痛？随后还是在佛菩萨面前替她老人家点一张长寿灯，每月至多也不过二十斤香油，保佑太太无灾无难。"

云麟见她说得伶牙俐齿，十分好笑，便和她搭讪说道："我记得你家老师太也是带发修行，后来姨太太的姐姐妙珠在这里当家，也不曾去了头发，你这点点年纪，怎么竟把这万缕青丝都削得干干净净？青头皮子虽然好看，只是恐怕将来嫁不了人。"

月镜掩嘴笑道："好呀！你老人家又来拿我们孩子开心了，既然发心出家，哪里还提到嫁人的这笔账？若是说我们光头不好看，你们老爷又何尝留着辫子呢？中国如今是光复了，老爷们要文明，我们也要文明。"

红珠其时向云麟眨了一眼说道："你也太没正经，何苦白拿她们佛门弟子取笑？菩萨听见是要生气的。"

月镜连连将个光脑袋摇个不住，笑得咯咯地说道："这不要紧，难得老爷肯赏脸给我们，算我们是造化，菩萨再也不来管这些闲事的。"说着，便邀云麟他们向后进一间静室去坐。

红珠委实不大过意，笑道："又累师太费心，真是跑上门来吵闹，吃到十一方来了。"

云麟走着笑着说道："我记得你们庵里的素菜都是暗暗放着鸡汁的，

我今天倒要尝尝这样风味。"

月镜笑道："老爷休听外边人造谣言，我们老师太在日再规矩没有了，她断断不肯做这样的事。"

大家走入那座静室，真是花香馥郁，奁匣精雅。霍氏和紫凤也一齐赶到，排列坐了下来，仆婢们都围拢在椅后。月镜笑道："诸位大娘大姐，请到外边去吃点心，这里有我们伺候呢。"

众仆婢们只望着红珠，红珠也叫她们退去，她们才一哄而出。云麟又笑问道："我还有一匹小驴子呢，扣在甬道旁边，请师太打发人去喂它点草料。"

月镜冷笑道："还待老爷吩咐呢，早就支使打杂的预备妥协，一切不消你老人家烦心，便是轿夫们和你那个管家，都在外边吃饭了。"

吃完了面，月镜又亲自在她的那个洋瓷盆里拧了一把热手巾，递给云麟。云麟擦着面，顺便已向室外，好让红珠她们盥洗，恐怕还有些琐屑的事要干，自己在里面碍手碍脚不大方便。踱了一转，月镜她们也就跟出来。云麟想起一处地方，便笑向月镜问道："我记得这后面另外有一所竹园，竹园那里还空着好几间房屋，这竹子想该格外茂密了，请你带我们去逛逛可好不好？"

月镜笑道："老爷再休提那竹园了，民国做出来的事，真真坑死人，这也叫作我们的庵堂遭劫。"

红珠笑问道："这地方是庵里的产业，与外人没有相干，难道你这点主权都没有？"

月镜叹了一口气，说道："地方上的官绅能容你讲究个主权吗？他们说的地方上教育要紧，但凡庵观寺院都要割出一部分产业给他们开办学校。先前还预备在我们这佛殿上将菩萨神像迁到别处去，好让他们学生上课。是我苦苦哀告，又运动好些绅太太出来，方才取消此讲，毕竟硬将那竹园子要了去，目下开着一所什么国民学校，可怜碧绿童青的竹子，吃这些人连根铲去，改作一片操场。如今有个姓许的许先生，在里边教了几个小活猴狲，老实不客气，连师母都一齐搬进去住了。好在他们另外有座大门，由他们出入，我这庵里通那边的小六角门，终年轻易不去开放，免得他们啰唆。老爷和姨太太如若高兴，便从这六角门走过去，也是一样的。"

霍氏和紫凤听见这话，早一窝蜂绕转到那边去了。红珠也跟着她们缓缓踱过来。进得六角门，刚刚立定，蓦然见那学校送出一阵喧哗嚷闹的声音。大家正自诧异，说时迟，那时快，只见一个衣冠齐楚的少年，嘴唇上还撇着两搭小胡须，仓皇失措从教室直奔操场上，像是躲避什么似的，后面却赶上一个中年妇人，手里提着刷马桶的马刷、淋淋漓漓的粪水，望着那少年赶打。红珠和霍氏、紫凤都吓了一跳，叫声："哎哟！"直往门这边倒躲。但不晓得这妇人是谁，这少年人是谁。

欲知后事，且阅下文。

第二回

掉书袋秀才动唇舌
索赘仪悍妇撞头拳

云麟正和月镜师太谈些闲话，忽见红珠她们跑得过来，又是气喘吁吁，又是咯咯地笑个不住。云麟笑问道："你们倒会作耍，瞧见了什么东西，值得这般好笑？"

红珠把手向后面一指道："我们才跨到园子里，去逛竹林，谁料……"说到这里，又把不住地一阵好笑，笑得柳腰只向下弯。

云麟诧异道："你不是去逛了竹林，简直向快活林里去跑了一趟。"

霍氏笑说道："也不是去逛了快活林，简直误入了狮子林。林子里恰才跳出一只可怕的狮子来，险些把我们吓个半死。"

月镜合着掌道："阿弥陀佛，我们尼庵里哪有狮子出现，只怕是后面学校里豢养的那只狮子猫。唉，提起那只猫，惹厌得很，朝朝夜夜窜到我们庵里来，香积厨里的碗碟朝也哗啦啦夜也哗啦啦，糟蹋了多少。"

云麟拍手笑道："师太的说话露出马脚来了。方才你不肯承认用着鸡汁下面，我且问你，要是你们香积厨里不藏起着鸡汁，那只狮子猫怎会窜得过来打碎你们的碗碟？"

说得月镜也是好笑，支吾着答道："猫儿偷的是素斋。"

云麟又笑道："师太这却好笑，天下竟有吃素斋的猫，没怪猫会得呜呜地念佛，没怪人家常说一只馋嘴猫也是七个尼姑的转世投胎。"

这几句话引得大家都笑了，笑得红珠连揉着肚皮埋怨云麟道："我兀自笑得透气不转，你还在那里怄我发笑，才吃了一碗面，肚里饱饱的，经这一阵笑，笑得肚肠子都疼了。"

云麟道："好了，好了，笑也笑得够了，我还没有问你们撞见的是什么狮子，莫非是河东狮子，莫非是什么蛮婆欺侮着丈夫？"

霍氏道："可不是呢……"

待要说下去，月镜早抢着说道："老爷真个是儒童菩萨转世，亏你一猜便出，果不其然，那边学校里有一个蛮而无礼的蛮婆，便是许先生的婆娘许师母。唉，那个蛮婆真蛮得厉害，没怪少奶奶要拿她比作狮子，敢怕狮子也没有蛮婆那么凶。狮子虽然可怕，遇见了菩萨，却也服服帖帖，甘做菩萨的坐骑。唯有那个蛮婆，便是菩萨也骑她不住，敢怕菩萨不得骑她，她转得骑着菩萨。可怜那位许先生天天挨着蛮婆的打，我们出家人见了也心疼。她打丈夫时也不管棒槌呢、鸡毛帚呢、门背后的门闩呢、刷马桶的马刷呢，提在手里便打。"

红珠笑道："我们恰才见那蛮婆提着的正是一个马刷呢，向着她男子乱使乱舞，淋淋漓漓的粪汁溅得那男子满头满脸。要不是我们跑得快，险些也沾受些污点。"

云麟也笑道："谁说她蛮而无礼，这真叫作醍醐灌顶呢。"

说话的当儿，佛婆跑得过来报告道："师太师太，快去瞧这新鲜把戏呢，那边的许师母把许先生当作马儿骑，把马刷当作马棒一上一下地打，打得许先生乱哼乱喊。"

月镜忙喝住道："你这婆子，动不动便大惊小怪，贵客在这里坐着，怎没些规矩？"

云麟向天空望了望，又瞧了瞧手表，便道："雨也止了，时候也不早了，我们赶快回去吧。"

于是同着红珠一干人向月镜作别。月镜兀自挽留说："不嫌简慢，便在这里胡乱吃一顿素斋，略尽小尼的一点恭敬心也好。"

红珠笑道："不和你师太客气，我们太太病倒在屋里，病人心焦，她望得我们可是够了。我们总得赶快回去，免叫她劳劳盼望，若不是太太有病，便老实扰你的一顿素斋，你便赶着我们走也不肯走呢。"

一面说着，一面在这梅花结络的小提囊里掏出两块钱，便道："打扰了师太，这一些小意思，送给师太买果吃。"

月镜嚷道："这个是万万不要的。"然而她的一只右手早已放却念佛珠，赶快地来接受这两块钱，搭讪着说道，"姨太太的赏钱，万不敢领受，不受了又恐姨太太见怪，且待小尼把来多买些香烛，在佛菩萨座前焚焚点

14

点，保佑公馆里的大太太早日病体痊愈吧。"

那时云麟一干人都出了山门，月镜还在山门口相送，红珠、霍氏她们依旧分坐了两乘轿。云麟跨上了尉迟驹，扭转头，道一句："师太再会!"鞭丝一扬，蹄声嘚嘚地一直前去。阿才的两条腿又要和这四条腿的长耳公赛跑，后面的两乘轿也只得紧紧跟着，不敢落后。云端里一轮红日打从黑幕中露出面来，越显得光芒射目。驴儿慢慢行，轿儿快快随，点窜两句西厢曲文，便是他们的归途状况。云麟在前集《广陵潮》是主人翁，这部《新广陵潮》的主人翁却不是他，由他回去，不再补叙。他归后的一切琐事，回转笔来，还得提起那骑在许先生背上的蛮婆，马刷痛打丈夫，端的闹些怎么一回事。且住，许先生挨打也不止今天一遭，凡事总有个缘起，盐从怎样咸起，醋从怎样酸起，少不得返本寻源，从头说起。

诸位读过《广陵潮》第六集的，可记得那一年都天庙里，有一位柳春先生，借着庙址兴办一所学校，校里的生徒不见得怎样发达，然而延聘的教员却是五花八门，颇极一时之选。除得国文教员汪圣民先生，毕竟是个秀才出身，没有闹什么乱子。还有地理教员呢，竟把绰号"一声雷"的风水先生请了来，讲什么前有来龙，后有去脉。还有图画教员呢，竟把画庙壁的画匠请了来，在讲堂粉壁上面画了一个大大的乌龟。还有讲评话的康国华，居然跳上讲台，演讲历史，讲到张翼德立马灞陵桥，便在舌尖上迸出一个春雷，喊一声"曹贼快来纳命"。上课的学生冷不防这声虎吼，有几个胆小的学生早吓得哭起来。

现在提起的许先生便是当年胆小学生中间的一个，他的学名唤作景文，其时年龄还不到十岁，吃了这一吓回家去，头上发热，有三四天卧床不起，睡梦中间兀自哇地哭起来，嚷着张翼德要来捉我去。慌得他母亲平氏涕泗横流，心头和刀刺似的，不禁又痛又悲又悔又恨，使劲地扯着丈夫许有才的一只耳朵，扯到景文床榻前，恶狠狠地说道："你瞧你瞧，好好的一个孩子，每天在左近学塾里读书，从来不曾害着病，都是你脂油蒙了心窍，强逼他到都天庙洋学堂里读书。你想都天庙里的老爷多么厉害，我们见了神像也得毛发直竖，背脊上浇着冷水似的，小狗子今年才交九岁，是多大点毛人儿，叫他在庙里出出入入，人小胆也小，怎么不吓出病来呢？况且城隍老爷正恼着人作践他的庙宇，因此上些神通，使孩子们害着病痛，不得安宁。要不然怎么开学的第一天，泥判官脚边便倒毙一个人

15

呢？天杀的，你把儿子送进洋学堂，便是要了儿子的命，做男子的哪里识得女人的苦？小狗子出世以后，你只按月多出几块钱，什么事都不和你相干，可怜我们做女人的巴巴地生了一个孩子，横抱三年哪得长，竖抱三年哪得大，好容易养到九岁，又被你搀进鬼庙出了这岔儿，害得我心头怪疼。天杀的，我可不和你甘休呀！"

说着，又重重地把耳朵一扯，扯得有才把脑袋歪到一边，连连讨饶道："奶奶放着手，有话好讲，以后我只不叫小狗子进洋学堂便了。"

平氏才放松了手，便忙忙地备着香烛，到都天庙里去进香，从泥判官脚边直点到大殿上面。过了两三天，小狗子方才灾退身安，霍然病愈。夫妇俩的胸头才掇去了一块千斤重石，从此再也不敢把儿子送入洋学堂里去读书。

左近十余家门面，有一家开着子曰店，衔着长旱烟袋的冬烘先生一面抽烟，一面听那学生背书，嘴唇皮一收一放，唇边两撮黄毛髭须也在那里舞动。那学生正背着一句"子谓颜渊曰"，一迭声地"子谓子谓"，念了可有数十遍，以下的三个字再也念不出来。先生着了恼，放下了长旱烟袋，厉声喝道："颜渊！"直把那学生吓了一跳。原来先生把"颜渊"两个字喝得震天价响，别说小学生听了着慌，便是复圣颜夫子有灵，听得先生恶狠狠地喝他名字，也不免心里惊慌，只道是匪人造反，高喊着他的名字，要和他拼个死活。那学生吃了一吓，益发期期艾艾，背不成句，蓦见那先生把手一挥，忒棱棱飞起这本书来，半空里打了一个筋斗，直掼地跌落在地。那学生哭丧着脸，拾起这本书，归座诵读。经这一掼，地上的一堆鸡屎完完全全都粘在这本《论语》上面，那学生没奈何，悄向同桌的讨取了一张草纸揩揩抹抹，把书上的鸡屎拭个净尽。鸡屎拭去了，却把"用之则行舍之则藏"两句书一股脑儿都擦去。先生又催着他背书，他把"子谓颜渊曰"五个字拼命地记了，背了一句，又成断气的喇叭，只把身子乱摇，再休想把以下的几句书摇得出口。

先生瞧这书上好好的两句书都被学生擦去了，不禁勃然大怒，书案上起个春雷，把戒方拍得震天价响，喃喃地骂道："不成材的孩子，你怕读这两句书，把来擦去了。假如你怕读这本书，难不成把这本书都扯掉了？快把手心搁在书案上，擦去一个字，责你十下，擦去八个字，一共责你八十下。"

学生听着，竟哇地哭将起来，嘴里爹呀妈呀一阵乱喊。先生本是虚张声势，并不要责打学生，叵耐那学生乱哭乱喊，闹得乌烟瘴气，不由得心头火起，一戒方打得过来，头上打个正着。那学生抱着头颅益发大哭大喊，先生重又举起着戒方，待要结实地再打几下，斜刺里忽然伸出一只手腕，劈手把戒方抢了去，向着书案上一掼，骂一声：“老糊涂，怎么这般没记性？个个孩子都打得，唯有这个孩子打不得。人家孩子出了钱买打，这个孩子出了钱买不打，他家怎样地向你说来？每月多送你半块钱，莫动这孩子一根汗毛，你敢是和银钱作对，使这牛性子，把银钱打出门去？”

　　先生受了师母的一顿排揎，怒火都打熄了。那学生见师母拥护他，益发哭得涕天泪地。师母替他揉着额角，揉了一会子，才把哭声儿揉断了，只是额上核桃般的一个疙瘩再也揉它不散。急匆匆地向厨下蘸了些菜油，替学生搽上额角，又轻运掌心，在这疙瘩上足足地摩了二百下，才觉得稍稍平复，然而师母的手腕早摩得酸溜溜地作疼。

　　待到那学生重来背书时，先生撮起着笑脸道：“今天便宜了你吧，这课生书不要背，好好儿读十遍，留待明天背吧。”

　　那学生笑吟吟地答应了一声，捧着书本欢欢喜喜地归座。还没坐定，忽听得先生引长着声调道来，那学生又吃了一吓，苦着脸重把书本捧到先生那边。先生忽地笑将起来道：“你怕什么？不是唤你来背书。”说着，又把两旁看了看。

　　却见全塾十余个学生，个个扭转头来，条条视线都向着先生面上注射。先生把戒方一拍道：“你们嘴里读书，眼睛却瞧着我的面孔，难不成诗云子曰都写在我的面孔上面？”吓得学生们赶忙别转了头，把眼光移到书本上去了。

　　在这当儿，先生急急地凑嘴到那学生耳朵边，轻轻地嘱咐道：“少停放学归去，你家爹妈问你额上怎么有了一个疙瘩，你只说是被毒蚊子叮了一口。你依着我话，我从此不打你，要不然明天还有一顿痛打，打得你头颅比巴斗还大。”

　　那先生用着这一派威吓之言，以为学生听了一定害怕，谁料学生扑哧一笑，把身子歪过一旁，连唤着痒痒。先生老大地诧异，问他：“好端端的，为什么唤起痒来？”

　　那学生呆看着先生，只不敢说。问了几遍，学生才举起手来，把先生嘴上的东西，指这一指。先生会意，原来附耳叮咛的当儿，把几茎黄毛髭须刺入学生耳朵孔里，没怪学生要连唤着痒痒。想到这里，自觉好笑，任凭那先生道貌俨然，不由得扯开了这张毛嘴，笑得咯咯咯的。先生一笑，众学生都哄堂大笑起来。

先生又迭拍着戒道："不许笑，不许笑，再笑便打噼噼啪啪的一阵戒方响。"才把学生的笑声打灭了，然而先生的面上兀自笑容未敛。

过了一天，个个学生都来上课，只有昨天被打的那个学生没到。先生心里不免七上八下，看来这每月一块半钱的束脩多分生了翅膀，忒棱棱地飞去。正在纳闷的当儿，蓦见外面跑进一个瘦长身躯的男子，见着先生唤一声儿："张敬甫老夫子，不速之客来了!"敬甫认得他是本巷的秀才许有才，便是昨天责打那个学生的老子，心里好生着忙，只得起立让座。许有才也不客气，便在这只冷板凳上大马金刀般地坐下。敬甫移着一只座椅，打横相陪，这只座椅便是今天没有到馆的学生所坐。敬甫歪过头去向学生努了努嘴，一个学生会意，便取了一只茶杯，提起紫砂茶壶咕噜噜地倒了一杯茶，敬上客人。有才把手接着，搁在书案子一边，且不去喝，茶杯里淡淡的，只盛着一杯开水。转是杯口上黏黏的，有一圈糨糊般的东西，其实也不是糨糊，学生们没事时常把这杯口儿在牙齿上团团打转，且转且刮，这是日积月累刮下的牙黄。那时全塾的学生利用这时间竟纷纷地活动起来，台角上拳儿互相推动，台底下脚儿互相赌踢，小学生弄唾沫弄成一个一个的气泡，还有把指头儿抠着眼皮扮鬼脸的，把头皮顶在地上竖起脚来玩把戏的。书塾里乱七八糟，闹得乌烟瘴气。

师母听有客来，隔着破纸窗偷觑，见是许有才，心头也不免噗噗地乱跳。那时敬甫问客道："有翁今日来踏贱地，可有什么贵干?"

有才把脸一沉道："无事不登三宝殿，兄弟登门却有一桩事须得向老夫子请教。"

敬甫强笑道："岂敢岂敢! 有翁何事下问?"

有才扬着脖子道："论理呢，兄弟也是教书的惯家，诗云子曰里的经验总算是很多很多的了。曾经沧海难为水，原不该向老夫子请教。"

敬甫道："久仰有翁大才，高明得很。"

有才笑道："'高明'两个字却不敢当，但是兄弟出身庠序，又曾在臧太史府上教过他的小公子，臧太史对于兄弟倾佩得五体投地，时常拱着手

18

向兄弟说：'犬子不才，得沾时雨之化，豚儿何幸，如坐春风之中。'兄弟循例谦逊了一会儿，但是扪心自问，别的不敢夸口，唯有师道一门，悉心研究已非一朝一夕之故矣。师有师的体统，师有师的礼貌，《诗经》不云乎，'相鼠有体，人而无礼，人而无礼，胡不遄死'。老夫子身为人师，高坐皋比，想该理会得这四句的意思。"

敬甫听着，面上烘烘地烧起两朵红云，暗暗道声："不好，怎么这许秀才向我掉起书袋来了？我是半路上出家，胡乱教几句《论语》《孟子》《三》《百》《千》，混碗饭吃，怎及他秀才家才高学广，常把诗云子曰在嘴里烂嚼？便是放一个屁，也带些诗书气息。"

有才见敬甫沉吟不语，哈哈大笑道："兄弟在这里殷勤请教，老夫子不则一声，敢是不屑教诲吗？"

敬甫道："怎敢怎敢，实在有翁念的几句书，觉得生僻得很。"

有才把敬甫斜瞅了一眼，笑道："《诗经》上的句子老夫子也说生僻，照此说来，哪一部书不是生僻？老夫子老夫子，你真不愧是书生本色呢！我来讲给你听吧，《诗经》上说，但看做鼠子的也有鼠子的体统，一个人怎好没有礼貌？要是做了人没有礼貌，简直不如早早地呜呼哀哉，倒也算得一干二净咧。"

敬甫听了，气得额筋暴涨，半晌说不出话来。书塾里很有几个乖巧的学生，瞧瞧来客，又瞧瞧先生，都有些不尴不尬，回头向内看，却见破纸窗洞里有一只眼睛在那里一眨一眨地眨动，不问可知，便是师母。师母素有眨眼病的，一秒钟工夫也需眨个三回五回，掉头向外看，又见外面门缝中间贴着一只肥白的耳朵，耳朵上还荡着一只金环子。学生起了个好奇心，推说出外小便，忙到门外去探探望望。门外那个人忙摇着手叫学生不许声张。

有才见敬甫半晌没答话，便道："老夫子，兄弟解释这几句《诗经》，解释得如何？"

敬甫气愤愤地答道："不信古来的诗人这般恶毒，开出口来，便咒人死。况且好好的一个人，怎么和那鼠子相比？"

有才哼哼地冷笑道："老夫子，你还比不上鼠子咧，你只配比着蚊子。你说作诗的恶毒，你更是恶毒无比，你不恶毒，怎么孩子被你叮了一口，额头上便起着一个核桃般的疙瘩？"

敬甫听到这里，才明白昨天叮咛的话，吃学生连枝带叶一股脑儿都告诉了老子娘。一时又羞又窘，光睁着两只眼睛瞧有才。在这当儿，窗孔里的一只眼睛益发眨得厉害，门缝里的一只金环子一颠一簸，在那里摇动。学生贪瞧这把戏，塾中反安静起来。

有才又冷笑道："老夫子既以蚊子自居，小儿不才，便不能认蚊子做老师。要是蚊子可做了老师，难不成嗡嗡嗡的苍蝇也做得一位太老师？"

这几句话怄得全塾生徒一齐大笑。敬甫可是气极了，颤声儿答道："令郎不来读书也好，少了令郎一个，不见得关起大门，不成了学塾。只是一个月的束脩，请你早早见惠便了。"

有才把脸一沉道："老夫子还想讨取束脩，可谓颜之厚矣者也。束脩者，所以孝敬老师，而非孝敬蚊子者也。要是蚊子要讨取束脩，苍蝇也不免要讨取乾俸，这真叫作荒乎其唐，而又唐乎其荒者也。"

敬甫发极道："难不成白白地教了他半个月，有翁竟一毛不拔吗？"

有才摇着头说道："别说一毛不拔，便是已拔的毫毛也得把手一招收将回来。小儿上学的那一天，贽仪一份，计大洋一元，梅红全帖两份，一份写世教弟，一份写受业门人，红封袋一个，红签一条，二两重的鹤脚红烛一副，檀末香一棵。除得全帖上几个字不向你索取笔资，其余的一应费用，合计在半块钱左右。老夫子，你若赔偿兄弟一块半钱的损失，一切不和你计较，如其不然，兄弟便得大开明伦之堂，和老夫子讲个你曲我直。老夫子乎，只怕你一生名誉，从此休矣！"

敬甫嚷道："便到明伦堂上讲理去，也不怕做先生的理该讨取束脩，须不犯什么滔天大罪。"

有才勃然大怒，便破口大骂起来，破口大骂之中，还脱不了咬文嚼字的习惯。但看他骈着两个指头儿，恶狠狠地在敬甫面上一指道："张敬甫，尔可谓衣冠其外，而又禽兽其中者也。尔之罪大恶极，而尚曰无罪乎？尔非庠序之秀，而谬据我皋比，攘夺我学俸，尔之罪一也。尔既许我曰：'我不责尔之子矣！'言犹在耳，事竟忘心，一棒之痕未消，三尺之童何罪？尔之罪二也。尔既背信毁约，轻责儿童，而又捏造谎言，以欺孺子之父母，尔之罪三也。张敬甫乎，尔何无罪乎？尔谁欺？欺天乎？今与敬甫约尽三日，其速出洋一元五角，赔我损而偿我失，三日不能，至五日，五日不能，至七日，七日不能，是尔。"说到这二字，拿鳄鱼文上的老调，

20

竟有些套不下去，嘴里咿唔了片晌。

说时迟，那时快，蓦听得呀的一声，靠后两扇纸窗洞洞地开了，跑出一位眨眼睛的师母，向着有才的面前一立，发着很松脆的声调道："许伯伯，你别在这里掉这书袋儿，从来歪理十八条，正理只一条，你便把你一肚子的书本都搬出来，难不成歪理便成了正理？亏你是秀才，说出话来还不如蠢材！你家孩子读了半个月的书，赖着束脩，兀自恶狠狠地要索还赞仪和香烛费，饶你走尽天边，这条歪理总讲不过去。许伯伯，请你摸摸良心再讲话，良心上讲得过去的，便是话，良心上讲不过去的，便是屁！你有话请你开着尊口尽讲，你有屁请你掩着尊臀不要乱放。"

师母嘴里叽叽呱呱嚼着炒豆似的，两只眼睛兀自一替一换地眨个不歇。这几句话把许有才说得呆了，暗想：江北河豚雌的大，这婆娘的口才胜于乃夫十倍，待要对付她几句，一时又没话可驳。自己枉做了秀才，转不如一个不识字的蠢材说得理由充足。

门铃响处，急匆匆跑进一个婆娘，年近五旬，兀自扑着一脸的芙蓉粉，走路时扭头扭颈，左右两只金耳环子秋千也似的打动。走到里面，向有才瞭了一眼道："你来了半天，可曾索还这笔赞仪和香烛钱没有？"

有才趁势起立，忙道："奶奶来得正好，要在猫嘴里挖鳅，除得奶奶来，再没别法。"说罢，匆匆便走。

敬甫跟在后面，至门外相送。有才理都不理，踏着八字步，自回家去。

敬甫送客回来，却见自己的冷板凳早被那婆娘占去，浑家坐在横头相陪。自己转没了座位，只得在房里面掇出一张方杌，坐在一旁，听他们交涉。

那婆娘道："师母，我家小狗子，人小胆也小，洋学堂里读了一天书，早吓出一场病来，足有半个月抬头不起。听得你们先生好，不吓小孩，多出半块钱，不动孩子的汗毛一根，这是你师母当面许我的。谁料昨天小狗子放学回来，额上起个大疙瘩，头里昏昏作痛，见着床扶头便睡。我问他是谁打你的，他说是毒蚊子叮的，连夜发热，头上烫得炙手，不信这毒蚊子毒得这么厉害，叮一叮便要发热。这般害人的东西，便该一巴掌打死，还得放在脚底下踹这几踹，踹作了肉酱。今天小狗子的热兀自不退，我再三盘问，才说是先生打的，却威逼他说谎话，说是毒蚊子叮的。我才知道毒蚊子便是先生，先生便是毒蚊子。唉，先生变作了小虫，你师母又变作了什么呢？向来只说母大虫，敢怕你师母便是一条母小虫吧！看你方才恶狠狠的模样儿，险些把我丈夫也叮了一口。"

师母遭着那婆娘一场奚落，哪里按捺得住这一腔怒气，高着声答道："许家嫂嫂，好没来由，便是先生打了你孩子，也不该寻我师母出气……"

话没说完，那婆娘便嗖地离座道："很好，很好，不寻你出气，我便寻毒蚊子出气。"说话时，猛把一个头拳向着先生撞去。

敬甫避得快，没有撞着。婆娘扑了一个空，却把那只方杌撞翻在地，把身子磕在方杌的横档上面。师母见闹出事来了，赶快去搀扶，那婆娘倒也泼辣，趁势一滚，在地上打了一个转，口嚷着："你们夫妇俩欺侮我，把我打倒在地上了。"

惹得众学生拍手大笑，吓得门槛旁的一只雌鸡扑着翅飞上了半窗。急得敬甫冷了半截，背脊上浇了一桶井水，三个魂灵，两个都逃向爪哇国去，只有一个撑住着这躯壳。气得师母直瞪着两只眼睛，连眨都没工夫眨了，面孔宛似千年成精的冬瓜。原来社会积习相沿，最忌有妇人上门来打滚，奶奶经上说，妇人家着地一滚，晦气星便上门把那份人家滚得烟消火灭，断子绝孙。敬甫夫妇怎不大起惊慌？敬甫默默地念着乾三连坤六断，接着又念姜太公在此百无禁忌。师母也顾不得口干舌燥，接二连三地唾着几十口涎沫，要借着嘴里的涎沫淹死这个晦气星。

那婆娘兀自不肯起来，左一滚，右一滚，横竖身上罩一件粗布衫，弄脏了不打紧，地上几堆烂鸡粪多谢她卷得一干二净。同居人家的王老太正在厨下烧饭，听得外面哭哭喊喊，差她的孙女小毛子出来探视。小毛子探了一探，掉转身子便跑回厨下，喊道："哎呀，不好了，外面打死了人咧！打得在地上滚去滚来。"

王老太听说诧异，忙在灶门里塞了一个柴把，吩咐小毛子坐在矮凳上看守，把身上的柴壳灰屑拍着一拍，径到外面来瞧热闹。师母忙唤道："王老太，你是上了年纪的人，见得多识得广，世上可有这礼数？先生打了学生一下，学生的娘赶到书馆滚地皮。"

王老太道："阿弥陀佛，有话好说，这地皮是滚不得的，大家都要讨个吉利。"

那婆娘哭喊道："这是他们把我打倒在地的，怎说我是滚地皮？"说时，又连连打了几个滚。

王老太也无法可施，只有呆看的份儿，拉她又没气力，劝她又不肯听，蓦地里小毛子哭将出来道："哎呀，不好了，厨房里失了火咧!"

众人回头看时，果见天井对面红焰焰透着火光，慌得十几个学生鸦飞兔走，跑得精光。便是死赖在地上的婆娘，乘这混乱当儿，早已一溜烟不知去向。

欲知后事，且阅下文。

第三回

许学究星降文昌宫
马货郎雨阻天王寺

那悍妇平氏真个一溜烟不知去向了吗？这不过是小说的一句套语，表面上只说不知去向，实际上毕竟有个下落。但是著书的写到这里，又要插入几句诨话。

从来说文章作得好的，叫作笔端脱尽烟火气。在下这支笔正苦着不能脱尽烟火气，那壁厢一把火轰轰烈烈地燃起来，这壁厢一溜烟氤氤氲氲地跑出去，端的还是写火好呢，写烟好呢？要是写火，这支笔便带火气，要是写烟，这支笔又含烟味，现在且别理论。

单说许有才回到家里，重重地透了几口气，暗想：敬甫的老婆多么厉害，叽叽咕咕的一席话，倒弄得我没话可说。可不是识字的理短，不识字的理长。亏得我埋伏着一支生力军，在这紧急当儿解了我的围困。须知道夫人城下，唯有娘子军可以制胜。少顷，鞭敲金镫响，人唱凯歌还，怕不是稳取荆州，把这贽仪和香烛费一古拢儿都取了回来？小狗子读了半个月书，不曾破费我半个鹅眼钱，此之谓惠而不费也者。想到这里，晃着脑袋瓜儿，好不得意。

却听得哇的一声，小狗子拖着鼻涕，擎着眼泪，从门外哭将进来。有才好生诧异，忙道："小狗子，为什么哭？谁欺侮着你来？"

小狗子且哭且诉道："好好的一个会元不给我，硬算我是个秀才，我不要。"

有才奇怪道："什么秀才不秀才？秀才也不是容易得着的，须得做出锦绣般的几篇文章，看上了宗师大人的法眼，才有这个银顶顶戴平时戴用。你怎说不要不要？"

24

小狗子哭喊道："谁稀罕这秀才？最惹厌的是秀才，最下等的是秀才，最不是东西的是秀才，我不要，我不要。"说着，便一仰身躺在地上，号啕大哭，骨碌碌地只是打滚，滚得地上灰尘都变作了擦面粉，黏黏地和鼻涕眼泪做了个胶漆之交。

有才忙从地上把小狗子抱将起来道："乖乖，你不要哭，谁冤屈你做秀才？秀才不是人做的，难怪你不要。"

小狗子方才擦干了泪，指着外面说道："我把一文钱向糖担上去转糖，一转便是个会元，有五大块糖吃。卖糖的要赖我这会元，硬说是秀才，给我一块小糖，不值半文钱，我哪里要这不值半文钱的秀才？我只要我的会元。卖糖的又不依，我不要。"

有才至此方恍然大悟，原来秀才不秀才，闹着这个玩意儿，忙道："好孩子，谁敢赖你的糖，我替你讨去。"于是挽着小狗子，一口气跑出门外。眼见这副糖担兀自在门前歇着，担上放着转盘，团团地粘得红签条，标着科举式的花名，什么状元榜眼探花三鼎甲，什么传胪会元进士举人秀才童生，色色都有。旁边还站着几个小孩子，争投着一文钱，想来夺取状元。有才不问情由，跑上去把卖糖的小辫扭住，喝一声："大胆的狗贼！你不见街头巷口贴着江都县的煌煌告示，无论诸色人等，不准赌博，倘有违犯，捉到衙门里，五百下藤条打得背上的肉片片儿飞。你敢私造赌具，当街骗钱，还造出许多科举名目，有意亵渎斯文，该当何罪？状元榜眼探花都是天上文曲星降凡，便是小小一名秀才，也是文昌宫里的一颗散星降落人间，开辟世界的文运。你有多大胆量，把天上星宿一颗颗都写在纸条上面，私造转盘，去骗取孩子们的钱？亵渎斯文的罪小，亵渎星辰的罪大，我也是文昌宫里的散星下凡，赫赫有名的一位秀才，你擅敢把本秀才戏弄，和你到江都县打官司去！"

那个卖糖的小贩唤作马二，年龄不到十六岁，本是农家的儿子，只为年荒命乖，田地卖去，没奈何挑着这副糖担，供给老娘的吃喝。他又不大认识字，除得红签上几个科举式的花名，破工夫向土地庙孙大鼻子那里学得来，其余一概都不省得，他怎知道县里有告示，竟吓昏。他被有才一把扭住，一番恫吓，早吓得矬了半截。他往常听得孙大鼻子说城里的秀才比着乡间的赤练蛇还毒，现在被这毒蛇式的秀才扭住，心里怎不惊慌？免不得屈膝跪求道："老爷不要动恼，小的也是穷极无聊，挑一副糖担混饭吃，家里还有六十岁的老娘靠着这转盘度日。老爷说小的不该亵渎星辰，小的便立时回去，把红签条重行贴过了，央托庙里孙先生换个名目写写。老爷饶了小的吧！"

有才冷笑道："本秀才饶你也容易，只要你备着香烛鞭炮上门来服礼，本秀才便把大事化作小事，小事化作无事，体上天好生之德，把你释放回去。要不是送到县里，便把你活活地处死，休想再有命活。"

马二只是苦苦哀求，险些哭将出来。小狗子在旁插嘴道："他没有香烛鞭炮，便吃他的糖也是一样。"

有才指着马二道："你听得吗？他也是文昌宫里一颗星，将来的身份还在本秀才之上，他说的话便是上界星君的玉旨。你怎好违拗？快献上糖来，饶你的命！"说时，向小狗子歪歪嘴，分明是叫他抢糖。

小狗子会意，会元也不要了，只拣状元的所在，把十六块梨膏百果糖抢了便走。马二急得喊将起来，叵耐这条小辫吃有才紧紧揪住，不能够把糖夺回。正在忙乱的当儿，冷不防背后有人把有才的发辫一把扭住，喝一声："你们自在写意，大祸临门，还不跟着我快走？"有才听得是浑家的声音，心头一慌，便把马二的发辫放去。马二自认晦气，挑着糖担便跑。

有才忙问平氏什么大祸临门。平氏瞧了瞧左右有人，便不答话，一把辫子梢，拖着有才直向家里走。有才脚不点地，跟着平氏到里面，把不住勃勃的心跳。平氏才放松了有才，气吁吁地说道："你快把大门闩得紧腾腾，后面闹得直洞洞，快不要声张，悄悄地把家里细软东西、紧要物件，尽多尽少向外搬得出去，不好了，大祸到了。"说到这里，不住手地揉着自己胸脯。

有才吓昏了头脑，真个去闩上大门。小狗子捧着梨膏糖，正在嘴里嚼吃。平氏唤道："小狗子，火烧来了，你快到后门外躲这一躲。"

小狗子忙把手里的糖一古拢儿都纳入衣袋中，开了后门，外面便是一片旷场，小狗子好不写意，掏着袋里的糖一块一块地向嘴里塞，暗暗嚼念：今天正交着好运，一文钱吃了十六块糖，明明是秀才，却变了状元郎。

那时，有才早晓得有了火警，不及问火在哪里，只道是烧到了屁股后面，早慌了手脚，便紧跟着平氏，把屋里的东西乱搬乱抢。平氏拣着首饰匣、银洋包、细软衣服的箱笼，抬的抬，捧的捧，都搬到旷场上安放，却叫小狗子在那里照料。妇人家力气不壮，更兼在敬甫书塾里闹了一场地上打滚，不免多卖了几分的力，因此气喘吁吁，喘作了一团，指着有才断断续续地说道："你枉做了男子，你不是没手的，火烧来了，还不快搬？要叫老娘动手！"

有才摸摸屁股，觉得热辣辣的，似乎受着火灼一般，又似苍蝇掐去了脑袋，有些走投无路的模样儿。也不辨哪一样是该搬的，哪一样是不该搬的，抢在手里便向后门外跑。

平氏坐在地上喘气，瞧见有才掇出了一件不该搬的东西，又好气又好笑，从草地上爬得起来，浓浓地向有才面上唾了一口涎沫，骂道："天杀的，你敢是瞎了眼睛，千不搬万不搬，巴巴地搬这个尿铺屎满的臭马桶做甚？"

有才把手里的东西瞧了一瞧，也不禁扑哧地一笑。原来正捧着浑家的一个红漆马桶，马桶盖上还放着自己戴的一顶暖帽，暖帽上面还矗起着一个秀才商标的黄铜顶儿。于是放下马桶，也不及去拭抹面上这口浓涎，转把自己的头脑拍了一下，分明要拍醒了头脑，免得误搬了东西。夫妇俩左一趟右一趟地又搬了好些东西。有才猛然间喊声："奇怪，怎么外面静悄悄不闻人声？"举首望天空，也瞧不见什么烟火冒起，端的火在哪里？平氏才提起："张敬甫厨下失火，我知道不妙，一口气跑得回家，不给邻舍人家知晓，免得大家起了慌乱，闲杂人趁势抢物，损失了我家的东西。只要闭上了大门，搬取我们的物件，物件搬空了，这几间屋横竖是别人的产业，便烧得一干二净，干我们甚事？"

有才透了一口气道："还好，还好。敬甫那边和我们相距十余家，不见得便会烧得过来，外面又没有乱锣报警，敢怕是失火不成吧。奶奶在这里看守着物件，待我兜到前面去探一探。要是没有事，我们也不必气吁吁地忙这番手脚。"

平氏听说不错，便道："你去便去，只要望见了火光，便赶快回来搬东西。"

有才答应着，拔脚便跑。去了好一会儿，才见有才慢慢地回来，连连地摇着手道："没事，没事。"

平氏迎上前问道："为什么没事？"

有才道："我跑到敬甫的门前，听得里面诗云子曰，依旧是鸡鸭般的喧闹。一个学生跑出门来小解，我问他：'里面可曾失火？'他道：'只烧去了一捆稻柴，亏得师母浇了一桶水，便立时熄灭了。'我听了孩子的报告，自笑这一番忙碌分明是自讨苦吃。好奶奶，乘着左右无人，我和你把这些东西悄悄地搬了进去吧，免被邻舍瞧见，背地里取笑。"

平氏听了不则声，转长长地倒抽了一口气。有才忙笑道："没事了，奶奶怎么不快活？"

平氏又是噗的一口浓涎向有才面上唾来，骂道："你这糊涂虫，痰迷了你的心窍，说出这没志气的话来！亏你做了秀才，不省得自己和人家的分别，自己的家里没事的好，人家的家里越是有事越好。似张敬甫这般的浑蛋男子，张师母这般的泼悍婆娘，要是皇天有眼，便该轰轰烈烈，独家焚烧得他们不留一椽片瓦。天哪天哪，你怎么瞎却了一双乌珠？"说时，竖起着第二个指头儿，倏地向天空一指。可惜她的臂膊太短，指头儿太矮，要不然几何不戳破了老天的面皮。

夫妇俩又把物件抬的抬、捧的捧，搬回家里。件件都搬回，只遗落了一个银包，其中不多不少，恰是十六块溜光大银洋。待到平氏想起，约莫已隔了一点多钟。她记得银包放在一棵大杨树下的青草丛中，料想来往人少，不会被人摸去，急匆匆跑到那边，搜一个畅，把青草连根都拔起来，只不见了十六块钱的影踪。夫妇俩唉声叹气，一唱一和，说不尽的烦恼。平氏兀自不肯心死，只在草场上团团打转，东也搜搜，西也摸摸，几乎把地皮都要翻转来抖这一抖。

傍晚时降下一场大雨，只得歇手。当夜没有睡着，待到来朝，一骨碌便下床，披头散发，闯入敬甫书塾，却把一肚皮的毒气都注射在敬甫身上。进门便不由分说，将敬甫一把胸脯，直要拼个你死我活，闹得落花流水，不可开交。师母来解劝，没效，王老太来解劝，也是没效。平氏口口声声，一要索还贽仪和香烛费，二要赔偿她十六块钱的损失。敬甫气得四肢无力，只是播糠般地颤动。亏得左近邻舍的婆婆妈妈都来相劝，说贽仪和香烛费，便叫张先生承认了；这十六块钱，许奶奶只好自认晦气，不该说着风便扯篷，说着火便忙忙地搬家伙。况且这事完全和张先生没相干，同居的小毛子遗落火星在柴堆上，焚去了一捆柴，有什么大不了事，你欠了卖红萝卜的钱，没的都划在蜡烛账上。平氏纵然泼赖，然而三个人抬不过一个理字，也只得见风转舵，索着一块半钱的贽仪和香烛费，自回家去。

经这两番吵闹，平氏的悍名传遍了远近，全城的教书匠都动了公愤，推举冬烘界泰斗何其甫老先生援笔起草，拟了一纸传单，说什么凡我绛帐同人、皋比旧侣，自今日既盟之后，尚其一乃心、齐乃力，如有许氏子愿来肄业，则摈而出之大门以外，或命门人小子鸣鼓而攻之可也。有渝此盟，天厌之，天厌之，呜呼，可不戒哉！

这一纸传单出现以后，子曰店、诗云铺结了团体，一律拒绝许景文入塾肄业。有才乱搓着双手道："这便如何是好？"

平氏扑哧一笑道："杀猪的死了，人家不吃带毛的猪，你也是个秀才，教书是你的本行，自己儿子落得自己教，没的现钟不打，倒去炼什么铜？"

有才听了，没什么话说，横竖这几年来失馆家居，便把训子消遣着光阴，只是哪里束缚得住这只野猴？高兴时乱哼几句诗云子曰，不高兴时跳出跳进，闹得醋瓶都翻、油瓶都倒，有时还握着鸡毛帚跨在老子背上，一手扭住老子辫梢，一手把鸡毛帚乱打着老子屁股，道是看牛郎鞭打耕牛。

再说马二挑着这副糖担，没精打采，嘴里一迭连声地唤着晦气。走过一条巷，把担歇下，儿童们见转盘上面状元那边光塌塌，没有半块糖，便道："这是滑头戏，得了状元没有糖吃，谁高兴来上当？"望了一望，便转身走了。马二没奈何，把榜眼探花名下的糖分出几块，凑集在状元名下，然而这么一分，状元名下的糖不见其多，榜眼探花名下的糖益形其少，儿童们见了，依旧不能引起兴趣。马二每天好博个二三百文，今天只博得二三十文，自己吃了几个饼，胡乱垫饥，还省着一个饼，回去供献老娘。一路挑着担，一路还在肚里盘算，每天回去，糖担里总带着一两升米归家煮粥吃，今天粒米全无，回去挨饿，自己挨不打紧，只苦了我的老娘和那哑巴哥哥。那时出得西门，慢慢地行走，两条腿好生没力。五月里天气阴晴不定，出城的当儿一抹斜晖映在树枝上，闪闪烁烁地耀眼，走不到一二里，东北角堆起一座墨云，趁着风势，快马也似的奔驰，无多时刻，把那一轮将落的红日遮得完风不透。马二暗暗喊声不好，转眼便有雨来，不如紧走几步赶回家里，心头一急，脚下便开着快车。前面一带旷野，没个躲避所在，要是大雨打来，打湿了自己不打紧，打湿了担上的糖，我和老娘都没有命活。念头起处，那雨点已滴滴答答地打来，又粗又密，便带了雨伞也没用，何况马二尽着身体，又没有什么蔽雨之具，怎不吃了苦楚？

29

他忙把糖担歇落下来，藏放了余剩的糖，又把转盘翻了一个身，然后冒雨挑着担，踉踉跄跄地奔走。

好容易望见前面有一座破寺，三步并作了两步，赶到寺门前，已淋得和落汤鸡一般。把担歇在门里面，解下这件黏皮搭肉的湿布衫，绞了又绞，绞出了淋淋漓漓的许多水，搁在糖担里，再也不能披在身上，唯有下半截这条破裤不好意思解放下来。那时门外的雨正下得热闹，探头向两下里望了望，水汽迷蒙，浑如隔了几重云雾，再也瞧不见有个人影儿在路上行走。雨点子似绿豆般粗，乱溅乱跳，把山门里面一片地打个透湿。马二倒退了几步，暂躲雨势，把糖担移近在韦驮佛龛前面，免遭雨打。

举眼四望，这座寺破旧得不堪言状，墙壁上斑斑驳驳，害着疮痏。上栋下宇，宛似喝醉了酒，摇摇欲倒，韦驮菩萨敢是害了梅毒，落去了一个鼻头。里面两扇白板门，兀自紧紧地关着。马二蓦然有悟，暗想：这个所在，停留不得，常听得村里的孙大鼻子说起，西门外的天王寺一向荒废，没有住持，近日到了两个异方僧人，据为己有。这两个僧人又不念经，又不出外做佛事，满脸横肉，一股杀气，常到镇上去噇酒，噇醉了摇摇晃晃地在街上走，遇事生风，不时和人家打架，仗着拳头大，胳膊粗，谁也奈何他不得。我今天正在倒运的当儿，倘被这两个醉头陀撞见了，保不住又要吃亏。想到这里，腔子里这颗心把不住勃勃乱跳，瞧了瞧门外的雨势，兀自未衰，也顾不得什么，正待挑着糖担冒雨出门，猛听得里面有拍掌的声音，唤一声："这个好买卖做得成，咱们要发财了。"又听得另有一人说道："你别大呼小叫，被人听得了，须不是耍。"方才拍掌的那人大笑道："怕什么？这里又没有邻舍，倾盆也似的大雨，路上早断绝了行人，咱们讲话鬼也没有来窃听。"

马二把舌尖吐了吐，这里益发停留不得，待我挑上担子逃出这是非门吧。扁担已上了肩，蓦地里一个转念，却又轻轻地放下扁担，蹑手蹑脚地走到那边，把耳朵贴上了门缝，听一个畅。按下慢提。

列位，这"按下慢提"四个字虽是小说中一句套语，然而每值紧要的当儿，只轻轻地着了这四个字，便是把葫芦加上了一个盖，不知道里面卖的是什么药，所以读小说的最怕遇着这闷葫芦式的"按下慢提"四个字。然而读者休闷，著书者且另行介绍一个解闷所在，和列位相见。

"翠翠，你把绿瓷瓮子上的盖儿去了，难得遇见这一阵大雨，满满地盛着一瓮淡水，预备煮茶吃。"

说话的是一个中年妇人，穿一套缟素衣裳，发髻上扎着半寸长的一个白心，手执着剪刀，正在那里裁剪衣服。旁边立着一个二八年纪的女郎，听得娘吩咐，便道："妈妈，不须性急，好多天没降大雨，瓦棱里日晒夜露，保不住藏着什么毒物，且待雨水冲过了一阵，那么揭起瓮盖，满满地受这一瓮，饮了才合着卫生。"

她娘笑道："你说着卫生，我早想起一桩事了，你那天拖我到城里听什么女教习的演说，叽叽咕咕，我听了大半，不明白，后来讲到奉劝妇女们放脚，说什么小脚一双、眼泪一缸，我很把头点个不住。这两句话很不错，我是过来人，深知缠脚的苦楚，所以这几年来，不曾把你的脚紧紧裹缠，你说要放，我便许你放了。那些嚼舌头的邻舍都笑你是半截观音，我也由他们乱嚼，半截观音也好，全截观音也好。"

翠翠道："妈妈，怎么忽然想起了这桩事？"

她娘放下剪刀，笑着说道："后来那位女教习明小姐又说了一派话，我可一辈子不明白。她说：'放了脚便是爱卫生，缠了脚便不是爱卫生，倘然爱卫生，一定要放脚，我是爱卫生的，所以我这一双脚是不受束缚的，穿着皮鞋子往来行走，何等舒服？'说时，还把这只脚跷得高高的，给人家瞧个仔细。"

翠翠道："明小姐的说话，句句明白，你怎说一辈子不明白？"

她娘道："不明白的便是'卫生'两个字，她演说的时候我还明白，到了今朝依旧是个不明白。"

翠翠听了，不禁嫣然一笑，芙蓉颊上一笑便是两个酒窝儿，且笑且说道："妈妈又来了，只有以前听了不明白，现在忽然明白，没有以前听了明白，现在忽然不明白。"

她娘也笑道："我当时听得卫生长卫生短，只道卫生是一个人，只道明小姐的丈夫是唤作卫生，只道卫生是爱大脚不爱小脚的男子，所以明小姐口口声声地这般说。现在听得你也爱起卫生来了，你是个不曾受茶的闺女啊，没的你的丈夫也唤作卫生，所以我又疑惑起来，疑惑这卫生不是一个人。"

翠翠听得丈夫不丈夫，不免把红霞飞上了双颊，粉颈低垂，没精打采地说道："妈妈总不说好话，'卫生'两个字便是保重身体的意思，怎好认

31

作了一个人？"

她娘点着头道："原来有这般讲究，但是你祥哥取的别号也唤作卫生，可是保重身体的意思？"

翠翠笑得咯咯地道："祥哥哥的别号是蕙孙，不是卫生，蕙是兰蕙的蕙，孙是子孙的孙。"

她娘道："一样的声音，偏生分出这许多讲究，可见读书是一桩麻烦的事。你兀自巴巴地去读书。"

翠翠正待答话，一阵北风吹得窗户咿咿呀呀地响，雨点子愈降愈粗，半空中压着重重叠叠的湿云，云端里的电光金线也似的抽动。翠翠生性是怕雷的，挪动椅子，和娘挨肩坐。电光过处，轰隆隆一个响雷，唬得翠翠直向娘怀里钻。她娘笑道："好孩子，你又不干亏心事，怕什么响雷？"

翠翠听了不则声，直待响雷过后，才仰起身来答道："妈妈，暴雷打人，这是人去触电，不是雷来打人，触了电，没有命活，便不干亏心事，也要防着触电。"

她娘把这脑袋摇得拨浪鼓似的，忙道："且别混说，皇帝老子会杀错了人，玉皇大帝不会打错了人。"

翠翠还想剖辩，霎时又有一个电光射来，便掩着双耳，不敢置辩。过了一会子，雷声停了，雨点兀自不止。翠翠依着娘言，把蕉扇遮着雨点，走到庭前，揭去了绿瓷瓮子上的木盖。檐漏直注，不到片刻，已把四尺多长的绿瓷瓮子满满地盛了一瓮清水。她娘见天色将黑，把桌上的衣料收拾了，预备上火。

厨下烧饭的老妈子跑来说道："太太，现在的木匠可封了王了，那一夜起着大风，把后面的两扇窗吹坏了，唤木匠来修理，直到今朝还没有来。这般的大雨，都从窗洞里打将进来，打得灶前透湿，火都烧不着，怎么是好？"

太太道："王妈，横竖时候还早，你等过了这一阵雨，再烧晚饭也不迟，先把大门闩上了。在这大雨里面，不见得还有人上门来。"

王妈答应，自去闩门。

翠翠唤道："王妈，你闩上了大门，还得把后面的窗洞抗上一扇破板门，外面便是荒场，防有歹人乘夜来跳窗。"

王妈笑道："还待小姐吩咐咧，这窗洞上每夜总把板门来遮蔽，待到

32

上门落闩，一切完毕。"

雨势略停，王妈自去烧饭，母女俩正在灯下谈些家常闲话，猛听得一阵砰砰的声响，擂鼓也似的敲动那大门。母女俩顿吃一惊，忙问敲门的是谁，外面那人答道："我是来找金太太的，快快开门。"

金太太惊问道："你是谁？找我做甚？"

那人道："我便是我，来找你有话说。"

金太太益发诧异，便道："我和你不相识啊！这里姓金的不止一家，你别误敲了门。"

那人道："你是翠翠小姐的母亲吗？是的，便开门，不是的，便不要开门。"

金太太吞吞吐吐地说道："是便是的，你来找我做甚？"

那人道："开了门再说。"

金太太道："说了再开门。"

那人道："不开门不说。"

金太太道："不说不开门。"

门外门内一问一答，仿佛斗机锋似的。金太太把翠翠扯了扯，走过一旁，轻轻地问道："女儿，你看这门开得开不得？"

翠翠道："妈妈，我也要问你这门开得开不得？"

金太太道："开了又害怕，不开了又气闷。"

翠翠道："开了怕闯进个歹人，不开了又怕失去个好人。"

门外那人又声唤道："你们这般商量，商量到明天今朝，依旧不决，我捧着菩萨般的心来敲门，你们只把我当盗贼般看待。唉！好人难做，不开便不开吧！"说时，长长地抽了一口气。

金太太尚在犹豫未决，翠翠听得那人这般说，料想不是个歹人，抢步上前，拔了闩，把门开放。不开是万事全休，开了时，唬得倒躲倒躲。灯光之下，但见门里窜进一个怪人来，光着上半截身体，一条臂膊和靛青一般颜色，二十四根肋骨根根暴露，正不知是人是鬼。

欲知后事，且阅下文。

第四回

莽头陀跳窗起恶念
村姑子落水感恩人

"太太小姐，你们都不要惊慌，我是一个卖糖苦小子啊，右臂上一搭青记是胎里留下的记号，你们怎说是有鬼有鬼，我是好端端的一个人啊！"

母女俩才敢细细地认他的面貌。只见他状有槁容，面无凶相，端的是一个可怜小子，只是不晓得他的姓名，问他又不肯直说。他只气喘吁吁地说道："金太太，我不能在这里多耽搁，家里的老娘盼得我要死，我要紧去瞧娘。你们也不用问我姓张姓李，我向你们报一个急信。方才在天王寺里躲雨，听得两个贼头陀存心不良，商议恶计，要乘着今夜三更时分，到金寡妇家里掳掠她家的女儿翠翠。一个头陀说：'金寡妇住在哪里，她的女儿美不美？'一个头陀说：'她家住在西门外，离却城门不到半箭路，朝南门面，广漆矮闼，上面还有个飞金的八卦图。她家女儿生得千娇百媚，是扬州数一数二的美娇娃，只是脚大一些，人家都道她是半截观音一个。'头陀说：'脚大不要紧，咱们赵当家那边正要娶个大脚美人，只是怎样下手？'一个头陀道：'她家的后面恰是一片荒场，靠北墙上缺少着两扇窗，咱们跳窗进去，用着迷药把娇娃迷倒了，那便遂了咱们的志愿。'这两个贼头陀一问一答，都被我听一个饱，暗想这桩事非同小可，便冒着大雨赶得过来通报一声。太太小姐，你们自作主张，不要落了贼秃的圈套。家里老娘盼我回去，敢怕眼睛都盼得穿了，糖担在外面，我只索挑着糖担回家瞧娘去。"

娘女俩听了，悠悠魂魄直从顶上飞去，呆呆地立着，宛似两个石人儿。隔了片响，才觉得魂魄返舍。金太太还待问话，早不见了方才报信的小子，忙道："阿弥陀佛，这便怎么是好？"

翠翠拭泪道："昨天我在门前小立，见一个头套金箍的怪和尚，两眼射出凶光，只在我身上打转。我见了胆怯，便闭着矮闼，自回里面。方才那人来报告的，只怕便指那个怪和尚想来行劫。哎呀，这便怎么是好？"

　　金太太想不出主意，便一口气跑到丈夫金其良的灵座前，天呀天呀地痛哭起来，还嚷着："你在黄泉路上，赶快显个魂儿，吓退这贼秃，解救解救我们的灾难呀！我们娘女俩天天给你上羹饭，烧锭锞子，你不该坐视不救呀！"哭时噼噼啪啪，把灵座子拍得价响，分明要把御灾捍患的责任责难死者。

　　厨下的王妈把饭煮熟，听得外面哭得号天嗝地，赶来问讯。娘女俩啼啼哭哭，把方才的事说了一遍。王妈道："哭有什么用呢？一眨眼便是三更时分，没的老坐在家里，专等那恶僧到来，还是太太带着小姐到舅老爷家里暂躲一夜，明日再想计策。"

　　这几句话提醒了金太太，忙道："王妈，你的话却不错，好在舅老爷和警察局长认识，我们娘女俩今夜一准到舅老爷那边去宿，却请舅老爷连夜到警察局里去告发，派几名警察来看守后门，那么便可以万无一失。"

　　于是商议妥帖，娘女俩不敢迟延，晚饭都不及吃了，便急急地进城去避祸。临走时叮嘱王妈在家里看顾。王妈道："多多拜托舅老爷，快把警察唤来看守后门，要不然我也不敢在这里看夜。"

　　母女俩答应自去，暂且慢表。

　　单说三间茅屋里面点着一支半明不灭的蜡烛，哑哑哑呃呃呃，这一阵声浪哼得怪响。灯光之下，照见芦帘上面，有两只手影在那里活动。起初两手并举，十个指头儿高高竖起，既而又把左手的四个指头儿缩去，单竖着左手的五个指头儿和那左手的一个大拇指，既而又把左手放下，却把右手的两个指头儿搭成一个圆圈。

　　编书的，你编什么哑谜？说得不明不白，叫人家见了也纳闷。哈哈，读者诸君，编书的怎肯编什么谜惹诸君纳闷，实因书中提起的一个人，虽然是个二十多几的汉子，然而自出娘胎，从来没有讲过一句话，却是个天生的哑巴。哑巴讲话，除得表演手势以外，只有哑哑哑呃呃呃地一阵乱哼。那时，茅屋里面放着几张破桌破椅，和那哑巴对面坐的却是一白发萧萧的老婆子，面前放着一大堆红烧猪头肉，热烘烘的十余个大馒头，还有一包铜圆，约莫八九十枚。婆子吃了些馒头和猪肉，却又搁着不吃，哑巴见婆子不吃，也把手里的馒头放下，哑哑哑呃呃呃把手指指馒头和猪肉，又指自己的嘴巴，分明叫婆子快把这些东西放在嘴里嚼吃。婆子也指指自己的嘴巴，摇摇头，是说不要吃，又指指外面，竖起着两个指头儿，摇摇手，是说外面的老二还没有回来。哑巴点了点头，嘴里一阵哑咖哑咖，指着外面，指指自己的鼻子，指指婆子，指指馒头和猪肉，又高高竖起着一个指头儿，是说外面的老二回来后，三个人在一块儿吃。

婆子向外面望了望，雨点停了，只不见老二回家，嘴里喃喃自语道："时候不早了，阿二怎么不回来？便说是遇雨，雨又止了，他是个很孝顺的儿子，没的丢我在草屋里，盼得眼穿。难得今天阿大交了好运，有肉有馒头，买得回家，我们三个人也好吃一个饱。咦！阿二怎么不回来？这其间好生奇怪，莫不是……呸！不要胡思乱想，阿二总该回来了。"

"我的妈妈，做儿子的回来得迟了……"

说话的正是马二，挑着糖担，急匆匆跑入草屋，歇着担，把里面一件湿布衫抖了抖，挂在竹竿上面，又把一块烧饼送上老娘，说："妈妈，胡乱充着……"

话没说完，早一眼瞧见破桌子上堆着又白又松的大馒头、又肥又厚的猪头肉，心里诧异，暗想：破桌子上从来没有堆着这般的好东西。正待动问缘由，那哑巴早含着笑脸，一阵哑哑哑呃呃呃，在马二面前做手势，但见他把鼻尖一指，又把两手高高地搭成半个圆圈。马二会意，知道哑巴告诉他今天进城去，又见哑巴向窗外的树木一指，揉揉肚子，把身体往下一蹲。马二会意，知道哑巴告诉他走过一处树下，肚子痛，就地大解。又见哑巴把手在地上一摸，伸着十个指头儿，又伸着六个指头儿，又把两指搭成一个圆圈儿，嘴里哑咖哑咖，接着又是一阵笑。

马二好生奇怪，便问着老娘道："真个大哥在树底下大解，摸着十六块钱吗？"

马老太笑得咯咯咯的，忙道："可不是呢，真个哑巴拾黄金，说不出的欢喜。现在恰应了这两句话了，你大哥天天进城去做扫街夫，能赚多少钱？养活自己都不够，哪有闲钱买肉给我吃？亏得天无绝人之路，在外登野坑，从草地上拾得十六块滴大溜光的洋钱，他便兑了一块钱，买些好东西，供给我们吃一个饱。所有十五块钱一起交在我手里，我没处存放，便放在一个破甏里面。好儿子，你要瞧吗？我便取来给你瞧。"说时，便向破甓里掏取这个银包。

马二自思：这个银包不知是谁遗失的，要是也和我一般的穷人，那便不好了。但见马老太笑嘻嘻地捧出一个小包，是用一块大红绸纱洒花排须手帕包裹的。马二心里略定，瞧着这块手帕，那失物的一定不是个穷苦之人，那时马老太打开着手帕，把十五块龙洋一块块地排列在破桌子上，弹了弹烛煤，照得这十五块钱益发焕焕生光，笑向马二说道："好儿子，你瞧这洋钱多么好，顽团团的，花边多么精细，盘着的一条龙多么活灵活现！天天把这洋钱瞧几回，也解得饥饿。你大哥的运气可好不好？"

马二不语，却把这块绸纱手帕细细瞧视，觉得一阵阵的香水气味直向鼻孔扑来，便道："妈妈，这手帕大概是个女人的东西，怎么包着银洋摆在草地里？好叫人难猜难测。"

马老太还没答话，哑巴心灵，早瞧出老二是在那里称赞这手帕上的香味，他便把手帕子抢在手里，拎着一只角，一挥一洒，踮起着脚尖儿，扭头扭颈在草屋子里打着俏步行走，似乎说遗失这银包的便是这么样的一个标致女郎。又把手帕子放在鼻边嗅这几嗅，将脑袋瓜儿向后一仰，双目一合，兀自把手帕子紧紧抱住，惹得母子俩哈哈大笑。马老太太道："这小子专怄人笑，他说要把手帕子牢抱胸前，陪着他睡眠咧。"

于是三个人同坐在草屋子里，嚼吃这馒头、烧饼和猪头肉。马老太问儿子因甚迟归，马二把今天遭遇的情形一一禀告老娘知晓，怎样秀才敲竹杠，怎样顽童抢糖吃，怎样天王寺躲雨，怎样歹僧秘室阴谋，怎样到金寡妇家里报信。马老太初听时不禁愁眉苦脸，听得后来，才觉得眉飞色舞，拍着儿子的肩膀道："好乖乖，你这桩事做得很不错，做娘的听了也快活。你不说出姓名很好，可见得你去报信并不是贪图她们的谢意，越是穷苦人，做事越要光明正大，不比城里的乡绅老爷，开出口来便要讹诈人家的钱财。阿弥陀佛！毕竟天不亏人。阿大拾着的十六块钱也是天老爷瞧你行这好心，给我们一个好报。"

说时，又瞧着十五块钱，一阵哈哈大笑，拣着两块钱，顶着指尖上叮叮当当敲将起来。马大又哑哑哑呃呃呃地哼将起来，指指外面，指指耳朵，只是乱摇着头。马老太太道："不错，不错，叮叮当当敲起来，被那外面歹人听得了，须不是耍。"

于是，马老太收拾洋钱，马大兀自嗅着手帕子不肯放手。那时宵分已深，云端里推出一轮明月，直从破窗洞里射将进来，照得床前雪亮。马老太扑地把烛火吹灭了，说天老爷替我们挂着灯了，省这蜡烛头，留待明夜再点，没的月亮下点灯空挂明。于是三个人分占着两张床铺，纳头便寝。老娘睡的是棕垫，马大、马二只睡的几块板，把四个破凳支撑着，也算是一张床铺。马老太把十五块钱放在枕头边，瞧一会儿，摸一会儿，笑一会儿，方才入梦。马大却把手帕子铺在胸前，紧紧抱住，笑眯眯地睡着，睡梦中间兀自哑咖哑咖，不晓得他做了什么好梦。一宵无话。

来朝起身，已见铜钲般的旭日高挂树梢，马大把手帕子压在枕底，先行出门，进城去打扫街道。马二也不敢耽搁，收拾糖担，披上这件半干半湿的破布衫，正待出去做买卖，猛听得外面有人唤道："马二在家吗？"

听这声音，便是土地堂里的孙大鼻子。马老太道："孙先生来了，他昨夜便差巧珠来找你，我却忘记向你说。他这来定有好消息，但愿这桩事成就了，也省得挑担出门受这人家的闷气。"

马老太说时，马二已跑得出门，和那孙大鼻子相见。你道孙大鼻子生得怎样模样儿？哈哈，尚待说吗？他叫作大鼻子，当然是个大鼻子，不过他的大鼻子却也有个小小的历史。他年轻时皮肤很白，他的鼻子也是白的，这便是白鼻子时期。后来在信局里充当跑街，常在日光中行走，把皮肤晒得黑了，这便是黑鼻子时期。近来上了些年纪，不耐做跑腿的生涯，却在左近土地堂里做个庙祝，兼设着蒙馆，教授几个村童，皮肤又渐渐恢复着原状。然而他又酷嗜着杯中之物，天天傍晚总得喝着几杯酒，才觉得通身舒畅，眠在床上，一合眼便入睡乡。要是没有酒吃，别说喉咙里酒虫乱爬，痒得不可开交，便是睡在床上，左一骨碌右一骨碌，外床翻到里床，休想可以入梦。来日起身，也是百般的不快。所以孙大鼻子对于杯中物竟是不可一日无此君，面部上挂着吃酒招牌，满嘴满腮都是酒瘰，还把一个大鼻子染得红红的，这便是红鼻子时期。闲话剪断。

马二见了孙大鼻子，喜滋滋地说道："孙先生，甚风吹得到此？里面请坐。"

孙大鼻子扑哧一笑道："老弟少闹这虚文吧，坐了你的椅子，脏了我的屁股。那一天我也是到贵草屋来奉访，你却不在家，我团团打转，觅不得一个坐处，你家哑巴大郎要算殷勤，掇出一张竹椅子，嘴里哑咖哑咖地让我坐，我才坐得一坐。后来出了贵草屋，却有两三个乡间孩子跟在我后面拍手大笑，说我屁股上面开着张飞的花脸，我知道不妙，回到土地堂褪下裤看时，唤声'咳呀'，一条簇新的白洋布裤印上了两大块黑迹，倒累我花了半块肥皂，唤巧珠洗了又洗，才洗得干净。老弟，你省着我的肥皂吧，要讲话快跟我到庙里去讲。"

说时，早拖着马二同走。走不到三四十步，那座土地堂便在眼前，庙门上三个金字早已剥落。孙大鼻子因陋就简，便在门额中间，粉染着一大块，他又提起刷帚浓浓地蘸着乌煤水，大笔一挥，把"土地堂"三个字写上，写得歪歪扯扯，不成模样儿。然而乡间人见了，已觉得孙先生满腹文章，真有通天的本领。孙先生又曾把这三个字指给马二认识，怎样起笔怎样落笔，说得津津有味。马二听了，兀自不大明白。

孙先生又说："乡间有个笑话，见了'土地堂'三个字，把来都读别了，叫作'上他当'，你须细细地认清笔画，不要叫作'上他当'吧。"这是前事，表过不提。

却说两人走近庙门，但见庙门口立着一个十四五岁的村姑子，头上簪着一朵石榴花，在那边伸头探脑。马二正待叫唤，那村姑子早飞奔也似的迎上来，嘴里一迭连声地唤着二哥哥，但是走了几步，却又答转身躯，向庙门前奔去。孙大鼻子大笑道："这丫头跑得慌，把鞋子都落去了。"

原来这村姑子正是孙大鼻子的女儿巧珠，拖着一双半旧不新洒花蝴蝶的倒跟红布鞋，立在门口望马二。瞧见马二来了，抢步上前，巴不得早早地和他相亲相近，偏生鞋子和她开玩笑，走下阶石的当儿，脚乱步忙，却把左脚的一只鞋落在阶石上面，比及觉察，早已赤脚走了三四步路，忙忙地折回，套上这只鞋，笑得咯咯地直不起腰来。

那时孙大鼻子早携着马二的手，同到里面。并列三间屋，中间供得土地偶像，右边杂堆些农家器具，都是邻近人家寄顿的，左边放着几张白板桌子、几条板凳，便是孙大鼻子教授村童之所。两人都在板凳上坐定了。

孙大鼻子道："我昨晚便差巧珠来看你，却扑了一个空，倒累她在大雨里跑了一趟。"

马二正待回答，巧珠早在紫砂茶壶里倒出一杯茶，送将过来，一手托着茶杯，一手把身上这件青布衫撩得起来，在杯口上抹这几抹。撩衣的当儿，里面系着的花布抹胸露出一部分的尖角。

马二赶快把茶杯接受道："妹妹白跑了一趟，很对不住。"

巧珠道："可不是？昨夜到你家，风又大，雨又急，回来的当儿，一阵狂风把我撑的一柄破油纸伞吹得和百脚旗一般，虽然相隔没多路，然而一去一来，早把我的鞋袜沾得透湿。你瞧，我今天还没有袜子穿，只赤脚穿上这双红鞋，这都是你害我的。"

说时，似乎恶狠狠地瞅了马二一眼。其实两颊上兀自堆着笑容，瞅了一眼，又把不住捂着嘴好笑。马二在这当儿，纵然心肠木石，见巧珠媚态可掬，也不免微微打动了心坎。

孙大鼻子道："痴丫头，你不要絮絮聒聒地埋怨着哥哥，你哥哥还没有吃点心。昨天鲍大送我的一盘糍粉团，我搁着不曾吃，你快把来放在锅子里热这一热，给哥哥吃。"

巧珠欢欢喜喜地答应着，自向后面而去。孙大鼻子很诚恳地向马二说道："老弟，我和你是个忘年之交，我只敬你是个实心眼的孩子。人家都说我酒醉醺醺，其实我这双眼睛却不曾醉。我今年四十七岁了，五光十色的人也瞧见了不少，但是像你这般心地纯白的，瞧来瞧去，只瞧见了你一个。我不是当面奉承，似你这般的穷孩子，穷得狗肝都出，三间草屋子里翻来倒去，也觅不出三百五百的青铜钱，我来奉承你做什么？况且我孙大鼻子是天性不惯奉承的，凭你银钱堆出了大门外，要我讨好一句，千难万难，唯有见了老弟，打从心眼里地佩服，要我说你几句坏话，也是千难万难。你这般地孝顺老娘，敬爱哥哥，历年以来，都瞧在我眼里。老弟，你是胸无墨汁的，你也不省得孔老夫子、孟老夫子，道的是什么爱亲敬兄的话，你的爱亲敬兄，出于你的真心，并不是打从诗云子曰里面变化出来的。可笑城里的举人秀才们满肚皮都装着墨汁，只是墨汁装得太多了，却把这颗良心都染成了墨色，开出口来不认得老子娘，伸出拳来不认得亲兄亲弟。"

马二惊道："孙先生别这般说，听得举人秀才都是天上的文星下凡，我们毁谤星辰，却是老大罪过。"

孙大鼻子扑哧一笑道："这是哪里来的野话？说什么文星武星，叫怕是晦气星吧！"

马二也忍不住好笑，便把昨日抢糖的事说了一遍。

孙大鼻子道："你遇见的秀才是怎么样面貌？"

马二道："是个白净面皮，疏疏的几茎短髭，额上有一粒黑痣。"

40

孙大鼻子拍手道："知道了，这秀才姓许，是扬州五毒党里的一个。老弟，你还算运气，只损失了十六块糖。要是不见机，和他顶撞，把他触怒了，他只轻轻呵一口毒气，也把你化作了脓血。我不是向你说过吗？城里的秀才比着乡间赤练蛇还毒。"

马二听了，不住地点头嗟叹。那时，巧珠一手托着一盘糍粉团，热气腾腾，送过来给马二吃。糍粉团上还加着一撮白糖，几点玫瑰酱，红白分明，益显得这团儿好吃。一手还执着一双红漆筷，在衫角上抹了又抹，授给马二道："二哥哥，这东西虽然不中吃，你却要吃个一干二净，要不然我便不依。"

马二笑道："妹妹给我吃的东西，我几曾剩过来？只是和你熟商量，四个团儿我只吃两个，留两个给老娘吃。似这般香喷喷甜津津红艳艳的玫瑰酱，老娘多年没有尝过，留给她尝尝新，可好不好？"

巧珠冲口答道："待你吩咐咧，老太那边我照样留着四个，预备送过去。你若不信，我立刻便送去。"

说时，急匆匆到厨下，果不其然，托着照样的一盘糍粉团，直向外面而去。马二方才放下这条心，又把团儿让给孙大鼻子吃。

孙大鼻子笑道："你知道我不喜粉食，何必客气？要是我爱吃这东西，昨天都被我吃完了，还能留给你娘儿俩嚼吃吗？"

马二便不客气，把四个团儿都吃了，吃得舔嘴咂舌，觉得异样的甜香。

孙大鼻子道："我今天请你到来，正有紧要的事和你商量。那天荐你去做园丁，这件事早有七八分的把握。王大嫂子说起，只要把你领到那边和她主人会面一次，这件事便可成就了。老弟，你挑着糖担，靠这转盘度日子，本不是长久之计，现在有这机缘，又有饭吃，又有屋住，按月赚的工钱也可补助老娘吃用。一个月又有三天放工，尽可回来瞧老娘。你倘然肯就这桩事，我便放了一天的假，陪你进城去，会见那个王大嫂子，也好替你做一个担保之人。老弟，你毕竟愿不愿呢？"

马二道："难得孙先生这般抬举，有什么不愿？我那天也曾向老娘说过，老娘欢喜不迭，连连念着阿弥陀佛，巴望这桩事早早成就。只有一层，我去见那主人，身上这套七穿八洞的短衫裤，还加着昨天遇了一场大雨，泥浆水渍都没有干，怎好走上人前？要是那主人把我当乞丐看待，立时拒绝，那便白跑了一趟，连累孙先生面上都不好看。"

孙大鼻子沉吟道："你这话也虑得不错，目今时世，只重衣衫不重人，哪怕颜渊、曾参的好学问、好道德，穿了褴褛衣衫，跑上人前，也要给人家打折了腿。什么狗也不如的乌龟贼盗，只消穿了几件体面衣服，人家见了，便是高拱手、低作揖，险些把腰肢都要折断。"

于是搔头摸耳一会子，便道："有了，我的短衫裤却有两套，不妨暂时把一套借给你。好在事成以后，照例可先支一个月工钱，你便赶紧去办了一套衫裤，把那一套还了我，岂不是好？"

又道："不好不好，这一个月内，你那老娘那边总得有些安家食用，要是都把来买了衣服，你老娘怎样度日，岂不救了田鸡饿了蛇？你那哑巴哥哥自顾不暇……"

话没说完，马二早抢着说道："好叫孙先生听了也欢喜，我哥哥在这一两个月里，不愁他不能养活老娘咧。"

于是便把哑巴拾金的事细细地说了一遍。孙大鼻子听罢，立把面皮一沉，倏地从板凳上站将起来。马二见了，不觉大大地惊讶。但见他把衣衫整了一整，走到土地偶像前面，插烛也似的跪下去，抛瓜也似的磕了三个响头，嘴里兀自喃喃地说道："土地老爷，你真个神目如电，有求必应，再要灵验也没有。"

拜罢起身，正待向马二讲这灵验的道理，却见门外走进一个新娘模样儿的人，把红巾幕着面，扭扭怩怩地走上前。孙大鼻子老大诧异，哪里来的新娘子，借这土地堂来结亲？仔细一看，不禁扑哧地笑将出来，原来这个新娘子，上面遮掩着大红方巾，手里兀自捏着一只空盘，脚下兀自拖着一双倒跟红布鞋，露出青筋白脚背，不是巧珠是谁？

那时巧珠自己把红巾一扯，也是嘻天哈地地笑将起来道："我不要做新娘，做了新娘怪气闷的。"

孙大鼻子道："痴丫头，谁叫你做新娘的？"

巧珠且笑且说道："我送团儿给马老太吃，瞧见哑巴哥哥枕头边露着一角红巾，抽出看时，却是一块大红绸纱洒花排须的手帕。我问老太：'这是谁的？'老太说：'这是哑巴拾来的。'我说：'给了我吧。'老太说：'只要哑巴肯，便把来给你。'又说：'哑巴拾了这手帕，当作老婆看待，嗅嗅摸摸，夜里抱着一床眠。'爹爹你想，这话可笑不可笑？"

说时，又把手帕扬起着，笑向马二道："它是你那哑巴哥哥的老婆，你该唤它一声嫂子，看它答应不答应？"

这几句话，说得马二也笑了。孙大鼻子道："既是哑巴的东西，你抢来做甚？"

巧珠笑道："我把来扮作新娘，怄爹爹发笑。"

孙大鼻子笑道："痴丫头，十五岁年纪，也不算小了，当着哥哥扮作新娘子，亏你不识羞。"

巧珠把盘子和手帕都放下了，扭股糖似的走到老子身边道："怎么当着哥哥扮新娘子便该害羞，难不成背了哥哥扮新娘子便不害羞？"

孙大鼻子道："你别多说，我要和你哥哥讲正经事。"

巧珠退过一旁，心头自忖：原来扮新娘子不是正经事咧。

孙大鼻子坐定了，指着手帕道："料想这块手帕便是包裹银洋的东西。哎，说也稀奇，这十六块钱，虽不算多，然而也是神灵默佑，才能碰着这般的机缘。我来告诉你听咧，前三天，我兀自替你在土地老爷前叩祷，我说：'马二这般的好孩子，不该使他这般穷。从前二十四孝里面，不是有天赐黄金的事吗？马二也是个孝子，别说天赐黄金，便是赐些白银与他也好。'果不其然，你哑巴哥哥便拾着了白银，这不是神灵默佑吗？老弟，你也该在神灵前磕几个头才是道理。"

马二当真在神灵前磕了几个头，惹得巧珠呵呵地笑道："二哥哥，怎么一个拜起堂来？"

孙大鼻子向巧珠眨了一眼，说："你不要胡说，怒了神灵，要割你的舌头。"

马二拜罢神灵，孙大鼻子便唤巧珠取了一套干净衫裤，授给马二道："你取回去更换了，再把发理理，脸洗洗，再到这里，我和你一起进城去。"

巧珠忙问道："二哥哥真个要进城做园丁去吗？"

孙大鼻子点了点头。巧珠央告他老子道："你不要放二哥哥去，二哥哥去了，我没有命活。"

孙大鼻子睁圆了眼问："这话从何说起？"

巧珠擦着眼道："我这条性命多亏二哥哥救得。去年失足落水，要是没有二哥哥拼命地把我拖起，我还有命活吗？二哥哥去了，要是我第二次

43

落水，谁来救我?"

孙大鼻子且笑且骂道："痴丫头，没的乱嚼这舌头，你一次落水不够，还巴望第二次吗?"

马二也笑说道："我到了人家去做工，一个月有三天放工回来瞧老娘，顺便来瞧妹妹。"

于是挟了衫裤回家，临走时巧珠又把他唤得回来，说："你把你的嫂子带回家去，没的哑巴哥哥回来，不见了老婆，只道是跟着人逃走了。"

马二笑了一笑，便把桌上这块手帕子卷在衫裤里，挟着便跑。马二去不多时，村里的小孩都捧着书包来上学。孙大鼻子把来一一地放了学，小孩们欢天喜地一跳一跃地回去，不消细表。

待到马二重又到来，头光面滑，穿着一套白洋布衫裤，果然另换了一个人，始信道人要衣装佛要金。孙大鼻子吩咐巧珠看守门户，便陪着马二同行。巧珠送至门前，再三叮嘱道："二哥哥，你有暇便该来看我。"说时，盈盈欲涕，直待瞧不见了马二的影儿，方才入门。

且说孙大鼻子和马二走了一二里路，经过一个所在，黑压压地挤了许多人，都在门前瞧热闹。孙大鼻子便也从人丛中挤得进去，向门上瞧了瞧，不禁满怀欢喜，答转身来，告马二道："天有眼睛，天有眼睛。"

欲知后事，且阅下文。

第五回

恶阇黎树下寻仇
贤御史林间归隐

两条硬木扁担，扁担头翘翘地向上耸起，扁担的两端各系着小小的包裹，两个人挑着，拔脚便跑。须知在那挑担队里，要抢着这两条扁担，算作头挑，摆在肩上又平又稳，在人丛中直撞地过去，谁也要避让一下子。挑担的两条毛腿跑得风一般快，脚下都蹑着多耳草鞋，踏在地皮上，腾腾地响。

这两个人端的是谁？但看他们的打扮便明白了。一个头戴葫芦结顶凉笠子，身穿灰布直裰，一个把凉笠子系在背上，头上短发垂肩，却套着一个如意式的铜箍，身上也穿灰布直裰，路上认得的，谁也不说。这两个都是天王寺的头陀。戴凉笠子的是广修，套如意箍的是法根，看他俩挑包上道，行色匆匆，多分是为着寺院破败，到各处去募化金钱，以便重修佛殿，再塑金身。路上也有人问他俩到哪里去，他俩只装作没有听得，拽开大步，只是脚下明白。

走了一程路，到一个冷僻所在，两旁树林，前后没有行人，他俩才放下担子，向树底下盘膝坐着。广修除下凉笠子，掼在草地上，愤愤地说道："这不是咱俩的晦气，好好的一番计议，给那个王八羔子窃听了去，吃人家防备了。昨天商议的当儿，咱只怕隔墙有耳，止住你不要高声，你说大雨里没有人。哼哼！谁说没有人？后来瞧见山门里面一带都是透湿的脚迹，直到第二重的门旁，可见咱们的说话……"

法根连摇着这个戴箍的脑袋道："别说吧，说了又要引动咱的怒火。咱的心里恨不得把那窃听秘密的王八羔子连皮带骨放在嘴里嚼一个烂。"

广修道："咱也是这般想，咱俩的秘密和王八羔子有什么相干？他去

45

献殷勤，却把咱俩的买卖破坏了。可惜没有知道这王八羔子是谁，要是知道了，咱不把他推翻在地，白刀子进，红刀子出，咱也算不得是口念弥陀的佛门弟子。"

法根拍着胸脯道："着啊，广修，你是江湖上的智多星，你有什么方法探出那个听人秘密的王八羔子端的是谁？"

广修尚没回答，却听得树林子里有人接嘴道："窃听你们秘密的是我。"

广修、法根两头陀一齐大惊，忽又勃然大怒。法根性似烈火，霍地跳起来，抢着这根硬木扁担，闯入树林子里，喝道："来来，咱要寻你，你却来送死，吃咱一扁担，管叫你成个肉饼。"

说时，抢动扁担，恶狠狠地一路打将进去。却见那人从树林子里迎上前来，哈哈大笑道："疯和尚疯得厉害，竟把我当作树上的梅子看待，拣着熟的便打。"

法根才看出来人不是别人，便是自己至熟的相好，唤作醉金刚卜大良，慌忙放下扁担，笑道："卜大哥，听说你下乡吃喜酒去了，怎么鬼鬼祟祟躲在树林子后面吓人？"

大良道："今天正待要归家，走了七八里路，有些疲乏，躲在树林子里休息片刻，远远地望见那边两个挑包和尚，模样儿很像你和广修。我老大疑惑，不则一声，躲在树林子里等你们走近了瞧个明白，果不其然，便是你们一对搭拉酥。我老大奇怪，你们到这里来干什么？没的又要作什么案？我便放轻脚步，悄悄地走来窃听一下子。谁料你们正在那里骂王八羔子，说什么要把窃听秘密的人白刀子进红刀子出，我便是窃听秘密的人，你们要杀我，我便把一腔热血卖给你们也好。"

说时，广修也跑入树林子来，哈哈大笑道："老卜，你真是个泼皮，咱俩又不说你，你怎么揽到自己身上来？没的把别人的棺材扛到自己家里去哭。"

于是三个人同在树林子里，席地坐下。大良便问两僧何事出门。广修道："说来话长，这桩祸事都是你老卜惹出。"

大良道："怎么是我惹出？"

广修道："你那天在酒肆子里，不是说金寡妇家的雌儿生得千娇百媚，是个半截观音吗？"

46

大良点头道："确有这句话，你们莫非想她的道儿？不知道可曾得手？"

广修把头摇得拨浪鼓似的，恨恨地说道："得手吗？哼哼，若不是得信得快，咱俩早吃了一场官司，想起来怎不恼恨？"

大良诧异道："他家只有娘女俩和一个老妈子，放着你们飞檐走壁的本领，还有那劳什子的闷香，怎么不曾得手？"

广修指着法根道："都是他疯头疯脑不肯秘密一些，才走漏了消息。"

于是便把昨天在寺里商议密计，吃那躲雨的窃听了去，山门里淋淋漓漓的都是湿脚迹，说了一遍。又道："咱向法根说这事不妙，咱俩的秘密早被人听了去，只怕今夜去不得。法根说躲雨的有什么相干，便窃听了去也不妨，不见得冒着大雨便到金寡妇家里去报信。法根这么说，咱也没话驳他。待到三更时分，雨早停止了，一轮亮月照着湿地，咱和法根悄悄地从寺后跳墙出外，直奔金寡妇家里。路上毫没耽搁，月光里照见金姓屋后的窗洞一些没有掩蔽。法根大喜，轻轻地向咱说这是天赐咱俩成功，扑地跳进去，再要便利也没有。咱蓦地里眉头一皱，计上心来，拉着法根走过一旁道：'法根呀，你别鲁莽，大着胆便去跳窗，这样地直洞洞开着，莫非其中有诈？'法根说：'后窗已坏，不能关上，因此直洞洞地开着，你别多疑。'咱道：'后窗坏了，也该找些东西来掩蔽，断没有由它开直的道理，咱想一定有诈。你若不信，咱便来打个问讯，有诈没诈便见分明。'那时咱一眼瞧见垃圾场上有人家抛掉的破蓑衣，便道：'法根别忙，咱便唤蓑衣去问路。'因便把破蓑衣卷得紧紧的，蹑着脚步，走到那边，觑准了窗洞，把破蓑衣直撩进去。说也危险，里面果有了准备，蓑衣撩入，不晓得触动了什么东西，哗啦啦一阵声响，接着三五个男子高声大喊'捉贼'。咱和法根知道不妙，脚底抹油似的一直奔回了寺里。"

大良听说，连连称赞广修的急计，说道："江湖上说你是智多星，果然名不虚传，若不是蓑衣问路，多分吃他们捉住了。后来便怎样？"

广修道："回到寺里，咱俩只有唉声叹气，法根兀自不肯心死，预备过了几天再展手段，咱道：'法根，你不要做梦，只怕这寺里住不得了，风声走漏，人家怎不向警察署去报告？咱俩吃不了兜着走吧。'法根听了，似信不信，待到天明时候，果不其然，早有人擂鼓似的敲动山门。"

大良忙问道："莫非是捕捉你们的到了？"

广修道："谁也不是这般说，咱早打叠了包裹，待向后门逃走。法根不依，拔出雪亮的戒刀，说要开出门去，把贼警察杀个净尽。咱说：'你别忙，便要迎敌也得问个明白。'咱说时，便向门缝里张这一张，笑说不要紧，便把山门开放了。原来打门的便是咱们的好友癞皮张三。"

大良笑道："他又要打熟人了，真个树上的梅子拣熟便打。"

法根瞅了大良一眼道："你说过了又说，好曲儿不唱三遍呀！"

大良笑答道："只唱得两遍，还没有唱到第三遍。"便回头问广修道："癞皮张三跑来做甚？"

广修道："他是咱们的无线电报，衙署里的消息总逃不过他的耳朵，他听得县衙门里得了警署的报告，少停便要来发封寺院，捉拿僧人。承他关切，生怕咱们吃亏，前来通个消息，咱俩怎敢怠慢，好汉不吃眼前亏，只得挑包出门，图个安身立命的所在。老卜老卜，要不是你提起这金寡妇家里的雌儿，咱俩便不会闹出这个乱子，可见这祸都是你老卜惹起。"

大良笑得咯咯地道："没的什么怪，又来怪我了，还好还好，总算没有吃亏，我们作案的不能够件件胜利，偶有小小失败，算不得怎么一回事呀。"

法根捏着拳头，重重地打了地皮一下，恨恨地说道："失败不要紧，咱只恨这没良心的王八羔子，咱俩说咱俩的话，干咱俩的事，和人家没相干，要是有心肝的，便不来管这闲事，谁叫他昧着良心，冒着雨去告密？似这般的恶奴，咱怎肯放他过去？咱一定要捉住了他，当胸咔嚓一刀，瞧瞧他的腔子里有良心没有良心！"

广修也央恳着大良，说："咱俩这里存身不得，待奔徐州赵当家那边，再作计较。只是这个窃听秘密的恶奴，破坏咱俩的买卖，万恶不赦，天理难容。老卜，你是个义气凛凛的大丈夫，咱俩离了扬州，须得重托你家访这个昧良的恶奴，要是察访出来，你瞧朋友分儿上，也得替咱俩出出这口恶气。"

大良伸手掌扑地把胸脯一拍道："你们放心，我卜大良虽是无赖之徒，见爷便打，见娘便骂，生了眼睛，从来不晓得什么叫作天地君亲师。可是为着朋友分儿上，这义气是很重的。那年做贼吃官司，挺大的板子只是挨打，要我招出一个同党，再也休想。你们不相信，我尽可以宽去裤子，请你们验验这屁股上的板花，这便是我的义字招牌。"

说得广修、法根哈哈大笑，都道："咱信得过你，你不用验你这股票，但看你的尊容，差不多满脸都是义气。"

大良真个义形于色地说道："包在区区身上，把这恶奴访问得实，一定用着手段把他摆布一个死，也替扬州除了一个害，你们放心便了。"

于是又讲了些闲话，广修、法根都不敢逗留，挑上扁担，和大良作别。两僧自向徐州，按下慢提。

大良家住城里，打从西门外经过，但听得路上行人纷纷传说这座天王古寺今天发封了，寺里的和尚不是个好人，远近几起案，听说都是这两个和尚作的。大良左右没事，便跑到天王寺门前去瞧热闹。果然黑压压地挤了许多人，山门紧紧地闭着，两片毛竹钉个十字交叉纹，上面的封条兀自糨糊未干，偶见众人里面有个赤鼻子的先生，正在那里挤将出来，和一个小子说道："天有眼睛，天有眼睛。"

大良认得赤鼻的便是孙大鼻子，那小子便是卖糖的马二。大良忙追上一步道："孙先生，久违了，你说什么天有眼睛，难不成你知道这桩案子的底细？"孙大鼻子见是大良，知道他和歹僧常在一起喝酒的，也是个坏坯子，便把闲话来掩饰道："卜大哥说什么话？我不在县前行走，怎知道这桩案子的底细？"

又把手向当空一指道，"我说昨天那么大的雨，今天却是一轮红日，这么好的天气，岂不是天有眼睛？"

大良明知这是掩饰的话，冷笑了一声，斜睨着眼睛，把孙大鼻子瞅了几眼，又渐渐瞅到马二身上。孙大鼻子便道："卜大哥再会，我们要进城去咧。"于是拖了马二，匆匆便走。

走了几十步，回望望不见了，孙大鼻子才向马二说道："说话端的要仔细，方才无意中道了一句天有眼睛，吃这坏坯子疑心，其实我哪里知道闹的是什么案子？不过冷眼旁观，寺里的和尚都不是个好人，吃这场官司，真不冤枉，所以道一句天有眼睛。"

马二也向后面望了望，轻轻地说道："孙先生，你道这桩案件怎样发觉的？真个应了你的话，叫作天有眼睛。"

孙大鼻子奇怪道："老弟，你难不成晓得其中的底细？"

马二又向后面望了望，吞吞吐吐地说道："这是我晓得的，说了出来，只许你知晓，却不要向别人提起。"

孙大鼻子笑道："老弟，你还信不过我吗？我这一张嘴，比着保险箱还严密，任凭取什么钥匙来，要舔出我嘴里一句半句的话，再也休想。"

马二方才一壁慢慢走，一壁把昨天躲雨闻变，连夜告警的话——地说了，说时兀自东张西望，生怕被人听得了秘密。却把孙大鼻子听得满怀欢喜，连连地称赞道："老弟，你真个是仙佛投胎、圣贤转世，我孙道成活了四十七岁，眼里的大人物瞧见了多少，哪个比得上你的仁心侠骨？你虽是个卖糖小子，你的品格高过了大人先生，我们扬州赫赫有名的程抚台程大人、杨状元杨大人，他们也只有把富贵骄人，论他们的品行，却是一钱不值。"

这几句话却把马二听得呆了，隔了片晌才道："孙先生，你是个好人，不该和我开玩笑，我是个穷小子，怎么把大人先生来和我相比？没的折了我的草料。"

孙大鼻子笑道："你虽是个穷小子，你的志气不穷，人穷道德不穷……"

猛听得背后有人接嘴道："这也不穷，那也不穷，穷的是什么？"

回头看时，正是方才遇见的那个卜大良。孙大鼻子道："卜大哥，怎么躲在背后吓人？"

大良道："你们鬼鬼祟祟讲的什么？"

孙大鼻子有些生气，冲口答道："卜大哥，这也好笑，我们自有我们的话，又不曾讲你，你未便前来干涉。"

大良笑道："不干涉也好，再会再会。"说时，抢到前面先走了，嘴里自言自语道："好事不瞒人，瞒人非好事。"

马二听了，不禁有些胆怯，只怕方才的话被这坏坯子听在耳朵里，闹出意外风波，自己的生命很有些危险。但是转念一想，也顾不得许多，我做的这桩事，良心上很过得去，有危险没危险也只索听天由命。

两人进城以后，不再耽搁，约莫又走了两三条巷，才到了一家阀阅门第。孙大鼻子停了脚步，指给马二看道："我荐引你的，便是这家江翰林的府上，你瞧瞧，这门庭多么气概。"

马二抬头瞻望，果然门楣气概，六扇高大墙门，黑油油光可照面，对面八字照墙，新加粉染，墙上钉着几个系马铁环。从墙门外一直望将进去，三间轿厅，高架着两乘绿呢中轿，轿厅两旁密层层矗起许多衔牌，什么举人呢、进士呢、翰林呢。马二瞧了便识，只为这些名目都曾写在转盘上面，给马二瞧得熟了，还有好几对衔牌，马二却是一字不识。那时孙大鼻子早撮着笑脸，和那门房里的江贵讲话。孙大鼻子道："拜烦大哥，向宅里的王妈通知一声，说我孙道成要和他相见。"

那江贵正坐在门房里一张椅子上，戴起铜边眼镜，手执着一本赵圣关唱本，口唱着："清早起，早鸡啼，安童市上买东西，要买……"

唱到这里，忽听得有人呼唤，便把头一仰，两道眼光从眼镜框子上面射将出来。见是孙大鼻子，便不慌不忙，依旧抬平了头，隔着玻璃瞧书，把那两句未唱完的唱句唱将下去道："要买河南枣子长三寸，江北出产大公鸡。"唱罢了，才把唱本放落桌上，卸下眼镜，压在唱本上面，然后徐徐离座，干咳一声嗽，挺着大肚子，一步步地踱将过来。双脚未跨出门房，这个大肚子早挺出门房以外。

孙大鼻子又含笑说："拜烦大哥向王妈通知一声。"

江贵道："老孙，你又来找王妈做甚？"

孙大鼻子指着马二道："王妈嘱托我代觅的灌园长工，今天已觅得了一个人，便是他。"

江贵把马二估量了一下子，冷冷地说道："便是他吗？"

孙大鼻子忙向马二道："这位便是老贵叔，你来施个礼。"

马二怎敢怠慢，抢上几步，口呼一声老贵叔，兜头便是一揖。猛听得江贵哎呀一声，手揉着肚子，怒目直视，隔了片响，才骂道："哪里来的冒失鬼？全没个礼数，把我的肚子撞得怪疼。"吓得马二倒退了几步，作声不得。

原来马二施礼时，江贵全不谦逊，益发把肚子高高地挺起，一壁低头，一壁挺肚，头皮和肚皮撞个正着，才闹出这般笑话。

孙大鼻子也埋怨着马二道："老弟，你怎么这般鲁莽？亏得撞的老贵叔肚皮，一撞不打紧，要是老贵奶奶十月怀胎的大肚皮也经你这一撞，那便撞出笑话来了。"

江贵听了，也把不住地好笑，才把怒容收敛了，自到里面去通报。隔了一会儿，江贵同着一个六十多岁的管家婆从里面出来，孙大鼻子唤一声："王大嫂子，我荐的长工，今天领将来了，你瞧瞧，可合用？"

那王妈拭抹着眼睛，把马二从上至下、从下至上看了三四遍，却把马二看得不好意思，垂着头，只不作声。孙大鼻子道："老弟，这便是王妈妈，他在宅子里做管家婆，足足经了二十年，很得主人的信任。你便上前来唤一声老婆婆，施个礼。"

马二果然唤了一声老婆婆，退后几步，作了一个揖。江贵笑道："你怕撞痛老婆婆的肚皮吗？她这干瘪肚皮，凭你怎样撞也撞不出什么花样来。"

这几句话说得大家都笑了。王妈哪知此话的来因，只道江贵和她打趣，骂一声："嚼舌的老贵，狗嘴里落不出象牙，你把年老人开玩笑，阎罗大王都记着账，比着打爷骂娘还要罪过。"

于是王妈叫孙大鼻子暂在门房里守候，她领着马二径到里面去见主人。孙大鼻子和江贵素来认识，便坐在门房里谈些闲话。江贵又盘问着马二的出身来历，孙大鼻子便把马二的为人诚实、素性孝顺，约略说了一遍。江贵忽地两滴眼泪骨碌碌从眼眶里滚下，倒把孙大鼻子吓得呆了，隔了片晌，才问道："怎么大哥忽起了伤感？这是兄弟多嘴了。"

江贵拭着眼泪道："我只道走遍天下十八省，再也寻不出一个孝子，古今来只有二十四孝，再也寻不出第二十五个孝子。原来还有这马二，我家的小和尚，简直不是个人。"说到这里，又有些呜呜咽咽。

孙大鼻子知道江贵触动了心境，便扯开这事，又谈些别话。敷衍了一会子，王妈又同着马二出来，喜滋滋地告诉孙大鼻子道："要算这小子运气，老爷爱他模样儿很诚实，把他留下了，试用三天，再定工钱。到了那天，你便来作保。"

孙大鼻子好生欢喜，又叮嘱了马二许多话。马二也说："孙先生回去时，向老娘通个消息，我那主人是一位和颜悦色的正人君子，老娘不用记挂着我，过了几天，我便回家来瞧娘。"

大鼻子诺诺答应，辞别而去。

且说这位江翰林，也是扬州城里数一数二的人物，他虽从八股起家，早年登第，名列清班，然而他对于八股的感情却没有何其甫、严大成他们的浓厚。他们只博得一领青衿，却已中尽了八股的毒，觉得天可翻、地可覆、海可干、石可烂，唯有这神圣八股永永不可以动摇。江翰林做秀才时已把八股的弊病看个透彻，只因除却八股，没有进身的阶梯，也只得俯就范围，借此以取科第。比及通籍以后，早想觑个机会替神州除此毒害，好容易戊戌变法，沉沉黑夜里露着一线曙光，江翰林这时候身在谏官，便连上了几个折子，痛陈八股之害，果然诏旨下来，废止八股，以时务策论取士。

扬州城里得了这个消息，有许多维新少年以手加额，连呼万岁，唯有何其甫、严大成他们，把江翰林恨得牙痒痒的，说他是孔门的叛徒、斯文的败类。又因他任谏官，声势正盛，不敢公然和他反对，只得约齐了几个黉宫同志，秘密商议，备着黄纸疏头，罗列江景星十大罪案，在大成至圣先师座前告他一状。

那天起着清早，何其甫和几个同志都是衣冠济济，矗起黄铜顶儿，到文庙里去拈香，三跪九叩，又默默通诚了一遍，才把袖里的黄疏捧上香炉里焚化了。果不其然，先圣有灵，斯文未坠，北京城起了大大的政变，一霎时雨覆云翻，时文复活，几个月烟消火灭，新党尽锄，江景星呈上废止八股的奏疏，当然也在党人之列，谕旨下来，浙江道监察御史江景星着即革职，交地方官严加管束。景星得了这个严谴，也只得嗒然归家，闭门待罪。那时候，志士吞声，名流饮恨，唯有何其甫一辈顽固人物笑得手舞足蹈，都说这位大成至圣先师，真个有求必应，心诚则灵，我辈才把江景星告了一状，果然不出半个月，江景星革职还乡，受着江都县的严厉管束。于是约着同志，又到文庙里去烧香还愿，依着何其甫的意思，还要把"有求必应心诚则灵"八个字写上两块小小的匾额，悬在大成殿上，被那学里的广文知晓了，竭力反对，说："巍巍学官，又不是观音庵和路头堂，把这匾额悬上了，岂不亵渎了先圣的尊严？要是被上宪知晓了，查究这悬匾的人，你们可担当得起这亵渎先圣的罪名？"何其甫一辈人才吓得屁滚尿流，诺诺连声，不敢多事。唉，何其甫一辈人见那新政摧残，时文恢复，总算是得意极了。谁料苍狗白云，世事变幻，北方经一场混闹，两宫西狩，历尽艰难，始知处此时局，倘不变法自强，万不足以挽回气数。于是又把戊戌年停止的新政一桩桩重行举办起来。那时候，志士扬眉，名流拊掌，唯有何其甫一辈顽固人物哭得声嘶泪竭，几乎要撞死在学宫里面，做个八股忠臣。

江景星早已开复原官，有旨召入京师，照旧供职。景星经这风浪，名心已淡，又见西太后举行新政，也不过掩人耳目，并不是真个尝胆卧薪，与民更始。看来夜长梦多，还不知要起什么变化，因此急流勇退，累征不起，只是灌园看花，享受山林之乐。夫人彭氏，与他同庚五十，膝下一男一女，男名采，女名芬，都在上海学校里肄业。景星素性不喜干预外事，和地方官绝少往来，只是江都县毕升迭奉着上司的紧急公文，限令推广学校，延聘名师，详订课程，宽筹经费，札尾有从速筹办、限日禀复、任意稽延、严参不贷等语。

那毕升是个糊涂知县，理会得什么？接到札文，一时没做主张，不免去求教本城的巨绅石茂椿。说也稀奇，茂椿对于敲脂吸髓的方法，件件精通，无微不至，只有办学一层，却是黑漆皮灯笼、冬瓜撞木钟，说出话来，所问非所答，比毕升还要加十倍的糊涂。后来有人向毕升说起，扬州城里现放着一位学界泰斗的江翰林，提倡新学，很得风气之先，你怎不向他去求教？毕升大喜，便去拜会景星，殷勤求教。景星也不推让，便把兴学的大纲原原本本说了一遍。毕升闻所未闻，恍然大悟，从此以后，毕升遇有学务上疑难问题，总向景星那边来请教。却把石茂椿气个半死，暗想：反了反了，我石茂椿忝居绅衿领袖，县衙门里的大小公事，都一一要听我指挥。江景星是什么样人，竟敢在这里包揽学务，这还了得？他不过一个被议人员，几年来圈禁在家，留得这条性命已是多大的造化，现蒙主上天恩，开复了他的官职，他兀自不知感激，反而联络官场，垄断要政，委实有玷缙绅，大干吏议，倘不予以惩戒，何以肃官常而儆官邪？于是气喘吁吁，连忙去拜会运使和太守，说了景星一大篇的坏话，指望他们揭参上去，把景星的功名参革。谁料运使是一位好好先生，不欲多事；扬州太守和景星乡榜同年，非但不肯听纳谗言，反而把景星的人品学术大大地称赞一番。茂椿十分没趣，计不得逞，然而处心积虑，兀自在暗中兴风作浪，按下慢提。

且说马二在江翰林家里充当园下，匆匆旬日。景星见他诚实勤奋，倒也十分信用。马二曾向景星当面言明，每隔旬日，须得回家省视老娘一次。景星道："这是你的孝思，当然可以应许。"

这天适逢旬日之期，马二把园子里的做工料理完毕，在主人前告了假，说要回家过了一宵，明天再来做工。景星点了点头，又另行赏给了二百文，叫他买些东西回去奉母。马二谢了出来，又辞别了王妈，正待出门，却见门前黑压压拥着许多人，都是手执纸扇、身穿长衫，像个斯文模样儿。为首的一个，白净面皮，几茎疏疏的短髭，额上有一个黑痣。马二认得是秀才许有才，他是扬州五毒里面的一个，跑到这里来做甚？正自纳罕，但见许秀才怒容可掬，向着江贵大声道："毕竟你家主人肯见不肯见？"

江贵道："真个不在家，绝不相欺。"

许秀才哪里肯信？把手向外一招道："诸位仁兄，别管他在家不在家，闯将进去，便知分晓。"只这一声吩咐，便有五六十个斯文朋友摇摇摆摆，直向里边闯入。

欲知后事，且阅下文。

第六回

都天庙酸丁谋膏火
太史第措大起风潮

捧马桶的秀才许有才，书中冷落了多时，怎么又在这里出现？在下的当然要交代一个明白。

话说猘狮王兼辖的地盘，教书匠推广的营业，不过几所书院而已。扬州城里著名的书院有二：一是广陵书院，一是竹西书院。从前八股时代，每逢官师两课，应试的举贡生监，备极一时之盛，官课由运使太守轮流值课，师课由书院山长品评等第，考得好的，例奖以外，还有加奖。虽然为数无多，不过几两几钱膏火花红，可是措大眼孔小，为这区区分儿上，早把他们的思想束缚得服服帖帖，偶然考列前茅，便觉得名登金榜，异常荣耀，长日嘻开了这张嘴，差不多臀部上都开了笑靥。要是考了劣等，立时愁眉苦脸，眼泪索落落地滚将下来，不怨自己文章不好，只说阅文的瞎却了乌珠，回到家里，兀自寻着浑家淘气。

许有才每逢考试，常常名列优等，也不是他的文章好，只因他坐馆在臧太史家里，臧太史便是广陵、竹西两书院的山长，对于自己家里的西席，当然要另眼看待。况且书院山长家里延聘的西席，往往脩金很短，专在书院的考课上面调剂这位老夫子，以补脩金的不足。羊毛出在羊身上，落得借着书院的公款，充作私家西席的学俸。从前书院山长的黑幕大抵如此，不独扬州一地为然，也不独臧太史一人为然。

许有才在臧太史家里坐馆多年，这几两几钱的膏火花红，倒被他掏摸了许多。后来因事辞了馆，臧宅另延了一位西席，臧太史当然要把优等的名额调剂这位新西席，逢着考课，却把许有才的名字位置在中等里面。许有才大不为然，便和臧太史大开谈判，说馆地可以辞退，文章不可降等，难不成坐了府上的板凳，作出的文章便是优等，坐了自己的板凳，作出的文章便是中等？老先生身任山长，合该破除成见，选拔真才，凭着文章定高下，不该凭着板凳定优劣。这几句话却也义正词严，说得臧太史没话可说。从此，许有才虽然失掉馆地，这书院里的优等名额却依然被他占住，后来八股废止，各书院专课策论，那些冬烘派不免大起恐慌，亏得山长臧太史没有更动，大家才吃了一粒定心丸。

都说这山长也是八股出身，除却"且夫尝思"以外，懂得什么？我们抱着换汤不换药的宗旨，把些八股式的策论敷衍完卷，也没有什么烦难。果不其然，臧太史兀自把那批评八股的眼光去批评策论，只落得变而未变。书院里面依旧是一辈冬烘头脑的考生在那里鬼混，有时臧太史也出几个时务策论题目去装那提倡新学的幌子，出的题目无非是泛而无当的"如何可以富国论""如何可以强兵策"。诸位诸位，这富国强兵的问题，千经万纬，何等阔大？便是聚集着全国的财政专家、军事巨子，宽以岁月，优其俸给，也未必筹划得出一定可以富强的计划。可笑这些冬烘考生见了富国强兵的问题，一些不觉困难，单把脑袋瓜儿摇得几摇，嘴里嘤嘤嗡嗡地一阵苍蝇蚊虫声，哪消两三句钟，富国的方法也有了，强兵的计划也有了，他们不曾进过财政学校，又不曾研究过军事学问，单仗着一支秃笔，落纸飓飓，千篇一律，不假思索。篇末还要大吹着牛皮，说："果如吾言，而国岂有不富者哉？"又说："诚能采取吾言，见诸施行，不出三月，而吾国之兵强于万国矣！"臧太史见了这般的课卷，也不管里面说的是话是屁，浓蘸着这支墨笔，链条也似的圈将下去，还要加着一个奖励的评语，不是说"此经世之才也"，定是说"此有裨民生国计之论，非纸上空谈可比"。其实山长和考生都在那里做那痴人说梦，山长借着这说梦的批评，骗取按月数十两的俸金，考生借着这说梦的文章，骗取按月几两几钱膏火花红，似这般的书院，哪里培植得出什么人才？

从来天演物竞，劣败者归于自然淘汰。在这当儿，各处的书院都已改组了，学校广陵、竹西两院当然也在改组之列，这一改组，岂不把两书院中二三百名考生吓个半死？纸上的屁不能放了，按月几两几钱的膏火花红从此永远绝望，叫他们怎不着急？于是拥着山长臧太史，求他在大宪那边想个斡旋之策。臧太史见书院动摇和自己的饭碗大有关系，免不得根据着考生的请求，向抚台那边上了一张说帖，说的是"广陵、竹西两书院，自经改试策论以来，人才踵起，成效卓著，大之如礼乐文章之训，小之如声光化电之文，莫不有体有用，不蔓不枝，将来学成致用，报效国家，当可以安内攘外，富国强兵。合请俯赐矜全，曲为保护，以彰菁莪造士之风，而宏械朴作人之治"。这般似通非通不衫不履的说帖，倒把这位大中丞伍秋峰先生看得点头拨脑，十分嘉许。

原来这位伍大中丞出身寒素，曾经历尽贫士风尘之苦，对于废止书院，本不赞成，见了这说帖，便准把广陵、竹西两书院暂时保存，不得轻议改组。扬州城里得了这个消息，书院里三百名考生倒有一百名扯开了笑口，其余的二百名考生为什么不扯开笑口？原来书院里三百名考生拢总只有一百张嘴，他们逢着考期，往往一个人兼作数卷，譬如许有才只有一个，他又化名为许莠材，又化名为许酉裁，所以三百名考生拢总只有一百个冬烘头脑，一百个冬烘头脑当然只有一百张嘴。谁料只隔得一年，这位伍大中丞调往别省去了，雪片也似的宪札一道道地下在县里，措辞非常严厉，一方面督促学校进行，一方面又限令把书院从速改组。

臧太史本是个善瞧风色的人物，早预备把书院山长牺牲了，换一个学堂监督来玩玩。果不其然，扬州府太守备着聘书，延臧太史为中学堂监督，臧太史去了不打紧，单苦了这一百个冬烘头脑，个个疾首蹙额，叫起撞天的冤屈。在这当儿，许有才做了领袖，邀集许多酸朋醋友，商议一个万全之计。集会的地点本想在书院里举行，叵耐这两所书院早已拆却了，大兴土木，在那里改造学堂，不得已而思其次，只好和汪圣民商量，暂借都天庙一用。汪圣民也是考生的一分子，他虽然担任着都天庙里的小学校教员，可是脚踏两只船，一方面做学校教员，博取一块半钱的薪俸，一方面仍做书院考生，博取几两几钱的膏火花红。当下便应许了众人，趁着新放暑假，校内无人，便把小学校充作了临时的会场。到了集会的一天，以为这一百名酸朋醋友大概可以到齐，谁料老大不然，一百名中只有三十六名前来签到。原来这天恰是中学堂出示招考，一辈考书院的朋友又结伙儿去考学堂，好在学堂里的监督便是书院里的山长，学堂里考取了，一样也有按月的大课小课，考在前列的，一样也有奖金，又吃空了这一张嘴，有什么不上算？虽说限定年龄不得过二十四岁，然而读书人的年龄本来和交易所的股票一般，随时可以升涨，随时可以低落，书院里不满四十岁的朋友，大家都把年光倒流，岁月短缩，冒充着二十四岁，纷纷前去应考。单苦了四十岁以上的老学究，渐渐地头童齿豁，须发花白，没法去混充着少年应试学校，只得挨到都天庙里，商议一个保全书院的计划。

这所小学校的三间课堂都有现成桌椅，不烦布置，无多时刻，这三十六名老学究挨挨挤挤，坐满了一屋子，除却发起人许有才，还有何其甫、严大成、古慕孔、汪圣民一辈人，都是前集书中的有名学究。他们也不懂得会场规则，进着门，便把衣衫宽卸了。会场里面，有的光着膊，有的穿着篱笆雏形的竹衫，有的搭着一块大毛巾，有的盘起着豚尾，有的抽着旱烟，有的噗噗地在桌子上倒鼻烟，有的合罕合罕地咳嗽，有的扑扑地在会场内乱吐痰涎，闹得烟舞瘴气，不成了样子。彼此商议，也不按着秩序，七嘴八舌，搅和一片。有的高喊着，书院乃人才之渊薮，万万不可废掉，是可废也，孰不可废也啊；有的高喊着，世祖高皇帝入关以来，蔚成右文之治，废掉了书院，何以对高皇帝在天之灵；有的说，我们结伙儿去叩阍；有的说，我们上京去挝登闻鼓；有的期期艾艾地说不清楚，涨红着面皮，哼着岂岂岂有有有此此此理，拢总四个字，哼了一会子，才能哼出；有的把旱烟杆乱敲着桌子角，仿佛废掉书院全是桌子角的主张；有的捏着拳头，啪的一声向桌面出气，桌面没有伤，却碰断了自己的指甲。

正在混闹的当儿，猛听得讲台上面一片号天嗃地的哭声，哭得异常凄惨。大家吓了一跳，抬眼看时，却是冬烘界的泰斗何其甫先生，向着讲台上面悬挂的一块黑板，哭得一仰一合，几乎要晕将过去。众人莫名其妙，动问情由，何其甫一手指着黑板，一手指着旁边挂着的一支教鞭，说道："天之将丧斯文也夫，天之将丧斯文也夫，呜呼哀哉，呜呼痛哉！"一壁说，一壁眼泪鼻涕滴滴答答地打将下来。

众人又问道："老先生端的为着什么事伤心？不妨讲给大众听听。"

何其甫擎着涕泪道："我哭的是杨朱墨翟之言盈天下，天下之言不归杨，则归墨，杨氏为我，是无君也，墨氏兼爱，是无父也，无父无君，是禽兽也哇！"

众人益发奇怪，都说："怎么好端端地哭起杨墨来？谁是杨朱，谁是墨翟？"

何其甫一手指着教鞭道："这是杨木做的，不是杨朱吗？"一手指着黑板道，"这般深黑色的东西，不是墨翟吗？"又哭着道，"方今洋学堂里的混账先生，专把那杨墨之道欺人，圣道沦亡，异端猖獗，虽欲不哭，又乌得而不哭耶?"

众人道:"老先生快不要哭了,商议正事要紧,哭有什么用呢?"

何其甫这时还没有哭个畅快,只好收拾着涕泪,重行归座,憋着满肚皮的闷气,预备瞧个机会,痛痛快快地哭他一场。于是众人又嘈嘈切切,商议这保留书院的方法,什么叩阍呢、挝登闻鼓呢,不过说说罢了,胆小如鼷的酸秀才,断然没有这般的能耐。后来又议到打个公电给学部衙门,但是没人肯担当这笔电报费,并且恐怕部里严究起来脱不了干系,谁也不敢在这电报上列名。商议了多时,依旧没个解决。

忽听得座中有一位吃糠喉咙的先生冷冷地说道:"兄弟看来,不用叩阍,不用挝登闻鼓,也不用打什么公电,从来债有头、冤有主,我们只消拉着那破坏书院的罪魁祸首,和他拼这条命。把他吓怕了,少不得想出方法,替我们保全这两所书院。"

众人看这发言的,认得是江都县优廪生王式谷,便嚷着:"谁是破坏书院的罪魁祸首?式谷兄,快快宣布。"

王式谷不慌不忙地说道:"诸位不要啰唆,且听兄弟宣布。从来物必自侮也,而后人侮之;家必自毁了,而后人毁之。我们扬州的书院,和大宪有什么相干?为什么大宪下来的公事,风行雷厉,一定要把我们的书院废掉?原来扬州城里有一个不肖乡绅,从中为鬼为蜮,把我们的书院说得异常腐败、异常恶劣,说什么书院一日不废,学务一日没有起色。今天上说帖,明天上条陈,把大宪的心说得惑了,方才下着严札,定着期限,把我们人才渊薮的书院实行废掉。诸位试想,这个不肖乡绅是谁?原来不是别人,便是昔年革职回乡,着地方官严行管束的江景星。"

众人听得"江景星"三个字,个个摩拳擦掌,要轰到江太史第,和这不肖乡绅拼个你死我活。

许有才道:"这话虽这般说,可是式谷兄得来的消息,毕竟确与不确?"

王式谷把手向上一指,向下一指道:"上有皇天,下有后土,千真万真,毫无虚假。不瞒诸位兄弟,在石观察府上教书,这些说话,都是敝居停石观察石茂椿大人亲口向兄弟说的,有什么不真不确?"

于是三十六个冬烘学究,宛似吃了一碗齐心酒,都要赶到江太史第去拼命。纷纷地穿了长衫,执了纸扇,一窝蜂地出得这座都天庙,摇摇摆摆，齐向太史第而来。许有才想出主见，派着四名学究守住江宅的后门，端怕他派遣仆人到府县衙门里去乞救，自己便大踏步地闯入门房，说："区区便是书院里的高才生许有才，要和你家主人讲话。"那个阍人江贵知道主人的性质，向来闭门谢客，落落寡交，除得几个老友，常常诗酒流连，朝夕相见，其余面生的人往往不肯轻易接见，何况瞧见有才这副穷容极状，似乎不怀着好意，便一迭声地说："主人避暑在外，不能相见。"有才怎肯相信，趁着人多胆壮，便招呼着门外的学究，成群结队地闯将进去。江贵上前拦阻，哪里拦阻得住，倒被这许多学究把江贵推推搡搡，推到里面，不许他自由走动。

马二正待回家省母，见着这一干人来意不善，知道主人家里出了乱子，一溜烟跑得进去，赶把几扇遮堂的屏门紧紧地闩上了。然后急匆匆地到书房里去告变，面红颈赤，半晌说不出话来，只说得一句："不好了！"江翰林见了诧异，只道马二家里出了什么变端，正待问话，猛听得外面厅堂上一片喊声，接着噼噼啪啪，多分在那里敲台拍案。

翰林忙道："马二，你瞧见谁在外面胡闹？"

马二道："我也不知道是谁，我只认得那为首的一个是城里的秀才许有才，后面一干人摇摇摆摆，也像是秀才模样儿。听得孙先生说，城里的秀才比乡间的毒蛇还毒，这一群毒蛇闯进来，怎还了得？我早把屏门紧紧地闭了，老爷快想个法儿，把这一群毒蛇赶退了才是道理。"

江翰林勃然大怒，说："我和本地士林素无交涉，怎么呼朋引类前来骚扰？待我出去问个明白，把他们训斥一场。"

马二慌忙扯住道："老爷千万出去不得，老爷和毒蛇，哪有道理可讲？"

江翰林道："不出去见得情虚，还是出去的好。"

马二哪里肯放，只是紧紧地扯住。正在相持的当儿，听得弓鞋细碎的声响。江夫人早扶着丫鬟来到书房探视，见了江翰林，便道："谢天谢地，你原来没有出去，外面秀才造反了，口口声声说是书院里的肄业生，唤着你的名字，要和你拼命。我隔着屏门，听得仔细，因此急急地来瞧你，你须出去不得。"

江翰林叹了一口气道："我和书院肄业生水米无交，怎么要来寻仇？便是不出去相见，也得隔着屏门问问他们的来意。"

江夫人道："你只在屏门后听听便了，切莫开口。倘被他们听得了你的声音，破门直入，须不是耍。"

江翰林点了点头，便带着马二同到屏门后面，驻足潜听。江夫人也跟着丈夫走，不肯轻离一步。那时屏门后站着的仆妇丫鬟约莫三四个，见了主人，都是歪歪嘴、摇摇手，意思劝主人不要出去。江翰林只得忍气吞声，侧着耳朵细听则个。听得嘈嘈杂杂的声浪中，有人骂道："江景星这个浑蛋，真叫人做投畀豺虎，豺虎不食，投畀有北，有北不受者也。"又有人高喊："江景星，江景星，罄南山之竹，书罪无穷，决东海之波，流恶难尽。景星曷丧，予及汝偕亡！"

马二凑着主人的耳朵说道："这个人的声音便是为首的秀才许有才。"

又听得有个吃糠般的干涩喉咙也在那里骂人，只不知道是谁，还夹着一个格格不吐地嚷着："江江江，景景景，星星星，岂岂岂，有有有……"宛比在那里唱叨叨令。

又听得有一个老先生长长地叹了一口气道："唉！杨墨之道不息，圣人之道不著，杨墨横行，异端并起，此真可为痛哭流涕长太息者也。"

那时大家纷纷地在那里说："何老先生，你方才没有哭个畅快，现在何妨充其量而大哭之？哭哉，哭哉！时不可失也！"

那个老先生真个号天嘶地，大哭起来。还有许多人嘴里夹七夹八，把江景星一顿乱骂，骂的都是很猥亵很龌龊的话。

休说在下的不能照样记录，便是屏门背后的江夫人，和那些仆妇丫鬟，都把双手按住了耳朵，很不愿意听这毫无人格的话。马二听了，也暗暗地诧异，怎么念书人的嘴里这么不干净？

江翰林无端受辱，气得不可开交，回到书房里，写了两封信，吩咐小厮到扬州府江都县两处投递声诉前情，以便派差前来严拿首要，按律惩办。小厮去不多时，捧着头颅回来诉苦，说："小的赍着书信，前门出不得，便出后门，谁料后门外守着四个穿长衫戴眼镜的流氓，拦住小的去路。小的夺路要走，这些流氓便举着手中纸扇骨子，没头没脑地向小的乱敲，因此小的便折了回来，亏得书信藏在怀里，没有被他们劫去。"说时，把书信送还了主人。

江翰林唉声叹气，一时没了个计较。仆妇们又接二连三地进来报告，说："外在这些混账东西，益发目无王法了，说你老爷不和他们相见，便要把厅堂里的东西打成雪片。"

江翰林觉得进退两难，相见也不好，不相见也不好，相见时怕他们举动野蛮，不相见时又没法把他们驱散。马二跑得上前说："老爷不须烦恼，我马二硬着头皮冲将出去，替老爷送书信。"

江翰林摇头道："去也没用，只是挨打。"

马二道："便是前后门不得出去也不妨，从楼窗上生一条绳儿，从绳上坠将下去，横竖左面是一条僻弄，他们怎会觉察？"

这几句话却提醒了江翰林，把马二瞧了一眼道："这小子倒有主见，除却这法，再没别法。马二马二，我便要托你做一回烛之武了。"

马二拍着前胸道："老爷放心，老爷唤我去捉猪猡，我一定向衙门里请到兵来，把外面的猪猡一只只地捉去。"

江翰林不禁好笑，原来把烛之武误听作捉猪猡了。也不和马二分辩，便把两封书信都交给了他，吩咐仆妇们把马二引领到东面楼上，那边有一对小窗，推窗出去，下面便是这条僻弄。马二果然做了一回缒城的烛之武，脚踏实地，把腰间的绳子解去了。自有楼上的仆妇们把这绳子收回，他便一溜烟地跑到府县衙门里去报信。

这些盘踞在厅堂上的冬烘先生怎会知晓？都是解着衣，光着膊，老坐在里面，只不肯走。厅堂上哪有许多座位？他们老实不客气，也有坐在桌子上的，也有坐在天然几上的。他们又派着两个人看守大门，不许把闲杂人放进，彼此打定主意，要是不和江景星见面，便拼着在太史第中过夜。

约莫相持了两三点钟，骂得口干舌燥，肚子里也有些饥了。许有才想出主意，向同人凑集些钱文，派遣两名冬烘上街去采办些东西来解饥渴，办了回来，无非是些麻烤油条香瓜桃子之类，不论干的湿的，一阵混嚼。坐在天然几上的古慕孔蓦地里喊将起来道："不不不好，要拉拉拉屎了。"便褪去裤儿，在天然几上大大地拉了一堆薄屎。众人捻着鼻头，都说他大拆烂污。慕孔跳下天然几，一壁系裤子，一壁说道："不不不瞒诸位，小小弟腹腹泻未愈，又又又吃了香香瓜，忍忍忍俊不不不住了。"

正在乱七八糟的当儿，忽见守门的冬烘跟跟跄跄地跑得进来道："祸事到了，本图地保戴着红缨帽，提着藤条来到门前，声称江都县会同营汛，领着一队兵要到这里来捉人了。"

许有才跳将起来道："不怕不怕，休说江都县，便是两江总督，也奈

63

何我们不得，哼哼！生员乃圣门弟子，秀才即宰相根苗，富贵不能淫，贫贱不能移，威武不能屈，此之谓大丈夫。"

一壁哼这几句孟子，一壁穿好长衫，便向外跑，嘴里兀自说："我倒要去瞻仰瞻仰这位江都县毕大令，可有什么三头六臂，敢到这里来凌辱斯文？"

何其甫见这光景有些不妙，悄向严大成说道："有才目动而言肆，惧官也。我们别上他当，快快走吧！"

大成点头赞成，于是二人也穿好长衫，向众人拱手说道："我们也要去见见县官，责以大义，叫他不要助纣为虐。"

汪圣民喊道："何、严两先生慢走，小弟也来助你们一臂之力。"忙披了长衫，不及纽好，赶着何、严两先生便跑。

众人见了，益发心慌，立时手忙脚乱起来，纷纷抢着长衫，也不及披上挟在胳肢窝里便跑。那时满厅堂的酸朋醋友，除去古慕孔，都已跑得空空如也。

古慕孔为什么不走？原来在这慌乱当儿，众人抢长衫，却把古先生的一件新制白官纱长衫误抢了去，只留着一件又旧又破的打补丁长衫撂在地上。古慕孔东瞧西望，再也觅不到自己的长衫，隐隐听得外面有喝道的声音，知道江都县将进门了，此时不走，等待何时？没奈何，只得穿了这件破长衫，正待滑脚，冷不防斜刺里伸出了一条手腕，一把拖住喝道："不要走，你把天然几上的东西一古拢儿舔去了，再放你走。"

说话的便是江贵，方才被他们包围在厅上，动都不能一动，现在见大家都跑了，便拼命地扯住了古慕孔，硬叫他舔去了这臭东西。吓得古慕孔连连作揖道："大大叔，放放了手，待待我明明天来舔。"那时早见着一个头戴红缨帽的差役高举着一张大红名片，嚷着："接帖！"

江贵一手拖住了古慕孔，一手接了这纸名片，把慕孔交给了差役，抢步到户外，向着江都县的轿前打了一个千，口中禀道：

"启禀大老爷，方才有书院里数十名劣生，不待通报，闯门直入，来和家主为难，盘踞厅堂，百般辱骂。听得宪驾将到，逃避一空，只抓住了一名，听候大老爷发落。"

毕升在轿里唤了一声："来啊！把这滋事的劣生抓来见我！"

差役们怎敢急慢？早把古慕孔推拥到轿前。毕升拍着扶手板骂道：

"混账的东西，好大胆！你怎敢在江大人府上混闹？"

古慕孔忙申辩道："公公祖，听听禀，生生员，专专诚，拜拜谒，江江老先生，不不不敢胡闹。"

毕升是个糊涂官儿，见古慕孔格格不吐，只道他吓得慌了，便道："你不要慌，你果然没有胡闹，本县便不来罪你。"

江贵又禀道："启禀大老爷，他很闹得厉害，竟敢在天然几上登起坑来。"

毕升又连拍着扶手板道："混账，你怎么在天然几上登起坑来？"

古慕孔道："公公祖，这这是有书为证，孟孟夫子说，宜宜若登天然。"

这位胸无点墨的毕大令最怕人家向他掉书袋，他不晓得孟夫子有这句话没这句话，也不晓得孟夫子这句话是这般解不是这般解，他便不敢多问。传呼差役，用着名片，把这一名劣生送到儒学正堂那边去暂行看管。那时江景星已知道县官到门，便出外迎接，这乘四轿直抬到轿厅上面。毕升下了轿，由景星陪着，到花厅上谈话，无非说的是书院诸生误听谣言，呼朋引侣，无理取闹，因此奉公祖到场弹压。

毕升捋着短髭道："这些书院诸生实在胡闹，现在拿到一名，交学看管。兄弟定要重重地办他一办，替老先生出气。"

景星道："这倒不必，只要老公祖向他们开导一番，说明书院废止不与我相干便是了。"

毕升连连道是。又谈了些闲话，辞别回衙。景星送过县官，接着又是太守前来，殷殷慰问，景星又是一番迎送，异常忙碌。比及完毕，天色恰已向晚，大厅上虽没有损坏器具，可是天然几上这一堆臭东西，和那地上的瓜皮，倒累马二、江贵他们洗的洗、扫的扫。忙乱了一会子，景星见马二办事赤心，大加奖勉，说："你今夜不及回去省母，明天去吧。明天我还要重重地赏你几块钱呢！"

马二虽然惦念着老娘，可是主人这般说，也只得过了一宵回去。守后门的四个酸丁原议每隔一点钟有人轮流换班，现在隔了多时不见人来替换，心里疑惑，便由同伴中抽出一名，绕到前门去打听消息，却见太史第门前拥聚了许多戴红缨帽的衙役，知道不妙，便回到后门口，向同伴通知了，一齐逃去。表过不提。

一宵无话，待到来朝，景星正要传唤着马二，赏给他几块钱，却见马二又是气急败坏地跑入书房道："老老爷，不不好了！"

　　景星只道又是那些考生们跑来胡闹，不禁呆了一呆。

　　欲知后事，且阅下文。

第七回

疑真疑假落水鬼显魂
可泣可歌扫街夫救母

上一天，马二气吁吁地向主人告警，景星只道是马二家里有什么祸事，谁料却是这辈酸秀才打进门来。这一天，马二气吁吁地又向主人告警，景星只道是这辈酸秀才前来寻仇，谁料却是马二家里真个起了祸事。毕竟马二家里有什么祸事，我却要从一家酒铺子里说起。

却说西门外一家小酒铺子，摆着三张桌子，两张摆在沿街，一张摆在里面酒甏旁边，柜上陈列着十几只小吃碟，炒豆也有，拌王瓜也有，腌猪肉也有，咸鸭蛋也有，酒客没有来，红头金背的苍蝇倒来了不少。酒店老板光着膊，拖条板凳骑门槛坐下，手执着芭蕉扇，绰拍绰拍地扇个不绝。天气并不十分热，只是老板身子肥胖，容易怕热，又恰才生了炉火，益发热了。趁着酒客没有来，忙里偷闲，暂在门前纳凉一下子。老板娘娘坐在账桌旁边，一针上一针下，替老板补臭袜。酒客上市约莫总在傍晚时刻，这时斜晖未下，门前几棵柳树兀自在阳光里弄影，一阵阵凉风过去，把蓬松的柳叶一绺绺压将下去，仿佛封家姨替柳树精梳头一般。酒店老板坐了片刻，才觉得汗液收去，心地清凉，忽见夕阳光中，有个长衫儿冉冉而来，抬眼看时，一眼便见了吃酒招牌，不觉满怀欢喜。

这几句话有些不大明了，须得自下注脚。酒店老板见了吃酒招牌，司空见惯，有什么满怀欢喜？

原来他所见的不是自己檐下挂的卖酒招牌，却是来人面上挂的吃酒招牌。来人是谁？便是孙大鼻子。孙大鼻子挂的吃酒招牌，便是一个大而且赤的鼻子。

老板忙道："孙先生，怎么这几天不到小店来吃酒？昨天正开着一坛

67

陈酒，几个老主顾都吃得舔嘴咂舌，偏是你不来，错过了这开坛好酒。"

孙大鼻子听得"好酒"两个字，舌底已涌着馋涎，不由得钉住了两只脚，便道："真个有好酒吗？"

老板道："谁骗你来？还存着大半坛呢。不是老主顾，我便不把这好酒来报效，况且你们老主顾的嘴多么厉害，一上唇便分出了好歹。孙先生，你来尝尝新，要是酒不好，你便把我的卖酒招牌搬去当柴烧。"

老板说话时，孙大鼻子早走进了里面，宽去衣衫，在那靠酒甏的一边坐下。老板把芭蕉扇插在背后裤带里，自去量酒，暗想：孙大鼻子久不到这里来，量酒的当儿，须得少镶些水，拉拉主顾。老板娘娘放下针线，取只酒碗，撩起衣襟，抹一抹水渍，又顺手抽了一双自然漆的竹筷，都放在孙大鼻子面前。怎么叫作自然漆？这双竹筷本没有揩过油漆，可是年深月久，经了多数人的口泽和手泽，乌油油似揩了漆一般，这便叫作自然漆。停了一会儿，老板温了一镟子酒来，倒落碗里，恰恰倒满，一些儿不剩。原来酒碗底下早垫着一个铜圆做高底，这也是老吃酒的一种秘诀，只为酒肆里面的桌子，没有一张放得平平的，桌子放得不平，桌子上的酒碗当然也跟着不平，那么倒酒的当儿，只要碗的一边满了，便不好再倒，镟子里多少总有些余剩，这便是酒店老板的一种余利。然而老吃酒的却有一种抵制方法，便是在碗底下垫些东西，把碗衬得平了，店主人便无弊可作，这便叫作十桌九不平，只怕碗底衬。老板知道孙大鼻子吃酒，只需一碟子炒豆做下酒物，尽够喝十碗八碗的酒，吃罢了，碟子里炒豆兀自剩留着大半，常讨着一张纸包裹着，塞在怀里回去，做粥菜吃。这是孙大鼻子吃酒的常例，因此今天只搬着一碟子炒豆，请孙先生下酒，自己靠在柜上，有一搭没一搭地和孙先生讲话。

孙大鼻子凑头下去，把嘴唇在碗边碰了一碰，连咂几咂，酒味中间略带些苦，忙道："老板，你不说谎，今天的酒味却不错，略带些苦。我们吃酒人有个尝酒秘诀，味中带苦者，上也；带酸者，中也；带甜者，下也。前几天往周小喜子那边喝酒，上口时总是甜津津的，回家去渴得要死，来朝起身，兀自头疼脑涨，百般不快活。"

老板道："孙先生，你也稀奇，怎么到周小喜子店里去喝酒？他是出名的周黑心，他的卖酒利息捉得重，黄酒里面多搀着烧酒，吃了容易升提，自然要头疼脑涨。"

孙大鼻子连喝了几口酒，老板又去温酒。吃了两三碗，越吃越有兴味，笑道："早知道这里很清净的，我为什么要跳槽？老板，我告诉你，我不是嫌着这里酒不好要到别家去，我只是嫌着这里的酒客太杂。常言道：酒逢知己千杯少，话不投机半句多。在这里吃酒，常有那不尴不尬的流氓光棍和人家兜搭。我是个规矩人，不犯和他们讲话……"

话没说完，只听得阴扎骨的几声冷笑，酒店门口挨进一个人来，脑后绕着一个得胜髻，披一件黑拷绸衫，纽子完全不扣，上露出一个大肚皮，胸前一撮黑毛，下系一条黄草葛裤。光着脚背，趿一双墨绣兰花的湖色拖鞋，走路时一绰一拍，和打着绰板一般。见了孙大鼻子，双拳一拱道："孙先生，多天不在这里饮酒了，难得相会，我卜大良便做个小东，和你痛饮几碗，较一较酒量。"

慌得孙大鼻子喝尽了碗里的酒，忙道："兄弟的酒尽够了，卜大哥缓日再叙。"说时，取着衣衫，匆匆要走。

却被大良向前拦住道："孙先生，你虽是个规矩人，和我流氓光棍吃了一顿酒，不见得也变了流氓光棍。"又回头向店主人道："老板，快炖酒来。孙先生的酒账和我一起算。"

孙大鼻子听得大良话中有因，分明方才的说话都被他窃听了去，要是不领他的情，怕他恼羞成怒，反而不妙，况且这里的酒正吃得津津有味，一时又舍不得，只好勉强坐下，打定主意，和他敷衍一下子，喝过一两碗酒便走，料想也没甚关系。于是两人同坐喝酒。大良又喊了几碟下酒菜，殷勤相劝，笑着说道："孙先生，前几天你走过这里，只向里面望了望，见了我，你便急急地跑了，你敢是怕和我流氓光棍在一起喝酒？孙先生，你说我真个做一辈子的流氓光棍吗？老实向你说，我近来正想洗心革面，做一番光明正大的事业，只恨不遇着正人君子，指点我到规矩的一条路上走，所以今天遇见了你，一定不肯放你走，待要伸长了耳朵，听你孙先生的教训。"

孙大鼻子拍着大腿道："卜大哥，难得你醒悟转来了，你不要生气，我讲给你听。"

大良道："孙先生，请干了这碗酒，讲给我听。"

孙大鼻子见大良肯听他教训，怎不起劲，举起这只酒碗，咕嘟嘟一饮而尽。店主人见着空碗便倒酒，不须细表。

孙大鼻子道："卜大哥，难得你改行为善，可贺啊可贺，可敬啊可敬！你不要生气，我讲给你听。"

大良笑道："孙先生，你说可贺，便该贺我一大杯。"

孙大鼻子道："不错不错，我便贺你一大杯。"

举起酒碗，没多几口便干了。大良又道："你说可敬，我便敬你一大杯。"

孙大鼻子也不推让，举着酒碗，又向喉咙里竖，早有几分醉意。大良也陪着他干了一碗酒，心头暗暗快活，料想今番定把他的真话骗出。

孙大鼻子道："卜大哥，我方才讲的是什么？"

大良道："你说有话教训我呢。"

孙大鼻子道："不错不错，为人在世，总得向善的一面走，常言道：善有善报，恶有恶报。"

大良接着说道："倘然弗报，时候没到。"

孙大鼻子道："着啊，你懂得这几句话，便是大圣大贤了。"说时，又喝了半碗酒。

大良道："孙先生，你道我为什么要改行为善呢？只因天王寺里这两个贼秃平日无恶不作，到后来也不见得占什么利益，只落得庙宇发封，在这里存身不得。人生苦做恶人……"

话没说完，孙大鼻子便大着舌头说道："不错啊不错，这便叫作恶有恶报咧。"说时，又干了半碗酒，便披着短衫要走，说道，"叨扰叨扰，缓日再叙。"

大良哈哈大笑道："孙先生，你怎么这般不济事？喝得没多几碗酒，便想逃席，你枉挂着吃酒招牌，原来只有一些子酒量。你莫非醉了，可要我扶着你回去？"

孙大鼻子含糊着说道："卜大哥，你莫小觑我，休说这几碗酒，再喝十碗也不醉。"说时，重又坐下，打了一个哈欠，又问大良道，"方才谈论些什么？"

大良道："正提起大王寺的两个贼秃。"

孙大鼻子道："你可知道这两个贼秃为什么要逃走呢？"

大良道："有什么不知道？这两个贼秃图劫金寡妇的女儿，走漏了风声，被人到金家去告密，当夜禀报官厅，有了防备。这两个贼秃兀自未觉,乘夜赶得过去,总算不曾吃捉,还是运气。"

孙大鼻子道:"你可知道这报信的是谁?"

大良道:"我是知道的。"故意搔头摸耳一会子,又道,"这个人很熟,便在口边,怎么一时想不起了?孙先生,你可知道?"

孙大鼻子道:"有什么不知道?只是马二叮嘱我代守秘密,我却不便告诉你听。我是守信的人,受人之托,忠人之事,我一定要守这秘密。"

孙大鼻子口头滑溜,已把"马二"两个字溜了出来,自己没有觉察,还是口口声声要守秘密。大良暗暗欢喜,又和孙大鼻子说了些闲话,免他疑惑。那时,酒肆里已上了灯,又陆续来了几个酒客,都是不尴不尬的人,和大良熟识。

孙大鼻子猛然想到今天马二要回家,一定要到土地堂来望我,我怎么在这里流连?肚里这般想,嘴里已喃喃地说了出来。凡属酒醉的人,肚里动什么念,嘴里便说什么话,说话的机关和动念的机关往往不分着界限,却又被大良听在耳朵里,知道马二今天要回家,所以孙大鼻子起身作别,大良便不再强留。

孙大鼻子脚底画符似的,东歪西斜,踏着月光回去。碟子里剩下的炒豆也忘却带回去做粥菜吃,垫碗的铜圆也忘在桌上。大良在酒铺里咬牙切齿,把马二恨得要死,只因两个贼秃在寺的时候,和大良通同一气,得了好买卖,利益均沾。贼秃们走了,大良便少了一笔入款,怎不把马二恨得要死?他在那天听得孙大鼻子说什么天有眼睛,已起了疑心,又见孙大鼻子和马二鬼鬼祟祟在路上讲话,虽没有听得清楚,料想和这事有些关系。他知道孙大鼻子是个酒鬼,只要黄汤灌入肚,肚里的说话自会浮到嘴边来,便存心要请孙大鼻子喝酒,探听他的秘密。只恨孙大鼻子每过酒肆,总是过门不入,却又无法可施,今天好容易邂逅相遇,才用些甜言蜜语把他绊住。果不其然,保险箱里的秘密公件,无论锁得怎样完密,只消把黄酒做钥匙,便开得直洞洞的,尽见底细。

话休絮烦,且说巧珠在土地堂里点去了半支蜡烛,兀自不见他老子回来,他想老子不回来,多分流连在酒铺子里,只是二哥哥为什么不来呢?二哥哥去了十天了,听说今天要回家瞧老娘,瞧了老娘一定要到这里来瞧我,我巴巴地盼望了好多天,才盼到这一天,饭后便在门前站着,盼煞也不来。盼到傍晚,却见二哥哥的哑巴哥哥打从门前经过,竖起着两个指头儿向我乱摇着头，是说二哥哥还没有归家，二哥哥是从来不肯失信的，怎么约了日子不回来？莫非二哥哥身子不大好，还是二哥哥的主人不许他回去？巧珠一阵胡思乱想，好生委决不下，半支蜡烛烧完了，又换上了半支。每逢朔望，乡村人家总到土地堂来烧香，拔下的残烛正多，所以烧过了半支，又换上了半支，一连烧了四半支残烛，静悄悄不听得有敲门声息。老子不回来，锅子里的饭要冷了，自己饥肠辘辘，等着老子回来同吃晚饭，挨着饿，只不肯独吃。这地方是冷僻的所在，未到黄昏已无往来行人，亏得时在夏令，前门左近还有纳凉的人呜呜地唱村歌，后门外面益发荒凉，靠近一条小港，水高拍岸，草深没人，便是日间也没人经过，何况深夜？

去年夏令，巧珠曾在后门外河滩捉蛤蟆，一个失足滚落水里，救命也不及喊，载沉载浮，险些做水中冤鬼，若不是对岸一个村童跳身入水，把巧珠拼命扯住援救出险，只恐到了今朝已过了巧珠的周年忌日。这个村童是谁？当然便是马二。所以第四回书中巧珠曾说去年落水，若不是二哥哥救我，哪有命活？从此以后，孙大鼻子便禁止巧珠到后门外去游玩。这扇后门也是常日闩断，禁人出入。可是一夜孙大鼻子酒醉回来，不走前门，却把后门敲得怪响，巧珠开门看时，只见孙大鼻子光着两只脚，手提着淋淋漓漓的湿鞋、湿袜，酒气冲天地撞将进来。事后才知晓，孙大鼻子这夜多喝了几碗酒，误转了一个弯，不走前门走后门，步履欹斜，又误入小港里去，亏得这时河干水浅，只浸了孙大鼻子的两条腿，觉得冷冰冰，吃了一吓，吓退了酒意。返身上岸，脱去了湿鞋、湿袜，提在手里，却去敲那后门。从此以后，巧珠力劝他老子在家里喝酒，莫到酒肆里去。孙大鼻子足有两三个月躲在家里喝酒，不去上酒肆。后来觉得在家里喝酒不及酒肆里爽快，又渐渐地去上酒肆，只是不敢烂醉，有了五六分酒意，便忙忙地归家。这是前事，表过不提。

且说巧珠呆等了良久，心头早起了惊慌。老子这时不回来，多分又噇得烂醉了，要是又误转了弯走入小港里去，现在河水正涨，须比不得那天河干水浅。想到这里，心窝里舂起石臼，越想越是可怕，偶然抬头，见天边这颗皓月亮晶晶照入心坎。她是乡村女子，不省得月下吟哦，但觉得这颗圆月是很可爱的，月儿这么圆，料想我家里不会起什么意外变端，月光这么好，料想我老子不会走岔了道路。况且老子这时不来，或者已遇见二

72

哥哥，在他家里谈话，谈得起劲，耽搁了时刻。我曾叮嘱我老子，见了二哥哥，千定叫他来坐坐，论不定这时我老子已拉了二哥哥同来，我饭锅上蒸着一块白糖米粉糕，等二哥哥来当点心吃，二哥哥可来不来？

巧珠思潮起伏时，猛听得后门上砰砰有声，自忖：爹爹真个嗤醉了，不敲前门敲后门。毕竟乡村女子脑筋简单，也不问问敲门的是谁，手携烛台，高唤着："爹爹怎么又喝醉了，来敲后门？留心站着，我来开门了。"正待去抽闩，猛听得前门又敲得怪响，心头诧异，怎么又敲起前门来了？难道爹爹敲后门不应，又转到前门？正要返身去开前门，又听得后门上砰砰地响，才知道前门有人敲户，后门也有人款扉。这时，巧珠便乱了方寸，前后门敲得急，还是先开前门的好，还是先开后门的好？转念一想，敲后门的定是酒醉的爹爹，须得先开了他进来，再去开那前门，敲门前的或者便是二哥哥。

唉，先开了前门，万事休，也是巧珠合遭磨劫，方寸里打错了算盘，放着前门不开，却去开那后门。可惜著者不在场，要是在场，便该在旁警告道："巧珠，巧珠，这后门是开不得的啊！"巧珠提着嗓子喊道："敲前门的不要性急，略停一会子，我便来开门。"说罢，掉转身躯，急匆匆地直奔后门，一手掌着烛台，一手便去拔闩。说时迟，那时快，陡然门儿推直，闯进两个不相识的莽男子，扑的一声，早把巧珠手里的烛火吹灭。巧珠喊声："不好！"只喊得一声，第二声便喊不出口，早吃人把嘴掩住了。一个扛头，一个扛脚，把巧珠扛到河滩停泊的一只小船里面，缆绳一解，咿咿呀呀地摇出了港。可怜的巧珠不知道怎样结果，按下慢提。

且说前门敲户的不是别人，却是酒醉回来的孙大鼻子。他离着酒铺子，摇摇晃晃，一路回家，酒铺子里讲的话完全忘却，可是心心挂念的马二虽经酒醉，却依旧挂在心坎里。他想：我怎么这般贪杯？马二今天回家，定到土地堂来望我，我不早归，岂不累他久待？想到这里，便紧着脚步，不敢延挨，可是醉人走路，不依着直线进行，往往一波三折地走那经折路，越是性急，越是走不快。走了一程，隐隐见月光之下有一个人伸着右臂和他猜拳。孙大鼻子笑道："来来来，卜大哥，和你抢三，来了，没有拳头……"一个拳头伸得过去，哎呀一声，撞个正着，哪里有什么卜大哥？原来是路旁一棵枯树，槎桠着树枝，醉眼迷离，只道是有人和他猜拳，却把拳头撞在树上，微微作痛。其实这一痛很厉害，只为醉了，遂不

73

觉减少了苦痛。孙大鼻子凝了一凝神，自己骂着自己，怎么这般地失魂落魄？

又行了一程路，渐渐望见了村落，忽然黑影一闪，道旁跑出一个汉子，挡住去路，向孙大鼻子哑咖哑咖地嚷着。

孙大鼻子摩挲醉眼，认得是哑巴马大，忙问道："马二回来吗？"

却见马大向自己呆呆地瞧着，只不作声，不禁扑哧一笑道："我真醉了，怎么和哑巴讲起话来呢？"忙做着手势，竖起两个指头儿，又指指那边草屋。马大会意，把这头摇得拨浪鼓似的，指指胸头，挖皱着眉心，意思是说马二没有回来，想得好苦。孙大鼻子常和马大手谈，所以懂得他的意思，便不再兜搭，向他点头作别，动脚便走，脚下又是晃晃荡荡，画了一道符。马大心里明白，抢步上前，捏着空心拳向自己嘴上一放，意思是说他吃了酒，又把身子晃这几晃，意思是说他酒醉了，又伸手向自己肩上一拍，嘴里不住地哑咖哑咖。孙大鼻子懂得哑巴的用意，便手扶在哑巴肩上，一路回去。到了门口，哑巴帮着他敲门，所以敲得怪响。孙大鼻子听得女儿在里面答应，说不要性急，停一会子便来开门，料想女儿有事羁身，不是忙着点火，定是在里面上马桶。忙向哑巴摇着手，指指耳朵，点点头，是说不用再敲，里面已听得了。停了一会子，不见开门，哑巴不耐烦，又捏着拳头擂门，拳头擂得痛，里面声息全无。孙大鼻子喊声"哎呀"，十分酒意吓退了五分，凑着门缝，尽着嗓子高喊着："巧珠，巧珠，快来开门！"嗓子喊得破，里面全无声息，五分酒意又吓退了两三分。

左近有纳凉未睡的邻人跑来问讯，孙大鼻子苦着脸说道："奇怪，奇怪，第一次敲门，听得巧珠答应，后来便不闻声息了。敲了好一会儿，不见答应，看来不妙。"说时，声音都颤了。

那个邻人道："前门敲不开，去敲后门，便是睡熟，也该惊醒了。"

于是三个人踏着月光，转到后门，却见后门直洞洞地开着。孙大鼻子抢先进去，口喊着："巧珠！"不提防地下一件东西绊着脚，扑地便是一跤。马大把他扶起了，拾这东西看时，原来是一只洋铁烛台。那个邻人也踏着了一件东西，拾起看时，原来是一只绣蝴蝶的女鞋，明明巧珠脚上落下的。三个人都惊得面面相觑。

孙大鼻子的几分酒意完全吓退，只是急得要哭。那个邻人道："且勿慌乱，点了火再作计较。"

便在身边摸出火柴，划得亮了，向地上照了照，照见了半支残烛，赶紧点了，插上了烛台。马大掌着烛，从乱草丛中一路寻过去，直寻到河滩左近，哪有巧珠的影踪？却又在草中拾得了一只鞋，和方才拾得的恰成一对。

孙大鼻子哭道："巧珠，巧珠，你好端端的为什么投河死了？"

那个邻人道："怎见得便是投河？"

孙大鼻子道："倘不是投河，怎么两只鞋都脱卸在门外？我听得人说落水鬼讨替，常把人骗到河边，那个人便情情愿愿脱去了鞋子，往河里跳。记得三年前，不是有一个孩子淹死在这条小港里吗？看来巧珠定是撞见了这个鬼，跳河死了。她去年也是撞见了鬼，失足落水，亏得马二把她救起，却不料去年不死今年死，多活了一年，仍被那落水鬼捉去。"说到这里，苦痛填住了咽喉，便坐在草地上，号啕大哭。

那个邻人见他说得活灵活现，也道是巧珠真个撞见了鬼，死在水里，觉得背脊上浇着冷水似的，风吹草动，仿佛落水鬼爬得上岸，转瞬又要来捉人。便道："孙先生，哭也没用，不如里面去瞧瞧，说不定巧珠和你作耍，躲在里面，有意把你吓这一吓。"

孙大鼻子明知巧珠不使这促狭，姑妄试之，握着涕泪进后门。那个邻人也是陪着进去，只是不见了马大，料想他掌着烛台，又到别处去寻觅了。两个人摸摸索索到了里面，重点了半支烛，东也照，西也照，把这几间屋子都照一个畅。东西一些也不少，只不见了巧珠。

孙大鼻子哭得衣袖上都绞得出水汁，直把方才喝的黄汤齐化了鼻涕眼泪，瞥眼瞧见自己常用的一把锡酒壶，又悲又愤，顺手向地上一摞，又踏了几脚，踏作了一片。且哭且说道："都是贪喝这黄汤，不肯早归，才把我的女儿害死了。"说罢，左右开弓地重重地打了自己几下嘴巴。

那个邻人从旁相劝，无非说的是生死未定，且待到了来朝，再到四处去寻觅。孙大鼻子没奈何，只得含着眼泪点着头。

邻人去后，孙大鼻子兀自不肯心死，独立在河滩，向着水中呆瞧，只见那一轮圆月静悄悄地沉在水底，月圆人不圆，怎不悲恸欲绝？仰起头来唤声天，我孙某一生正直，怎么好人不得好报？世间不少造孽人都是妻孥团聚，无虑无忧，我孙某不做亏心事，却天派我吃尽了亏。茫茫后顾，只有这一颗掌中珠相依为命，兀自不能保守。天哪！我又何必挨在人间，熬那苦痛的生活？当下存了一个绝望，喊得一声"罢了"，纵身便向小港里跳。但听得扑的一响，不曾落水，却仰倒在河滩上面。原来背后有人把他狠命一扯，因此不曾落水，反而向后便倒。睁眼看时，救他的便是马大，向着他把手乱摇，分明叫他不要觅死，又把手当天一指，又左右各伸着一个大拇指，两指相碰，分明说天有眼睛，你们父女俩总有碰头相会的日子。

看官，这哑巴马大却是个热心男子，他方才瞧这光景，也疑着巧珠落水。他想：落水身死，总有尸身浮起，便掌着烛台，沿了河滩一路寻去。走得没多几步路，烛火被风吹灭了，他便把烛台放在草地上，仗着胆大，况兼月色又好，沿河滩寻了一会子。河中水中并没有什么东西浮起，他料想巧珠或者另有别情，不像落水身死，因此踅了回来。远远见孙大鼻子立在河滩上，仰着首望天，像个自言自语的模样儿。哑巴心灵，知道有些不妙，便放轻着脚步，悄悄地向他背后行来，正值他纵身欲跳，便拼命地拉住他双肩，向后一捺，才救得他的性命。又把他扶了起来，一阵哑咖哑咖，肚里有许多相慰的话，只是不能出口。

孙大鼻子的觅死，不过一时气愤，回念想时，女儿纵然凶多吉少，可是死耗还没有证实，希望兀自未绝。要是女儿没有死，我却先死了，益发要使她思前想后，抱恨无穷。想到这里，便向哑巴拱了一拱手，谢他相救。马大拾起了草中的烛台，送还孙大鼻子，又伴着他到后门口，指指里面，叫他进去，直待孙大鼻子闭上了后门，马大又静悄悄地立在门口，等了一会子，防着他重行出来跳河，良久没有动静，才踏着月光回去。

那时不知不觉已过了半夜，马大想老娘在家里可盼得够了，更不敢耽搁，抄着小路，急急地返家。约莫离家数十步，隐隐见月光底下，有个黑影儿一闪。马大好生诧异，便停着脚步，凝神细瞧，却有个穿黑拷绸衫的汉子，爬着短墙，翻入自己屋子里去，不觉怔了一怔，想自己这般贫苦人家，难道还有偷儿光顾？况且偷儿身上的衣衫比自己光鲜得多多，爬到我们草屋子里，端的想偷什么？当下蹑着脚步，走到短墙那边察看踪迹。这墙本不到一人的高，又坍了一半，越墙进去，很是便利。马大想：自己敲门不得，一敲门，便吓退了贼，我何妨也越墙进去，捉住这贼？于是也向着破墙缺口翻越而进。亏得身子鲫溜，不曾碰落砖头，弄出声响。依马大的心思，准备蹲身在小天井里，待偷儿出来时，出其不意，拦腰抱住，又因不知道偷儿在里面做什么，便舔穿了窗纸，打这一看。不看犹可，一看时，满腔热血都涌了上来，只知道救护老娘，便忘了眼前的危险。

原来他瞧见房里面一盏残灯兀自未灭，这个贼子右手举着雪白的快刀，左手扯住他老娘，怒目直视，嘴巴忽张忽合，似乎在那里恫吓。只为哑巴兼着聋子，听不出贼子说什么话，却认得这贼子是卜大良，便奋着赤手空拳，拼命地撞入房里来，抢大良手里的刀。大良见是马大，便放下老娘，顺手把马大砍了一刀，夺路便跑。这一刀砍在马大肩膀上，兀自忍着痛来追大良。大良正待跳墙，却见马大紧追在后面，便道："一不做，二不休，且结果了哑巴再走！"返身躯恶狠狠地向马大连刺了几刀，砰然倒地，可怜的马大被这贼子刺中了要害，从此一瞑不视，当天好好的一颗圆月，这时适受着浮云掩蔽，不见光彩。

黑夜沉沉，卜大良藏着凶器，逾墙逃走。马老太当时吓倒在房里，良久爬得起来，出外去唤马大，却见马大杀死在墙下，不禁号天喊地地大哭起来，哭得肝肠欲断，更有哪个来理会？只得开门出去，一路哭着，说东邻西舍，快来救命，家里杀死了人了。邻人从睡梦中惊醒，出来问讯。

马老太哭着说道："三更以后，我因儿子没归来，还没有睡，忽有个恶贼翻墙进来，一把扯住我发髻，扬起钢刀问我马二在哪里，我那时魂飞魄散，吓得开口不得。不知怎么样跌倒在地，模模糊糊，似乎哑巴孩子和那人厮打，救了我性命。比及我挣扎起来，寻我哑巴孩子，却不料被恶贼杀死在墙下。"

邻人去看马大，果然卧在血泊里面，惨不忍睹。村中出了命案，大家都担着干系。挨到天明，正待和孙大鼻子商议，怎么地报官缉凶，却不料有人传说土地堂里的孙巧珠昨夜里投河身死，不见尸体，孙大鼻子哭了半夜，正想不出什么计较。众人道："这桩事，只得唤了马二回来，再作主张。"

便有人赶进城里，到江太史府中去寻马二。

欲知后事，且阅下文。

第八回

议祭礼官绅拜古寺
整行装母女赴吴门

六月十三日，正是皇历上面的宜祭之辰，江都县礼生薛大中清早起身，要赴天王寺伺候县官毕大老爷，会同绅士石大人、江大人等致祭行礼。大中出得门来，行不到数步，却见近邻金姓家里正在搬运东西，两名扛夫拱着一个绿色大瓮，邪许邪许地上道。大中自思：难不成他们要搬家去，怎不向我提起一声？他们租屋，我曾做保人。只为公事要紧，没暇去问，便径奔天王寺去。

这寺发封了两个月，门里面的野草乱蓬蓬地遮蔽了阶石，启封以后，自有当坊地保人等把来扫除洁净。两个多月没人到的冷庙，今日里又忽然热闹起来，来往乡人纷纷诧异，都说："莫非县官得罪了菩萨，菩萨托梦，向县官讨还香火，因此拣得大吉日前来重修殿宇，再塑金身？"大中听了，暗暗好笑。广场的墙上粘贴着县官的榜文，写得明明白白，他们不识字，只懂得造谣。

比及走到庙里，乐工人等早已齐集，山门前站着两名警察，手提着木棒，在那里严密看守，不许闲人闯入。隔了片晌，城里的绅衿先先后后，都是衣冠济济地进那山门。门外马儿轿儿停歇了不少，庙场上立时拥挤了多人，挨肩擦背，都在那里读榜文，上面写的是：

钦加盐运使衔在任候选道江都县正堂毕，为致祭孝子事，准石绅茂椿、江绅景星等函称。窃绅等目击世道日衰，伦常多变，冠带之伦，乏馨膳洁馐之意，缙绅之族，阙晨省昏定之文。《孝经》一书，都置高阁，白华数什，谁补笙诗？加以邪说横兴，妖

78

言并起，推翻昊天罔极之恩，谓为人子应有之自由。绅等触目惊心，深恶痛绝，不禁抱世道人心之虑，起洪水猛兽之忧。

今有马孝子大郎者，既瘖而聋，亦贫且贱，身既列于舆台，目不窥夫卷帙。而乃生成血性，谊笃天伦，小人有母，冒白刃而卫亲，天道无知，洒赤血以殒命。

绅等痛念斯人，堪励末俗，见危不避，固士君子有所未能，虽死犹生，亦贤有司所当起敬。伏维我公祖敦伦饬纪，具有深心，式墓表闾，每多惠政，阐一本之微言，宜崇孝子，挽四方之浇俗。

合拜善人等语到县前来，本县准此，择于本月二十三日，亲赴天王寺，会同石江二绅，向孝子神位拈香致祭，所有随从执事人等，届期一体伺候，毋得缺误。须至榜者。

榜文前面，虽然拥挤着许多人，其间倒有一大半目不识丁，瞧着白纸上黑字，加着一颗鲜明的朱印，不知里面道的是怎么一回事，却把耳朵充当着眼睛，拉长着耳朵，专听读榜文的，可有什么议论落到他们耳朵里来。也有略识之无的，读了这榜文，自始至终，只识得七八个字，可是也混充着斯文，摇头摆耳，嘴唇一动一动的，不知混念些什么，似乎念念有词，津津有味。然而十步之内，必有芳草，十室之邑，必有忠信，难道这人丛中间竟无一个通文的人物？有的有的，不止一个，却有两个，一个是王式谷，一个是古慕孔。

慕孔道："这这篇榜榜文，式式兄，以以为……"

式谷摇头道："不佳不佳，中间夹叙这封公函，听说是江景星的手笔。他是个玉堂人物，怎么笔下也只平平无奇？对仗既不见得工稳，声调也失于圆熟，大约久不弹此调，荒疏矣。"

慕孔道："怎怎见得呢？"

式谷向榜上指指点点道："但看'孝经'两字，怎么对得过'白华'？'高阁'两字，怎么对得过'笙诗'？还有这'洒赤血以殒命'六字，中间一个仄声都没有，声调太不讲究了。"

慕孔道："既既是令东领领衔，为为什么不不是令令东执执笔？"

式谷道："敝东石观察，虽然官居观察，可是对于文墨一道，宛比瞎子摸天窗，叫他观什么察什么呢？这封公函，便不得不让老江执笔。"

慕孔忽然大叫起来道："式式兄，你你看这这句，公公祖大大人敦敦伦伤伤纪，岂岂不笑笑话？"

式谷向榜上瞧了一瞧，不禁扑哧一笑道："老江真促狭，把这位毕大令挖苦得够了，道什么敦伦伤纪，明明说这位毕大令不能自敦其伦，一定要伤其纪纲，以代敦其伦耳。唉，是可代也，孰不可代也。毕大令受了老江的侮弄，兀自不知不觉，还写在榜文上面，分明自认供状，做了一只开眼的乌龟。"

那些不识字的看榜人混在中间，想听些他们的谈论，可是他们谈论了多时，依旧一句也不懂，直听到结末的两句，才觉得有些意思。自有嘴健的挤到前面，向式谷动问道："先生，真个榜文上面，毕大老爷自认作此道吗？唉！说也可笑，听说毕大老爷的姨太太和着当差的鬼鬼祟祟，毕大老爷瞧在眼里，一些儿也不着恼，真个做了开眼的此道。难不成毕大老爷还要写在榜文上面，使大众人等都知晓吗？"

式谷也不理会那个人，却扭转头来，向着慕孔笑道："你听得吗？这不是敦伦伤纪的铁板注脚吗？你想，老江那个人，促狭不促狭？"

慕孔道："诧诧异，真真诧诧异，少少停，毕毕大令到来，我要拦拦舆，告告老江一状。"

式谷道："你告他什么？"

慕孔道："告告他戏戏侮官官长。"

式谷冷笑道："你少要多事吧，上一回发学戒伤，为的什么？"

慕孔道："是误误听了你你的谣言。"

式谷笑道："这一回我也不过说说笑笑罢了，须知这'敦伦伤纪'四个字，是我们八股先生常用的话头，一样也可以写上试卷，驱取功名富贵。"

慕孔笑道："照照这么说，我们八八股先生，都都是敦敦伦伤伤纪的了。"

式谷听了，哈哈大笑道："慕兄该打嘴，我们八股先生，不该自己取笑自己。"

这两个酸秀才在那里打诨，笑得嘻天哈天，旁边人见了，怎不诧异？这两位先生分明在那里咬文嚼字，为什么这般好笑？难不成咬文嚼字里面，都是不含着好话？

众人正在诧异，却听得笑声过处，又发出凄恫凄恫的哭声。在这当儿，两个酸秀才已走了。榜文前面立着一个村夫子，一壁看那榜文，一壁眼泪滚滚地打将下来，打得赤鼻子上面淋淋漓漓，和经过雨的石榴花一般。

众人大半不认识他，就中有认识他的，忙问道："孙先生，怎么读了榜文，便引出了你的眼泪？榜文上写的是什么？"

孙大鼻子擦着眼泪道："今天官绅会祭马孝子，这马孝子便是那夜奋身救母被贼杀死的马大，和我是好朋友。他虽是个哑巴，却很有忠心义胆，而且很孝养他的老母。可惜天公没眼睛，恶人在世，好人却遭着横死，怎叫我不淌眼泪？"

说时，不胜伤感。又想到自己身上一样也受着老天的酷待，觉得苦痛填胸，不好意思当着众人号啕大哭，便在人丛里挨将出去，憋着一口气，回到土地堂，号天啕地地大哭起来。惹得左邻右舍个个叹息，都道："可怜可怜，孙先生又在那里哭女儿了。"按下慢提。

且说天王寺前，闲人愈聚愈多，纷纷传说，都知道今天是官绅会祭马大，人心不同如其面，论调不同如其心，三三五五，都议论着这桩事。有的说，这桩命案，闹了好多天，凶手依旧没有拿到，听说又是这流氓卜大良干的，只为出案的下一天，卜大良一去不知踪迹。现在县里正在访拿他到案，拿到了卜大良，这桩命案便会水落石出。有的说，卜大良和马大没仇没怨，为什么要杀害他？有的说，听得马老太事后告人，这凶手是来和马二寻仇的，只为马二这夜没回家，该是马大晦气，做了替死鬼。有的说，马二是个可怜小子，向来不和人结怨，为什么有人要害他？有的说，我们不是局中人，怎晓得其中委曲？且待破了案再说。只是马大是个扫街夫，却有煌煌地方官前去祭他，这一死也算值得。有的说，值得吗？你也不妨照样地给人杀死了，自有地方官前来祭你。

众人七嘴八舌的当儿，远远听得一片声的立拢立拢，便知道这位江都县毕大老爷来了，急急地两旁站开，不敢多讲。无多时刻，许多皂隶仆从，前呼后拥，簇拥着江都县的蓝呢大轿直向天王寺来。自有乐工人等，吹吹打打，把毕升迎到里面下轿，和众绅士相见。四名轿夫肩上一松，便在山门前面席地而坐。有的从怀里掏出两粒骰子、三十二张骨牌，另有一名皂役把江都县正堂横倒了，面向着地，背向着天，在江都县背上洗起三十二张牌来。阅者诸君，且莫认作把毕升横倒在地，在他背上洗牌。这是掮衔牌的，把江都县正堂的衔牌横倒在地，在这衔牌背面洗牌。立时推起牌九来，你也押一注，我也押一注，天门上门下门都押得满满的。

那时，这位毕大令在里面和众绅士谈话，夸张他的禁赌成绩。毕升道："兄弟莅任以来，没一天不存着扶持风化的念头，别的不敢夸口，但就这禁赌一层，兄弟便打定主意，不禁则已，禁则必绝。自从禁令一下，城乡各处早已弊绝风清，休说骨牌骰子不再见面，便是类似赌博的东西，也都一律禁止。"

江景星道："老父台实心办事，口碑在人，便是今天奉屈主祭，也是为着攸关风化扶植纲常的事。马大虽是一个扫街夫，却有这般的血性，白刃在前，奋不顾命，知有母而不知有身，实在难能可贵。我们做士大夫的见了，很有愧色，衣冠下拜，真叫作理所当然呢。"

石茂椿望了景星一眼，哈哈笑道："景翁这几句话未免太谦了。士为四民之首，乡绅尤为全县代表，怎说扫街夫的孝行，我们做士大夫的便望尘莫及呢?"

又向毕升笑道："不瞒老父台说，二十年前，先母犯着重病，危在旦夕，我那时秉着一片孝心，焚香祷天，愿以身代。还监督着拙荆和舍妹，叫她们各就臂上割下一片肉，煎汤与先母喝了。果然孝可格天，先母转危为安，又隔了十年，方才寿终。似我这般地力尽孝道，敢怕在扬州城里也算得难能可贵。只是我不敢自以为孝，二十年间从来不肯在人前夸张。老父台，莫谓天道无知，头上这片青天，再要公道也没有。我自从捐了未入流到省，一路扶摇直上，直升到道员，还加着二品顶戴，头上这个顶儿一级一级地变换颜色，从黄铜顶直变到大红顶，也没有受过严谴，遭过吏议。虽然是皇恩浩荡，却也仗着这一片孝心感动了上苍，才有这一辈子荣华富贵享受不尽。可见上苍不肯辜负着孝子，我自己注重孝道，惺惺惜惺惺，自然对于力行孝道的人不肯由他汨没。老父台，你把马大的孝行通详上司，领到了建坊建祠的银两，可交给我一人包办，一定造得十分坚固，绝不在建筑上面克扣厘毫丝忽的银两。"

毕升听说，忙不迭地连连答应。景星却在旁边暗暗好笑，暗想：这封公函，茂椿欣然肯领衔，我本有些奇怪，现在言语之中无端流露，原来他注意在包造祠堂和牌坊，想在中间沾染些油水。

这时，礼生薛大中上来禀报，说一切祭品都已预备，请大老爷拈香致祭。于是茂椿、景星和着城里六七位绅士，一一戴上了凉帽，陪着毕升，到大殿上去致祭。居中设着一个青色拜垫，两旁设着八九个小拜垫。这青色拜垫是毕升随带来的，只为现任官致祭，这拜垫也分着等级，督抚致祭用全红拜垫，两司致祭用红边青心拜垫，知府致祭用青边红心拜垫，知县致祭只用着青色拜垫。两旁乐工悠悠扬扬地吹打起来，薛大中正喝着一声就位，官绅依次站定。

石茂椿忽然吩咐大中道："我们只行个三揖礼罢了，要是下拜，岂不折了扫街夫的草料？"

景星劈口驳道："怎说不下拜？我们拜的是孝子，不是拜的扫街夫。"说时，便首先跪将下去。

大中便趁势喝起拜字来，所有官绅也只得一起跪拜。茂椿老大不起劲，一壁循例跪拜，一壁默默地念道："混账的扫街夫，我向你磕了三个头，头颅是有价值的，少不得在建坊建祠的银两里面赔偿我的损失。"

官绅拜罢起身，正待归座，蓦然见一个身穿白布长衫的小子向着毕升扑通跪下，哭喊着："青天大老爷，替我哥哥申冤！"

毕升不及提防，倒被他吓了一跳。茂椿大唤道："哪里来的冒失鬼这般无礼？石四，快快把他拿住了，交给衙役带回衙门里，重重地打一顿板子，枷号三个月，限满责放。"

石四正待动手，却被景星喝退了，回头向茂椿冷冷笑道："茂翁错矣，岂不闻爱其人者，爱及其人屋上之乌？他便是马孝子的介弟马二，也是很有孝行的。兄冤未雪，理该向毕老父台叩求申冤。茂翁既然崇拜孝子，为什么又要责打其弟？这不是大大的矛盾吗？"

茂椿无话可答。毕升又要敷衍茂椿，又不敢得罪景星，便向马二道："你要代兄申冤吗？为什么没有呈纸？你好糊涂，我大老爷念你是个孝子的苦主，饶你这顿板子。你快去补写呈纸来，本县回去替你申理枉。"

马二磕了几个头，连忙退下，官绅又回到原座，谈了一会儿，茂椿口口声声兀是催着毕升赶紧通详上司，胪列马孝子舍身救母的事实。"牌坊祠堂克日建造，要是上司没有款项发下来，老父台便在本县公款项下动拨四五千金，也无妨碍，把公款兴办公益，这是父母官应尽的义务。老父台一生德政，全在乎此，万万不可轻手放过，只管放胆去干，上司断没话说。倘有话说，我们众绅士自会替老父台表白。"

说时，斜着眼睛向旁座的众绅士丢个眼色，除却景星，都是茂椿的应声虫，一迭声地说道："老父台，这是千载一时的好机会，只管放胆去干，上司断无不准之理。将来名传循吏，绩报贤良，全在今日的一举。老父台当机立断，万弗迟疑。"

毕升拱一拱手道："领教领教，兄弟回去时立即饬房拟稿，即日通详，不负诸位先生的嘱托便了。"

说时，正待起身告别，景星道："老父台，这桩命案万万不可使凶手漏网，拿到了凶手，明正典刑，也好使孝子瞑目泉下。缉凶是第一要着，建功立祠还在其次。"

毕升又拱一拱手道："领教领教，兄弟回去时，立即严比捕役，勒限缉凶，总不负江先生的嘱托便了。"

景星笑道："缉拿凶手，地方官分所宜然，也不是江某一人的私见，不好说是江某的嘱托。"

毕升正在双方敷衍，却不料"嘱托"两个字又犯了语病。原来石茂椿一流劣绅，时时在毕升那边夤缘嘱托，毕升总说不负先生的嘱托，口头说得油滑了，所以不知不觉又漏出一个嘱托来。经这一驳，亏得毕升是一副加料的面皮，再也不会透出红色，忙道："老先生言之有理，缉拿凶手，果然是兄弟的责任，包在兄弟身上，一定可以缉到凶手，使马孝子瞑目泉下。兄弟还有紧要公事，失陪了。"

众人送过毕升，由他上轿回衙，办理他的紧要公事。毕竟毕升有什么紧要公事，多咧多咧。第一桩，今天出衙得过早，少吃了几筒大烟，急急地要回去过瘾；第二桩，昨夜姨太太荷香和大太太闹着醋潮，当夜不曾吃饭，荷香便赌气睡了，呜呜咽咽地哭，直到毕升来朝起身，荷香的鼻涕眼泪兀自未干，急急地要回去做和事佬；第三桩，有一笔贿赂，约在今天交付；第四桩，石茂椿约他打牌，午饭以后还得到那边去敷衍一下。

毕升去后，天王寺里众绅士纷纷回去。马二兀是泪流满面，痛念他的哥哥，暂且按下。

且说礼生薛大中伺候官绅行礼完毕，便也自回家里。大中的住宅便在西门左近，自己门前还没有走到，却见近邻金寡妇正在门口闲立，唤一声："薛伯伯，方才打发王妈来请你，听说你到天王寺伺候官员了。天王寺有什么事，可是强盗和尚拿到了？便是拿到了强盗和尚，也不用你做礼生的去伺候。"

大中笑道："金太太，你久住在娘家，难怪你不知底细。这里西门外乡下出了一桩命案，被杀的是一个哑巴扫街夫，今天是官绅会祭扫街夫，所以我在那边伺候行礼。"

金寡妇道："这也诧异，世界上的事越出越奇怪了，薛伯伯，里面请坐，有事相烦，请到里面讲。"

于是让大中先入，金寡妇随手闭上了这扇广漆矮阄。到得里面，在客堂上分宾主坐下，王妈送过了茶。金寡妇道："薛伯伯，我家要搬到苏州去了，这所住宅预备退租，房主人那边早已托人去说过，只为薛伯伯是我们的保人，因此通知一声。大约不出三日便要动身。"

大中笑道："原来府上要兴迁了，怪道今天早晨经过府上，瞧见扛夫们搬运东西，只因我事忙，不曾动问。好大的绿瓷水瓮，可是也要搬到苏州去？"

金寡妇道："这些粗笨东西，变卖的变卖，寄顿的寄顿，要是一古拢儿带了走，岂不累赘煞人？"

大中道："向来不听得金太太有苏州亲戚，因甚要搬到苏州去？"

金寡妇道："原来薛伯伯还没有知道呢，娘家的哥哥吕少蕙做了官了，他要到苏州去上任，因此我们也随着同去。"

大中道："本省人也能做本省的官，这算是目今的新法了。不知道令兄荣任的是什么官职？"

金寡妇道："啰啰唆唆有好几个字，我却记忆不清，问我们翠翠，想该知晓。"

便高唤道："翠翠，你舅舅做的是什么官职？"

翠翠在里面答道："不是实缺，是差使。舅舅当的是苏州高等巡警学堂的堂长。"

金寡妇笑道："似这般累堆疙瘩的官名，叫我怎么学嘴得清？"

大中道："无论是实缺，是差委，做了官总是好的，但看今天的江都县毕大老爷，好不威风，真叫作堂上一呼，阶下百诺。有福之人人服侍，无福之人服侍人。"

金寡妇道："薛伯伯，你方才说的县官去祭扫街夫，端的是怎么一回事？"

大中道："这桩命案闹了好多天了，扫街夫唤作马大，是一个哑巴，他还有个兄弟，唤作马二，现在江大人那边充当园丁，不知道为着什么事和一个歹人结下了仇恨。那歹人乘着黑夜，逾墙进去杀马二，马二不在家，歹人便捉了马老太，要她把儿子马二交出。马老太吓得呆了，歹人便扬起着刀子要杀人。正在危急的当儿，哑巴闯进房中，拼命去救他老母，被歹人砍了一刀。哑巴兀自不知痛，要和歹人厮打，歹人便把哑巴杀害了，逾墙逃走。歹人走了，马老太挣扎得性命了，只是这个哑巴却做了他兄弟马二的替死鬼。"

金寡妇道："目今时势，一天不如一天了，天王寺的强盗和尚没有捉到，现在又闹出了这桩命案，天下的歹人正死不完咧。想起来这个马二也不是好人，倘是好人，绝不和歹人结下了仇恨，岂不闻人无害虎心，虎无伤人意？"

大中道："自出了这桩命案，议论纷纷，各人只说各人的话，也不知谁的话真，一个笋儿四条系，各人说的各人是。也有说歹人指名要杀马二，这马二决定不是个好人；也有说马二在江大人那边充当园丁，少年老成，很得江大人的信任，不把他当作园丁看待，常常唤他一声小友。江大人是正人君子，那么马二的品行一定是很好的。近来我遇见土地堂里一位先生，他向我说马二虽是个穷小子，但是很有侠气的，他曾经救了一个女子，把歹人的机谋打破了，一向瞒着人，除得那先生和马老太，没有其他的知道底细。一天，那先生多喝了几杯酒，醉后糊涂，似乎和同座吃酒的卜大良提起这桩事，只是记忆不真，哪料便在这夜出了命案。那先生事后猛省，莫不是这桩命案都在卜大良身上？忙去打听卜大良，却听得出案的下一天，卜大良便不知去向，更犯得很大的嫌疑。所以毕大老爷知道了，要捉拿卜大良……"

话没说完，忽听得里面的翠翠喊道："妈妈快进来，妈妈快进来！"

金寡妇道："薛伯伯请坐一会子，不知女儿有什么事这般地大呼小叫。"说时，便转身到里面去。却见翠翠立在庭心里，向着她娘招招手。

金寡妇迎上前来道："翠翠，这般鬼鬼祟祟，做什么？"

翠翠附着她娘的耳朵，轻轻说道："这姓薛的说的话，倒有些稀奇。

他说的马二很有侠气，曾经救了一个女子，打破歹人的机谋，看来很像那夜冒雨报信的大恩人，莫不是这位大恩人便唤作马二？"

金寡妇摇头道："怕不是吧，那夜救你的大恩人是个卖糖的苦小子，他说的马二是江大人的园丁。桥归桥，路归路，怎好认作一个人？都是你心心挂念大恩人，想得昏了，听见人家讲那救人的事，便疑及是你的大恩人。"

翠翠笑道："也许是我的多疑，只是身受人恩，不能轻易忘掉了。妈妈，你去细细盘问他，这马二不曾做园丁的当儿，是做什么生涯？马二救的女子是谁家的女子？打破歹人的机谋，是什么机谋？这歹人是谁？"

金寡妇点着头道："也好，待我去问一下子，是恩人不是恩人，便会知晓。据我看来，只怕不是吧。"

于是重又回身到客堂里，却见座上空空的，不见了方才的薛大中。金寡妇忙问王妈道："方才的客人哪里去了？"

王妈道："他说家中有事，不能久坐，叫我回复太太，缓一天再来谈话。"

金寡妇没法，只得回复女儿，说："他已走了，过一天再请他来细问，你莫多疑，看来他说起的马二绝不是你的大恩人，听在耳朵里也不像。时候不早了，你快和王妈到厨下去煮鱼，今天是皇历上的宜祭之辰，替你父亲除了灵座子，也了却我一桩心事。你祥哥哥也要出城来祭拜，你不要耽耽搁搁，客人到了，闹得手忙脚乱。"

翠翠答应着，自和王妈到厨下去料理菜肴。金寡妇却在堂中照料一切。趁这当儿，著者便把金寡妇娘家情形约略报告。

金寡妇的父亲唤作吕蕙轩，亡过已三年了。蕙轩是经商出身，为人俭朴，算得是一份小康之家。他有许多脾气，和寻常人不同，不住高大房屋，不穿绸缎衣裳，出外贩卖东西，旱路不肯骑驴，水路不肯坐船。他说："在扬州一带出入，东不出大桥张汪一路，西不出甘泉各镇，南不出瓜洲，北不出邵伯，最远也不过三四十里，天生我双脚不走路，做什么呢？除是没路可走，只得破费些渡钱，要不然怎么放着这双脚不走，要用驴儿船儿来代步？这双脚岂是把来装幌子的？但看赶驴的、拉纤的，同是一双脚，何等吃苦？难不成我的脚看得这般宝贵，他们的脚看得那般轻贱？难不成他们的脚不是父母生就的吗？"

蕙轩虽自奉刻苦，可是对于贫苦的人很肯周恤，所以扬州一带的乡评都是很好的。生下一男一女，男的便是少蕙，女的嫁给金其良，现在孀居，便是本书中的金寡妇。蕙轩自恨少年失学，对于儿子的教育十分注意，访问名师，竭力培植。少蕙在二十岁上便考取了一名秀才，隔了三载，又中了一名副榜举人。少蕙早年丧母，禀受他老子的庭训，为人极其厚道，娶妻张氏，也是旧社会中贤良妇人，生下一子，小名阿祥，取号蕙孙，便是蕙轩之孙的意思。少蕙向来在外省候补，也曾得过几次差使，又曾奉了上司的札委，到日本去考察警政，回国以后，上司正待破格擢用，却得了蕙轩患病消息，立时告假回乡，侍奉病父。不到几个月，蕙轩竟亡过了。少蕙守制在家，没事时便课着儿子蕙孙读书，蕙孙年逾舞象，风度翩翩，开笔时便作策论，居然笔下清利，大有可观。

　　岁月如流，转瞬服除，少蕙兀自无意出山，近来因为苏州陆中丞是他向日的上司，知道他考察警政确有心得，便委了他充当高等巡警学堂堂长的差使。他受了上司的知遇，不便推辞，准备挈眷到差。又因妹子是个寡妇，茕茕母女，毫无依傍，近来又受着虚惊，要不是有人告警，早受了贼秃的暗算，因此上约着金寡妇和翠翠同赴吴门，彼此都有照应。金寡妇当然欢喜，急急地回家整理一切，预备在三日内动身，住宅已退了租。今天择着宜祭之辰，撤去丈夫的灵座。翠翠厨下办菜肴，异常忙碌，直到晌午时分，祭菜罗列，母女俩都瞻拜了遗容，便听得有人叩门。王妈道："定是祥少爷来了。"

　　开门看时，果不其然，来了一位眉目清秀的年少郎君，不是吕蕙孙是谁？进得门来，高唤一声"姑母"，低唤一声"翠妹妹"，忙走到灵座子前，深深三拜。

　　翠翠忙不迭地跪倒在旁，伏地答谢。拜罢起身，蕙孙忙道："姑母，可晓得行期又要改变了？昨日陆中丞来电催逼家父到差，家父只得提早动身，明天早晨便要下船，命侄儿来通知一声，请姑母和翠妹妹早早收拾，莫误行期。"

　　金寡妇听了，还没有说什么，翠翠早珠泪双抛，哽哽咽咽地哭起来。金寡妇和蕙孙见了，好生诧异。

　　欲知后事，且阅下文。

第九回

开学校黑夜遇明星
扫闲轩良宵赏皓月

"翠妹妹，为什么要哭呢，你不是巴巴地盼望着到苏州去吗？那一天爹爹向你说苏州多么好玩，城里的元妙观一年四季有川流不息的游人，三十六行般般都全，瞧得人眼花缭乱，我们扬州没有这么好玩的地方。况且城外便是马路，离着上海又很近，你不是听得津津有味，笑说但愿得早一天动身才好呢。果不其然，真个提早了行期，你偏偏又淌起泪来。妈妈常说，女孩子的心思七弯八曲，不容易使人猜测。翠妹妹，这番淌泪，真叫人难猜难测。"

"翠翠，你真个痴了，母舅早一天动身，再好也没有，你合该欢喜不迭，这副眼泪真淌得没来由啊！难不成你还恋恋这几间屋子？那一夜的惊惶，你兀自吓得不够吗？"

翠翠把眼泪向着娘瞧了瞧，呜呜咽咽地说道："妈妈，你怎么猜不出我的意思？娘女俩冷清清地住在这几间屋子里，有什么恋恋？那一天的惊惶，想起了还得出一身冷汗。只是薛大中提起的马二是不是救我的恩人，还没有明白，我受了人家的大恩，时时刻刻挂在心窝里，明天走了，再从哪里去探听这位救我的大恩人？"

蕙孙忙道："什么马二不马二，我不明白。"

金寡妇便把方才薛大中讲的话述了一遍。蕙孙笑道："这有什么烦难？薛大中住在左近，请他过来问一声便该明白。"说时，便唤王妈去请。

王妈答应着，自向外边而去。翠翠拭去了泪，问着她娘："要是救我的恩人真个唤作马二，我们怎样酬谢他？"

金寡妇尚没回答，蕙孙抢着答道："这个问题很容易解决，把马二唤得过来，给他十块八块钱，那便了却妹妹的一桩心事。"

翠翠瞧了蕙孙一眼，把头摇了几摇，说："祥哥哥，你真是个公子哥儿，开口来便把金钱去吓人，似乎金钱万能，没有干不到的事。我看救我的这位恩人不见得贪我的金钱吧，要是贪金钱做酬劳，怎么那一夜不把姓名告我？"

金寡妇道："倒是肯说姓名肯受谢意的好，那一夜老老实实地说了姓名，受了我们的谢金，这桩事便过去了，也省得你天天地牵肠挂肚。千不好万不好，都是那人不肯说出姓名的不好。"

正在议论的当儿，王妈早回来报告道："薛大中下乡去了，要隔三五天才回来呢。"

翠翠听了，只微微地叹了一口气，没有什么话说。金寡妇道："翠翠，你可放下这条心吧，这个马二我决定他不是那夜报信的人，你不用瞎猜吧！"

王妈忽然插嘴道："提起马二，我恰才听得有人讲着他。"

翠翠忙道："你听得些什么？可是听得有人说着他很有肝胆，很有义气，是个好男子？"

王妈连连撇着嘴道："什么好男子，转子世才是好男子咧。小姐，我告诉你，我恰才上街买东西，听得咸肉店门前有几个人在那里讲新闻，讲的是两桩奇事，一桩马大被杀，一桩土地堂里的十五岁女孩子忽然失踪。就中有一个老朱，绰号唤作顺风耳朵的，他说这两桩事都晓得底细，只为土地堂里的女孩子和一个流氓结识了，后来又看上了马二，那流氓动了妒意，乘着黑夜，翻墙到马二家里来杀马二，却误杀了马大。那流氓知杀错了人，在扬州存身不得，便带着女孩子一溜烟地跑了。马大的性命都害在马二身上，看来是个恶人，怎说他是个好男子？"

金寡妇笑道："翠翠，我猜得错不错呢？不听老人言，挂了恓惶泪，你好没来由，把恶人当作了好人。"

翠翠听了，嫣然一笑，满腹疑云立时扫得干净，暗想：亏得这个马二不是我的恩人，要不然他为着救我出险，结怨了恶僧，把哥哥的性命牺牲了，这般的深恩厚德，叫我怎样报酬？

直待灵座前香销烛烬，把木主捧上了家堂，撤座礼毕。蕙孙便在这里吃饭，母女俩打横相陪，请蕙孙坐了首位，谈谈说说，很是亲热。

蕙孙道："翠妹妹，你不是要进女学校读书吗？这里明小姐办的女学校是靠不住的，爹爹说，女子的学问果然要紧，可是礼教也不容疏忽。明小姐的学里也不过装着薄薄的几本教科书，她却把数千年的礼教完全推翻了。她和柳克堂的儿子成日成夜地混在一处，又不像朋友，又不像夫妻，闹得人言啧啧，丑声四布，他们俩兀自不知羞耻，互挽着臂在街坊上行走，向着人还是开口文明闭口自由，怪不得何其甫老先生道他们是一对妖孽，他们办的学校，怎么可以去得？要进女学校，还不如到苏州去。听说苏州的女学校办得很是顶真。"

金寡妇笑道："我也是这般说，明小姐这个人看来不大规矩吧。那一天开一个什么添粥会，我听了好笑，怎么添粥添饭都要开起会来呢？后来翠翠向我说是天足不是添粥，而且嬲着我去听演说，我便和她进了城，到会场里去听演说。只见这位明小姐，模样儿很不弱，只是两只眼睛忒活动了，乌珠骨溜溜向四下里打转，见着我们女宾不大瞅睬，见着少年的男宾到来，她便眉开眼笑，忙不迭去挽手，唧唧哝哝地不知说些什么话。旁人见了，都替她害臊，也有掩着嘴笑得咯咯咯的，她却回转头来发话道：'有什么好笑？这便叫作文明礼数，你们要学文明女子，须从这个礼数上学起。'"

蕙孙正含着一口酒，听到这里，不禁扑哧一笑，把嘴里的酒喷将出来，白官纱短衫上沾了一大块酒痕。

翠翠道："都是妈妈不好，把话来怄人笑，脏了祥哥哥的衣服。"

金寡妇便叫蕙孙把短衫宽下，交给王妈，用淡水涮这一涮。

翠翠道："待我去涮吧。王妈的手不大洁净，没的雪白的衫儿上沾了几个指印。"

那时蕙孙早宽去了短衫，说道："不消劳动翠妹妹，交给王妈去涮吧。"

王妈伸手去接受，翠翠也伸着手说："交给我，不要紧。"

蕙孙嘴里说交给王妈，手拎着短衫，却偏偏交付到翠翠的手里。不一会儿工夫，翠翠早把衫上酒痕涮去了，晾在日光里面，依旧陪着蕙孙吃饭。比及饭毕，衫儿已干了，蕙孙要回去料理东西，在日光里取下短衫，正待穿上，却被翠翠一把抢去，说："祥哥哥暂坐片刻，日光里收下的衣衫，怎好就向身上披？受了热毒，不是要的。"

一壁说，一壁把这件衫儿在桌子上折得方方的，又在地上放个拜垫，把衫儿放上拜垫上面，说得些地气，可以解除热毒。

　　金寡妇见了，只是微微一笑，因甚好笑？当时没人动问，金寡妇也没有说出原因，著者也只好存而不论。蕙孙不好便走，只得坐着闲谈。忽然眼前一亮，外面走进一个西装女子，身上一色白纱衫裙，头上戴着一顶巴黎新流行的白色女帽，足上蹑着高跟白帆布鞋，手拎一柄白纺绸伞，咯噔咯噔地走将进来。蕙孙见了奇异，金寡妇见了懊恼。因甚要懊恼？她瞥眼瞧见时，只道是哪里来的新寡妇，身穿孝服，也不管人家忌讳，公然闯入门来。

　　转是翠翠眼快，笑盈盈地迎上前去，道："明先生难得光降，里面奉茶。"

　　金寡妇才知道来人便是明似珠，便也含着笑脸相迎，说："明先生多时没有会面了，你换了打扮，我几乎不认识你。戴着谁的孝啊？"

　　翠翠慌得向她娘做眼色，似乎叫她不要乱说。亏得明似珠目有所注，心无二用，金寡妇说的话完全没有进她的耳朵。原来她俊眼瞟处，早见里面站着一个粉搓玉琢的少年郎，穿一件珠罗汗衫，系一条白官纱衫，丝袜缎鞋，打扮不俗。最可爱的雪白的脸蛋儿，泛出三分绯红颜色，要是个女子，怕不是唐宫醉酒的杨妃。当下忙问翠翠道："这位先生可是你的哥哥？"

　　翠翠道："不是嫡亲哥哥，是表哥哥。"

　　似珠笑道："表哥哥嫡亲哥哥，总是一般。这位先生可也是姓金？"

　　翠翠道："表哥哥姓吕。"

　　似珠点头道："那么我又多了一位男界同志，也不枉跑了这一趟。"说时，便走到蕙孙那边，把纤腕伸将过去，预备行一个文明礼数。

　　慌得蕙孙倒躲倒躲，退后了三五步。似珠也便迎上了三五步。蕙孙涨得满面通红，掉转身躯，却向里面逃去。

　　似珠老大没趣，喃喃地说道："这姓吕的怎么这般无礼？照着西洋社会惯例，男子向女子握手，女子可以不接受；女子向男子握手，男子断无不接受之理。我瞧这姓吕的仪表非俗，好像是一个有志青年，我不惜俯就，上前握手，想和他订个同志，却不想他这般拒绝，不受人抬举。哼哼！这是什么道理？拒绝握手，情犹可恕，轻蔑女界，罪无可逃。姓吕的，姓吕的，你犯下这滔天大罪，不是躲向里面便可了事的，明天看我开个女权大会，提议这件轻蔑女界的大问题，自有一种很严厉的方法把你惩戒一下子，看你担当得起吗？"说时，把手里的洋伞狠狠地在地上搠了几下。

翠翠见似珠动怒，忙替蕙孙分说道："明先生请息怒，不知者不罪，我哥哥一向只在书房里读书，只懂得诗云子曰，哪里知道什么西洋惯例？他实在见识不广，并不是有意轻蔑你。"

那时，王妈早托着茶来。翠翠亲手捧茶，请似珠坐下讲话。似珠嗔怒略平，才放下洋伞坐下了，母女俩都在下面相陪。

金寡妇笑道："明先生，说也笑话，我侄儿今年十六岁，见了生人，动不动便要面红，和女孩子一般。俗语道得好，男要浪，女要航，现在世界真反了，做男子的倒躲躲闪闪，怕人家描着样去，这不是笑话吗？"

金寡妇语中有刺，她的弦外余音，暗暗说做女子的却不肯躲躲闪闪，只在外面放浪。

似珠一些儿不觉得含有讥讽，便道："金太太，你的话却不错，做男子不该躲躲闪闪，做女子的益发不该躲躲闪闪。你这位令侄大概没有受着新教育吧，没受新教育，人格便不能完备。他虽然生得漂亮，只算是个绣花枕头，外面好看，里面一包稻草，没受新教育，便不能算好青年，只算是个臭男子。金太太，你的女儿正是受教育的年龄，不要再把她错误吧。那天到敝校里报过了名，转瞬暑假期满，便要开学，怎么还不来纳费？我对于教育事业很是热心，但愿我们扬州的青年女子，个个都似我明似珠这般地学问广博，品行高尚。我办的这所学校便是黑夜的明星、大海的灯塔，报名的人争先恐后，都要到敝校里来得些光明，报名不多时，便又争先恐后地来纳费，人浮于额，后到的只好谢绝。令爱报名在先，便该早日纳费，要是不纳费，我只得在名册上面把令爱的名字取消了，让出空额，补取别生。"说时，又瞧着翠翠道，"秀娟，你不要错过了这求学机会，我是一番好意，上门来问你一声。"

翠翠到此才知晓明似珠的来意，便含笑说道："多谢明先生不弃，肯把我收列门墙。只是我近来忽生了阻碍，要搬家到苏州去，来日便要动身，没福受明先生的教育，名册上的名字请你取消了吧。"

似珠向四下里望了一望，道："原来你们要搬家，怪不得屋里空洞洞不见什么东西，但是搬家尽管搬家，读书依旧读书。秀娟，你不妨改了住宿生，我这里住宿生名下还留着一个空额呢。"

金寡妇道："苏州也有女学堂，小女留在扬州不方便，这番搬家想到苏州去读书。"

明似珠扑哧一笑道："苏州的女学校进去得的吗？金太太，我告诉你听，苏州人般般聪明，唯有办这女学校却糟了。我有一个同学唤作陆绯霞，现在苏州充当女教员，暑假里回到扬州，把苏州的校风一桩桩讲给我听，笑得我肚子都疼。金太太，可知道开办女学校全在破除男女间的嫌疑，全在使青年男女互相接近，越是接近，越能够互相奋斗，发出一种竞争的精神。苏州的女学界偏偏不然，男女的嫌疑依旧是根深蒂固，学校里面不敢延请男教员，便是偶然延请一两位国文先生，一定要去搜寻那陈年宿垢的老古董，不是胡须似芦花般白，定是背脊似龙虾般耸起。这么样的教员，当然没有教育精神，走上讲台，喘吁吁地上气不接了下气，开出口来比着放个哑屁还低。课堂上的生徒见了这模样儿，早已满肚皮不高兴，谁还去听他的讲解？苏州的女学因此奄奄一息，没有进步。还有可笑的，抱着清一色的主义，连那老古董的男教员都不敢延请，从校长至校役都是妇女充当，校门上面挂着一块男子止步的木牌，课堂上面粘着一张'谢绝男宾参观'的告白。她们的学校里面除得雄苍蝇飞将进来没法可以阻止，其余雄猫雄狗闯将进去，也要被她们一棒打出。她们办学宗旨，视女子为鼠，视男子为猫，似乎鼠遇了猫，一定要发生危险。你想可笑不可笑呢？金太太，不是招揽生徒，似这般的学校万万不能放秀娟去读书，要读书还不如把秀娟留在扬州。"

金寡妇道："多谢明先生指导，小女到了苏州，读书不读书还没有一定，只是不能留在扬州。"

似珠道："真个不能留在扬州吗？"

金寡妇道："当真不能留在扬州。"

似珠叹了一口气道："我这般地指导你们，你们既不受指导，那便没法了。"说罢，拾起洋伞便走。

金寡妇也不相留，翠翠送她到门前。似珠点了点头，竟自走了。

翠翠回到里面，却见蕙孙笑得前仰后合。翠翠道："祥哥哥，你还笑得出吗？方才明小姐叽叽呱呱地一顿埋怨，把你当作臭男子看待，还要开个女权会和你评理。不是我替你求情，她还不肯甘休呢。"

蕙孙笑道："我方才穿了衣要走了，都是你拦着我不许走，说什么热毒不热毒，似这般地挨骂，比热毒还难受。我躲在里面听得清楚，又是好气又是好笑，似这般的怪物，翠妹妹还要赔着小心，先生长先生短向她道歉，她自然益发大模大样，信口开河地乱讲。她说苏州的学校办得不好，听了使人肚子痛，其实这也是过渡时代应有的现象，没什么好笑，倒是她的怪模怪样和那滔滔不绝的怪谈论，真个要笑得人的肚子都痛。姑母和翠妹妹真有耐性，换了别人，早把她一顿排揎，管叫她吃不了兜着走咧。"

金寡妇笑道："她穿了孝服进门，我见了先不快活，本待把她排揎几句，只为我们明天便要搬家，犯不着临动身时还和人家怄气。"

翠翠道："妈妈真是少见多怪，现在研究新学的人到了夏季都是这般打扮，只为黑色的衣服容易吸热，白色的衣服不吸热，夏季的衣服当然宜白不宜黑。"

金寡妇摇着头道："这些话我却不信，要是真个这般，到了夏天，街坊上的黑狗都要热死了。你母舅家里的白猫合该不怕热，为什么也热得去躺阴地？"

这几句话又引得蕙孙大笑，笑了一会子，便道："时候不早了，我还要去部署部署，便是方才说起的那只白猫，我本意要带着同走，爹爹说火车上带着不方便，只得和押带行李的船同走水路，今天早和吕升他们先走了。姑母这边好在粗重家伙早已变卖的变卖、寄顿的寄顿，没有什么部署了，少停便可带着翠妹妹到我家来住宿。王妈把杂物收拾收拾，押着挑夫早早进城，好在日长天气没有什么来不及。"

翠翠听得蕙孙要走，早把拜垫上的衫儿授给蕙孙。蕙孙披了短衫，又穿了纱长衫，手携执扇，匆匆告别。

金寡妇道："横竖少顷便要见面，我不送你了。"

翠翠道："祥哥哥，街坊上还有半街太阳，你只拣着阴处走。"

蕙孙含笑点头，出门自去。

有话即长，无话即短，任凭你日长天气，把笔尖儿轻轻几摇，也便容易过去。

院落里丛丛金粟，开得正盛，秋风动处，这甜津津的香味散布在空气里面，便不检皇历也都知道九十秋光早过去了一半。良宵佳节，预备着庆赏中秋，香店里十分忙碌，扎起着玲珑精致的香斗，虽是个小小玩意儿，却扎得重楼叠阁、直栏横槛，有千门万户之观。水果店里把西瓜雕成半轮明月，从一朵莲花里涌起。学校循例放假，许多小学生手执着五色花纸的尖角旗到处游玩，茶食柜台前面人头拥挤，都在那里抢买月饼，仿佛中秋节不吃月饼便是虚度了一生。东洋人往往冤枉中国人仇日，其实中国人只是仇月，没有仇日，若不是仇月，怎么年年到了中秋节要把一个个的月儿吞在肚里？待到斜日衔山的当儿，大家都伸长着脖子盼望那一轮皓魄早早从东方升起，可惜月儿不会说话，要是会说话，便要说你们怎么一会儿把我吃在肚里，一会儿又盼我升到天空。

那夜玉宇澄清，四无云翳，嫦娥不匿广寒宫，闪闪地透露光彩，一时间香烟缭绕，红烛辉煌，挨家比户，都在那里祭拜月宫。可是胡同甫同他娘子陆琪芳早破除了这个迷信积习，家庭里面只多点着几盏明灯，办着一席酒，准备举杯对月遣此良宵。他们俩都是学校里的教员，簇新人物，当然反对神权，从大年初一直到大除夕，从没有请过香烛，拜过神佛。他们俩常向人说学校和香烛店立于反对的地位，学校一天发达一天，香烛店便一天减少一天，照着他们俩的预算，苏州城里的香烛店，十年以外可以淘汰净尽。人家听了，有信有不信，后来过了十年，苏州城里年年有新立的学校，年年也有新开的香烛店，他们俩的预算完全失效。毕竟为什么失效，也是一个很有研究的问题，暂置弗论。

且说这一席酒摆在西轩，临轩便是一个小园，金桂银桂一齐开放，六扇玻璃窗洞洞地开着，望月赏桂，恰是最好的所在。席间设着四个座位，胡姓家里只有夫妇两人，去年结婚，又不曾生有儿女，要是夫妇赏月，为什么要设着四个座位？原来这席酒专为宴客而设，琪芳做主人，邀请三位女宾同赏皓月。座席中间没有同甫的份儿，同甫转欢欢喜喜地替琪芳布置一切，监督着佣妇们把西轩洒扫得一尘不染，桌上铺着雪也似的台毯，花插里面颤巍巍地插着几支秋海棠，地上铺起花纹彩席，墙上挂起西洋名画。这时，苏州虽没有开办电灯厂，同甫却赁着一盏五百支烛光的汽油灯，红日还没有西沉，早把汽油灯点将起来，他想很漂亮的娘子宴请很漂亮的女宾，合该坐在很漂亮的灯光底下，望那很漂亮的月球。

琪芳见同甫布置周到，暗暗欢喜，落得诸事不管，由同甫去忙碌。到了上灯时候，便叮嘱同甫道："她们进门，你须回避一下子，她们不问及你，你不必和她们相见。"

同甫笑道："便见见也不妨，你不是常提起她们都是簇新的人物吗？都是主张男女间不宜隔阂的吗？尹邢避面，这是旧社会的态度，我何妨光明磊落地和她们相见。"

琪芳也笑道："只为她们都是簇新的人物，你便不该和她们轻易相见。你可晓得三位女宾里面有一位非常的人物吗？她是眼高于顶，把普天下的男子看得半个鹅眼钱都不值，口口声声总说女子们人格高尚、心思灵敏，超出臭男子万倍。她又是守着独身主义的，厌弃男子和土芥一般，你倘然冒昧和她相见，被她瞧不上眼，连我面上都不好看。做妇人的谁都喜欢他人夸奖自己的夫婿，说一声夫婿好，面上立时装着一层金；说一声夫婿不好，心窝里宛似搠着刀。你虽然模样儿生得很俊俏，在我眼光里看来没有什么不好，可是自己娘子赞一声好不是真好，别人家妇女都赞一声好才是真好咧。"

这一席话说得同甫也笑了，便道："我便依着你言，不和她们会面，可是她们问起我时，你定要介绍我和她们相见，不要推说不在家，把我闷得要死。"

琪芳似嗔非嗔地瞅着同甫一眼道："你巴巴地要和她们相见，安着什么心思？"

同甫笑答道："安着什么心思，无非要博她们几声称赞，也好使吾爱面上多贴上几张金纸。"

夫妇俩谈笑的当儿，听得外面一阵细碎的蛮靴声响，还夹着咯咯的笑音。

琪芳忙道："她们都来了，你快快回避一下子。"

同甫忙不迭地躲到了西轩背后，身体虽躲了，隔着纱窗，只把眼睛在窗缝里偷觑。那时，琪芳早迎进了三位女友，同甫觑得仔细，见那三个人款款盈盈地走将进来，映在灯下，耀得人眼花缭乱。一个年在花信左右，身穿白色罗衫，系一条白边大裥纱裙，鬓上面簪着一朵白绒花，谅来便是文君新寡的萧莲君了；一个年龄和莲君仿佛，态度活泼，眼波流动，身穿苹果绿罗衫，系的罗裙也是苹果绿，仿佛是绿萼仙子下凡，谅来是琪芳新通谱的广陵陆绯霞女士；一个年龄可十七八，笑容可掬，穿一件淡红色绉纱衫，系一条元色绉纱裙，谅来是绯霞的同乡柳碧云女士。三个人三般装束，却一般都是长裙曳地，异常时髦。

看官，长裙曳地，在今日不好说是时髦，著者所叙的事尚在前清时代，"天宝末年时世妆"，当然和现在的装束不合。原来自经了光复，男子光去了一条发辫，妇女光去了半截裙裤，彼一时此一时，怎么可以相提并论呢？

闲话剪断，且说琪芳迎了三人进来，连忙让座道："你们怎么这时才来？我盼望了长久了。"

莲君笑说："中秋踏月，当然越迟越好。"

绯霞见席上的杯盘摆得齐齐整整，便说："琪芳妹妹，何必要这般破费，累你忙碌，很过意不去。"

琪芳笑道："怎说忙碌？这都是同甫代办的，怕办得不好。"

绯霞忙问道："同甫先生可在府上吗？"

琪芳道："你们来时，我叫他避去的，我们知己谈心，有一个男子在旁，倒有了拘忌。"

绯霞扑哧一笑道："有什么拘忌？快快请同甫先生出来一起饮酒，才有兴味。外国规矩都是这般的，男女不同席，是古人的一句浑话，你难不成竟当作了真？"

绯霞说时，慌得萧莲君把鞋儿踢着绯霞的蛮靴，暗暗地止住她，可是绯霞竟说得起劲，不来理会。

琪芳道："绯霞姊这么说，我便介绍拙夫和诸位相见，只是同席饮酒，怕不方便。"说时，便离席走了。

纱窗后面的同甫觑得仔细，听得亲切，这一喜非同小可，直喜得浑身骨骼都减轻了分量，不好一步便跨出，便蹑手蹑脚地退到里面。耽搁一会子出场，也好遮饰窃听的痕迹。

在这个当儿，西轩里的萧莲君轻轻埋怨着绯霞道："你怎么恁地没忖量？别人家的男子，怎好拉在一起饮酒？给人家见了，成什么模样儿？我要失陪了。"

绯霞笑道："你真是个顽固党，一辈子不会开通。西洋宴会，谁不是男女同席，光明磊落地饮酒？你要走尽管先走，只要你做得出。"

莲君听了，觉得走也不好，不走也不好。碧云凑着莲君耳朵说道："姊姊不要走，走了琪芳姊面上不好看。你拘忌着什么？你们苏州人俗语，只要坐得正、立得正，哪怕和尚道士合板凳。"

莲君点了点头，果然不好意思便走，只是小鹿撞胸，有些坐立不安。惊听得皮鞋声响，外面园子里桂花底下早来了一男一女，那时席上三位女士一齐站了起来。

琪芳抢上几步，引了同甫，双方介绍了姓名，又说："拙夫正待出门访友，被我唤得回来，家中来了贵宾，做主人的怎好匿不见面？"又笑向同甫道，"相见已毕，你便访友去吧，料想三位不怪你慢客。"

绯霞劈口说道："怎么不慢客？主人逃席，便是绝大的慢客。"说时，拖着一只椅子请同甫坐着。

同甫笑嘻嘻地瞧着琪芳，琪芳道："绯霞姊，向你讲老实话，拙夫真个要出去访友，不能奉陪，请你原谅一下子。"

绯霞大笑道："放着家中的客人不陪，倒要去访问那不相干的朋友，哪有这个道理？况且这个朋友本是子虚乌有，你不见同甫先生只伺候你的颜色？你说一声，他便坐了。"

琪芳方才没话推托，请莲君坐了首位。其次便是绯霞、碧云，自己和同甫末座相陪。

看官，为什么琪芳不要同甫入席？

原来琪芳的心理，只要同甫上场相见，博她们几声称许，见得自己的夫婿可不弱，她便心满意足。至于同席饮酒，又觉得自己的夫婿和她们忒亲近了，真不是个计较。自己的夫婿，她们只有称许的权利，没有亲近的名分，因此推说访友，好使同甫上场以后便即下场。偏偏被绯霞破了，无可奈何，只得容同甫入席，可是肚里打量，绯霞向来鄙薄男子，何以今天不然？转念一想，又觉得绯霞是十分美意，她鄙薄男子，却不鄙薄我的男子，可见她和我的交情很深，我别错怪了她。

这时，同甫早执着酒壶，依次敬酒。绯霞、碧云都坦然自若，唯有莲君却觉得如坐针毡，不甚自由。同甫殷勤劝饮，绯霞、碧云酒到便喝，旁边佣妇上起菜来，绯霞、碧云菜到便吃，只有莲君几番举杯，又复放下。同甫劝她用菜，她只夹着一粒虾仁放在嘴里，兀自细细咀嚼，不就吞下。

绯霞笑道："莲君姊，真变了樱桃小口，虾仁一粒一吃。"

众人忍不住好笑。莲君羞得抬头不起。同甫笑道："莲君女士不用客气，在席的除却鄙人，都是女士的至好，况且鄙人从前和姚玉笙先生也是情投意合的好友。"

　　莲君听得"姚玉笙"三字，背脊上似浇着冷水，恨不得立时逃饮而去。

　　欲知后事，且阅下文。

第十回

花解语魂销末座
月无情泪洒空房

"吾爱，吾这口残喘，挨不到清明时节了。风云不测，哪里猜得出这般结局？和你结婚一年，除却卧病，哪里有一个月的团圆好梦？我若一朝去世，你孤零零守着苦恼光阴，膝下又没有子息。吾爱，苦了你了……吾爱，法律不强迫人守寡，没有儿女的青年寡妇何必拘着守节？可是你向来知诗达礼，旧教育的根底很深，吾家又薄有田产，哥哥那里添了次丁，当然要承继过来，你下半世总有一个好好的结束。可是在这青年时代，累你花前月下，受尽凄凉滋味，我在九泉总觉得抛撇不下。"

"哥哥，你别这般说，吉人天相，你的病体不见得便是绝望，要是果有三长两短，我这苦命的活在世上做甚？"

"吾爱，不用悲伤，生死大数，这是无可奈何的事，我死了，你不用抱着厌世观念。我有老母，要仗着你侍奉，你又有老父，你也该安慰亲心。死者已矣，你总得旷达一些，不要苦坏了身子。你倘嫌举目凄凉，姑母那边正开办个女学，好几次要请你去教授国文，只为我在病中，你没有应允。我死以后，你不妨借着教书消遣，也可减少你的悲痛。"

"哥哥，你果然遭了不幸，除得跟着哥哥走，再也不能减少悲痛。"

"吾爱，快不要这般说，我希望你做个良好的教员，校里伴侣也多，当然可以减少你的悲痛。只是新派的女子良莠不齐，你在交友上面谨慎一些便是了。"

上文这许多话，都是姚玉笙在病危时和他夫人萧莲君问答的话。莲君听得同甫提起姚玉笙，觉得病榻遗言历历在耳，不由得出了一身冷汗，猛想到新派女子良莠不齐，瞧着陆绯霞恁般放纵无忌，敢怕我误交了损友？

我只道她性情倜傥，是个天真烂漫的女郎，谁知竟是大大的误会。今天席上，她的本相尽现了，但看她和同甫讲话时，双方的视线常常接触，这不是女孩儿家的好模范，我以后须得谨慎一些，别受了她的牵累，负却丈夫病榻的遗嘱。莲君心头忖量，除得著者这支笔知道人家心坎事，席上诸人谁也不曾觉察。

那时皓月渐渐地上升，桂影扶疏，筛得阶前历乱。同甫和诸女宾同席，花香酒味中间，饱看着钗光鬓影，觉得李三郎遨游月宫也不过这般快活，霓裳仙子便在人间，何必要梦想玉楼、神游碧落？当下酒落欢肠，益发左顾右盼，快刀截不断他的谈片。绯霞、碧云也是有一搭没一搭地和同甫讲话，不但冷落了莲君，便是这位女主人陆琪芳也觉得一时插不进说话。

绯霞道："同甫先生，你的谈论都是很有兴味的，目今正提倡着兴味教育，学校里的教师都像了你这般词源滚滚，诙谐百出，生徒们获益无穷，再也不肯请假告病了。"

同甫嘴里谦逊，眼睛却看着琪芳，仿佛说，你的夫婿现在可得着你的女友的称赞了，看你面上可增着光彩？然而琪芳的面上却是很镇静很冷淡的，也不见得添了笑靥。

碧云道："我们的学校越办越腐败了，这位校长刘姚女士，生着十六世纪的旧脑筋，办那二十世纪的新事业，学校哪得不腐败呢？"说着，向莲君一笑道，"又在那里讲论你的亲戚了，你可不许搬唇弄舌。"

莲君道："你们议论，干我甚事？"

绯霞也笑道："只为校长和莲君姊是亲戚，校长的怪僻脾气，莲君姊也沾染了一部分。亏得和我们做了朋友，才把这怪僻的脾气改良了许多，要不然，校长是顽固党第一，莲君姊便是顽固党第二。"

这几句话说得莲君抬头不起。同甫道："贵校长刘姚女士能得风气之先，开办女校，也算是个新人物，怎说是顽固党呢？"

绯霞喝干了杯里的酒，把空杯凑将过来道："你替我斟上一杯，我讲给你听。"

同甫便满满地斟上一杯。绯霞忽地向琪芳瞟了一眼，笑语同甫道："我不上你的当了，你这位夫人也是坤秀女学校的教员，校长的脾气她肚里自有一本细账。你要听尽可叫她讲，倒来叫我讲，我偏不讲。"

琪芳扑哧一笑道："还是你讲的好，我是笨嘴拙舌的，怎及你讲得有兴味？"

这几句原是琪芳有意讥讽的，可是绯霞乘着自己的酒兴，全没觉得人家的话里有醋意，转是笑盈盈地说道："校长的怪僻脾气，便讲个三日三夜也讲不尽，我只拣几桩好笑的来讲讲。她延聘的男教员都是六七十岁的老古董，不管学问好不好，只要弯腰曲背、鹅行鸭步、半死不活地上讲台，她便说是好教员。"

同甫点头道："我也略有所闻，国文包教员、历史魏教员，都是上了年纪的老先生。"

绯霞又干了一杯酒，同甫给她筛上了，她竟老实不客气，手都没有一招，接续说道："两个老古董怎懂得教授方法？生徒们大半不满意，要求校长撤换，校长怎肯应许？说学问有新有旧，教员也该有新有旧，英文算学都是新学问，我便延请北洋女学校的簇新毕业生做你们的教员；国文、历史都是旧学问，我便延请三十年前的旧秀才做你们的教员。这是我新旧并重的一番苦心。旧学为体，新学为用，你们莫轻觑了这两位老先生，他们秀才家的学问总是不错的，秀才不出门，能知天下事，你们如何理会得？

"生徒们听了，也叫没法，只得勉强去上课，可是校长道他们能知天下事，生徒们心里总不肯相信。

"一天上历史课，有人问魏老古董道：'什么叫作东西五大洲？'

"魏老古董搔头摸耳一会子，方才回答道：'你缠误了，东西只有二周，叫作东周西周，怎么说有东西五大周？'

"又有一天上国文课，有人问包老古董道：'华盛顿是什么样人？'

"包老古董一时对答不出，后来在预备室里检查了许多书籍，才检出一本《古文观止》，颤巍巍地捧上课堂道：'申胥、华登都是吴国名将，你问的华盛登大概便是这位华登吧？'

"生徒们受了这两番教育，又是好气又是好笑。原来能知天下事的秀才家，连五大洲、华盛顿都没有晓得。当下又去告诉校长，校长依旧回护着说：'这是你们错了，两位老先生教的是中国文、中国历史，你们不该把外国地名、人名去问他们，他们能知天下事，是指古代的天下，不是指现在的天下，你们别误会了。'"

103

同甫一壁听，一壁乱摇着头道："不料两位老先生头脑恁般地冬烘。"

绯霞道："我也是这般说，曾劝着校长把两位冬烘先生早早辞掉了，才是道理。校长却道：'延请男教员，还是头脑冬烘的好，头脑太活泼了，闹了什么不规则的笑话，我哪里担当得起？'校长这几句话真正顽固极了，他把男子的人格看得太低了。先生上讲台，学生上课堂，怎会闹出什么不规则的笑话？"

又干了一杯酒，向同甫瞟着一眼道："不是我面谀，像你这般人物，担任了女校功课，便教授一百年也不会闹出什么不规则的笑话。"

这几句话说得同甫心花怒开，忙在席上敬了一巡酒，瞧瞧琪芳，仿佛说，我又得了一声称赞了，你的面上可又增着一层光彩？可是琪芳兀自笑容全无，静悄悄地不则一声。

绯霞又笑着讲道："校长既拒绝年轻男教员，我只道坤秀女学校便开个一百年也不会有年轻男教员进门。谁料不争气的魏老古董忽然害起病来，五六天没有上课。校长注重功课，要魏老古董请个人来代庖，魏老古董便唤他儿子小魏来授课。说也稀奇，魏老古董这般腐败的人物，生出的儿子却是年少翩翩，像个有学问的人物。学生们荒课已久，见有教员来代课，都欢欢喜喜地捧着历史课本到课堂里来上课。可是校长倒觉得万分为难了，待要准许小魏上课，委实放心不下；待要拒绝小魏上课，历史课缺课已久，委实对不住生徒。后来亏她想出一个方法，小魏上课，校长也捧着一册历史教科书随班上课，表面上说是研究小魏的教法，实际上却是监察小魏的举动。于是历史课堂上面多着一个特别席，学生的席次多是向着教桌的，唯有校长的特别席却是打横设列，左顾右盼，瞧得见教师，也瞧得见生徒。小魏一上了课堂，校长却大起了忙头，面前虽然摊着一本书，我却可以替校长立个誓，校长的两道眼光从不曾注射到这本教科书上，她这两道眼光宛比探海电灯，一会儿射到小魏面上，一会儿又在众学生面上都打了一个转。她这个头颅向左一扭、向右一扭，小魏上课五十分钟，校长的头颅平均一分钟五扭，总数便是二百五十扭。"

琪芳忍俊不禁道："绯霞姊，你也忒煞加油加酱了，校长扭头的当儿，难不成你在旁边数过？"

绯霞道："倘不加些油酱，怎能动听？便有人编在小说子上面，也觉得有些兴会。"说时，大家都笑了。

绯霞又续讲道："可怜这位小魏先生，不是代课，竟成了一个嫌疑犯，立在讲台上面，吓得抬头不起。有时学生起立问难，小魏免不得抬起眼皮向学生答话，然而眼皮略抬得一抬，斜刺里两道探海电光又恶狠狠地射将过来，吓得小魏把抬起的眼皮重又放下，学生质问，他只垂着眼皮答话。生徒们背后窃议，校长这么防闲得严密，小魏先生上课时，合该扎着眼睛，叫人扶上了讲台，那么校长便放心得下了。我在旁听得暗暗好笑，生徒们毕竟孩子气，扎了眼便瞧不见书，怎好讲解？况且照这顽固校长的心理，便算小魏扎了眼上课，她依旧放心不下，要她放心得下，除非……"

　　说到这里，向同甫嫣然一笑，笑得同甫心儿都醉，明明猜出了绯霞的弦外余音，兀自涎着脸问道："除非怎样？"

　　绯霞道："除非嘛，除非……"说到这里，又向同甫嫣然一笑道，"你不要假糊涂，我的意思，你怎会猜不透，却来问我，我不上你的当了。"

　　在座诸人听到这里，都有些不好意思。莲君虽没饮酒，颊上早晕起两朵羞霞，心头懊悔，不该随着绯霞她们来到这里饮酒，我是个冰清玉洁的寡妇，怎么和这浮滑男女在一起坐？择友不慎，真辜负了先夫的病榻遗嘱。琪芳也觉得他们的谈话太自由了，她和同甫并坐着，暗暗伸过手去，在同甫腿上使劲地拧了一把。同甫正在色授魂与的当儿，得了些痛苦，便不敢和绯霞多讲，可是相较之下，觉得绯霞风流靡曼，何等洒脱？自己的娘子万万比不上她，只因这一番夜宴，同甫对于琪芳的爱情便大大地受了一次打击。这是后话，表过不提。

　　且说琪芳只恐他们再有不规则的谈论，便指着当空的一轮明月道："今夜设的是赏月宴，放着明月不赏，倒谈些不风雅的事，不免使嫦娥笑人。绯霞姊，你瞧这颗月益发放出光彩了，四围云丝全无，今夜论不定要月华。"

　　绯霞笑道："你们团圆人该看团圆月，我却不受这'团圆'两字的拘束，看也好不看也好。"

　　这几句话又触动了莲君的心境，鼻儿一酸，险些两颗清泪掉落在酒杯里面，装着拭目望月，悄悄把眼泪擦干了。

　　众人又随意讲了些闲话，酒阑席散，约莫在十点钟左右，就中绯霞饮酒最多，乘着酒兴，要拖琪芳他们到外面去步月。琪芳回说夜深不出门，莲君也说家中老姑盼望，不便耽搁，绯霞、碧云只得辞别回校，莲君也同时辞别出门，自回家里。

绯霞、碧云见道上纷纷游人，都往玄妙观前去步月，便也随着游人去步月色，不舍得便回校里。唯有莲君踽踽独行，不似来时这般地起劲。绯霞说的团圆人该看团圆月，芳心里猛猛地受了打击，低着头只顾行走，明月有情，紧紧地跟随她行，她却懒懒地不肯抬头。瞧这团圆的月，暗暗里还念着几句童谣说："月啊月啊，你怎么照人离别，只顾自己团圆？"路上逢着踏月的男女，队队地过去，听着嘻嘻的笑语，益发引起她心头历历的隐痛。

约莫将近家门，忽有人迎上前来，唤她一声说："萧小姐，我可寻得苦了，怎么你一个儿行走？陆小姐、柳小姐都到哪里去了？"

莲君抬眼看时，却是校里的孙妈，便道："她们都到观前街走月亮去了，你找她们做甚？"

孙妈道："阿弥陀佛，年轻的小姐们，观前街上走得吗？刘太太知道今夜观前街上人山人海，有多少流氓光棍在人丛里打圈子调戏良家妇女，刘太太因此不放心，到校里来查问，可有教员学生们出外未归。后来查得住宿的学生没有缺少，单有住宿的陆、柳两教员傍晚出门，夜深还没有回校，问起旁人，说两位和萧小姐一起出门。刘太太便打发我到萧小姐府上探问，正待敲门，却远远见萧小姐来了，我便迎上前来，问个下落。"

莲君点头道："原来是姑婆打发你来的，她们隔一会子便要回校，你回复我姑婆，可不用担心，要不然你便候到观前街上去，大概可以撞见她们。"

孙妈把舌头一伸道："人山人海里面，却叫我去轧出轧进，怕不要把我的浑身骨头轧得根根都碎，我还要活几年咧。"

莲君笑了一笑，见孙妈走了，便自去叩门。里面的小丫头便出来开了门，说一声："二少奶奶你回来了。"

莲君走到里面，庭心里的香斗正烧得氤氤氲氲，老姑姚太太还没有安睡，手拈着念佛珠，正在那里喃喃念佛。莲君唤了一声："婆婆。"不敢打断她的佛经，自去房里换衣服。打从丈夫灵座子前经过，见悬挂的铅照奕奕如生，只苦着不能说话。

到了楼上房里，点了灯，更衣完毕，小丫头捧着一壶茶来，说道："少奶奶喝了酒，可觉得口渴？"

莲君懒懒地说道："不觉得，你且放着，老太太念佛功课可曾完毕？方才我没有回来时，老太太可曾说什么？"

小丫头道："老太太念佛还没有完毕，方才同居的扬州太太都到这里来白相，老太太和她们谈谈说说，倒不觉得冷静。后来她们去了，老太太独自吃晚饭，忽然又堕下泪来，多分又想着二少爷了。"

莲君听说凄然，便不再问。小丫头又笑嘻嘻地说道："日间她们家里的翠翠小姐捧着四匣月饼送将过来，说是孝敬孝敬先生，万万不能客气的。老太太只得受了。后来老太太和我闲谈，说扬州太太那边的翠翠小姐面貌生得标致，人又很懂规矩，是千中难选一的好小姐。"

莲君忽又想到方才的陆绯霞，和金秀娟都是一般扬州人，怎么绯霞这般放荡无忌，秀娟却是那般循循有礼？不免微微地叹了一声。

小丫头去后，莲君略略地喝了几口茶，便下楼去伺候婆婆。姚太太恰已念完了佛，把胡家宴客情形略问了几句。莲君把同席的人和席上的菜肴一一讲给婆婆听，只瞒起和胡同甫同席饮酒的事。姚太太又把四匣月饼交给莲君道："这是令高徒金秀娟孝敬你的。"

莲君道："婆婆，你留着垫垫饥吧，我那边的月饼正吃不了呢。"

姚太太道："那么我便老实受了。"

婆媳俩谈些闲话，姚太太又一迭声地赞那秀娟人品端重，说："做女学生的都像了秀娟，那便好了，我眼中瞧见的女学生都是嘻天哈地，说话没轻重，走路也没有好相，哪里比得上秀娟？你姑婆办了多年女学校，只怕似秀娟般的好学生，全校也不满三五个。"

莲君诺诺连声，不说什么，心头自思：休说学生不懂礼貌，便是做女教员的也这般不避嫌疑，亏得方才饮酒的模样儿老人家没有瞧见，瞧见了，只怕牙齿都要笑掉呢。少停，姚太太回房安睡。

莲君独自上楼，回到房里，玻璃窗外的明月兀自团团地和她打个照面，蓦地里前度中秋又忽忽地似在眼前。那一夜，她和玉笙并坐在玻璃窗下，眼巴巴盼那月华，直到三句钟方才归寝。如今又是中秋了，月儿还似去年这么圆那么明，可是我的玉笙哥哥却向何处去了？一阵心酸，泪珠儿滚滚淌下。凄恻了一会子，方才闭门解衣，熄灯安卧。安卧的"安"字只是说说罢了，灯虽熄灭，无赖的明月兀自光芒四射，闯入闺闱，越是睡不着，越是瞧见如银的月色。便起身把帐儿遮掩，却见玻璃窗外发现着异样的色彩，明知是月华，却懒得下床细看。去年和玉笙坐待了大半夜，盼不见月华，偏偏月华在今夜，还有甚心绪去细看？索性面向着里床，闭着眼睛，不知不觉竟蒙眬地睡着了。

看官，"月儿弯弯照九州，几家欢乐几家愁？几家夫妇同罗帐，几家夫妻不到头"，这是相传至今的一支吴歌，可见同样的月光里面，正有异样的感触。弯弯的月儿尚足以引起人的身世观念，何况是圆月？何况是中秋夜的月？何况是中秋夜放出异样光彩的月？

莲君的眼光里见得这月儿无赖，同居的吕蕙孙、金翠翠眼光里又见得这月儿有情。原来这表兄妹两人为着要看月华，露坐在庭心里，足足地守着两小时了。

金寡妇笑向她嫂嫂张氏道："都是我不好，和他们讲起了月华，他们听了出神，便眼巴巴地要盼见那月华。这月华不是夜夜盼得见的，他们在这深更半夜，老坐在庭心里，可不是痴吗？虽说是中秋的月夜夜华，只是瞧得见瞧不见，也要跟着各人的福命。记得二十年前，哥哥嫂嫂都瞧见中秋的月华，我跑出来看时，已瞧不见了，到底你们都是个有福之人，我那时还没有出嫁，月光菩萨早知道我的命苦，因此不把这好颜色给我看……"

说到这里，便打动了心境，面上的笑容都敛了。

张氏道："妹妹不要这般说，我们也不过偶然瞧见罢了。自从瞧见了一次，二十年来也不曾瞧过第二次，可见这月华不是容易瞧得见的。听说要万里以内，望不见一丝半丝的云，月光菩萨才肯放出这光华。"

说时，向天空望了望，见隐隐还有些罗云，便高声唤道："你们进来吧，今夜不会有月华，呆望着做甚？庭心里怪凉的。"

翠翠向蕙孙身上望了望，便道："祥哥哥，你进去吧，我望见了月华便唤你来瞧，你衣衫单薄，着了凉不是耍。"

蕙孙笑道："八月里天气，怎会着凉？横竖明天是星期日，起得迟些也不妨。今夜月华，我偏要坐候着，坐到天明才休。"

翠翠笑道："坐到天明不是看月华，是看日华了。"

正在谈笑的当儿，猛抬头，直喜得心花瓣瓣地放，这不是月华吗？月儿的周围团团地晕起一种很复杂的光彩，五光十色，不可思议。蕙孙、翠翠都嚷着："月华了，月华了，你们快来瞧呀！"

里面的姑嫂俩三脚两步，急匆匆地跑到庭心里。蕙孙指着天空道："快来一步，便瞧得清楚的。现在的光彩已退了许多咧。"

　　张氏忙道："好儿子，不要指，月光菩萨是指不得的。"又道，"可惜，你老子多喝了几杯酒，已睡着了，要不然，我便拉他来同看。"

　　翠翠道："舅母没有瞧见方才的光彩，异样的鲜明，异样的好玩，可惜现在糊涂了。"

　　那些仆人佣妇听说月华，都跑来瞧望，椅子上卧着的一只白猫听得人声，也起来伸个腰重又睡下。众人来时，月儿已和寻常一般，大大失望。兄妹俩回到里面，兀自津津有味地谈那月华。

　　蕙孙道："妈妈，你说今夜不会有月华，怎么却被我瞧见了？"

　　张氏道："算你瞧见了，便说得这嘴响。"

　　金寡妇道："这是祥儿的福分好，瞧得清楚。"

　　蕙孙笑看着翠翠道："翠妹妹也瞧得清楚，翠妹妹的福分也不弱。"

　　张氏道："你也福分好，她也福分好，兄妹俩的福分都好，不是兄妹俩，简直是……"

　　说了半句，竟扑哧地笑了。为什么不说下去？张氏怕说了出来，惹翠翠羞涩。谁料只这半句话，早把翠翠羞得面上发热，溘起了两朵红云，手抚着白猫，搭讪着说道："妈妈，时候不早了，回房去睡吧。"

　　张氏瞧了瞧壁钟道："两下钟了，我们也要去睡了。"

　　于是蕙孙、翠翠各自随了他们的妈妈回房安睡。

　　中秋的一宵好景就此过去。蕙孙、翠翠怎么和姚姓同居，著者乘这空闲补叙一笔。

　　吕少蕙自从六月二十四日带了家眷同金姓母女移家苏州，原有的住宅托妻舅张丹生代为照管，只为丹生本和吕姓同居，少蕙去了，丹生顺便照管，也是应尽之义务。少蕙到了苏州，起初家眷亲戚都住旅馆，后来经那巡警学校里的庶务员指点，说盍簪坊姚姓有十余间空屋可以租赁，房主人只有一姑一媳，都是寡妇，人口是很清静的，况且离着巡警学校也不远，往返很是便利。少蕙便去看了房屋，觉得满意，又叮嘱娘子和妹妹同去复看，也很赞成。又和房主人姚太太谈及家世，知道姚姓是书香人家，姚太太的长子游幕在外，家眷也不在苏州，和她住的只有她寡媳萧氏在坤秀女学校充当教员，朝出晚归，其余只有一个小丫头在宅里使唤。姑嫂俩听了，益发满意，张氏贪的是房东人口清静，金寡妇贪的是彼此都做了寡妇，惺惺惜惺惺，也算得识性可以同居，况且女儿正要进学校，有这位萧女士在女校里教书，一师一生，往来都有了伴侣，于是吕、金两姓都赁定了姚姓的房屋。房主人住的是正落，他们住的是旁落，倒也一切适用，宽敞有余。

匆匆暑假已满，学校招考，蕙孙考入师范学校，翠翠考入坤秀女学堂，却用着以前的学名，唤作金秀娟。盍簪坊离着坤秀女学校只有两三条巷，翠翠一往一返，都随着莲君，师生间感情很是密切，所以中秋这天，翠翠捧着四匣月饼，巴巴地去孝敬这位老师。

却说坤秀女学校的校长刘姚女士得着孙妈报告，说陆绯霞、柳碧云两女士都到观前街去步月，深夜没有回校，好生不悦，想她们都是本校的教员，教员者，学生之表率也。她们穿了妖艳的衣服，深夜不归校，在人丛里挤来挤去，叫学生们见了，怎不沾染着习气？把她们辞退了，又因那时风气初开，英文琴歌的女教员奇货可居，辞退了她们，一时又无从延聘。无可奈何，只得觑个机会，婉言善导，尽个忠告之谊。

一天，校长约了绯霞、碧云课后谈话，两人不知是怎么一回事，待到课毕，便进校长室去相见。校长见面后，先说了几句套话，渐渐谈到苏州的风气，说苏州每逢中秋，虽有走月亮的风俗，可是大家闺秀也不过在自己院落里步步月色，否则在附近清静的所在望望皓魄，也算应了中秋夜的故事。至于观前街上，人山人海，有许多流氓光棍混在里面，不是调戏妇女，定是攫夺簪珥，所以良家妇女，每逢中秋夜，不肯在观前街行走，料想两位女士素性高尚，定不喜混迹在热闹场里。可是学生们年龄尚轻，恐不免沾染这恶习，要烦二位女士在授课以外，随时循循善诱，变化他们的气质，那么本校的名誉当然可以蒸蒸日上了。

绯霞、碧云知道校长话来有因，不免涨红了脸，诺诺地应着。比及退了出来，绯霞咬牙切齿地私语碧云道："可恶可恶，都是萧莲君搬弄了唇舌，我们须得想出一个相当的报复。"

欲知后事，且阅下文。

第十一回

谑翠嘲红刊登小品
看朱成碧缔结深仇

绯霞蓦地里衔恨莲君，要谋个相当的报复，冤哉枉也。莲君有什么开罪绯霞的去处呢？然而处世本是一件最难的事，一定要开罪了他人，才有那波浪轩然而起，那么只消谨慎出言，不轻易臧否人物，波浪便无由而起。谁知人心不同如其面，未必他心是我心，我自忖不曾开罪了他人，人家却把我恨得牙痒痒的，意外波浪，端的防不胜防。所以近日的社交比着航海还要险恶，大海里翻起波浪，不是无因至前的，先有那风色云气做个警告，航海的还得躲避一下子，人心里的波浪不起便罢，一起时便推山倒海，躲避不得。到了身受这意外波浪的当儿，才信得古人的一篇绝交论，真个是至理名言，千万年颠扑不破。著者且不说闲话，归入正文。

诸位，前回书中莲君踏月归家，和绯霞、碧云作别，她们俩不是都去逛那观前街吗？笔分先后，事却平行，著者专叙了莲君回家状况，还得把绯霞、碧云同游观前的事做一番补笔。

绯霞、碧云别了莲君，乘着酒兴，只向热闹处行走。她们俩初意要拖着琪芳、莲君同做游伴，却见琪芳意兴阑珊，莲君情味寂寞，都不肯同去，未免觉得没趣。

碧云还有些忐忐忑忑，说："时候不早，我们也该回校了，观前街缓一天去游吧。"

绯霞笑骂道："蠢丫头，放着这般的好月色不去游街，岂不辜负了中秋？越是她们不陪着同游，越是我们要游个淋漓尽致。"

碧云见这么说，也只得从她的兴。两人手挽着手，一壁一壁讲话。

绯霞道："琪芳要和她丈夫赏月，难怪她不肯出门。莲君这个人真古怪，她是个寡妇，逢着良宵佳节，躲在家里有什么趣味？没的也有人和她同倚栏干眺那楼头的明月？"说到这里，又扑哧一笑，道，"我可知道了，莲君不肯和我们同走，都只为她抛不掉家里一个心上的人儿。"

碧云点头道："她抛不掉她的婆婆，她方才不是说老姑候门，不能在外流连吗？"

绯霞笑道："你是个呆子，信她的捣鬼？她哪里是惦记着婆婆，只不过说句体面话，骗骗人家罢了。我比你多些阅历，这些欺人话怎肯相信？你信她恋着一个白发的婆婆？我只信她恋着一个翩翩的少年。"

碧云奇怪道："姊姊，这话可真的吗？"

绯霞道："怎说不真？我不见得赤口白舌地冤枉人。那一天我跟着她到她家里去游玩，才走进门，便有个白面书生从里面走出，笑嘻嘻地唤她一声萧先生，她也笑吟吟地回答了声吕先生，后来我问她是谁，她说是同居人家的儿子，也是扬州人。我记在肚里，所以我料定她今夜急匆匆地回去，多分是惦记着这位同居的美少年。"

碧云笑道："同居人家的少年相唤一声，也是常事，难不成便有了暧昧？"

绯霞道："你没有见他们相唤的神气呢，双方的眼光可以连成两条平行线，我是情场中的福尔摩斯，察言观色便断得定其事必有暧昧。若说她今夜恋着婆婆，所以早归，便骗三岁孩子也骗不相信。你想她也是女，她婆婆也是女，异性的有恋爱，同性的哪里有恋爱？何况少年人往往厌弃老年人，便是异性的也没有电气吸引力，若是同性的更不必说了。她又不是痴又不是呆，为什么抛着异性的美少年不恋爱，却去恋爱那同性的老婆婆？"

碧云连连点头，佩服绯霞眼光老练，瞧人入骨。又问："这少年怎样美貌？叫什么名字？"

绯霞笑道："痴丫头，你问他做甚？可又是惹动了你的恋爱吗？"

碧云道："姊姊别取笑，快快讲给我听。要不然，你自去步月，我撇着你便回学校。"

绯霞似嗔非嗔地瞧了碧云一眼道："他便是我们学校里金秀娟的表哥哥。秀娟的面貌要算是学校里的否司脱了，可是她的表哥哥益发生得漂亮，雪白的脸蛋儿，五官端正，鼻直口方，寻常的男子哪里比得上他？"

冷不备有人插话道："我可比得上他。"

说话的是一个涎皮老脸的男子，穿一件元色绉纱的长衫，襟纽上挂着鲜花，擦肩走过，故意把肩膀子在绯霞肩上撞这一下。

绯霞骂道："冒失鬼，路都不会走，却撞到人身上！人家讲话，谁要你来插嘴？你枉做了男子，全不晓得什么叫作公德！"

那男子已走了几步，忽又回转头来道："我不晓得什么叫作公德，你可晓得什么叫作婆德？"

这两句话不打紧，却引得背后的人哈哈大笑，七嘴八舌地说道："看他们公公婆婆，谁的理长？"

原来绯霞、碧云一路讲话，已走上了观前大街。中秋夜的观前街上，比平日热闹十倍，流氓、拆白党和那妙手空空的偷儿都纷纷地混在人丛，发展手段，遇着妖娆的妇女，便栲栳般地围上前来，假意装作挤轧，你一推，我一搡，只向那目的物身上撞去。调戏的任意调戏，攫物的趁势攫物，似这般的恶作剧，叫作打圈子。

那时尚在前清末造，城里的警察也没有现在这般周密。每逢中秋夜，观前街上的打圈子多少总有几起，小报馆的访事人也在人丛里钻出钻进，知道今夜一定有多少艳闻可供给报纸材料，怎肯轻易放过？

绯霞、碧云哪里知道苏州有这般弊俗？仗着自己都是学校出身，又是簇新的女教员，男女平等一律看待，男子走得的路，女子怎么走不得？所以众人在这里取笑，她们脸都不红，依旧挽着手走路。绯霞兀自仗着口才便给，一路走一路和众人争论。经这一争论，益发招蜂引蝶，不尴不尬的男子越聚越多，还夹着许多秽言污语。走了几步路，益发不好了，人多手乱，竟把这两位女教员围在垓心，觉得走又不好，停又不好，嘴里只是"哎呀做什么？哎呀做什么？"唤个不住。到这地步，两个人才有些心惊胆战。

众人怒潮般拥上来，不是天足女子，多分已被他们挤倒，待想扭转娇躯，回归学校，这身子已不由自己做主。将近拥到一家茶楼门前，茶楼上有几个茶客，俯着栏杆向街坊上瞧热闹，瞧见有一大群男子拥着两个红红绿绿的女郎，向左一挤，那女郎便挤到了左边，向右一挤，那女郎又挤到了右边，挤得她们粉汗涔涔，把嫩喉咙都要喊破。

茶客们宛较看戏似的，都在楼上喝彩。就中有一个少年瞧得清切，急急地奔得下楼，奋力地冲入重围，高唤着："两位女士都到这里来，别在人丛中挤轧。"

绯霞、碧云正在进退两难的当儿，忽见了一支救兵，正是陆琪芳的丈夫胡同甫，不由心头欢喜，便使劲地拉着同甫衣襟跟着走，避入茶寮里面。好容易逃出了这重围，都是气喘吁吁，良久说不出话来。

绯霞在手腕上摸了摸，唤一声："不好，我这只赤金手镯哪里去了？"

碧云也瞧着自己的绉纱衫子发怔，簇新的一件衫子，怎么扯得东一片西一片，和百脚旗一般？

同甫笑说道："今夜月色好，街上闲人比往年加倍地多，女士们到观前步月，没个男子相陪，才受了挤轧，待我去唤两乘轿送女士们回校。"

绯霞、碧云都是连连称谢，便催着他："快去唤轿，送我们回校。"

同甫答应自去，没多时候，果然唤了两乘轿，两个人都坐了，临别时还道一声："多谢胡先生，我们姊妹俩都感激你不尽。"

同甫瞧着轿去远了，心头欢喜，亏得我出来访友，又有这一番奇遇，要是坐在家里，听那醋娘子絮絮叨叨，连篇不休，那便闷死人了。

原来琪芳在席散以后，起着酸化作用，把丈夫一顿埋怨。同甫才赌气出门，找着朋友，上茶楼消遣，无意中遇见绯霞、碧云，做了这个人情，怎不心头欢喜？

绯霞、碧云回校以后，急急地回房更衣，不但碧云的衫子破碎，便是绯霞的苹果绿裙子后面也起了一条裂缝，心里十分懊恼，受些调戏不打紧，只是失了手镯，破了衣裙，金钱上不免受了损失。来朝又不敢向人说，生怕受人嘲笑。却见孙妈笑嘻嘻地问道："两位小姐好胆量，昨夜在观前街上挤出挤进。"

绯霞、碧云都说没有这般事。孙妈道："你们骗着谁呢？萧小姐说的，你们深更半夜，兀自在观前街闲逛。"

从此，绯霞、碧云把莲君十分怀恨。后来莲君到校授课，和她们疏疏落落，不多说话，她们益发心虚，只道莲君已知晓了那夜的受挤情形，因此瞧她们不起。又防着莲君在校长前说长道短，校长和莲君关着亲谊，又是素来投契的，莲君要是说一句坏话，她们俩的饭碗岂不立时打破？这几天来，她们俩只是怀着鬼胎，对于莲君的一言一动都是十分注意。莲君偶然笑一笑，她们俩觉得这笑中有刀，直搠入心坎；莲君偶然讲一句闲话，她们俩觉得话中有刺，直刺着痛疮。莲君又担任着小学的修身一课，每逢上课的当儿，莲君循循善诱，把那妇容问题讲个透彻，说："这个'容'字，包括容止而言，要端庄，要大雅，不是涂脂抹粉，穿得花花绿绿，打扮得袅袅婷婷便算得是妇容。"

绯霞恰从课堂门外走过，句句入耳，认定是莲君指桑骂槐，有意揭她的短处，恨得两行皓齿几乎咬个粉碎。可是恨在心里，见了莲君，依旧和颜悦色，似乎是很莫逆的。绯霞所惴惴于心的，只为有一个凭据落在外面，要是莲君把来在校长前告发，那便满身是嘴也都不能分剖。这个凭据是什么呢？

中秋后一天，绯霞忽得着一封本城的邮信，这信是胡同甫寄给她的，还附着一纸吴门小报，信中说自己担任教务以外，还兼着《吴门报》的笔政，今晨到馆，见报上登的一篇《月夜猎艳记》，对于女士和柳女士用着轻佻刻薄的笔墨肆意毁谤，我见了很替两位女士不平，我是两位女士忠诚的奴隶，两位女士的名誉我当然要用着全力来拥护，便究问这篇文字的来历。馆中人说是访员送来的，我便央告总编辑，说这篇文字关系我女友的名誉，宣布不得，须得抽版更换，把印就的报纸悉数销毁，所有报纸的损失我愿负着赔偿的全责。总编辑起初不肯，禁不起我再三恳求，方才应允。本报每天发行六百份，已有一百份早经卖报人领去，赶向追回，已卖去了五份。当下吩咐排字房把这篇《月夜猎艳记》完全抽去，另换了几条寻常的新闻，重行印刷。那天的报纸，直到午刻才发行，所有业已印就的报纸五百九十五份，我只留着一份寄给女士过目，其余的都把来销毁了。还有业已卖去的报纸五份无法追回，谅来这少数报纸落在外面，不见得会发生问题吧。

绯霞看罢这封信，又细细地读了这篇《月夜猎艳记》，心头虽然愤愤，却又佩服访员这一支笔，怎么写得这般绘影绘声、栩栩欲活？可惜和自己的名誉有关，只得把来扯掉了，要不然供给大众观看，倒是一篇有目共赏的妙文。后来和碧云说了，益发把同甫感激得不可思议，只是这五份报流落在外方，不免忐忐忑忑，放心不下，但愿买这五份报的都是不识字的伧夫，把来包包东西，裹裹铜圆，销声灭迹，化为乌有。

谁料天下事越是遮躲闪藏，越显露发觉。譬如这日销六百份的《吴门报》，在社会上本不占什么势力，其中刊载的作品大家不甚注意，唯有这天抽版更换以后，却引起了人家的老大注意。先有一个人买了一份未经抽版的《吴门报》，在茶寮里做消遣品，瞧见了《月夜猎艳记》的五字标题，觉得题目很好，其中的情节一定大有可观，看了一遍，哈哈大笑道："有趣，有趣，坤秀女学校里女教员给人家打了圈子，真算得一桩新鲜奇闻。"这几句话不打紧，却引得全茶寮的茶客挨肩叠背，都来抢读这段新闻。

当这新旧过渡时代，唯有女教员女学生的趣史最足以动人观听，莫怪许多茶客的眼光都在这篇《月夜猎艳记》上注射。区区一份报纸，怎能供给多数人浏览？便有人向卖报的买这当天的《吴门报》，买来买去，都说没有。直到晌午时分，才买得了一份，揭开看时，偏偏没有这篇《月夜猎艳记》的妙文，不免大大地失望。

过了一天，两个人又在茶寮相遇，一个道："你昨天看的《月夜猎艳记》的一份《吴门报》是什么日子的？"

一个道："这是昨天的日子。"

一个道："不见得吧，我昨天也买一份，怎么没有这篇文章？"

当下两个人各执一词，彼此都不相信，便去取出昨天的一份《吴门报》，互相对勘，处处都同，只有这篇文字不同，一份刊的是《月夜猎艳记》，一份刊的是中秋琐闻。同日子的《吴门报》，却有这异样的文字，怎不引起了大众的注意？都说女教员的神通广大，可以使编辑人更换新闻，消灭自己的丑历史，可惜还有这份未经更换的报纸落在外面，这叫作干荷叶包活蟹——终不免露出脚来。当下便有好事的少年讨取了这份未经更换的报纸，写了一封匿名信，把报纸附在里面，寄给坤秀女学校的校长。那校长接得了匿名信，向例丢入字籈，不去追究，唯有这封匿名信里面附着报纸，似乎有了真凭实据，不好置之不问，又听得那夜孙妈报告陆小姐和柳小姐都到观前街去游玩，益信得人言非虚。

当下便约了莲君，和她商议办法，说："我好容易办了多年女学，在那礼教上面十二分注意，谢绝男宾参观女校，不敢延请年轻男教员。我的宗旨都只为女学尚在萌芽时代，一切瓜田李下自应分别嫌疑，免得受外界的诽谤。却不料女教员里面竟出了害群之马，报纸腾播，名誉扫地，把我几年来办学的苦心付诸流水，怎叫人不恼恨？"

说时，便把这份《吴门报》送给莲君过目。莲君见校长忽发牢骚，好生鹘突，后来看了这篇《月夜猎艳记》，方才明白底细，便道："依着姑婆的意思，作何主张？"

原来苏地风俗，凡是丈夫的姑母，见面时总唤一声姑婆。

校长道："害群之马，势难姑留，依我的意思，只有唤她们进来，把报纸给她们看，吩咐她们立时离校。"

莲君忽起了惺惺惜惺惺的意思，暗想：我和她们一般都是女教员，要是真个当面辞退，克期离校，设身处地，叫她们何以为情？事到其间，我不替她们帮忙，谁替她们帮忙？便笑吟吟地说道："姑婆，报纸上的话只怕是子虚乌有。那一夜我和她们一起在琪芳姊家里赴宴，席散以后，她们虽说要到观前街去步月，可是走到半路即便折回，她们向我说，充当了女教员，容易惹人家注目，在热闹地方往来行走，究非所宜，因此便折回了。照这么说，她们并没有到观前街去步月，什么月夜猎艳，多分是无赖文人在那里造谣，无赖文人这支笔可以信得的吗？但看近来流行的社会小说，哪一部没有说到女学生的艳史？其实做了女学生都是一班有志的女青年，努力向学，心无二用，哪里有什么艳史贻人口实？却被那无赖文人海市蜃楼般地构造起来，说得有声有色，其实一些影响也没有。所以这篇《月夜猎艳记》断得定是完全虚诬，毫无可信的价值。姑婆只有置之不理，浮言自息，要是信以为真，陡然和她们决裂，她们都是女孩儿家，女孩儿家的面皮吹弹得破，况且又是教员的身份，怎受得这般枉屈？万一羞愤交迫，闹出什么意外的变端，那便不妙了。我劝姑婆还是息事宁人的好，目下教师缺乏，两位走了，英文琴歌两科不见得便有替人，岂不要惹起学生们的恐慌？"

校长听了，虽觉得莲君的话不免有些偏袒同事，然而她所虑的也在人情之内，万一把这事弄僵了，反而不妙，还不如从缓发表的好。当下把报纸收藏了，便道："承你指点，待我细细考量一下子，再定方针。"

莲君退出校长室的当儿，隐隐听得一阵脚乱步忙的声音远远走去，回头看时，又不见人，不禁心里纳罕，莫非有人在这里窃听不成？转念一想，便有人窃听也不打紧，我是替人排难解纷的，又不是媒孽人的过失，心地光明，怕什么？

隔墙有耳，窗外有人，这窃听的端的是谁？除却绯霞，还有谁呢？她对于莲君的一言一动，既然特别注意，忽听得有人说莲君在校长室中讲话，她哪得不暗自惊讶？便蹑手蹑脚地去探听动静，果然听个仔细，倒可把一腔疑虑尽化烟云。偏又不然，她先在门缝里张这一张，却见莲君面前摊着一份报纸，暗唤一声："不得了，原来她真个取着报纸到校长那边去告发。"又把耳朵凑到门上，兀自要看往来可有人走过，断断续续只听得三数语，这三数语还不大完全，便是"和她们决裂……女孩儿家的面皮……教员的身份……闹出什么意外变端，那便不妙了……"后来听得有人从那里走来，她怕被人撞见，便远远地躲去，城府中先有了成见，便觉得莲君的说话句句是萋斐贝锦之词，分明撺掇校长和我们决裂，说我们丢了女孩儿家的面皮，不顾教员的身份，要是不把我们辞退，闹出什么意外变端，那便不妙了。唉！莲君莲君，你和我们何仇何怨，却在暗地里做尽了对头？你这般心肠险恶，怪不得你嫁了没多时便做了寡妇。

这天，校长唤了绯霞、碧云进去，含讥带讽说了这一席话，在校长心里，总算是听了莲君的忠告，不肯使人难堪，似这般婉而多讽的谈话，便是十二分顾全她们俩的面子。谁料绯霞恨恨在心，和碧云私语，定要播弄莲君，谋个相当的报复。

碧云道："你要报复她，也得捉住了她的错失，要是她没有什么把柄落在你手里，那仇便报不成了。"

绯霞阴扎骨的一声冷笑道："当真要报复，怕什么没把柄？便是鸭蛋里面，也得寻出骨头来。"

阊门外姑苏旅馆第十三号房间，有一男一女在这里喁喁细语。男的四十多岁年纪，穿一件元色洋缎棉袍子，只扣着肘下的三个纽子；女的三十多岁年纪，胖胖的一个脸蛋子，搽上了许多宫粉，两条眉毛刷得黑黑的，嘴唇上还抹着一点胭脂，两个指头儿夹着一根香烟，一壁吸，一壁听那男子讲话。

男子道："你总该多少借给我几块钱，你那夜倘没有我从中指导，哪里能够把这女孩子弄得到手？"

女的瞟了男的一眼，放下香烟说道："这女孩子不是好买卖，那夜虽然弄得到手，在船里哭哭啼啼，一会子要跳河，一会子要夺把刀子自尽，我怕留在船里是个祸胎，便是别个女孩子见了，也得被她引坏。船到了镇江，赶紧把她卖给一个山东客人，只卖了八十块钱。我现在阊门外开堂子，都靠着别个女孩子生活，又不靠着她，若说这八十块钱，几个帮忙的伙伴早分去了大半，能有几多钱到我手里？你既向我开口，不借给你几块钱便见得我无情，我便借给你五块钱吧。"

男子摇着头道："五块钱济得什么事？至少也要二十块钱做盘费，才能够到山东去走一趟。"

女的道："你到山东做什么？"

男的皱着眉道："你可知我回不得扬州吗？我要替广修、法根报仇，翻墙到马二家里，把他一刀杀死，谁知马二不在家，却杀了他的哥哥哑巴马大。来朝我远远地避去，托人在县里探听动静，果然有人疑及是我干的歹事，到我家里来掩捕，若不是我预先躲避，便脱不了这场官司。后来县里缉捕得紧，麻皮张三写信给我，叫我在外面躲过一年半载再作道理。我干这桩命案，为着替广修、法根代抱不平起见，听得他们都在徐州赵当家那边入伙，因此赶到徐州访问了几个月，没有下落。看看盘费将尽，坐吃山空不是个道理，后来遇见了一个同乡，唤作赌鬼王小二，他常在各码头赶赌，正缺个助手，我便暂时和他做伙伴。来到苏州，无意中遇见了你，才约你到这里来商议，帮我二十块钱的忙。我想久在苏州，也没甚出息，听得王小二说，赵家和广修、法根一干人都在山东道下做买卖，手下的弟兄们也很多，不如且到那里去走一遭，运气好时，也可大大地挣得一注横财，回来做富翁，少不得重重补报你。我的黄大娘，你不要见我落魄便瞧我不起，一个人脱运交运是说不定的，你热灶烧一把，冷灶也得烧一把。"

阅者诸君看到这里，便知说话的是醉金刚卜大良，可是这黄大娘又是谁呢？黄大娘是扬州的一名蚁媒，在她手里贩卖的女孩子遮莫有二三十人，每逢江北灾荒的当儿，她便赶到灾区，收买被灾的女孩子，十块五块钱买得到手，在家里豢养一年半载，养得皮肤丰润，脱去了面如菜色的模样儿，把来卖给人家，最少也要卖个一二百块钱。她的生涯很不恶，又仗着做人圆到，衙门前几名差役和城里几个光棍，不是她的面首，定是她的党羽，便是这个卜大良，也是她的面首之一。约莫四个月以前，她又弄到了几个女孩子，预备载到苏州做那皮肉生涯，她便安安稳稳地做个本家，省得东跑西走，受那奔波的辛苦。只恨这几个女孩子姿色平常，怕不能高张艳帜，吸引那冶游少年。她曾把这层意思和卜大良私下里商议，卜大良道："我眼里有一个女孩子，生长乡村，却是个村里的西施。她老子又是个酒鬼，住的地方又很冷僻，若是弄得到手，载到苏州，怕不是一棵摇钱树，尽够你下半世吃着不尽。"

黄大娘忙问是谁，大良又卖弄关子，不肯说出，只道："待有了机会，我便给你个消息，指引你去下手。"

那一夜，大良灌醉了孙大鼻子，探出了破坏天王寺僧的计划便是小贩马二，当下便横了念头，要乘着夜深人静去杀害马二，替天王寺僧泄愤。

待到孙大鼻子出了酒铺子的门，大良又和他的同党喝了几杯酒，就中忽有一人笑道："卜大哥，你不到你的相好处送行，却在这里喝酒？"

大良忙问道："送谁的行？"

那人道："除却黄大娘，还有谁呢？"

大良蓦然间心坎一动，暗想：趁她没有动身，不如把这好买卖做成了。他当下付了酒钱，急急地奔到黄大娘家里，却见黄大娘正在收拾东西，预备明天下船。大良便拉了黄大娘到没有人的所在，把土地堂的路径指点明白，说："如此如此，这般这般，赶快动手，包管这酒鬼兀自在路上东倒西歪，没有回到家里。"

黄大娘大喜，便依着大良的计划行事，这便是第七回书中孙巧珠夜间被劫的来历。这个闷葫芦闷到今朝方才打破。可是巧珠下船以后，哀哀啼哭，只嚷着救命，黄大娘一干人便把巧珠的嘴依旧扎住，指着河水说："你再要声喊，便把你投往河里，结果你这条小命。"

巧珠点着头，却要投到船头去跳河，众人把她扯住了。黄大娘见了恼怒，提着一把明晃晃的快刀，喝道："不受抬举的贱丫头，你再敢倔强，我便叫你刀下亡身。"说时，把刀高高地扬着。

巧珠见了也不怕，转把脖子伸得长长的，去凑近那刀锋。黄大娘见恐吓不动，便慌了手脚，真个把她一刀杀却了，徒然造下一个孽，自己也没有什么利益；要是留在船里，又怕她大呼小喊，坏了自己的事，因此船到了镇江，急急地央托党羽，把她卖给一个山东老头儿。从此以后，巧珠的运命怎么样？这个葫芦暂时又不便揭破。

黄大娘的来历既已表明，再说她听了卜大良的一番央求，口含着纸烟，有些沉吟不决，待要应允他，抛不掉二十块钱；待要拒绝他，又怕惹恼了他和自己不利。当下丢去了残烟，把嘴巴抹了一抹，笑嘻嘻地说道："你便是要到山东去，也用不掉二十块钱盘费，我帮助你半数吧。不是我瞧你不起，都只为近来生意清淡……"

话没说完，大良便恼怒道："黄大娘，你怎么这般不慷慨？苏州人杀半价，你住在苏州，便沾染了苏空头的习气。我老实向你说，旅馆里的房饭钱已有多天不曾付，也要付去十块八块钱才能动身，你只助十块钱，怎能做得盘费？"

黄大娘道："你既然没钱使用，怎么住这上等的旅馆？开销又很大。"

大良笑道："这不能向你说，我住在这里，自有我的道理。黄大娘，你这二十块钱定要借给我，便是一时拿不出，也得先付我半数，安排还却房饭钱。其余的十块钱，我临走时向你要，千万不可推却。"

黄大娘没奈何，只得答应了，在怀里摸摸索索，摸出了十块钱，交给了大良，其余的且待三天以后再来交付。当下又说了些闲话，黄大娘转身自去。大良把她送到楼头，瞧她走下了楼梯，正待回到房里，只听得马蹄嘚嘚，轮声辘辘，直向那旅馆而来。不一会子，蹄停轮止，车上走下一个时髦女郎，短袄长裙，手挽着小皮袍，竟向旅馆里走入。

大良忙躲入自己房里，暗暗快活道："陆绯霞，陆绯霞，你今天可被我候着了。"

欲知后事，且阅下文。

第十二回

情极计生金蝉脱壳
途穷日暮飞鸟入笼

诸位，别小觑了这位陆绯霞女士，她倒是个恩怨分明的女丈夫，她的小小心房里面深深地藏着她的一恩一仇，十二时中，哪一时不图报答恩人胡同甫、仇人萧莲君？都该有个相当的报答。报恩容易报仇难，比及著者叙述这桩事的当儿，她的报恩主义已实行了一个多月。她的报恩用什么方法？便是一句老话唤作以身图报，报恩的地点总在姑苏旅馆里面。她和柳碧云一般，都是感那同甫的恩，记那莲君的仇，可是报仇的方法，有时和碧云计议，报恩的方法，她只独行其是，把碧云也都瞒在鼓里，仿佛仇是公仇，恩是私恩，所以报恩的当儿，只有她个人以身图报，没有碧云丝毫的份儿。

每逢星期日，向例绯霞、碧云总是一起出外散步，唯有这一个月来，绯霞只是单独行走。碧云好生奇怪，问她哪里去，她只是支吾掩闪，漏洞百出。碧云是个聪明人，早瞧科了八九分，却假作痴呆，不再盘诘。到了星期日，由着绯霞单独行走，碧云利用这机会，自己也去单独行走。碧云走到哪里去，不须著者急于揭破，料想阅者诸君也瞧科了八九分。

且说绯霞进了姑苏旅馆，拽起长裙，皮鞋咯噔噔地径上了楼梯。茶房见是每星期必到的老主顾，撮着笑脸，把绯霞引入了第十四号房间，恰和卜大良的房间只隔着一层板壁。大良好生欢喜，瞧这板壁，虽是揩着绿油，表面上很是漂亮，可是板壁下面有半寸长的一条裂缝，凑眼过去，可以窥见室家之好。大良暗暗地谢了一声天："多谢皇天见怜，知道我途穷路绝，送给我一个大大的机缘。"当下侧着耳朵，静听着隔壁房里有什么举动。却听得绯霞问那茶房道："胡先生可曾到这里来过？"

茶房回说："没有来。"

绯霞道："他若来时，你便引他到这里来。"

茶房笑道："不消交代，他若来时，我便悄悄地凑着他耳朵说一声：'这位伍小姐早在房里候着你，这是每星期的老规矩，再也不会忘掉。'伍小姐，你到底姓伍呢，还是姓陆？那一天胡先生先来，却问我道：'陆小姐可曾来过？'我说：'你的相好姓伍不姓陆啊！'胡先生连忙改呼伍小姐，说是一时误记了。他把相好的姓都会误记，这胡先生糊涂不糊涂呢？"

绯霞道："姓伍姓陆，都是我的自由，不用你来干涉。我那天不是向你说吗？多给你些酒钱，只许你心里明白，不许你口头啰唆。"

茶房笑道："伍小姐，你在赏钱以外，再给我两块钱，我便闭着嘴巴不再管这闲事。要不是，罚我嘴上生个大疔疮。"

绯霞道："算了吧，这一两块钱值得什么，要你立这重誓。"

大良心头计较，这小妮子口气阔大，一两块钱不放在心上，丢掉青竹竿，忘却讨饭时。哼哼！你怎不取一面镜照照自己的本来面目？当下便凑眼到板壁上在缝里瞧这一下，却见绯霞坐在床侧一张椅子上，正在那里照她自己的本来面目，一手执着小镜，一手执着粉纸，一扑一扑地补那脸上的残粉。隔了一会子，又把小指放在嘴里咬，粉颊上透起着一层薄霞，仿佛含了几分酒意，饧糖也似的两只眼睛，眼皮下垂，不知她呆呆地想着了什么。大良肚里岂有不知她呆呆地想着了什么，这叫作尽在不言中，又叫作胸中不正则眸子眊焉。不待大良说破，也不须著者费着笔墨去描写。

又隔了一会子，楼梯上步履声响。房里的绯霞倏地站将起来，仿佛到房门口去探望，果然迎了一个男子入门来。刹时间，密司陆密司脱胡的交唤声从那板壁缝里直钻入大良的耳朵。这般不中不西的称呼，大良哪里理会得？仿佛男的唤女的一声"觅死鹿"，女的唤男的一声"觅死贪狐"，暗唤一声奇怪，原来他们都是到这里来觅死的。再从板壁缝里瞧时，又偏偏不凑巧，他们都坐在床沿上讲话，这条板壁缝但能瞧见床侧的这张椅子，却不能瞧见这张床，除却这条板壁缝，又寻不出第二条。待要做那凿壁的匡衡，又怕窸窣有声，惊动了隔壁的痴男痴女，没奈何，只得把眼睛离开了板壁缝，却把耳朵凑将上去，里面唧唧哝哝，声浪是很低的，却不能句句入耳。只听得绯霞说道："我把身子都托付了你，你再不早定一个长久的计划，只是偷偷摸摸地一星期相会一次，终不是个道理。"

又听那男子道："计划是有的。"

大良静听他的计划，却觉得不大明了，一则声浪很低，二则又夹着什么提学使，什么学务处，什么官费，什么自费，什么考察教育，什么他们是先进的国度，什么取法乎上，仅得其中，什么提倡教育，什么改良社会……虽然不懂得说些什么，似乎都是很正当的话。万不料在这很秘密的场所，却有这一番光明正大的议论。

又听得绯霞笑道："要是办得到官费，那便好了，官费不能，便是自费也不打紧。我手头虽没有许多钱，只消打个电报给小猴子，怕他不替我筹划这笔费用。"

大良暗想：她说的小猴子是谁呢？又听得那男子轻轻地唤一声"好妹妹"，益发奇怪，怎么进门时唤的"觅死鹿"，现在又变了"好妹妹"呢？又听得绯霞也唤起"好哥哥"来，也不似方才的唤那"觅死贪狐"。一男一女又唧唧哝哝地讲起来："妹妹，你既然向那小猴子要下钱，将来回国以后，可能和他一刀两断？"

"好哥哥，怎说不能呢？他把金钱贡献我，我却把爱情贡献你，哥哥！"

大良才明白这小猴子便是卜元文。又侧耳听得："好妹妹，承你这般好意，我当然也和那醋罐头脱离关系。"

"好哥哥，我们的前程浩大，合该努力进行，预备着将来改良社会。"

"好妹妹，我和你遨游三岛，吸取文明新空气，将来归国以后，服务社会，真是四万万国民的幸福。"

听到这几句，大良把脑袋瓜儿摇得拨浪鼓似的，暗暗地连唤几声："不懂不懂，真不懂！"

可是隔了一会子，他们谈的话，大良又是句句懂得，暗地里骂一声："不识羞耻的狗男女！"这"不识羞耻"四个字，当然包括着许多说话，著者为笔下干净起见，一概从略。

隔了良久，男的在房里唤茶房，只听得一声答应，茶房早推入了房门，叮叮当当银洋声，多分是付那房钱和茶房的小费。这时候约莫是四下多钟，一对野鸳鸯准备要东西分飞，却又舍不得一时便飞。

男的道："时候不早，我待要回家，你也该回校，马路上熟人很多，我不便和你同走，被人撞见了又要飞短流长，说出许多不干不净的话。"

绯霞道："说到飞短流长，我又要想着这长舌妇了。她在暗地里播弄是非，我们总该把她摆弄一番，也叫她尝尝辣手。"

男的道："这桩事且慢慢地计较，你回校时须得坐一乘轿，把轿帘放下了，一来免得路上行人注目，二来十月里天气，西风很紧，沾受了风寒，须不是耍。你出门时，这条毛绒围巾须把来遮上了粉项。"

绯霞道："我自然理会得，你呢？你益发受不得风寒，也该坐一乘轿回去。你把大衣的领儿竖起了，放下了轿帘，一丝的风都吹不得。你回家后早早安息，再不要深更半夜预备着学校功课。"

两个人怜怜惜惜，说不了许多肉麻的话。隔壁房里的大良——听在耳朵里，又是好笑又是称快，暗暗唤几声："卜小鬼，卜小鬼，谁叫你这般吝惜，不肯照应穷本家，天有眼睛，罚你的媳妇在旅馆里这般出丑。"

又听得隔壁的男子正唤着茶房去雇轿。不多时，轿来了，男女俩才跨出房门。隔壁房里的大良早托地跳将出来，把男子一把扭住了大衣的腰带，喝一声："慢走！你把我的弟媳妇骗到这里来干这勾当，是什么道理？现在叫我捉住了，和你打官司去！"

同甫和绯霞猛然间都吃了一吓。同甫贼人心虚，见来人是个流氓打扮，又操着扬州土音，料想不是好惹的，吓得瑟瑟地抖个不住，把眼睛瞧着绯霞，一句话都说不出来。原来苏州人的通病，偷香窃玉的本领很高，对敌应变的胆量又是很小，所以见了大良，只有抖的份儿。旅馆里的客人听得吵闹，渐渐围将拢来动问情由。绯霞在这当儿，一寸芳心辘轳打转，倏地笑逐颜开，唤一声："大伯，你专喜和人开玩笑，拉拉扯扯像什么？有话到房间里去讲。"

说时，把左臂的一只金镯向大良扬了扬，分明是打了一个招呼。右手拉着大良，径向房里走，两只眼睛又打了一个电报给同甫，叫他早早脱身。同甫怎敢怠慢，赶把几个大衣纽子都解了，趁着大良不注意，行一个金蝉脱壳计，一溜烟逃下楼梯，急急地攒入轿里，催着轿夫飞也似的跑路，跑得快时，有特别的赏赐。

这里大良兀自把这件大衣的腰带扭住，大衣仍在，大衣的心子可不见了，这便叫作金蝉脱壳计，引得楼头众人拍手大笑。大良待要下楼追赶，可是一只手被绯霞紧紧捏住，"消受美人绵样手"，又舍不得便撒去了，只得跟着绯霞进房间，嘴里说："跑得好，跑得好，留下这件大衣给老子穿穿也好。"

众人兀自在房门口探头探脑。绯霞一壁让座，一壁遣发众人道："诸位，瞧什么？我们自己人闹闹玩意儿，没有什么好瞧啊！"说着，把房门闭上。众人都觉得没趣，各自散了。

那时，大良早把同甫的大衣披上了身，从衣袋里摸出一支雪茄，燃了便吸。绯霞笑盈盈地送上一杯香茗说："大伯伯有话好说，怎么动手动脚，讨人家笑话？"

大良也笑道："弟媳，你是明白人，方才的事被我捉破了，还是私休，还是官休？"

绯霞假意道："什么事被你捉破了？大伯莫说笑话。"

大良一声冷笑道："弟媳干这好事，辱没杀了卜氏十八代祖先，你还想图赖吗？老实向你说，前一个礼拜，我在马路上行走，便见你和小白脸从这家旅馆里走出来，我老大起着疑心，便也住在这家旅馆里，侦探你们的静动，候了一礼拜，可被我候着了。方才你们干这丢脸的事，我只隔着一层薄板，——都逃不过我的耳朵，你只道那小白脸逃了，便好躲赖。哼哼！这件大衣便是个凭据。开着天窗说亮话，我和你到外面评评理去，你是一位女学校的……"

绯霞慌得连连摇手道："大伯，我和你说说笑话，怎便认起真来？方才的事瞒不过你大伯，我也不用躲赖。但是你大伯要原谅，想我花一般年纪的人，嫁了一个痨病鬼，又是个残疾，难不成便断送了我一生？想到这里，大伯便该原谅我了。再有一说，捉贼捉赃，捉奸捉双，大伯真个和我翻脸，便告到官厅，我自然有话声辩。不过我和大伯都在客边，胳膊总向里面弯，犯不上在苏州地方出扬州人的丑。俗语道，美不美，乡中水，亲不亲，故乡人。我也知道大伯手头拮据，我可不似我家的公公，欺贫重富，一钱似命。我和大伯头顶着一姓，我不照顾大伯，谁照顾大伯？"说时，便将着臂上的一只三两多重的金镯，送给大良道，"大伯缺少使用，权把这东西去换钱，也可以暂时救急。方才的事，请你千万不要声张。"

大良把金镯掂了一掂，向着怀里一塞，立时恶念全消，笑容满面，忙道："我也知道弟媳是卜姓的贤惠娘子，方才经你一劝，我便随风转舵，不曾真个和小白脸为难。清朝世界乌糟糟，做了少奶奶，私下里和小白脸鬼鬼祟祟，也是常有的事。你是我远房的弟媳，你爱上了小白脸，这块大石碑自有你公公和你丈夫把来驮在背上，可和我没相干啊，我犯不上和你结下这仇恨。况且你公公这般尖酸刻薄，给他一顶绿头巾戴戴，也是天理昭彰，报应不爽，我卜大良见了也快活。好弟媳，你这般举动，便算是陪我报仇雪恨，我一辈子感激你不尽，你只管放胆干你的事，我不但肯替你包荒，便叫我拉皮条子我也情愿。方才的小白脸不知道叫什么名字，苏州人，苦脑子，方才经我一扭，吓得瑟瑟缩缩，和松鼠一般模样儿。他住在哪里？我可要去请他前来吃一杯酒，替他压惊，再向他咕咚咕咚磕几个响头，算是赔罪服礼。"

绯霞笑道："这个倒不必，只求大伯原谅便是了。我还没有请问大伯，好端端不在扬州居住，赶到苏州来做甚？难不成大伯在扬州又闹出什么事来？"

这句话绯霞不过随意说说，只为向来知道大良不安本分，闹出事便向外跑，因此随意问及这一句。谁知大良陡然间面色一变，两只眼睛不敢正视，嘴里支吾掩饰，一会子说到苏州来访友，一会子又说要到上海去路过这里，暂住这几天便要动身。

绯霞早已经瞧科了八九分，便扑哧一笑道："我这句话真问得诧异，用得着自己打自己的嘴巴。我一个女孩子家兀自在外面趁钱，大伯是一位磊磊落落大丈夫，大丈夫志在四方，哪一处不能起家立业？难不成乡里狮子只在乡里跳？"

大良也笑道："这句话便对了。不瞒弟妇说，我这番到苏州，正想干些正当营业，只苦着本钱短少，因此活动不得。弟妇，你莫把我作从前的卜大良看待，我现在不饮酒，不打架，收拾野心，改行为善，预备吃些辛苦，轰轰烈烈地做一番事业。承你赠了我这只金镯，我也不把来浪用，我只贩些零星洋货，在阊门多摆一个摊子。好在我是个单身汉子，开销很省，容易积钱，将来从摊子变成铺子，十年八年后回到家里做富翁，敢怕你的公公又要掉转脸来奉承我。"

绯霞道："大伯肯这般立志向上，再好也没有。说句扬州俗语，男子无志，钝铁无钢；女子无志，烂草无穰。只要有了志，哪怕不会起家立业，别说大伯，便是我这琐琐裙钗，在外面做学生做教员，也无非要立起这个志啊。大伯肯做正当的经纪，我当然要帮你的忙，将来有什么青黄不接，你只管向我商议，可是我们女学校里向例不招待男宾，大伯切莫上门来找我。再者，女校里很敬重闺女，我依旧用着母亲的姓，只说是不曾出嫁的闺女，大伯见了人，切莫说我是卜姓的媳妇。学校里功课很忙，虽在星期日，也得预备预备，我要紧回去，不能在这里耽搁，下次星期日，我到旅馆里来访大伯，也在这傍晚时刻，大伯切莫他往。这件大衣便送给大伯御寒，大伯要添什么衣服，下回相会时我便替你添办，再会再会。"说时，披上红绒围巾，手挽着小皮袍，微微一笑，开了房门便走。

大良也只得跟着走出。绯霞又问明大良所住的房间，吩咐茶房："这位先生是我们的同乡，须得小心服侍，我下次来时，再多给你几块钱做酬劳。"

茶房听了，应答不迭。绯霞拽起裙子，咯噔噔地下楼梯，很大方地在马路上走，人家见了，只道是女志士从演说场回来，再也想不到有这一场趣剧。按下慢提。

且说大良回到自己房里，躺在一张床上，扯开了这张嘴，笑得合不拢来，直笑得心花怒放，胆叶狂开，再也料不到有这般的奇遇。有了这只金镯做资本，我便巴巴结结做些小本营生，待到家乡这件案子冷淡了，那时安安稳稳地归去，做一个守分良民，有何不可？也不必上那山东道上，入那强人的伙，做那担惊受吓的勾当。又想到方才绯霞和我讲话时又风流又漂亮，一阵阵的口脂香打从我的鼻孔里直攒进去，我很有些束缚不住，后来勉强制伏了这野心。一则已有人割了一道韭菜，她不见得许我割第二道韭菜；二则她若翻起脸来，一时便下不得台，好在下星期又要会面，她肯照顾我，见得她和我有情，那时相机行事，有何不可？又想：方才黄大娘借钱给我，很有些不爽快，我何妨把十块钱还了她，免得她肉疼，这只金镯我便立时去兑换现洋，到她堂子里去卖弄卖弄，也见得我卜大良有出息。想到这里，便从床上直跳地站起，匆匆下楼出门，径向金铺子里把手镯兑换了一百五十块钱，摇摇摆摆踱进黄大娘开的烟花间，唤一声："黄大娘，方才的十块钱还了你吧！当日借债当日还，另给你一块钱做利息。"说时，从大衣袋里掏出一卷钞票，拣了两纸五元的、一纸一元的，授给黄大娘。喜得黄大娘笑逐颜开，用着十二分的拍马手段奉承这位卜老爷，问他："钱是哪里来的，怎么没多一会儿工夫，你便满面红光，变了富翁的模样儿？"

大良信口开河，说什么"张公馆里的姨太太，是我三年前的老相好，

128

特地到旅馆里来访我，知道我没衣穿，赠我一件大衣，知道我没钱用，赠给我一大卷钞票"。黄大娘也不管他的话是真是假，看这金钱分儿上，便接二连三地灌那迷汤，不放他回旅馆去，唤了几个粉头，由他拣选。从来饱暖思淫欲，大良方才在旅馆里目濡耳染，正有些忍俊不禁，现在又有这一群粉头卜老爷长卜老爷短地把他包围起来。大良眯花着两只色眼，拣选了一个粉头唤作金镶玉的，便攀相好。金镶玉把大良引入房里请坐，一会子骑在大良膝上，勾着头颈讲话，一会子咬着瓜子，剥出里面的仁来，一片片喂给大良吃。大良从此如醉如痴地好几夜只在这里歇宿。有时住在旅馆里，每到夜间便差遣茶房去唤金镶玉来伴宿，茶房见他这几天来手头阔绰，当然掇臀捧屁，不敢把他怠慢。大良日间饮酒，夜间宿娼，王小二赌场里也不去走动，有时王小二来拉他，他只左推右托，总不肯走。

朝欢暮乐的光阴容易过去，眨得一眨眼睛，已是星期六了，大良知道明天又要和绯霞相会，摸一摸大衣的袋，一百五十块钱早花去了大半，便忖量着：明天见面以后，用着什么话再向她弄一笔银钱用用？正在心头计较的当儿，听得楼梯声响，接着嘻天哈地，和茶房打扯的笑声。大良知道黄大娘又来了，便开着房门迎着她进来。两个人都坐定了，大良笑道："黄大娘，今天来得很早呀。"

黄大娘道："今天马路上新开徽面馆，请你卜老爷做个东道，上馆子吃面去。"

大良道："要吃东西，吩咐茶房去唤来，新开馆子很拥挤，不如栈房里坐得舒服。"当下便吩咐茶房到馆子里唤了四碟小吃、一壶酒、一锅面，在房间里和黄大娘一壁吃一壁谈心。

黄大娘瞟了大良一眼，拍拍胸膛说道："卜老爷，和你道几句良心话，我从十五岁上私下里便有了相好，直到今年三十一岁，张三李四也不知姘上了多少男子。俗语道得好，痴心女子负心汉，我越是痴心，人家便越是负心，我姘人可姘得厌烦，瞧来瞧去的男子，除得你卜老爷，都把良心歪到胳肢窝里去。卜老爷，你孤零零住在苏州，也不是个计较，栈房里开销又大，你犯不上多花着房钱，山塘上房屋很便宜，出了三块钱，足够住三四间屋子。你嫌着寂寞，我可以和你一起住，男勤女俭，撑起一份人家。马路上的堂子你也算得是股东，你高兴时便来玩玩，不高兴时由她们去接客。"

大良哈哈大笑，做个手势给黄大娘看道："你撺掇我做乌龟吗？你可知龟嫖龟，要罚三担灯草灰吗？"

黄大娘也笑道："卜老爷，不是和你开玩笑，这是打从心眼里发出的真话，你听了我的话，我便一辈子帮着你做人家。你好我好，两好合到老，你也不吃亏，我也不折本。"

大良扑哧一笑道："黄大娘，我不上你的当，我穿了这件新大衣，衣袋里添着钞票，你便肯帮着我做人家。要是我穷得狗肝都出，两个肩扛着一张嘴，只怕你便要反着眼不认识我了。"

黄大娘把手里的筷子向天一指道："你可冤枉杀人了，这是天晓得的呀！我黄大娘爱你的人，不是爱你的钱，别说你卜老爷红光满面，再也不会瘸脚，便是你真个时运不济，我黄大娘心向了这个人，三贞九烈，再也不肯三心两意。你做瘪三码子，我黄大娘跟着你去拿砂锅；你犯了杀头罪绑上法场，我黄大娘跟着你去挨刀。"

两个人讲得热闹的当儿，你瞧着我，我瞧着你，说不尽的相亲相爱。正待打算着怎样觅房屋，怎样购办日用家伙，谁料大祸临头，晦气星从天外飞来。猛听得楼梯上许多脚步声响，直向十三号房间而来。门儿开处，三四名警察和公差直扑而入。那茶房也随着进来，手指着大良道："他便是姓卜的客人。"

大良见势不妙，夺路要走，却被公差一把抓住道："卜大良，往哪里走？你在扬州干的事发觉了。"

大良道："我不是卜大良，我唤作卜天生，你们误拿了。"

公差道："卜大良便是卜天生，你看朱签便晓得。"便把朱签给大良看，上写着"立拿江都县命案要犯一名卜大良即卜天生"。

大良再也声辩不得，霎时间脖子上套上了铁索，双手加上了洋铐。公差牵着，警察押着，立逼他下楼。大良回头唤一声："黄大娘，我吃了官司，你须得到县里来替我打干打干。"

黄大娘不知躲到哪里去了，也不听得她答应。大良再待唤时，已被差役们吆吆喝喝，直牵下楼，脚不点地地出了旅馆，押解进城，到吴县衙门里去审问。按下慢提。

这时旅馆账房和茶房人等都唤了一声："晦气！"检点账簿十三号卜天生名下，只付了三块钱，还有十六元七角八分房饭钱没有收清，便是今天

130

代唤的酒肴和锅面，也是分文未付。便去检视十三号房间，可有什么东西留在这里，以便做个抵押品。走入房间瞧时，地上几个香烟头，桌上几只空杯碟，锅里半锅面汤，床下一双破鞋子，都不能做抵押品，只有被头里高高地盖着一件东西，多分是个衣包。

茶房道："看这包裹里可有什么值钱的东西赔偿我们的损失?"

揭开只一看，不看犹可，一看时，茶房忽然惊喊道："哎呀!"

欲知后事，且阅下文。

第十三回

匆匆行色假意契苔岑
黯黯春光伤心题薜壁

那婆娘直撅撅地跪在床上，唤一声："茶房先生，这件事不和我相干，一身做事一身当，千刀剐万刀割，自有那天杀的去受罪。"

茶房骂道："臭花娘，险些把我的魂灵都吓掉了，我只道是被窝里藏着一个衣包，却不料是你玩的把戏。公差们兀自在楼下嚷着捉人，说你黄大娘通同姓卜的在扬州地方做下命案，要把你一起锁着出门，解到北寺教场里一刀两断，斩首示众。"说时，把不住地扑哧一笑。

黄大娘因这一笑，略略按住了惊魂，一壁下床，一壁指着茶房骂道："呸！你这狗嚼舌的，敢把老娘来戏耍？扬州命案里面，只怕你是个帮凶。早晚见你绑到校场里，骨碌碌滚下这个脑袋瓜儿，在那地上咬草根。"说罢，便忸忸怩怩地下楼去了。

黄大娘见了公差捉人，为什么这般恐慌？只因做贼心虚，虑的是拐案破露，江都县移文到苏，把她捉拿到案，所以见势不妙，赶紧逃避到床上，把棉被遮盖着，缩作了一团。现在听得茶房说是命案发觉，暗暗唤一声："侥幸，原来不是拐案破露。"惊魂按住，便带笑带骂地下楼而去。回到自己开的烟花间，总有些忐忐忑忑，坐立不稳。命案和拐案虽然各不相干，可是卜大良捉将官里去，一经拷打，把拐案也招供了，那么依旧脱不了干系。三十六着走为上着，不如带着粉头，另寻码头做生意，免得受卜大良的拖累。

黄大娘打定了主见，收拾细软，鬼鬼祟祟地避祸而去。直到以后江都县行文到苏捕捉拐案中的主犯，那黄大娘早已去如黄鹤，无从寻觅了。编书的未来先说，表过不提。

卜大良被捉以后，匆匆五六天，姑苏旅馆里的账房和茶房依旧笑逐颜开，欢迎过客。卜天生名下的欠项十六元七角八分早已盖了清讫的戳记，毕竟谁把他的欠款付清了，除却他族中的弟媳，还有谁呢？

这时候，十五号房间里面笑语生春，胡同甫和陆绯霞重拾坠欢，又在那里喁喁密语。

同甫道："那一天，我幸而转变得快，把这件大衣牺牲了，才没有吃那无赖的亏。那无赖不是好惹的，你看他满脸杀气，仿佛天煞星下凡，没怪他在江都县闹下了命案。这番押解回去，迟早总要宣布死刑。也是天意玉成我们俩的姻缘，替我们俩除去了这个蟊贼，我是素性破除迷信的，唯有对于这桩事觉得天网恢恢，疏而不漏，我不得不感谢那天公。"

绯霞一声冷笑道："你要感谢天公吗？感谢天公不如感谢我，我便是天公，天公便是我。"

这几句话把同甫惊呆了半晌，悄声儿问道："怎么你便是天公，天公便是你？"

绯霞笑说道："天是积气所成，空空洞洞，哪里有什么天公天婆？你是文明人，破除迷信便该彻底地破除。天是没有的，你不用去感谢他。这番无赖受擒完全不和老天相干，只不过我略施小计罢了。"

同甫慌问道："你施展的什么计划？"

绯霞道："你不用着忙，我来告诉你。为人在世，信天不如信自己，只要心思灵，手腕辣，无论走到哪里，便都不会吃亏，我要怎样便怎样。头上这片天由着我指挥，这叫作我便是天公，天公便是我。那天碰见的卜大良，本是卜姓中的一个败类，他在扬州一向不安着本分，酗酒使性，人人都唤他一声醉金刚。这番和我们狭路相逢，又有破绽落在他眼里，要是声张出去，我们俩的名誉上岂不受了一个大大的打击？我只得虚与委蛇，把一只金镯塞住了他的嘴，又做个春风人情，把你的大衣也赠了他，大伯长大伯短，尽量地迷汤灌去，顺便又探问他的踪迹。他只是支吾掩饰，不说真话，我便瞧科了八九分，他定在扬州闹出什么案子，避迹来苏，不敢出头露面。当下想定了主见，他要捉我的破绽，我却先把他的破绽提住，这才叫作先下手为强呢。我那时假意把好言安慰他，免他动疑，临走时问明了房间的号数。下楼看那黑板上的旅客一览表，十三号下写着卜天生从淮安来，益发见得我的所料非虚。他把卜大良化名卜天生，从扬州来

133

化作从淮安来，似这般藏头露尾，可以料定他在家乡闯下滔天的大祸，因此不敢把真姓名告人。我回去便打个电报，打给我的名义上公公卜量才，他是卜量才的族侄，屡屡到量才家里硬借金钱，量才把他恨得什么似的，只是没法摆布他，我因此把他的踪迹向量才报告。量才得电以后，便来一复电，说大良犯着命案出走，现正缉捕，已据情禀明县尊，电苏擒拿矣。后来吴县知县得了江都县的来电，立时出签把大良捉去，解往江都县治罪。从来杀人偿命，这无赖早晚便要处决，可不是棋高一着，缚手缚脚，他要捉我的破绽，我却先把他的破绽捉住吗？他贪着一件大衣、一只金镯，却把一条性命做交换品，仔细想想，谁吃亏谁便宜呢？"

同甫听了这一席话，把绯霞佩服得什么似的，一迭连声地"女诸葛"叫个不住。

绯霞笑道："这便是我初出茅庐第一功，还有第二功，指日可以成就。"

同甫忙问："什么第二功？"

绯霞轻轻地说道："这搬唇弄舌的小寡妇，早晚也要尝尝我的辣手。"

同甫道："我爱，你饶着她吧，横竖我们俩早晚便要东渡，她便背地里嚼舌，也奈何你不得。"

绯霞瞅了同甫一眼，含嗔说道："欲知心内事，但听口中言。你替她乞情，见得你不怀好意，莫非你和她……"

话没说完，慌得同甫连连摇手道："我爱，快别这般说，罪过罪过。我和她并没有什么关系，只是她的丈夫姚玉笙，生前很和我莫逆，现在要把他的妻子摆布，在那良心问题上似乎对不住亡友。"

绯霞阴扎骨地一声冷笑道："你这人真是不可教训，我枉认识了你了。我打算的计划都是和你很有益的，你不该人揿不走鬼揿直溜，什么死鬼姚玉笙，却牢牢地放在你心上？我的一片好意，你只当作过耳的飘风。俗语道得好，人在人情在，人亡人情亡。姚玉笙已死了，你和他的交情也随着姚玉笙埋藏地下，你还要顾着什么来？你待这小寡妇好，姚玉笙不会感你的情；你待这小寡妇不好，姚玉笙也不会衔你的怨。况且人不害虎虎必伤人，我和你虽然东游扶桑，放着小寡妇在苏州搬唇弄舌，将来回国以后，也不能得着社会上的信用。同甫同甫，我老实向你说了吧，只要这件事和自己有益，别说亡友的情分不须惦记，便是姚玉笙好好地活着，我们俩为

134

利己起见，也该行使这报复的计划。"

同甫听了，把不住地点头赞成。他和绯霞正打得火一般热，拜倒榴裙，什么话都听着绯霞的吩咐。宇宙间最大的魔力，一个是"爱"字，一个是"惧"字，爱到极点，什么话都听着使唤，惧到极点，什么话也都听着使唤。

同甫自从结识了绯霞，爱到十二分，也是惧到十二分，不知不觉已受了脂粉政府的无上压制，要如何便如何，红颜一怒，死心塌地地谨承明教，哪里有丝毫的抵抗力？这不是编书的言之过甚，环观全球，只有抵抗政府的人民、抵抗家庭的子弟、抵抗资本家的劳工、抵抗校长教员的学生，凭你踏破铁鞋，再也寻不出一个抵抗情人的大胆丈夫。

闲话剪断，且说新机萌芽时代，大家都把东瀛三岛当作了神仙境界，只要在东洋住过一年半载，无论什么田舍伧荒、市廛俗子，仿佛脱胎换骨，沾染了几分仙气。将来回国的当儿，东也欢迎，西也招接，由着你大模大样在稠人广众中间，开口东京，闭口横滨，说得天花乱坠。大家只有连连地点头，谁也不敢批驳你半句。因此逢着派遣留日学生的当儿，提学使的招考文告墨迹未干，那些报名应考的早已络绎不绝，都希冀着榜上有名，到东瀛去玩这一趟。好容易地录取在榜上，提学使衙门里发出治装银两，亲戚朋友排日饯行，真觉得班生此行，无异登仙。那些不曾录取的，在这时又羡又妒，禁不住挥洒几点下第的痛泪，仿佛淮南鸡犬，不随仙去，流落人间，再无白日飞升的希望。

放洋的日期定在二月初旬，坤秀女学校里的英文教员陆绯霞女士也是官费留日学生的一分子，动身前数日，学校里面已预备着两次公饯，合摄个影儿，作为别后的纪念。第一次学生公饯，第二次职教员公饯，无非替绯霞锦上添花，面上装金。绯霞挣扎得许多面子，说不尽心头欢喜。其实绯霞初来授课的当儿，倒也循循善诱，克尽厥职，后来和同甫有了秘密交涉，专在爱情上用功夫，教授上的精神陡然减色，上课的当儿，哈欠连连，百般地不起劲。一星期中只有星期三和星期四还能够勉强授课，其余的四天，她只呆坐在讲台上，低垂着粉颈，和春困的潇湘妃子一般，任凭生徒们在课堂上戏弄玩笑，她只装作不闻不见，只为她和同甫专拣着星期日在旅馆里密会，星期一、星期二她身在课堂，兀自恋恋着星期日的余欢，星期五、星期六又距着密会的日子不远，一颗心哪里按捺得住？所以六天授课，只有中间的两天还能够维持现状，其余的四天，不是恋恋余欢，定是勃勃地起着野心，教授上面哪得不陡然减色？似这般的教员，一朝离校，倒是生徒们的幸运，便不该依依不舍，设筵饯别。然而学校生徒的爱恶和教员授课的勤惰，往往有一个反比例，授课越勤，生徒的感情越是平淡，授课越惰，生徒的感情越是密切。只为专心好学的生徒在学校里往往不占势力，占着势力的只是几个能言善辩的生徒，他们的学校成绩很是平常，唯有联络教员的本领却是十分圆熟，还加着设立党派，号召同学把自己的势力渐渐地扩充起来，不知不觉，便成了生徒中的领袖、学校中的灵魂。

坤秀女学校里当然也有这类的人物，绯霞这颗心何等玲珑剔透？到校三五天，早在众生徒里面瞧出谁是领袖，谁是灵魂，便竭力地笼络她们，功课上异常迁就，分数上特别放盘，博得她们满怀欢喜，任凭绯霞怎么样，她们总说这位陆女士是学校中数一数二的良师。这番绯霞东游扶桑，她们便发起一个公饯大会，也不管众同学赞成不赞成，每人名下硬派着半块钱的公饯费，办着丰盛的筵席，便在校里饯行。当时推出代表，陪着绯霞饮酒，不消说得，又是她们做那配飨的代表了。觥筹交错，水陆杂陈，酒至半酣，她们又依次起立演说，无非把绯霞捧到三十三天，什么女界的伟人咧、教育界的明星咧，夹七夹八说了一大篇。末了，又说道："将来陆先生回国以后，希望重临旧校，把所受的新教育灌输到我们身上，这是我们最切望的事，只为似陆先生这般的道德、这般的学问，全中国的教员里面再也寻不出第二人。陆先生出洋研究教育，不过一年为期，倘使一年以后，仍在本校担任教务，那么短时间的离别当然不成问题，只怕陆先生回国以后另有他就，那么我们心里留着无穷纪念，今天的饯别，哪得不黯然销魂呢？"

绯霞起立答谢，说："将来归国以后，断然不忘旧时的同学，遇有机会，一定可以重来旧地担任教务。"

她们听了，连连鼓掌，表示满意。过了一天，又接着校长、教员们的公饯。校长刘姚女士和绯霞不大投契，去年秋间见了这篇《月夜猎艳记》，本意欲把绯霞辞歇，听了莲君的劝告，方才隐忍下去，不曾发作。以后留心察看绯霞、碧云的举动，却也没有什么破绽落在眼里，疑心便消灭了一半，又把每天的《吴门报》时时浏览，再也寻不出什么指摘绯霞、碧云的话。待到冬间，提学使考试出洋学生，绯霞得邀录取，《吴门报》上便竭力地替绯霞捧场，说得这位陆女士有德有才，竟是班昭再世、道韫复生，提学使选拔真才，赏识非虚，将来陆女士学成返国，定可以替全国二万万女同胞缔造幸福。校长见了这般的论调，怎不诧异？同是一份《吴门报》，怎么从前的《月夜猎艳记》把绯霞这般轻薄，现在的短评又把绯霞那般崇拜？可见得报纸上的毁誉毫无价值，誉既无凭，毁亦失实。想到这里，疑心又消灭了一半。

这番绯霞放洋在即，学生们尚且设宴公饯，校长和教员们当然不能缺此礼数，便约了萧莲君、陆琪芳、柳碧云等诸教员，在学生设宴的后一日，继续饯行。席上闲谈，彼此都十分亲热，校长和诸教员一一举杯祝福，说些都是努力前途，替女学界放一异彩的意思。绯霞也回敬了一巡酒，做出恋恋不舍的模样儿，说："在苏州担任了几年功课，生平所最佩服的只有校长先生和莲君姊姊、琪芳妹妹三个人。校长先生毁家兴学，专替吴中女青年造福，似这般的热心毅力，不愧女学界的模范；琪芳妹妹和我志同道合，去年秋间已订了金兰姊妹，虽然异姓，不啻骨肉；莲君姊姊是一位幽娴贞静的女文学家，一半儿是我的友，一半儿是我的师，我暗暗地非常钦佩，一向想结个金兰姊妹，又恐乌鸦难入凤凰群，所以迟迟没有启齿。现在别离在即，不知何时再得会面，不揣冒昧，想和莲君姊姊拜个把子，倘蒙不弃，便在今天举行何如？"

莲君是个诚实君子，见绯霞和她这般莫逆，只道是出于志诚，便一口应承，愿和绯霞姊姊结个金兰姊妹，彼此问及年龄八字，莲君和绯霞同是花信年纪，只比绯霞早生三个月，当然莲君是姊，绯霞是妹。酒阑席散以后，合摄了一帧团体的肖影。莲君和绯霞又另摄了一帧花间携手的肖影，作为结义的纪念。彼此交换了一份红帖，莲君的帖子上题着"永以为好"四个字，绯霞的帖子上题有"长毋相忘"四个字，又彼此拜了八拜。莲君的心中深镌着一个异姓妹妹，绯霞的心中依旧恨着一个仇人姊姊。

列位，莲君自去年中秋宴会，瞧破绯霞这般放荡模样儿，久已不认她为良友，校中相见，早存个疏远之心，只怕和她亲热，累及自己的名誉。谁料莲君越和绯霞疏远，绯霞却越和莲君亲近，有时还背着人私语莲君，说："校中许多女教员都是我的良友，唯有你莲君姊姊却是我的良师，姊姊的旧道德高人一等，姊姊的一举一动都是我们的良好模范。我有什么不到之处，姊姊不妨随时指导，别和我疏远，做出那不屑教诲的模样儿。"

莲君胸无城府，只道绯霞也是心直口爽，方寸地坦白无私，真个在那里悔过，便道："我和姊姊并没有什么芥蒂，只是那天席上，你硬要胡先生和我们同席，把我窘得什么似的。方今女学萌芽时代，社会上少见多怪，对于我们往往淆乱黑白，任意嚼舌。我们在这瓜田李下，合该存个嫌疑之见，才不授人口实，在外面说这不尴不尬的话呢。"

莲君这时已见那篇《月夜猎艳记》，所以隐隐约约进这忠告。绯霞连连称谢道："多承姊姊指导，我那夜只是童心未除，又多饮了几杯酒，不免有许多失检。回来后深自悔恨，以后无论怎么样，我只不向外面去乱跑，除却星期的一天，在我们一位同乡老先生家里补习国文，其余的日子，我只在校里坐，看外面还有什么话说？姊姊，你若不信，何妨做我的监察员，我一有错失，你便随时纠正，我一辈子感激你不尽咧。"说时，局踳不安，大有痛自改悔的神气。

莲君反而竭力安慰，背着几句"人谁无过，过而能改，善莫大焉"的老话，叫她不须懊丧。莲君又想，隐恶扬善，吾人天职，那天校长给我看的那篇《月夜猎艳记》索性不和她说起，免得她羞惭满面，无地自容。其实这是莲君的绝大失着，索性把校长那天和她商议的话和盘托出，一字不遗，倒可以解释绯霞的怨恨，免得门后窃听的话，断章取义，纯属误会，错把好人当作了歹人，从此意见俱泯，便不会发生什么报复的阴谋暗算。偏生莲君忠厚过分，要顾全绯霞的面子，又不肯自己居功说明校长那天要把你辞退，亏得我从中排解，方才没事，一味地把事实藏去，拘定着"罔谈彼短，靡恃己长"的宗旨。却使绯霞满肚皮的怨毒，固结不解，越是怨毒不解，却越是和莲君竭意联络，笑里的刀磨得极快，绵里的针锉得极尖，只待有了机会，便好发泄她的怨毒。今天和莲君缔结姊妹，报复的时机便近了。

却说姑苏城外的天平山，山秀泉清，是吴中著名的所在，一交了春季，四方游客常到这里来探胜，层峰叠嶂，都含着笑脸向人，冷冷的泉水从乱石中间泻出，仿佛在那里奏着欢迎游客的歌曲。石壁上面淋淋漓漓地题着许多记游诗，到处留题，本是雅人深致。只可惜这些记游诗都是望之俨然，即之也瘟。远远地望去，左一行，右一行，似乎笔酣墨饱，其间定有可诵的佳句，这便叫作望之俨然。待到走近读时，一股恶气直攻鼻观，说什么诗，竟是一个臭极不堪的瘟屁，这便叫作即之也瘟。还有欧化式的题壁，连几句歪诗都不会诌，却在蛎粉墙上写着几个蟹行字卖弄自己的才学，在那不懂西文的见了，当然莫名其妙，要是给那识者瞧见，又不免浓浓地连唾着涎沫。墙壁上的蟹行字只写着几个猥亵名词，这是少年读西文的通病，初识得几个字母，便牢牢地把西文中的猥亵名词记着，预备东涂西抹，在墙壁上滥出风头。话虽如此，墙壁上的诗句不堪入目的居着多数，其间也有一二清词丽句，可以供给人家赏鉴。

但看天平山上，鹦鹉石畔，正题着两首七言绝句，苔藓新剔，墨迹未干，还没有写着留题者姓名，编书的却先把这两首诗介绍与诸君知晓。其一道：

> 拾级平天豁远眸，杏花风里柳丝柔。
> 可怜立瘦斜阳影，大地皆春我独秋。

其二道：

> 鹦哥石下小勾留，一带幽泉咽复流。
> 别有衷情人不解，山花含笑我含愁。

似这般的诗句，那作诗人的身世早已可想而知，名曰嬉春，字字中挟有秋意，望而知为伤心人吐属。这伤心人却是谁呢？但看鹦鹉石下立着两个花信左右年纪的女士，一个淡妆素服，一个西装打扮；一个拈着自来墨水笔沉吟不语，一个提着绣花小行囊，笑容可掬；一个触景伤情，不由得微微嘘气，一个左顾右盼，不由得频频催促。催促道："姊姊，你题完了这两首诗，合该署个名字，为什么执笔沉吟，却又微微地嘘气？早知道姊姊易动悲感，我却懊悔约姊姊来游山，满山春色，徒然勾起了你的不快。姊姊，你不见斜阳渐渐地过去，我们难得登临，不如从这一线天拾级而上，向中白云去玩玩，为什么呆立在鹦鹉石下，敢是真个要立瘦斜阳影吗？我虽不会作诗，可是瞧这'立瘦斜阳影'五个字傻得可笑，假如不动不摇，专在斜阳影里呆立，岂不成了一个石人儿吗？"

那淡妆的女士很凄惨地说道："立瘦斜阳影，我只拼化作一块望夫石罢了。"说时，眼泪扑簌簌地打落衣襟。

那西装的女士笑道："姊姊可痴了，良辰美景，不去赏玩，没来由堕起泪来。"

那淡妆的女士把素帕抹了抹眼睛，才提着笔在石壁上署着"莲君"两字，回顾说道："绯霞妹妹，今日游山，觉得没甚兴会，我们回船去吧。"

绯霞笑道："姊姊说什么话呢？我们姊妹俩聚首没有多时，两天以后我便要动身，你瞧我的分儿上，也该提起兴会，陪着我玩个尽兴。姊姊，你可晓得这番同游以后，不知何时再能够继续这游踪呢！"说时，假意把手帕擦那干眼睛。

莲君是素来笃于友谊的，见绯霞这般模样儿，便默默自悔，我不该悲伤身世，累及人家心里也不快。只得收拾起愁肠，陪着绯霞游玩。

那时，山上的游人渐渐稀少，一轮红日将下虞渊，兀自发着强度的光彩。两人恰走上一线天的石级，抬眼看时，不禁叫绝，只见朵朵朱霞笼罩山顶，宛比披着锦帔一般。莲君流连风景，不由得看出了神，猛听得绯霞唤声："不好，我这只赤金领针哪里去了？"

莲君忙道："莫非落在地上不成？"

绯霞道："多谢姊姊，你在这里替我搜寻一下，我便跑下石级到鹦鹉石下去瞧瞧。两个人分头寻觅，或者可以寻得，你寻得了便跑下石级来唤我，我寻得了便跑上石级来看你。"说时，便搂起了长裙，急急地从那一线天的石级跑将下去，霎时便不见了。

原来天平山的一线天是一方陡绝的石壁，天造地设，中间起着一条斜形的裂缝，从那裂缝上凿着石级，只通着一个人行走。走上石级，又是一片山坡，却不见石级以下的人。

莲君兀自不知身临危地，真个低着头在山坡上寻觅这只领针，却见那边石笋前面，有一只黄澄澄的东西，走近看时，谁说不是这只赤金领针？不禁满怀欢喜，俯下身躯，正待拾取，谁料背后突起着两只手，把她肩上猛力地一扳。莲君喊声"啊呀"，早已跌翻在草地上面。说时迟，那时快，蓦见一个苦力模样儿的江北汉子，唤一声："我的乖乖，这只领针，我瞧见了多时，躲在台背后，候你们走了，前来拾取。"说时，便抢着领针，纳入怀里。

莲君见那人面目可怕，不敢和他争论，正待撑身起来逃下石级，却不料那人又是猛力地一扑，把莲君掀倒在地，欲行非礼。莲君拼着性命喊一声："绯霞救我！"待喊第二声时，已被那人掩住了嘴，只得用尽平生之力，奋命撑拒。

其实绯霞和莲君相距不远，只立在石级下面，掩着嘴哧哧地笑。暗想：我在中秋夜被人打圈子，还没有这般受窘，你却搬唇弄舌在校长面前百般媒孽。现在我小试伎俩，叫你也受这意外的奇窘，你却唤我相救，救是要救的，且待你衣破裳裂丑态尽露的时候，我便走上去解围。绯霞打定了主见，只是倚在石壁上，侧耳潜听。

却远远地听得有人唤道："萧小姐、陆小姐，时候不早，快快下船吧！"

绯霞听得是船娘的声音，暗想：不好，免得被她来撞破，还是我上去解了围吧。当下拽起长裙，急急地跑上石级，一壁走，一壁唤道："姊姊因甚狂呼救命？我来了！"

那人听得有人上来，才放松了莲君，一溜烟地向树林里跑去。莲君在这危急的当儿，听得绯霞的声音，忙不迭地唤道："妹妹快来，妹妹快来！"

绯霞瞧见莲君从山坡上爬起，云鬟蓬松，花容惨淡，在那边喘作一堆，身上的衣裙虽然有些皱痕，却还没有破裂。假意问道："姊姊瞧见了什么，喘得这般模样儿？"

莲君气喘吁吁，把方才的事述了一遍，又说："亏得妹妹早来了一步，要不然我和那恶魔厮扭，有些招架不住了。"

绯霞假意失惊道："都是我不好，无端失掉了领针，倒累姊姊受这惊恐。领针被歹人抢去，这是小事，姊姊的万金之体没有受辱，真是万千之幸。"

两人正在讲话的当儿，催迫下船的船娘早已走近石级，听得上面有人声，又唤着："萧小姐、陆小姐在哪里？怎么还不下船？天快要黑了。"

莲君忙凑着绯霞的耳朵，说道："好妹妹，船娘来了，你把这桩事瞒起，千定千定。"

绯霞点点头，于是莲君整理衣裙，拂拭鬓发，随着绯霞走下石级，和船娘一起下船。途中莲君十分懊丧，闷闷地只是垂泪。绯霞假意低声相劝，莲君皱着眉道："方才撑拒的当儿，一支墨水笔、一方手帕都失掉了。

墨水笔不打紧，手帕上有我绣着的闺名，倘被歹人拾去，怎么是好？"

绯霞道："姊姊不要着惊，这手帕便被歹人拾去，有什么妨碍？况且你说这歹人仿佛江北苦力模样儿，拾得了手帕，也认不得字，便是认得字，也不敢在外面张扬。你虑他做甚？"绯霞嘴里这般说，心头却是暗暗欢喜，只因这一欢喜，又兴起掀天的大浪。

欲知后事，且阅下文。

第十四回

痴心女单恋寄红笺
薄命妇全真归黄土

身受旧礼教的妇女，谁不把"名节"两字当作天经地义？只为把礼教看得过重，便有时遭了什么意外的侮辱，也只有吞声忍气，讳莫如深，倒惹那轻薄之徒、鬼蜮之辈益发肆无忌惮，自鸣得意。

但看那干戈扰攘的区域，每经一度骚乱，地方上损失若干财产，焚毁若干庐舍，杀伤若干人民，事后调查，自有被劫难的人家出来证实，唯有妇女贞节上的牺牲，却似哑巴吃黄连，说不出的苦，不听得有人肯出来证实。把这意外的侮辱只是隐忍在心，似乎说了出来，便堕落了自己的人格。那些受辱的妇女，激烈的往往背人觅死，柔弱的衔恨终身，也只有独坐房中偷弹珠泪，这是中国礼教上的特别优点，也是中国妇女们的特别苦处。

本书中的萧莲君，误中奸谋，险遭强暴，亏得船娘上山叫唤，才保全了一身清白。要是当时即便声张，把这事回校报告，给众人一番讨论，或者集思广益，绯霞所使的奸谋不难暴露，即或不然，绯霞见莲君不是好惹的，存一个忌惮之心，也不敢再来尝试。偏生莲君叮嘱绯霞不要声张，又把遗落手帕的事告诉了绯霞，只落得一波未平，一波又起。

那夜莲君回家，已交深更，老姑姚太太还没安睡，问她天平山的风景，她只是没精打采地回答了几句，却不曾把上山遇险的事告诉婆婆，免得老年人听了不快。待到侍奉婆婆安眠以后，回到自己的妆楼上，关了房门，忍不住地嘤嘤啜泣。她想：我自丈夫身故以后，瑶池冰雪，镂作心肝，古井波澜，捐除念虑，凡是有涉嫌疑的地方，我只避之若浼，身做了未亡人，拼着寂处空房，度那一辈子的苦恼岁月。只为姑婆刘姚女士向我百般劝慰，聘我到学校里担任功课，借此解释孀居的忧闷。又因学校里素重礼教，同事的多是女教员，无嫌无疑，我便勉强应允了。去年中秋夜，误与男子同席，席间并没有什么非礼行为，我兀自百般地不快，今天所遇的变端，真是有生以来莫大的垢辱。那个江北男子倒也诧异，怎么我和绯霞上去的时候并没见他，绯霞一走，他便突然发现，似乎预先布置的一般。想到这里，不禁暗唤一声："不妙，莫非绯霞行使这诡谋，希图破坏我的名节？"可是转念一想，又暗唤一声："呸！快不要错怪了人。绯霞和我何恨何怨，却把我这般捉弄？"

那夜，莲君辗转反侧，不能成寐，只怕这遗失的绣字手帕被人拾去，任意捏造黑白，损及名誉。又怕身遇歹人的当儿，除却绯霞，难免有他人瞧见，传说出去，贻人口实。一夜胡思乱想，待到来朝，头脑涔涔，不能赴校上课，只得差人去请了一天假，只坐在房里看书消遣。

姚太太见媳妇身体不快，慌得要延医调治。莲君回说："婆婆，别着急，这是媳妇昨天在山上多跑了路，稍觉乏力，休息一天便好了。"

姚太太听了，方才心定。午饭时，莲君陪着婆婆胡乱吃了一碗饭，依旧上楼休息，只是心惊肉跳，有些坐立不安。忽然佣婢送上一封书信，说是邮差交来的。接取看时，封面上的字觉得不大熟悉，下面署的是"冷眼人缄"，呀，这不是一封匿名书吗？接书在手，这只手不禁索索地颤动，连忙遣开了佣婢，拆这封皮。可是手腕颤得厉害，一时怎容易拆破，比及拆开看时，看未终篇，早已是三魂去一，六魄少双。信上写道：

　　吾冷眼客也，昨夜汝被一江北汉子扑翻在地，种种丑态都在我眼里，虽不与我相干，但我身充小报访员之职，此等趣味浓郁之资料，岂有轻易放弃？况予又拾得手帕一方，上绣"萧莲君"三字姓名，此三字吾所熟悉，汝盖坤秀学校之女教员也。汝既身充教员，理宜洁身自爱，尊重人格，不该时近傍晚，独上山冈与江北男子相扑为戏。此事一经揭载，汝之名誉立时扫地，何颜再为人师？

　　今与汝约，汝欲保全名誉，速备现银一百元，于明日三句钟，亲自送至留园假山洞中，自有人与汝接洽。逾期不纳现银，吾必将此一段秘史尽情披露，莫谓言之不预也。冷眼客警告。

莲君接了这封信，又气又急，又愤又恼，左思右想，没有个解决的方法。待要置之不理，真个被人在报纸上披露了，笔端轻薄，还加着些秽言污语，我有甚面目立于人世？待要备着现银，如期到留园去接洽，我是个冰清玉洁的青年孀妇，不曾干什么丑事，为什么要去私自乞怜？况且在这黑魆魆的假山洞里，和一个素昧平生的男子相会，成什么模样儿？要是另有个冷眼客在那里窥探，那便益发不能够洗刷我的名誉。想了一会儿，想到最后的一个解决方法，顿把万虑千愁一齐消释，陡地立起身来，几声冷笑，对着衣橱门上镶着的玻璃镜照一照自己倩影，轻轻地和镜中人说道："莲君莲君，这污浊的世界，你恋恋它做甚？玉笙哥哥病危的当儿，你不是打定念头，待到葬事办竣，便要从哥哥于地下吗？现在哥哥亡过约莫一年了，哥哥的坟墓上有了宿草了，你为什么兀自恋着红尘，不到夜台去陪伴哥哥呢？虽然哥哥临危嘱咐，叫你不用起这厌世思想，可是人心险恶，风波不测，你何苦把这洁白的身躯受那恶魔的种种暗算？生有何乐，死有何悲？黄泉路上多亲人，除却你亲爱的哥哥，还有你的爹爹妈妈，和你欢欢喜喜地做伴，你兀自不早早地定计吗？莲君莲君，你懊丧着什么？你的欢喜日子快到了。"说时，又对着镜中的影儿微微一笑。

正在自言自语的当儿，却听得咯噔咯噔，楼梯上有革履的声响。莲君知道是同居的金秀娟来了，忙把这封匿名信藏起，笑盈盈地出房相迎。那时秀娟已走上了楼梯，便道："萧先生，不须出房，你贵体不适，着不得风寒。"说时，挽着莲君的手，同到房里。

彼此都坐定了，莲君道："秀娟妹，今天放学怎么这般早啊？"

秀娟道："萧先生，你听我说，今天早晨到校，我想约着先生同行，听得太师母说先生昨天游山回来时已交深夜，今天还没有起身，我不敢惊扰先生，只得独自到校。后来校长吩咐诸同学，说萧先生今天因病请假，萧先生的功课由校长暂代。我听了好生惦念，午饭后上了两小时功课，第三时是温习，我在自习室里，哪里坐得定？便告了一个早退的假，急急地要跑回来看先生。"

莲君道："多谢你这般关切，我没有什么病，不过多走了路，乏力罢了。你在校里可曾遇见陆绯霞先生？"

秀娟道："陆先生吗？她明天要动身了，听说明天动身的当儿，阖城的大小官儿都要去欢送这一批留日学生，只为将来扶助大清国转弱为强，都仗着这一辈青年留学生。我们校长也吩咐学生，明天不须上课，清晨赴校排着队，也要去欢送她们。先生你去不去？"

莲君微笑道："我恐不能躬逢其盛咧。"

秀娟道："先生可不必去，便是我也请假不去。"

莲君道："你为什么不去呢？"

秀娟道："要是你先生出洋游学，别说送你到车站，便是送你到东洋，我也情愿。现在陆先生动身，谁高兴去送她？"

莲君奇怪道："你和陆先生有什么恶感？"

秀娟道："恶感虽然没有，但是就我眼光里看来，这位陆先生毕竟不是一位良教师。"

莲君道："怎见得呢？"

秀娟道："陆先生的人格和你先生相比，真有天渊之隔。我和她是同乡，在扬州时从没有和她会过面，她的历史我一向不曾知晓。直到前天，有一个乡亲前来探望我母舅，偶然谈及卜量才的媳妇也在苏州充当女教员。母舅问她在哪一所学校里，乡亲道：'坤秀女学校里的陆绯霞便是卜量才的媳妇。'"

莲君道："只怕不见得吧，听得她是守着独身主义的闺女。"

秀娟道："她的花言巧语可以信得的吗？母舅知道她在扬州有许多不名誉的事，我却不敢告诉你先生，只为谈人之短，是你先生所不许的。总而言之，陆先生这个人你先生还是和她疏远的好。昨天她和先生游山，我只恨闻信得迟，要不然我便该向你先生竭力劝阻。"

莲君听了，暗想：这话果然不错，绯霞的行为不能使人无疑。我既和她疏远，便不该再和她接近，可是事已至此，悔也无益了。

秀娟又道："我想提学使的眼光很是平常，女界尽多人才，不该把她来考取，似你先生这般的品行学问，可惜不曾去应试，要是去应试，定有东渡的希望。先生，你为什么不去应试？难道不希望东渡扶桑吗？"

莲君微笑道："我希望去游的道路，或者比着东洋还远。"

秀娟怎识莲君的言外微旨，便道："莫非先生的希望更大？预备游学西洋吗？"

莲君点了点头道："我很有西游的志愿。"说时，又是微微一笑。

秀娟瞧了瞧莲君面庞，忙问道："先生，你怎么面容惨淡？便是笑态也不大自然。唉，先生，你不要多愁多虑，人生在世，合该走那快活的路。"

莲君道："多谢你劝慰，我从此以后，可以永久走那快活的路。"说罢，低头不语。

秀娟觉得莲君的话有些突兀，只道她精神不爽，懒于酬答，便不敢多坐，起立告辞，说："先生保重贵体，明天我再来看你。"

莲君送秀娟出了房门，瞧着她下落楼梯，正走到半梯，莲君忽唤道："秀娟妹，我还有话和你讲咧。"

秀娟重又回到楼头，问："先生有何吩咐？"

莲君沉吟了片晌，才说道："秀娟好妹妹，过了一天，我有一件东西交给你。"

秀娟问是什么东西，莲君微笑道："到了那时，你自会知晓。"

秀娟益发奇怪，便道："先生，你快快告诉我，免得我胡猜乱测。"

莲君道："也不用胡猜乱测，只不过交给你一篇文字罢了。"

秀娟道："莫非我作的这篇《弱女衔恩记》，先生已给我删就了不成？"

原来秀娟感念那年冒雨告密的恩人，常置心坎，寝馈不忘，且曾把这桩事和莲君讲起，讲的时候，感激涕零，以受恩未报为憾。

莲君道："你何不作一篇《弱女衔恩记》，把当时的情形记个详细，也可以永矢弗谖。"

秀娟道："只恨文笔平弱，不能描写尽致。"

莲君道："不妨你作就了，我替你润色。"

于是秀娟在那星期休假日，便草就了这篇文字，请莲君删改。匆匆数天，没有删就，因此疑及莲君所说的便是这篇《弱女衔恩记》。莲君点了点头，不说什么。

秀娟道："这篇文字不要紧，且待先生贵体健全的时候，慢慢删改便了。"说罢，重又告别。

莲君含着笑脸，和秀娟握了一握手，送她到扶梯旁边，凭着栏杆，眼瞧她走下了楼，才回到房里，自言自语道："若不是她提起，我几乎不能践这诺约。"忙在抽屉里拣出了这篇《弱女衔恩记》。好在已经删改了大半，只有结束处，原本尚嫌草率，须得斟酌尽善，加以润色。当下拈毫濡

147

墨，细细地从事修改。

不谈莲君独坐房中修改这一段结束文字，且说秀娟回到自己这所住屋里，却值表兄吕蕙孙恰从学校里回家，一见了秀娟，便问道："翠妹妹，明天欢送留日学生，你去不去？"

秀娟道："我推托有事，请了一天假，谁高兴去加入这无谓的欢送会？"

蕙孙拍手道："翠妹妹，这话真不错，我和你同意，明天也请着假不去。我恨现在的官场，纯用着一种敷衍手段，表面上奉着明诏，遴择生徒，派往日本留学，其实他们怎懂得遴择？只是胡乱出几个八股变相的策论题目，考试一场罢了。要是真个秉公考试，还可原谅，无奈这场考试，徒然掩人耳目。听说榜上有名的都是央求了大有力者，私递条子，夤缘嘱托，方才可以入选，把许多真才实学的人一齐抹倒，依旧是会钻谋、会运动的占着便宜。你想可叹不可叹呢？听说吾们同乡江景星先生的子女，都是一等的好学问，这番考试不肯递条子通关节，要仗着自己本领在场屋里占胜，只落得榜上无名，一齐落第。倒是那个卜量才的媳妇，高高取列，还有我们校里的国文教员胡同甫，大家都唤他作饭桶教员的，居然也邀录取。论着真才实学，胡同甫和卜姓媳妇陆绯霞，怎比得上江采、江芬的万分之一？"

秀娟道："谁是江采、江芬？"

蕙孙道："他们是兄妹，便是扬州公正绅士江景星先生的子女，都在上海读书，用功向学，不染丝毫习气，每逢学校考试，总是首名。江采肄业南洋大学，江芬肄业中西女学，都算得很英俊的青年。似他们这般的才学，偏都落第，可见这番考试留学生真没有丝毫的价值。"

秀娟听了，嗟叹不已。

张氏从房中走出，笑道："你们兄妹俩一见了面，总是这般地高谈阔论，津津不倦。"

金寡妇恰坐在旁，也笑道："祥儿真好笑，见了翠翠，谈个深更半夜不知倦。要是见了柳碧云，却是腼腼腆腆，和小娘儿一般，碧云讲十句，他只答着一句，兀自垂倒了头，眼皮不敢一抬。"

张氏道："提起碧云，我可记着一桩事来了。上一个星期日，阿祥没有回家，倒累着这位碧云女士左一趟右一趟，到这里跑了五六趟，我回说阿祥不在家，她说：'今天是星期日，祥弟弟总该回来。'"

蕙孙道："呸！谁要她唤祥弟弟？听着这三个字，浑身都起了鸡皮疙瘩。上星期我是有意不回家的，便是怕听这三个字。自从去年冬季，每逢星期日，她总到这里来乱闯，后来放了年假，她回扬州去，我这里便清净了许多。"

张氏道："话没有说完，你便叽叽咕咕起来。那天她空跑了几趟，最后一趟是在上灯时分，我问她找寻阿祥有甚话说，她才从怀里取出了一封书信，说是留给你的，须待你回来亲自开拆。临走时又再三向我叮嘱，说什么文明人的规矩，须有书信秘密权，便是做老子娘的也不能私看儿女的书信，看了便是不文明，便是十二分的野蛮。所以这封信纹风不动地搁着，留待你自己开拆。"说时，便回到房里去取这封书信。

蕙孙道："妈妈，不用给我瞧了，一把火烧掉了，倒是一干二净。她的信里有什么好话？"

金寡妇道："不要烧，文明人的信，读给我野蛮人听听，也好长些见识。"

那时，张氏早把这封信取了出来。蕙孙看这封皮，写着"亲爱的祥弟弟玉手亲启"，便吐了一口涎沫道："瞧着封皮便肉都麻了，还是烧掉了吧！"

秀娟哪里肯依，抢着这封信，笑说道："我便来野蛮一下子，替祥哥哥开拆这封信吧！"说时，早把封口拆开，抽出几纸粉红色的信笺，授给蕙孙。

蕙孙道："翠妹妹，你索性野蛮两下子，替我读了吧。"

秀娟道："便替你读也不打紧，舅母、妈妈听仔细，我来读了。"

　　我那最亲最爱的祥弟弟，你把两条甜蜜的视线细细地瞧着我这封信，我把普天下的爱情炼作墨汁，密密切切地写在这五纸粉红色信笺上面。这五纸粉红色信笺，便是我的五脏，我把五纸粉红色信笺纳入信封里面，便是把我的五脏一古拢儿都纳入信封里面。

　　最亲最爱的祥弟弟，你读我这封信，你读一句须向信笺上接一个吻，你向信笺上接吻，便是和我的五脏接吻。

最亲最爱的祥弟弟，你读我这封信，须得仿着和尚诵经的仪式，诵一句念一声佛，你也该读一句唤我一声亲亲热热的碧云姊姊。

　　最亲最爱的祥弟弟，你可知道我成日成夜地恋着你啊！我爱你这粉搓玉琢的面庞，我爱你这很清秀的眉、很活泼的眼珠儿，我爱你……

　　秀娟读到这里，第一纸粉红笺方才读毕。接着第二纸，未读以前，先瞧了瞧，觉得第二纸的肉麻话还比第一纸加倍厉害，不由得粉颊微红，带嗔带笑地说道："亏她写得出，我却读不出。祥哥哥，你自己去读吧！"说时，就把这五纸粉红笺撂给蕙孙手里。

　　蕙孙把来叠得齐齐的，竖里一扯，扯作了十条，又叠起来，横里一扯，扯作了二十条，接连又是横一扯、竖一扯，不消片刻，把这五纸粉红笺扯作了残粉剩红、鸡零狗碎。

　　秀娟笑道："祥哥哥，你怎么手腕这般地辣？把五纸粉红笺扯掉了，岂不把她的五脏一古拢儿都扯掉了吗？"

　　蕙孙涨红着脸道："翠妹妹，我心里正气恼，你还要来怄我。"

　　金寡妇道："信里道的是什么？我听了大半不明白，怎么五脏可以放入信封里面？怎么读一句向信笺上接一个佛？信上有什么佛呢？"

　　这几句话引得大家都笑了。张氏道："妹妹，你是老派的人，不懂得新法的人，写一封信，也有许多肉麻当作有趣的说话。她说把五脏封入信里，不是真个开膛破肚，把五脏掏得出来放入信里，只不过说信的都是心里话罢了。她说读一句向信笺接一个吻，接吻便是亲嘴。"

　　金寡妇道："罪过罪过，怎么亲一个嘴便算接一个佛？佛菩萨听得了，怕不要动怒吗？莫怪祥儿把信扯掉了，扯得好，扯得好，这些话可是闺女嘴里说得的吗？她的第一纸信笺便是亲嘴长亲嘴短，说些不要脸的话，那么其他的四纸可想而知，益发不成说话了。我一向不懂得文明，现在可明白了，原来会亲嘴的便是文明，不会亲嘴的便是野蛮。哎呀！还是一辈子野蛮的好，似这般的文明话，怕不要污了野蛮人的耳朵。"

　　这里几个人谈些闲话，匆匆已晚，家人吕升从巡警学堂里到来，说："老爷今天不回公馆，明天要带领全体巡警学生到车站去欢送出洋学生，怕太太盼望，吩咐家人来禀告一声。"

张氏笑道："由他们去出洋，和老爷有什么相干呢？"

吕升道："明天学生动身，抚台、藩台、臬台、提学使和那一府三县都去送行，老爷身充巡警学堂差使，怎好不去？"

金寡妇插嘴道："学生出洋，有这般的威风，他们出洋，端的学些什么，却要劳动这许多官儿去送行？"

张氏道："学些什么，只不过学些接吻的文明规矩罢了。"

大家听了，又忍不住地笑将起来。一宵琐话，不须细表。

来朝清晨，蕙孙、秀娟都不上学堂，却也不肯抛荒功课，向着南窗，都在那里临写法帖，墨香四溢，帘波微漾，写了一行，彼此又互相批评，哪一笔写得散漫，哪一笔写得结构，研究得津津有味。那只小白猫也坐在书案旁边，和他们做伴。小白猫懂得什么，瞧见砚池中注有清水，便伸了一个懒腰，一步步地走将过来，伸舌去舔砚水，却把几茎雪白的猫须染黑了半边。

蕙孙停笔笑道："翠妹妹，你看小白的白须染作黑须了。"

秀娟也笑道："它嫌着白须不好看，所以染作了黑色。砚上的墨便是小白的乌须药。"

正在谈笑的当儿，却隐隐听得有哭喊的声音。蕙孙说："翠妹妹，不要响，你听房东家里，谁在那边哭喊？"

秀娟猛然一惊，侧耳听时，唤声："哎呀！"正待过去探听，却见扬州带来的王妈慌慌张张地来说道："翠小姐，你想奇怪不奇怪，好好的一位姚二奶奶，陡然身死了。"

秀娟听说，眼泪双抛，不及细问情由，急匆匆地直奔到房东那边，早见小丫头噙着眼泪，指着楼头说道："翠小姐，你不是昨天还和二奶奶讲话吗？谁料今天二奶奶不起身，敲门也不应，太太知道不妙，从门缝里撬去门闩，推得进去，见二奶奶含着笑睡在床上，推她不动，摸她手脚冷似冰铁。"

秀娟不及细听，便向楼梯上跑，直入房里，早见姚太太哭得声嘶泪竭，瘫在床畔。秀娟也不及招呼，探身帐中，捧着莲君，号啕大哭。

那时张氏、金寡妇都得了信，齐到楼上，拉着姚太太问："令媳患着什么病，变得这般地快？"

姚太太哭着说道:"昨天起身,她说有些乏力,只要休息一天便好了。后来她是照常写字看书,傍晚时还吩咐小丫头到邮局里寄信。吃过晚饭,她陪着我谈些家常话,看她精神很好,面容也很高兴,我心里正自安慰,谁料过了一夜……"说到这里,又捶胸痛哭起来。

秀娟猛想到昨天莲君和她说的话,隐隐约约仿佛早决了死念。当时不觉得,事后追想,句句都含着微旨,当下便把昨天的谈话告诉了众人。

张氏道:"照这么说,只怕二奶奶的死不是好死。"

这句话提醒了众人,忙在房中检查东西。果不其然,在抽屉里搜出三个药水瓶,在桌上检出一只含有药水余沥的茶杯,在砚台下抽出一纸绝命书,写的是:

婆婆:

　　不孝媳抛撇慈颜而去矣!媳自歌别鹄,久欲随亡夫于地下。安眠药水三瓶,去岁购置箧中,亡夫安葬时便欲仰药自尽,因恋恋慈颜,未忍决然舍去,以伤老人之心。淹忽至今,觉五浊世界,不能一日以居,生有何恋,死有何悲?持此清白之身,与亡夫相见,媳愿毕矣!

　　老人勿因媳死而悲。大伯夫妇素尽孝道,必能颐养慈躬,弗亏甘旨。

　　婆婆,媳去矣!未报之恩,偿之来世。

媳萧莲君绝笔

众人才明白莲君之死,死于安眠药水,她早安排着身殉丈夫,只为舍不得抛撇婆婆,迟至今日,才了素愿。似这般节烈妇人,从容就义,视死如归,真是世上罕见。当下姚太太痛定思痛,重又哭个不止。房里几个人谁不下泪?金寡妇自悲身世,惺惺惜惺惺,更有一种特别感触,忍不住号啕痛哭。

张氏拭着泪道:"死者不能复生,哭也无益,还得把后事早早布置。姚太太那边人少,我们的仆人佣妇尽可差唤。"

姚太太才止了哭,便借用着吕姓的仆人佣妇,一面打电到上海,唤大儿大媳回来，一面报信到坤秀学校，给姑太太知晓，一面去请族中人来，襄办丧事。东奔西走，把几名仆人佣妇差遣得异常忙碌。

秀娟道："我家的王妈，也可唤来使用，待我去唤她。"便急急地跑下楼梯。

却见蕙孙在堂中打转，见了秀娟，便道："翠妹妹，不道在这恶浊的世界，还有这般节烈的妇人，可敬可敬！我们合该联络同志，开一个追悼大会，表扬表扬这位莲君女士的贞节。"

秀娟含着泪道："这是当然的办法，我们慢慢提议。姚姓人手很少，祥哥哥，请你在这里坐坐，遇有人来，替他们招呼招呼，我还得到自己屋子里去唤王妈来帮忙。"说罢，便转到旁落里。

却见王妈手执着一封书信，迎上前来道："翠小姐，我正要来寻你咧，这是一封挂号信，邮差在门外候着盖图章呢。"

秀娟接信看时，封面上的字明明是莲君亲笔，不禁呆了片晌。王妈催着道："怎么不盖图章？外面的邮差催得慌了。"

秀娟才向回单上盖了图章，交给王妈道："你交付了回单，速到房东那边，听他们使唤。"

王妈答应自去。秀娟掂着这封信，厚厚的，不知里面是什么东西。拆开看时，先抽出的便是自己作的《弱女衔恩记》，想到昨天莲君叮嘱的话，不禁泪如雨下，揭开看时，删改得详细周密，到底不懈。后面还批着几行字道："离尘期促，诺约未践，亟为润色，以应秀娟学妹雅嘱。"再看信封里面还藏着一封信札，封皮上写道："此信务守秘密，乞秀娟我妹于无人处观之。"

秀娟怎不诧异？好在这时静悄悄别无他人，便把这封密信拆开细看，看了又看，不禁愤惋欲绝。

欲知后事，且阅下文。

第十五回

扬巾送别夫也不良
掩袖工谗天乎何酷

车站上欢送出洋学生多么热闹，阖城民员戴着种种颜色的顶儿，都要到车站上去伺候抚宪。

这位江苏巡抚唤作德丰，出身旗籍，到任不到半载，是办理新政的第一能员，揣摩朝廷意旨，注重留学人才，特地挂起着礼贤下士的招牌，传谕属下官吏，说学生动身的一天，听候本部院亲自出城送行。那些掇臀捧屁的属吏，听说大帅亲自送行，谁敢不去伺候？小小的苏州车站，怎么容得这许多人？自有长、元、吴三首县传唤搭棚工匠，在车站对面的空地上搭起席棚多间，披挂红绸，排列座位，算作各官吏的临时休憩处。官儿越小，到场越早，无多时刻，文武官吏一起起地鸣驺喝道而来，按着品级，各归座位，都是伸长着脖子，专候大宪驾到。还有许多大小学校，都是校长率领着全体生徒，手擎着欢送出洋的旗帜，一起起地排队而来。

河埠旁边停泊了许多船只，那些船只一半是出洋学生的家属坐的，一半是女学校里载马的船。原来女学生长途旅行，所有马队也得随同出发，因此每一所女学校总得雇着几号船只，船里备着几匹不设鞍辔的马。学生来的时候，整队而来，学生去的时候，坐船而去，一来可以代步，二来诗兴勃发的当儿，尽可以琅琅声调，倚马吟哦。

那时，出洋学生家属的船只里面，陆琪芳女士正和她丈夫胡同甫喁喁话别。琪芳道："哥哥，你这次出门，虽说一年为期，容易相见，然而我的心里总觉得这一年里面夜长梦多，不知道要起什么变化。"

同甫笑问道："吾爱，又要多虑了，有什么变化呢？"

琪芳道："我方寸里，自有一副爱情的天平，你爱情上减少毫丝分量，总瞒不过我的心秤。自从去年中秋开筵赏月以后，你的爱情便随着这颗圆月一天一天地残缺，可是残缺的月儿剥极而复，自会一天一天地恢复原状。唯有你的爱情只是日朘月削，再也不会恢复原状。这番远渡重洋，你为着求学起见，我没法把你拦阻，然而一经放洋，只怕你这些残余的爱情，管叫被太平洋的波浪淘个净尽。"

同甫大笑道："我爱说什么话来？你的心秤怎及我的心秤正确？我自问对于你的爱情，只有增添，并无减少，你浑身都包裹在我的爱情里，而你兀自不曾知晓，这便叫作鱼相忘于江湖，人相忘于爱情咧。今天行色匆匆，我不及和你细谈爱情，况且爱情该放在心头，不该放在口头，善易者不言易，真有爱情者不谈爱情。吾爱珍重，请从此别，你也不必送我上岸，岸上拥挤得很，也没有我们从容话别的所在。我还得到车站上恭候大中丞到来，听他的一番训话咧。"

在这当儿，猛听得岸上三声炮响，同甫忙道："大中丞到了，怕立刻便要传见，我要走了。"一壁说，一壁竟自上岸。

琪芳扬着手巾道："你路上千万保重，随时写信回来，免得盼望。"

同甫嘴里答应，可是头也不回，只向人丛里走，霎时便不见了背影。琪芳心里好生难过，不禁盈盈欲涕，却听得贴邻船中也有嘤嘤啜泣的声音，隔着玻璃望去，也有个少妇在舱中和丈夫凄声话别。

少妇道："岸上炮响，敢怕是抚宪到了，你快上岸吧！送君千里，终须一别，只要你自己珍重，我在家里一切都依着你嘱咐，不消顾虑。"

那丈夫含着泪道："今天城里的大宪都要出城，这番炮响，是提法宪来，不是抚宪来，须得第三次炮响，才是抚宪驾到。妹妹，趁这当儿，我们还可以叙谈片刻，这是千金一刻的时光，我有多少心腹话，为什么到了临歧竟无从说起？妹妹，你嫌家里昏闷，不妨常到娘家去住住。妹妹，你着了凉，容易咳呛，我不在家，没有照顾你，你自己珍重。妹妹，我不是为着求学问题，怎舍得离着你出门？妹妹，我在考试出洋时，觉得儿女情短、英雄气长，到了现在，又觉得英雄气短、儿女情长。妹妹，我深悔着有此一行了。"说时，便呜呜咽咽哭起来。

琪芳瞧在眼里，听在耳里，流泪眼观流泪眼，断肠人听断肠声，暗想：似邻舟里的男子才是个多情种子，不比我家的同甫，临动身时，兀自花言巧语，一味敷衍，全没有半句心腹话。岸上炮声，明知不是抚宪到

155

来，却便急急地借此脱身，头都不肯一回。唉！男子的心肠不料变换得这般地快，懊悔着当初误信了他的话，说什么"好妹妹，你嫁了我，南山可改，此情不迁，北海可移，此情不变呢"。原来同甫和琪芳本系中表兄妹，三年前向琪芳乞婚，曾有这几句话，当时觉得甜津津的，很有滋味。今日思量，不堪回首，因此呆坐在舱中，淌了许多恓惶的眼泪。

岸上的炮声接二连三，那位江苏巡抚德丰早到了车站，前呼后拥，好不威武。轿儿落地，轿前的护兵一律把枪支托起，四名挎刀的戈什哈保护着德丰走入车站。那时，排立一旁的站班官员都是矗着顶儿，翘着翎儿，低着头，毕恭毕敬地迎接宪驾。德丰侧着头，斜着眼，略略地举着马蹄袖儿，似招呼非招呼地走入特设的官厅里面，和那布政、提法两司讲话。那时，提学使司上前禀报，说："考取出洋学生都已报到，听候大人传见。"

德丰吩咐先见男生，后见女生，一声令下，衙役人等一递一声地传呼出去，说："出洋男学生听候传见！"外面胡同甫等一批男学生便挤挤跄跄地走将进去，见了大宪，深深打躬，然后站立一排，听候训话。德丰不即开口，却把这许多学生逐一地注视一周，慢慢地笑向提学使道："这回考取的学生很不错，一个个举止安详，容貌端重，谅来品行都是很好的，宗旨都是很纯正的。"

提学使走上一步道："回大人话，本司遵奉宪谕，这番考选的出洋学生，第一件便是注重他们的品行，士先器识而后文艺，品行为重，文艺次之。本司博采周访，很费着一番心力，才识拔得这几名人才，个个都是浑金璞玉，品学兼优。"

德丰捋着胡髭，微笑点头，说："贵司的眼力很是不错。"

站立一排的许多学生却是暗暗好笑。德丰便从靴筒里掏出一纸红笺，面向着学生，居中立定，把红笺上的文字读给众听，这便算作大中丞的训话。无非抄袭几句腐烂策论，说什么人才为国家之元气，培植元气，全在人才，培植人才，全在妙选通材，出洋留学云云。

德丰读过训词，接着布政、提法两司也约略说了几句奖励的套语，末了，轮到提学使司面致训词。这位提学使脑筋陈旧，一开口便是三纲五常，娓娓不休。后来说到这番出洋的生徒有男有女，男女之防，不可不谨，你们既读孔孟之书，当知周公之礼，瓜田李下，自别嫌疑，道路男子由左，女子由右，男女不相通问，不相授受。古人精义名言，诸生当能身

156

体而力行之，不待本司之谆谆告诫也。

胡同甫是男学生的代表，听受训词已毕，便琅琅地读起答词来。开端是说些感受栽培、力图报称的套语，后来说到生等生平宗旨，敦品为先，熟读程子之四箴，恪守圣人之三戒，仰无愧乎屋漏，内不疚于神明。此次远离桑梓，游学蓬瀛，虽违父母之邦，仍懔圣贤之训，见采兰赠药之风，守身为大，闻桑间濮上之曲，掩耳欲逃。

这几句话听得提学使点头拨脑，十分得意，一批男学生退得出去，又是一批女学生前来听训，也是一排站着。女学生的代表便是这位陆绯霞女士，那时德丰的眼光又是逐一地注视一周，他注视男学生时，一周便休，这番却周而复始起来，注视了有三四周，有些面嫩的学生羞得抬头不起，唯有绯霞从容不迫，顾盼自然。德丰向她瞧，她也向德丰瞧，四目相窥，视线接触了好几次。这位挂着道学招牌的提学使见了，好生气闷。少停，德丰又把方才的训词照样读了一遍，接着布政、提法两司都说了几句奖勉话。轮到提学使，又是絮絮叨叨说了许多内则女诫上的话头，开口贞洁，闭口贞洁，说得绯霞的脑都涨了。待到绯霞代表全体女学生作答，却又揣摩着提学使的意旨，说女生等都是守身如玉，抱着高尚纯洁的志愿，永不变迁。这番远涉重洋，全为着研究科学，采取邻邦的新法，以补中国之不及。至于贞操问题，理该把那《女诫》《列女传》几部书当作天经地义，奉为玉律金科。学生绯霞自从初读书时，便把这几部书读个烂熟，直到如今，依旧守着独身主义，只知求学，不知其他。将来学成归国，便要投身教育事业，到老不嫁，专以教授青年为职志，不负列位大宪一番的厚望。

德丰也不知道绯霞说的什么，只见她樱桃红破，玉粳白露，说话的姿态异常可爱，还加着呖呖的莺声，一阵阵的口脂香，怎叫人不心醉？提学使也暗暗惊异，这女学生模样儿很妖娆，不料说出的话却很端重，这不是桃李其貌、冰雪其心吗？

女学生退出以后，各学校的代表也都向着许许多多游学青年面致欢送词，一队队的学生都唱起欢送歌来。胡同甫、陆绯霞一干人好不意气飞扬，胸怀快乐，又有大宪送行，又有学界话别，这真算得有生以来无上的荣幸。

且说坤秀女学校的代表刘姚女士向绯霞面致欢送词后，忽地双泪直抛衣襟。绯霞只道是校长和她要好，临歧话别，泪洒东风，便假意擦泪道：

"校长先生，我和你后会有期，很迅速的韶光，一年小别，容易春风，相会便在目前，请你不要惆怅。"

刘姚女士摇头道："不是不是，这是另一问题。方才得着一个很不幸的消息，萧莲君忽然自杀了，听说还留着一纸绝命书，这分明是青天里降下一个霹雳。"

绯霞听着，忽地心窝里扑扑几跳，连忙假意擦泪道："校长先生，这话可是真的吗？好好的莲君姊姊，为什么要自杀？"

刘姚女士道："我也奇怪着，须待回去时才知分晓。本该待你们上车后我才回去，现在可不及待了，只得留着学生们送你上车，我先失陪了。"说罢，转身便走。

绯霞追上一步，扯住校长道："校长先生，我也和你一起去，我和莲君姊姊相好多年，又蒙她错爱，结个金兰之谊，我拼着不到东洋，且到莲君姊姊那边，尽着我的眼泪，痛哭她几场。唉！人生在世，真是一场空梦，想到这里，万念都灰，还要气呼呼地跑到东洋去做什么？"

慌得刘姚女士连连阻止道："使不得，使不得，你前程万里，怎好为着朋友分儿上误你进步？况且惊天动地的大宪送行，怎好临时变卦？你要哭她，且待你回国以后到她坟上哭她几场，还不算迟呢！"

绯霞兀自把袖遮面，哀哀地干哭，说："我定要跟着校长同去。"

那时汽笛呜呜，车已到站，慌得同伴的出洋女生争把绯霞拖着便走。绯霞兀自喃喃地自言自语道："丧了我的生平好友，怎叫人不心疼？"说时，又把手乱揉着胸膛。

同伴们暗暗嗟叹，原来这位姊姊是笃于友谊的，这番和她同伴到东洋，真个三生有幸，将来有什么缓急之处，一定可以得着她的帮助。

无多时刻，男女留学生都上了火车，大宪送行，不是真个送他们到月台上作别，只派着两名戈什哈到车厢旁边视察了一周。火车还没有动轮，官员们早纷纷地各回衙署，临动身时，当然德丰第一个先走，传谕驺从人等先到八旗会馆，再回衙门。他为什么要到八旗会馆？其间自有一段艳史，按下慢提。

且说火车里面的留学生完全都是免票，指定头等车坐女生，二等车坐男生，只为男生人数倍于女生，才定下这般办法。可是车辆一经开动，头等车里也有了男生，二等车里也有了女生，这也是女生代表陆绯霞首先发

158

起，说："这里又没有人监督，尽可以自由行动，分什么此疆彼界？"

说时，恰见胡同甫在车门口舒头探脑，绯霞把手招招，唤了他进来，并肩坐定，唧唧唧唧，快刀割不断的谈片。他们俩一破了例，其他的男女学生便也三三两两互调着座位。

绯霞凑着同甫耳朵说道："方才刘校长向我说，这小寡妇竟自杀了，我们不过略施些伎俩，和她开开玩笑，谁料她不禁恐吓，竟牺牲了生命。"

同甫听说，面色都变了，也凑着绯霞的耳朵道："这便怎么处？我本向你说，你的手段太辣，你偏不听。"

绯霞向他瞅了一眼，轻轻地埋怨道："你叽叽咕咕做什么？只要我们不吃亏，管什么辣手不辣手？辣手做得出好文章，辣手干得出大事业，即如我和小寡妇比较，只为我的手段辣过了她，所以我到东瀛去做留学生，她到酆都城去做苦鬼，这叫作优胜劣败，辣者生存。你怎么不明白这个道理？"

同甫听了，没有什么可说，只是心里总怀着鬼胎。原来这封敲诈的匿名信是绯霞央托同甫写的，其中情节，前文没有叙明，须得顺便作一补笔。

绯霞那天约莲君游天平，预先央托同甫在城外雇一拉车的江北汉子，暗伏在石笋后面，言定失落金针下山寻觅的当儿，趁势把莲君调戏，须把她戏弄得云鬓蓬松，衣裳破碎，狼狈得不成样子，却不料船娘来催下船，只得上前去解围。莲君虽受惊吓，还没有十分狼狈，绯霞的恶计只收得一半的效果，兀自于心未足，因此又借着失帕的题目，重兴波浪，央托同甫写着这封匿名恐吓信。

同甫道："得饶人处且饶人，她已吃过亏了，我们又即日便要动身，做尽冤家，何苦呢？"

绯霞抱定杀人见血的宗旨，说："昨天的报复没有遂我的心愿，怎便罢手？你不写，我便不和你到日本去。"

同甫没奈何，只得照着她的意思写了，把来投入邮筒。绯霞的意思，并不是真个要把莲君逼死，只觉得昨天的报复兀自便宜了莲君，再给她吃这一吓，使她精神上加些苦痛，才可发泄自己这一口恶气。其实信中的话都是虚构，留园假山洞里，并没有什么访员候着索诈，要是莲君当时得了这封匿名信，不瞅不睬，那么黔驴之技至此便穷，他们俩又都动身了，再也不会起什么风浪，可惜莲君见不及此，白白地牺牲了这条生命。

绯霞初听得莲君自杀，也觉良心上说不过去，后来转念一想，便坦坦然不以为意。她想：我把这小寡妇播弄，不是要报我的仇吗？报仇之道，不容易铢两悉称，总有些过轻过重。那天设计游山，不曾把小寡妇的衣裙撕毁，这仇报得太轻了。现在小寡妇不禁恐吓，牺牲生命，这仇又报得太重了，与其失之轻，宁失之重。况且我自从去年八月衔怨至今，隐忍了半载有余，才得报复，宛比小寡妇欠我一笔债，半载取偿，理该加上些利息。那么这番报仇，还是天公地道，不好说报得太重咧。

绯霞既然这般设想，觉得天良上没有什么说不过去，便坦坦然不以为意，转是同甫心里有两层抛撤不开，一层对不住亡友，二层这封匿名信出于自己的手笔。若说对不住亡友，亡友不会向我理论，也便罢了。这封匿名信虽然故意变换着笔迹，乍见之下，不易认识，可是给那熟识我笔迹的见了，难保不瞧出破绽，因此心中惴惴，常怀着鬼胎，恐防发觉。直到领了护照，下了轮船，开出了海口，才把这鬼胎消灭净尽。

且说前清时代，苏州城里的官僚，唯有巡抚最尊，巡抚出门，多么气概，当先八面"帅"字旗，军健们掮在肩上，果然八面威风。以后有马队，有洋枪队，又有提炉的材官，炉里面氤氤氲氲地焚着檀香，当顶马的有文武巡捕官，两旁扶轿的有戈什哈，大轿后面，还有五六匹随骑，骑在马上的都是挺胸凸肚、气象轩昂，无论经过什么热闹的所在，霎时间行人避道，肃静无哗，人人都尊他一声江南小天子，谁敢不肃然起敬？

德丰在这几个月内，每天定例，总得到八旗会馆里面探望他的哥哥德禄，他的哥哥曾做过荆州驻防将军，只为贪赃枉法，被议去职。这番侨寓吴门，借着八旗会馆做公馆，一方面暂时戢影，一方面还遣人在京师辇金运动。他是上了年纪的人，舟车劳顿，又加着水土不服，便恹恹地害起病来。德丰听得他哥哥害病，便天天上门去问疾。巡抚衙门离着八旗会馆是很远的，横竖是轿夫们晦气，长途跋涉，一往一来，总有八九里路程。

这天德丰送过了留学生，传谕驺从，径向八旗会馆而去。经过的所在，两旁居民都知道这位大宪是到八旗会馆探望哥哥去的。绿呢大轿才抬得过去，便有人瞧得眼热，啧啧地羡叹道："大家一般都是爷娘生的，我们生得这般苦，轿里的大人定是前世敲破了木鱼，才有这般的好福分。"

也有的强作解事的答道："这般的福分，岂是容易修来？天下十八省，

160

一省一巡抚，这都是天上的二十八宿降凡，非同小可也。"

有人辩驳道："天上有二十八宿，天下只有十八位巡抚，还有十位星宿降在世间做什么呢？"

那强作解事的答道："巡抚以上有总督，总督以上有皇帝老子，这十位星宿不是降世做皇帝，定是降世做总督。"

人丛中有一个自称消息灵通的向众说道："抚宪天天去问病，其实这位二大人只不过伤风咳嗽，没什么大病，何须他抛去了地方公事，天天上门去请安？"

那强作解事的驳道："你懂得什么？地方公事自有抚宪的属员管理，不用他老人家费心。他做了大员，理该提倡着孝悌之道，做个榜样给大家看，他天天去探望二大人，这便是他提倡孝悌，把来改良苏州的浇风薄俗。"

这几句话说得大家点头拨脑，以为很有道理。一个妇人教训着孩子道："阿二，你伸长着耳朵听听吧！你看绿呢大轿里抚台大人做了一品大员，兀自念念不忘自己哥哥，不论风霜雨雪，总得上门去问病。你也有哥哥，镇日价相骂淘气。那天阿大病倒在床，你睬都不去睬他，还喃喃地把他咒骂。你这魂灵头呀，怎么这般地不长进？"

那孩子涎皮老脸地答道："我现在没有做一品大员，待到做了一品大员，自然也会坐了绿呢大轿，天天到哥哥家里去问病。"

大家听着，都是扑哧地好笑起来。

德禄在公馆里，正值病体新愈，和姬妾们闲话消遣，忽见家人禀报说："三大人到了！"德禄皱着眉道："他又来了吗？"嘴里这般说，却不好拒绝不见。

隔了片晌，那时德丰已更换了便服，长袍短褂，瓜皮帽上钉着一块披霞宝石，靴声橐橐地走近内室，隔着门帘唤一声："二哥！"直待姬妾们传言道："请！"打起帘子，德丰才抢步进房，恭恭敬敬地向德禄请安。兄弟俩相见已毕，彼此坐定，四个姬妾德禄只留着瑛儿在房伺候，其他一概回避。

原来德禄在苏州，并不和他夫人同住，他夫人自住京都，德禄身边有琼儿、瑶儿、琪儿、瑛儿四个姬妾做伴。琼儿、瑶儿、琪儿都是满洲人，唯有这瑛儿是从扬州娶来的，明眸善睐，娇小玲珑，四儿中间唯有瑛儿是头儿脑儿尖儿顶儿，群雌粥粥，怎能够春色平分？自古道后来居上，德禄对于瑛儿便不免特别地宠爱，四个宠爱在一身，惹得琼儿、瑶儿、琪儿都是皱着眉、咬着牙，火绰绰的眼、酸溜溜的鼻，暗地里三角同盟，说："咱们三姊妹都是满洲贵种，金枝玉叶，和皇帝老子是同种同族，可恨咱们的老头子一时糊涂，偏去买一个贱族的女子来充偏房，这不是乌鸦进了凤凰群吗？现在益发好了，这只乌鸦慢慢要飞到凤凰头上来了。咱们不想个法儿，只怕这乌鸦飞上了枝头凤凰窠里，便没有咱们存身的所在了。"

当下三姊妹私议一番，筹定了对付方法，暗地里监察这只乌鸦可有什么破绽落在咱们眼里，以便随时发展咱们的手段。可怜瑛儿哪里知晓？她本姓王，是扬州好人家女儿，只为生身老子欠了乡绅石茂椿的钱，没法偿还，才把她卖给石府充婢女。石茂椿曾在德禄手下做过属员，德禄罢官回来的当儿，道经扬州，茂椿便尽个地主之谊，陪着德禄在扬州名胜的所在遨游一周，还办着丰盛筵席，请德禄到他家里饮酒。酒到半酣，便唤着家里的两名小鬟殷勤劝酒，宛比当年王司徒请董卓赴宴的模样儿。两名小鬟里面，一名便是瑛儿，其时她的名字还没有唤作瑛儿，却唤作小凤子。德禄是一个贪色之徒，瞧见小凤子这般娇小玲珑的模样儿，不禁色眼如焚，馋涎欲滴，瞧她的风情，宛似云母屏中映芍药，瞧她的态度，宛似水晶盘内走明珠，更妙的是裙下双弓，不盈一握，这是满洲人眼光里不容易瞧见的。想到自己家里的几名姬妾，穿着马蹄式的鞋，行路时突突声响，全没有袅娜之状、细碎之音，倘和小凤子相比，叫她们都该愧死。当下乘着酒兴，笑语茂椿，大有乞取紫云的意思。茂椿慌忙离席道："军宪肯把这小妮子收留，这不但是职道如天之福，也是小妮子莫大之幸。"

德禄大喜，便说："定三千金作为聘钱，择日把小凤子娶入官船，同赴吴门。"

小凤子心里不愿，可是身为青衣，怎有丝毫的自由？权也只好由着茂椿做主。遣嫁的前数天，茂椿把小凤子认作女儿，百般讨好，女儿长女儿短地叫个不绝，叫得小凤子受宠若惊，也不知是祸是福。待到德禄派了几名仆从、一乘绿呢大轿前来接取小凤子下船，茂椿却向着小凤子纳头便拜。小凤子惊慌无措，待要回礼，茂椿早吩咐丫鬟仆妇，把小凤子掀住在一张交椅上面，动都不能一动，牵都不能半牵。茂椿恭恭敬敬向小凤子拜了四拜，兀自不肯立起，把脑袋瓜儿在她小脚旁边碰个不住，一壁碰头，一壁还说着："职道石茂椿仰求宪太太格外成就，格外栽培。"

原来茂椿巴结德禄，他的眼光全注射在德丰身上。德丰是新任的江苏巡抚，又是德禄的胞弟，茂椿和德禄联络一气，将来有什么要求干请的事，只消央托德禄在德丰面前轻轻说几句话，当然稳取荆州，事无不就，前途种种的希望，都关系在小凤子的一条裙带上面，哪得不拜倒石榴裙下，一迭声地"宪太太"叫得怪响。

德禄量珠聘妾，虽然花费着三千金，可是这笔聘钱，茂椿依旧把来用在妆奁上面，并没有丝毫到手。德禄娶了小凤子，列入第四位姨太太，取名瑛儿，真个心肝般地看待，香花般地供奉。茂椿得了这一处奥援，益发跋扈飞扬，膨胀势力，连扬州府太尊、江都县大令都不在他眼里，什么天大的事情，只要走了他的门路，写一封信给德禄，有求必应，再也不会失望，倒被他包揽词讼，赚了无数的金钱。他兀自不肯知足，还要在省里打干些差使，光耀乡里。德禄向德丰说了，德丰便给他几个挂名的差使，什么抚院的文案处呢、学校的总稽呢、学务处的会办呢，一身兼了三差，可以坐在家里领干脩，再好也没有了。他兀自不肯知足，眼瞧着同乡吕少蕙在苏州充任高等巡警学堂的堂长，全堂有一千多名的学员，经费又很充足。他代少蕙通盘筹算，除却按月二百两堂长薪俸以外，还有什么军装费、饭食费，和那延请职教员、雇用仆役的种种费用，一方面克扣，一方面浮报冒支，多少也好每月沾光着二三百两，那么连着薪俸，按月便有半千金到手。似这般的好差使，怎肯轻易放过？他便亲自到省，再三向德禄央恳，德禄又转告了德丰，德丰摇头道："这个只怕不能吧，他不是警务出身，又没有出过洋，怎好当得这个差使？况且吕少蕙又没有过失，无端撤差，面子上也说不过去。"

德禄又把这话转告了茂椿，茂椿忽地趴在地上，把头乱碰，说："这桩事总得求军宪鼎力栽培，军宪便不看职道分儿上，也得看宪姨太太分儿上，玉成其事。职道生当衔环，死当结草。"

德禄被他纠缠不休，少不得又在德丰面前替他竭力吹嘘。德丰道："这石道和二哥有什么渊源，却值得这般出力？"

那时，瑛儿恰在旁边，德禄便指着说道："这石道便是她的义父。"

德丰向瑛儿瞧了一眼，笑道："既这么说，且容我代为想法。"

德禄见德丰应允了，当时很是欢喜，后来转念一想，方寸中的疑云立

163

时氤氤氲氲地笼罩起来。他想，老三倒也好笑，我央托他几次，他不答应，说起石道是瑛儿的义父，他便答应了。瑛儿的面子比我还大？他天天上门来探病，敢怕探病是假，探望瑛儿是真，以后倒要步步留意，不要着了他的道儿。

德禄既起了疑意，便暗地里盘问琼儿、瑶儿、琪儿，说："三爷到了这里，可曾和瑛姨讲什么话？"

这三位金枝玉叶的姨太太，正把这只贱种的乌鸦恨得牙痒痒的，经这一问，便摇唇鼓舌，把瑛儿百般媒孽，说三爷到了这里，瑛儿怎样和他眉来眼去，怎样和他在门背后接吻握手，怎样和他勾着肩在花园里行走，怎样和他同到一间静室里去，闭上了门不知干什么勾当，这些媒孽的话，无非是海市蜃楼。德禄听了，也便一半儿信、一半儿疑，所以今天德丰上门，便皱着眉，说一声："他又来了吗？"

德丰道："二哥，这几天内精神还好？"

德禄道："不见得吧，我总觉得神思疲倦，坐起不多时便懒懒地要睡，又不能多讲话。"

德丰点头道："病后第一要静养，过几天便好了。"

说时，瑛儿手托着金漆盘，盛着两杯龙井香茗，一杯送给三爷，一杯送给二爷。德丰接茶的当儿，向瑛儿丢着一个眼色，瑛儿低垂粉颊，不敢平视。德禄瞧得清切，假作不知，便问德丰："这几天公事可忙？"

德丰道："没有什么公事，今天留学生动身，方才在车站上遭发了他们，便到这里来的。一来给二哥请安，二来石道的事已办妥了，今天便要发表。"说时，又向瑛儿瞧了一眼，暗暗地告诉她：为着你的分儿上，把你的义父竭力提拔，你该感激着我。

德禄道："难得你放在心上，瑛儿也该谢谢三爷。"

瑛儿便轻轻地道一声："多谢三爷抬举。"这一声道谢，比着接奉"传旨嘉奖"的上谕还要荣宠，喜得德丰扯开了嘴，只向瑛儿傻笑。

德禄道："我许久没有到园里去散步，这几天春风和暖，百花都开，我便和你到园子里去玩玩。"

德丰道："二哥有兴，理当奉陪。"

当下站立一旁，让着德禄先走。德禄才走得几步，忽又缩住道："我不去了，一起身便觉得头目昏花，精神不济。"说时，便躺在榻上，合着眼说："我要在这里假寐片刻，瑛姨你陪着三爷到园子里去走走。"

瑛儿心里不愿，也只得答应了。德丰这喜非同小可，比着"紫禁城骑马"还要得意。八旗会馆里的园子，是吴中有名的拙政园，历史也是很古，明清诗人文徵明、吴梅村都留着古迹。叵耐前清时代，禁止人民游玩，专做那满洲大员的行台，直待光复以后，方才破除前例，开放游人，这是后话，表过不提。

德丰进了园子，和瑛儿穿曲径，绕回廊，嘴里有一搭没一搭地专把风情话去打动她。瑛儿是个伶俐女子，岂不知德丰的用意所在？只为他是二爷的胞弟，又是赫赫炎炎的巡抚，义父又仗着他一手提拔，所以明知他有意调戏，只装作不知不觉，低着头慢慢地走。走到一个所在，上题着"竹轩"两字，左右修竹，是很幽雅的一间书室。德丰四面望了望，不见有人来，便道："瑛姨，我们到里面去坐坐。"

瑛儿道："三爷，你请坐，我去唤他们送茶送烟。"

说时，转身要走，却被德丰一把拖住道："来来，我把你老子这般抬举，你便陪我坐坐何妨？"

一壁说，一壁把瑛儿硬拖入这间竹轩。可怜瑛儿是个纤足女子，气力又小，又不敢叫喊，只是小鹿撞胸，轻轻地央告道："三爷，放尊重些，二爷知晓了，我不得活。"

德丰笑道："二爷在里面养神，怎会知晓？"

说时，便随手把门掩上了，径来松解瑛儿的纽扣。慌得瑛儿竭力撑拒，连说："三爷放了我，这个万万使不得。"

德丰涎着脸道："乖乖，我天天上门来做甚？我只为了你乖乖。"

正在危急的当儿，忽听得呀的一声，门儿洞开，跌跌撞撞地闯入一个老头儿，喝一声："不识羞耻的贱人，你敢勾引三爷，做这丑事！"这几句话，直把瑛儿吓得面如土色，忒棱棱地抖个不住。

欲知后事，且阅下文。

第十六回

恶姻缘娇妾受奇冤
空欢喜学生动公愤

这一桩事，便是宦家姬妾们的情场大决战，运谋设计的是琼儿，沿途埋伏的是瑶儿，登高瞭望的是琪儿。

德丰未来的当儿，琼儿先在德禄面前献计道："这贱人勾引三爷，鬼鬼祟祟，干许多丢脸的事，都是千真万确。二爷若不相信，只消如是这般，包管这贱人的丑态逃不过你老人家的眼睛。"

德禄听她说得有理，便即依计行事，所以这天，德禄忽思游园，又复托病中止，吩咐瑛姨陪着三爷到园子里去走走，都是依着琼儿的计划而行，看瑛儿和德丰有什么暧昧举动。瑶儿预匿在修竹丛中，遮遮掩掩，不透声息。琪儿高踞在假山上面，借着一块太湖石遮蔽身子，舒头探脑，四面瞭望，遥见瑛儿陪着德丰沿着竹林子走去，她便凝神注视，眨都不眨，又见德丰把瑛儿拖入竹轩里面，不禁心头暗喜。她从假山石上走下，正待去报告军情，恰遇瑶儿也从竹林子里蹑步而出，彼此打了一个招呼，便急急地去禀报元帅。

恰值这位元帅爷正向园子里走来，琪儿先在前禀报道："贱人陪着三爷走，三爷规规矩矩，真个在那里赏玩花木，贱人不知自重，挨近三爷，交头接耳，不知讲的是什么话。后来走近竹轩，贱人益发大胆，竟把三爷拖入里面。我在假山石上瞧得清切，特来禀报。"

瑶儿续报道："贱人把三爷拖入屋子里，随手把门掩上了。三爷说：'瑛姨，放尊重，二爷知晓了，须不是耍。'贱人道：'又不是第一次干事，虑他怎的？'这几句话，我在竹林子里听得清切，特来报告。"

德丰听了，立时怒不可遏，便蹑着脚步向竹轩那边走去。果听得里面

166

有喁喁私语的声音，要是他肯停着脚步细细地去听一下子，泾清渭浊，当然可以分明，偏又不然，一口气闯入里面，把瑛儿一顿痛骂。可怜瑛儿只是发抖，又不敢当着德丰说一声"三爷用强"。德禄见她情虚模样儿，益发怒火冲天，伸起靴脚，恶狠狠地把她踢了几下，还没有泄愤，接连又是几巴掌，打得她粉颊上面一条条都是指痕。瑛儿又痛又羞，跌倒地上，嘤嘤啜泣，待要分辩，急切中也无从插嘴，转是德丰见了不忍，跪在地上求告道："二哥，这不干瑛姨的事，都是兄弟不好。"

德禄道："这贱人是我买来的，由我处治，不用你干涉。她干的歹事，也不止这一遭，不过这一遭被我撞见罢了。"

瑛儿伏在地上哭道："哪有这些事？请你老人家细细地察访，果有这些事，我便被你老人家处死，也没有怨言。"

德禄大怒道："被我撞见了，还由你强辩吗？你说死，我正要你死，快去死，快去死！"说时，拖着瑛儿，把她撵出门外。

瑛儿一路啜泣，自回内室。半途遇见琼儿、瑶儿、琪儿，都抿着嘴向她好笑，益发想后思前，不堪回首。

竹轩里面的德丰，兀自跪在地上，向德禄恳情，说："二哥，真个不干瑛姨的事，你要处死瑛姨，还是处死兄弟。"

德禄冷笑道："你是皇上家的一品大员，又是身膺疆寄，保障东南，我哪有权力来把你处死？老三，你也该回署去吧！你做了巡抚，不替百姓请命，却替这不识羞耻的贱人请命！"说时，待向外走。

德丰怕他再去责打瑛儿，下死劲地扯住了德禄的衣角，说："二哥二哥，你不应允着我的请求，我拼着一辈子跪在这里，立誓不回衙门。"

德禄肚里寻思：我是个被议人员，正待借着老三的势力，在京城里活动活动，以便开复原职，倘和他翻了脸，前途有多少妨碍。只得扑哧一笑道："你可痴了，好好的巡抚不去做，倒在那里唱跪池的戏。"

德丰道："只要你二哥应许了，我便立时回衙门去。"

德禄道："应许你什么？"

德丰道："请二哥快到里面向瑛姨安慰一下，说前事不究了，我便立时站起回衙门去。"

德禄沉吟半晌，才道："没奈何，只得瞧你分儿上，置之不究了。"

德丰谢了他哥哥，果然站起了，又谈些闲话，然后吩咐仆从把衣帽都更换了。外面一迭声地传呼出去，说："回衙门，回衙门。"

立时抬轿的提轿，提炉的执炉，当顶马的跨马，充卫队的擎枪，旗影飘飘，锣声锵锵，簇拥着这位保障东南的德大中丞径回衙署。道旁行人又都是肃然起敬。方才那个教训阿二的妇人也在那里瞻望风采，待到宪轿过了，又喃喃地向阿二说道："真个一品大员，是天上的星宿下凡，你看他端坐轿中，目不斜视，和城隍老爷一般模样儿。他的哥哥真好福分，有这般的好兄弟，天天上门去问病。"说时，啧啧叹羡不已。

德禄在公馆里兀自余怒未息。三个满洲姨太太蛱蝶穿花似的，都在那里百般趋奉，一会儿送上参汤，一会儿装上鸦片。琼儿捶腿，瑶儿揉胸，琪儿烧烟，三只凤凰战胜了乌鸦，鞭敲金镫响，人唱凯歌还，说不尽的欢喜。

琼儿道："从前说给你老人家听，你只不信，现在可相信了？贱种里面哪有好人相逢？但看皇上家把那重要权柄都交付咱们满人掌管，便见得汉人是不能信托的。你信托他，他便要向你闹什么革命，可怕不可怕？"

瑶儿道："皇上家定下禁例，只采选八旗世家的秀女，却不许汉族的女子进宫，无非防着这一层。要是汉族的女子也可以充作妃嫔，那么早闹出什么乱子来了，咱们大清国的气运还可以这般地天长地久吗？"

琪儿道："你老人家抽罢了烟，还得把这贱人唤来问问她，干了这般的泼天大罪，不是轻轻地踢这几下便可罢休。"

德禄只是抽烟，并不发话。

琼儿道："这贱人放在家里，总是祸根，不如唤那石老头子来，由他领去倒也清净。"

琪儿道："轻轻地交给他领去，咱们不是白花着这笔身价吗？这三千金子也该吩咐那石老头子缴出。"

正在献议的当儿，蓦见那瑛儿身边的满洲妈子气吁吁地跑来报告道："不好了，四姨太太上吊死了。"

德禄慌得丢去了烟枪，赶到瑛儿房里去看视，果然这位花娇月媚的新姨太太高挂在后房梁上，摸她手脚，早已冰冷，解了下来施救，早已不及。德禄见了惨然，也不免掉下几点泪来，吩咐公馆上下人等，不许说姨太太吊死，只说姨太太暴病身亡。

却说新得差委的石茂椿，捧着宪檄，心花怒放，便从自己寓所里，乘着四人轿，径到江苏高等巡警学堂里去就职。这时，吕少蕙早从火车站回来，也奉了宪札，着令即日交御，另候差委，真个是事出不意，半天云里降下了一个霹雳。自己勤勤恳恳，奉公守职，又没有半些差池，为什么无端撤差？官场中事不可理喻，早知今日，还不如坐守家园，吃些家常茶饭，倒没有什么气受。转念一想，借此脱身，翩然返里，也算得塞翁失马，安知非福？现在朝政黑暗，人心摇动，青年学子里面，多半抱着革命的思想，一旦爆裂起来，难于抵御，我们这辈巡警学员，表面上虽然安静服从，其实也暗藏着许多激烈分子，燕巢幕上的时局，有什么恋恋？况且家里的田园事务，央托妻舅张丹生经营，丹生屡有信来，说顽佃抗租，收成顿减，催我回去料理，我只为职务羁绊，分身不得。这番撤差，倒可以料理这桩事，正应着《归去来兮辞》的一句话，叫作"田园将芜胡不归"了。

少蕙想到这里，便怡然泰然，专候新堂长到来，交替职务。倒是一千多名巡警学员替少蕙打抱不平，举着几名代表，来见少蕙，说："堂长无故撤差，千万不要交卸，待那姓石的到来，我们一致拒绝，把他撵出门外。他是一个捐班的道员，懂得什么？倒要来做我们的堂长。"

慌得少蕙连连摇手道："这般举动万万使不得，诸君不是爱我，竟是害我了，闹出事来，可不是耍。抚宪知晓了，只道我把持学务，捐不交代，鼓动生徒，借端生事。诸君诸君，我怎么当得起这个重咎？"

学生的代表听了，便存着投鼠忌器之心，只得暂捺着这口闷气，再作主张。

茂椿一进了学堂，会见少蕙，不问学员有多少，只问经费有若干。少蕙早令会计员把那支付的大纲抄给他看，且说："兄弟承乏本校，十月有余，经济部分十分清澈，按月支付项下，遇有盈余，涓滴归公，发商生息。历次滚存三千七百四十五元有零，立有存折为凭，预备下半年添造讲堂，推广学额。老哥既来接办，立时便可交代。"说时，便把学校钤记一应簿册，连同那个存折，都交付与茂椿。

茂椿别的不忙，忙地看那存折，果然有三千多块钱存庄生息，暗暗地诧异道：天下有这般的呆鹅，这一笔钱不放在腰包里，却要涓滴归公。心里这般想，嘴里兀自敷衍道："老哥的操守，谁人不信？当然涓滴归公，毫无弊窦。"

又笑着说道："不瞒老哥说，大中丞赏识兄弟，也是信着兄弟的操守不苟，才把这学堂交托兄弟接办，兄弟禀复大中丞，说：'这学堂由吕少蕙办了几个月，名誉很好，不便遽易生手。职道和吕少蕙有同乡之谊，他的操守是很可信的，才具也很开展，还是不动的好。'谁料大中丞不以为然，说：'姓吕的操守虽好，你的操守比他更好；姓吕的才具果然开展，你的才具比他益发开展。本部院委定了人，断无更变，限你即日前去接办，不得借词推托。'兄弟没奈何，只得领了委札，前来接手，这是上宪的意思，不由兄弟做主，还请老哥原谅。"

少蕙微微一笑，不说什么，交代已毕，拱手道别。茂椿起身相送，少蕙轻轻地说道："老哥不须相送，送了兄弟便走不脱。方才学员们举着代表前来挽留兄弟，说无论如何不放兄弟出门，兄弟没奈何，只得瞒着他们，悄悄地从后门走出。老哥千万不要送，免得被他们知晓了，又生出什么缪辕来。"

茂椿听说，当然停步不送。少蕙急匆匆地瞒着学员，从后门走出，自回家里。果不其然，有一大群学员把守大门，专待吕堂长出来，预备强力挽留，不放他跨出大门，可是守了大半天，不见少蕙出校。派人探听动静，才知道堂长早已离校，大家嗒然若失，便相约不上课，不参谒新堂长，老坐在寄宿所里，吃饭睡觉，看这石乌龟可有什么面孔在这里做堂长。

少蕙到得门前，猛听得一阵斧声，有几名棺材司务在里面制造棺木，大门上粘着白签，写着"姚二少奶奶丧事"七个字，不禁呆了片晌，不曾听得萧莲君有病，怎么忽然死了？急走到自己的住宅里面动问情由，却见甥女金秀娟眼圈哭得红红的，凄惨着声调，把莲君殉夫自裁的事说了一遍。少蕙连连嗟叹，说："不料这般寡廉鲜耻的时代，还有那般节烈的妇人，只是姚生笙死了一年了，为什么到了现在忽萌短见呢？"

秀娟道："我正有说话向舅父禀告，且到书房里去，秘密商议。"

少蕙不知她有什么话，便同到自己办事的书室里面，忙问道："翠翠，你商议着什么？"

秀娟先把书房门掩上了，然后从怀里取出一封信札来，说："这是今天从邮局寄来的一封挂号信，甥女读了一遍，不禁愤惋欲绝。萧先生这一死别有原因，信里面都详详细细地写了，舅父你看，该怎么样办理？"

少蕙见说诧异，忙取信来展阅，却是莲君寄给秀娟的，信中略说：

> 我虽久有厌世的思想，然而丈夫病危时谆谆以侍奉堂上为嘱，婆婆在世一天，我也只得勉留残喘一天，无如命宫磨蝎，使我不得不抱着最后的决志。

以下便把绯霞和她结义，订期游山，忽然失针，突来暴客，竭力撑拒，幸不受辱，遗失绣帕，竟留祸根，书来要挟，咄咄逼人，一股脑儿都写上了。她信中不是这般简略，著者因种种事实，前几回书中都写过了，免得复写一遍，滥充篇幅，才把来概括地表过。

最后的一段是说：

> 种种可疑之点，似和绯霞不无关系，然而我和绯霞素无嫌隙，为什么要把我播弄？这封匿名书又很突兀。那天我在山上时已薄暮，游人都散尽了，怎么又有一个冷眼旁观的人无端向我敲诈？我被许多鬼蜮暗地里团团包围住了，明枪易躲，暗箭难防，我再不毅然决然，力谋解脱，怎能够保全我冰清玉洁的身躯，去见泉下的丈夫？

> 妹妹你是我生平的第一知己，才把我近来的经过报告一遍，你须替我秘密着，这封匿名信也寄给你看，你须替我保守着。

> 再者，你留意看那本城的小报，可有什么污蔑我的说话？要是我牺牲了生命，人家还不相谅，兀自横加污蔑，妹妹你便把我的遗札和匿名信一并呈给校长看，求校长替我洗刷名誉，追究那报纸上造谣的人。要是报纸上没有什么污蔑我的话，那么我的名誉依然洁白，这遗札和匿名信请你不要宣布，只暗暗探听和我结仇的是谁，待到有了真凭实据，那时诉诸公论，也不为迟。

少蕙看完了一封信，便道："莲君太忠厚了，可以死，可以无死，死伤勇。有了这封匿名信，便是绝大凭据，为什么不诉诸公论，却默默地死了？这一死，倒惹那奸人得志。"

秀娟道："舅父，你可知晓写这匿名信的奸人是谁?"

少蕙道："我不知晓，你可知晓？"

秀娟道："在先我也不知晓，后来把这匿名信给祥哥哥看，祥哥哥研究笔迹，认定这封信是师范教员胡同甫写的。同甫曾替祥哥哥批改过几篇文章，同甫的笔迹，祥哥哥看得熟了，所以一见了便认识。我听了兀自不大相信，祥哥哥便取出同甫的改笔和匿名信对勘，匿名信上虽然写得歪歪斜斜，有意变换结构，可是里面很有几个字和课卷上的改笔分明一手所出，毫发无二，所以我也信了，只叮嘱祥哥哥代守秘密，再作计较。"

少蕙点头道："这件事却证实了前几天有人告我，说胡同甫和陆绯霞每逢星期日，总在城外一家旅馆里相会，我听了疑信参半。现在看起来，这桩事竟是确凿无疑，蛛丝马迹，很可研究。大约绯霞和同甫两下里的暧昧给莲君知晓了，绯霞做贼心虚，才行使这般毒计，使莲君也有些破绽落在绯霞眼里，以便随时要挟，叫莲君说嘴不响。"

秀娟忙道："舅父猜测的话很有道理，我们总得想个方法替萧先生发泄这一口冤气，也不枉萧先生临死时把这桩冤情告我。"

少蕙摇头道："这事不可造次，还得有了证人，他们才无可抵赖。况且同甫和绯霞又都出洋去了，便有了证人，也奈何他们俩不得。据我意思，暂时且守着秘密，待有了机会，再想法子。翠翠，我没有告诉你，我们在这里没有几天住了，转眼便要回我们扬州老家去。"

秀娟听说一呆，忙问："这话怎么讲？"

少蕙道："说来可气又可笑，你妈妈你舅母怎么不见？我有话向她们讲。"

秀娟道："都在房东家里，我去请来。"

当下把信札藏好了，便急急地去唤舅母和母亲，一壁走，一壁思量：舅父为什么要回老家去？难道巡警学堂的堂长他不干了？

著者按下这边，且说这位高等巡警学堂的新堂长石茂椿，坐在办事室里，好不满怀得意。他想：宪姨太太的一条裙带，分明是我升官发财的一条捷径。我在这里做几年堂长，办一次毕业，巴结个异常劳绩，依旧走那宪姨太太的门路，央托大中丞专折保举，将来的好处正说不尽呢。

在这当儿，小厮石寿上前回话道："本校的职员、教员都在门外，说来拜会堂长。"

茂椿道："什么拜会？他们竟不省得官场仪注，同级官僚相见是拜会，

172

属员见上官是参见，不是拜会。他们要参见，我便传他们来参见。"

石寿答应了一声，便把许多职员、教员一一引进。茂椿也不起立，只略略地欠了欠身子，把手一招，叫他们都坐了。仆人送过香茗，茂椿环视一周，便道："偌大的学堂，只有你们八个人充当职教员吗？"

一位学监先生答道："本学堂职教员共有三十六人，只为今天不上课，所以只有少数人在校。"

茂椿道："今天又不是星期日，为什么不上功课？"

学监道："上半天全体学员都到车站上欢送出洋学生，回来后休息半天，因此不上功课。"

茂椿摇头道："吕少蕙办学堂，一意见好学生，动辄荒课，难怪大中丞要把他撤差。现在本堂长奉了宪委，接办学务，须得大大地整顿一下子。从此以后，你们须得常川住堂，毋许轻离职务。本堂长破除情面，言出法随，你们还得勉励一些才是道理。"

说罢，把茶碗一举，石寿高唤一声："送客！"这便是官僚派的逐客令。

职教员退出了办事室，个个恼怒，人人懊丧，私下里聚议，预备同盟罢工，和这个架子十足的石茂椿决斗一下。霎时间，各斋舍门口嘀铃嘀铃声摇动，学员们纷纷诧异，今天不上课，为什么摇铃起来？来问摇铃人，摇铃人道："石堂长吩咐，全体学员都到礼堂上听候训话。"

学员们不是道一声呸，定是骂一声放屁，依旧老坐在斋舍里，谁来理会？铃声摇动了多时，茂椿大模大样地踱上礼堂，四周一看，半个人影儿都没有，这一气非同小可，把靴子跺着方砖，骂道："混账混账，他们难不成都是聋子？铃声摇得价响，一些没有知觉。"吩咐摇铃人："着力再摇。"

可怜摇铃人把臂膊都摇得痛酸了，礼堂上面除却茂椿，兀自没有第二个人影儿。茂椿大怒，吩咐校役："立传学监来问话！"

不多时，校役来回话："学监不在堂，恰才出门。"

又传教员，教员也不来。偌大的礼堂，只有茂椿一个人在那里打转，明知全体师生都和他反对，他一些也不怕，自忖仗着这条裙带的势力，不给他们一个下马威，怎识得我石茂椿的厉害？立时吩咐提轿："上院去见大中丞，似这般刁师顽徒，万难姑容。禀报了大中丞，再行定夺。"

待到轿儿提入轿厅，茂椿却回到办事室里，故意延捱，不即上轿。他以为学员们毕竟胆小，听得我要上院，或者推举代表到我这里来谢罪。谁料学员们也派着侦探在礼堂左右探听动静，听得茂椿要禀报中丞，强施压力，大家便存了个宁为玉碎无为瓦全的决心，什么大中丞，便是皇帝老子也不怕，拼着全体解散，有什么大不了的事？

其中又有人主张说："石乌龟要提轿上院，我们不如趁这当儿，排队去欢送他，也替他绷绷场面。"

大家听了，都拍手道好，且说："事不宜迟，快快预备，欢送啊欢送。"

茂椿捱延了一会子，不见生徒来转圜，只得去求见德禄，走那一条裙带的门路。却又叮嘱石寿虚张声势，只说去上院见抚宪。石寿会意，高着嗓子唤："轿班伺候，到抚台衙门去。"连唤了两三声，茂椿知道事已决裂，再也延捱不得了，只得出来上轿。才坐入轿里，猛听得里面呜呜地吹着洋号，腾腾地打起铜鼓，接着"一二三"的口令，"嗒嗒嗒"很整齐的步伐声愈走愈近，不禁满怀欢喜，手拍着扶手板，吩咐轿班打杵站定。他只道学员们排队出来，向自己谢罪，落得装腔作势，把他们一顿痛骂，也见得我堂长的声威。他便端坐在轿里，沉着脸，扮起道貌岸然的模样儿，专等学员们出来见面。

一霎时，那领队的军乐早吹吹打打，在大轿前面站定。茂椿好不得意，做了堂长，多么气概啊，轿儿前有人奏乐呢。

军乐队站定后，又是飘飘扬扬地捐出两面黄龙旗来，也在两旁站定，接着又是两面雪白的绸旗，写着"江苏全省高等巡警学堂"字样，迎风招展，猎猎有声。

茂椿益发得意，左顾右盼，好不威风。正在得意的当儿，后面的旗子又是一对对地捐将出来。这些旗子都是临时制造的，帐竿竹上粘着全张的白纸，白纸上面写着"欢送石乌龟"五个大字，淋漓橡笔，墨迹未干，还有在全张白纸上面画着挺大的一个乌龟，乌龟背上写着一个尺许见方的"石"字。

原来茂椿在办事室延捱的当儿，学员们却在斋舍里面制造这些纸旗，人多手快，一霎时便制成了数十封纸旗，旗上的字个个不同。可是茂椿只见了这两对纸旗，便紧闭着眼睛，不去瞧视，一迭声地"反了反了！"在轿里面乱跺着靴脚，催着快快上院去。

轿夫道："石大人，这轿是赁来的，跺穿了轿底，须不是耍。"

茂椿骂道："狗头，跺穿了轿底，有我赔偿，干你们甚事？狗头，快走！"

轿儿抬出大门，恶作剧的学员们依旧掌着军号，打着旗子，抢在轿前走。有些追赶不上的，手摇着纸旗，沿路高喊道："你们瞧呀，四人轿里抬着一只挺大的石乌龟呀！"惹得往来行人个个驻足，瞧这情形，怎不哈哈大笑，都道："现在的世界真反了，做了乌龟不知羞，兀自扬威耀武，打着旗号在街坊上走。"急得茂椿掩着耳朵，只催着轿夫快走。跟轿的石寿虽替着主人不平，然而寡不敌众，也只得憋着这口闷气，不则一声。

好容易走出了这条巷，学员们方才偃旗息鼓，自回校里，算是欢送礼毕。住堂的职教员虽怪着学员们轻举妄动，不该这般地把石茂椿戏弄，然而这是他们的门面话，他们的心里也很以为这般对付可算得大快人心。

茂椿见学员们都走了，才吩咐轿夫向八旗会馆而去。他坐在轿里，恨得牙痒痒的，这分明是吕少蕙干的鬼戏，学员们断没这样大胆。我见了德禄大人，定要把这桩事从头哭诉，求他老人家转告抚宪，解散生徒，严究指使的人，按律加等惩办，发泄我石茂椿胸头一口恶气。

比及轿儿到了八旗会馆门口，猛听得一阵斧声，有几名棺材司务在里面制造棺木，大门上粘着白签，写着"四姨太太丧事"六个字，不禁吓个半死，忙下了轿，自向门房动问。门房里跑出一名仆人，把茂椿瞅了一眼道："我们大人有话吩咐，说以后石茂椿石大人来了，不用禀报，只是挡驾不见。石大人不劳光降，自回公馆里去吧！"

茂椿唤声"哎呀"，险些气倒在地。

欲知后事，且阅下文。

第十七回

杂花生树三月莺飞
醋海兴波一声狮吼

石茂椿到这地步，希望都空，只得老着面皮问道："请问大哥，这位四姨太太，可是大人去年在扬州讨的新姨太太？"

那个仆人道："是便怎样？不是便怎样？"

茂椿道："倘是这位新姨太太，她是我的女儿，怎么好端端忽然病故了？女儿身死，我须得进去痛哭一场。大哥，烦你通报一声，说新姨太太的老子来了。"

仆人冷笑道："瞧不出你老人家倒是我们大人的泰山，失敬失敬！"

茂椿道："不敢当，不敢当。"

仆人拍手大笑道："这真新鲜笑话咧，只听得有泰山石敢当，不听得有泰山石不敢当。"

茂椿再待央告，只听得里面一迭声地传唤号房，那个仆人道："石大人请回公馆吧，你既是我们大人的泰山，大人为什么不容你相见？只怕姨太太的老子，算不得泰山吧。"说罢，几声冷笑，自回里面。

茂椿讨了这一场没趣，又不敢擅自闯入，只得没精打采，坐轿自回公馆，再作计较。兀自不肯心死，央托和德禄接近的门客，到八旗会馆探听动静，说："石道并没有开罪军宪，为什么拒绝不见？而且这位新故的四姨太太是石道的义女，瞧他们父女分儿上，也该容他进见。"

那门客初时不肯去说，茂椿只是高拱手，低作揖，说了许多央恳的话。门客没奈何，只得替他去走一遭。茂椿老坐在公馆里守候，直到傍晚时分，门客前来报告，悻悻地说道："老哥，请你歇下了这条心吧，德军宪那边的门路从此堵塞不通，你再也不能去插足。你有什么打干，只好别寻门路，另辟蹊径。德军宪谈到你的名字，兀自咬牙切齿，恨恨不休。他说：'这位新姨太太也不是你的义女，只是你那边的一名丫鬟，他花了三千金买来做偏房，人钱两交，一干二净，哪有什么藕断丝连纠缠不休的事？你偏仗着姨太太分儿上，时时到军宪那边去纠缠，给了你几个差使，你兀自不知足，得陇望蜀，百般要求。要是这位新姨太太不干什么丢脸的事，军宪爱屋及乌，你向他要求，当然不便拒绝，叵耐新姨太太不争气，军宪说她败坏家风，干了多少丢脸的事，今天破露了，自己没颜对人才到鬼门关去遮丑。'也不知是自尽还是暴病。军宪又说：'白花了三千金，落得这一场烦恼。'石道倘然知趣，从此不上门也便罢了，要不然，他还得向你追回这笔身价银两咧。"

茂椿听了，又羞又愤，又气又急，再想央托那门客去转圜，那门客头都不回，扬长地去了。一宵没趣，不待细说。

待到来朝，上院去见中丞，预备着许多眼泪，想在中丞面前尽情哭诉，重重地把生徒惩戒一下。谁料到了辕门，传进手本，德丰谢客不见，这眼泪竟没有挥洒的机会，又只得折回公馆，自叹没趣。谁料没趣一齐来，外面传进一角文书，上开："石道茂椿充任江苏高等巡警学堂堂长，办事操切，激起风潮，殊负本部院委任之意。石道茂椿着即撤差，所有该学堂堂长，着教务长余德礼暂代，此札。"

茂椿看罢大惊，连唤："糟了糟了！"谁料相隔没多时，外面又送进三块糟糕，这三块糟糕便是三角撤差的文书，一角文书抚院文案撤委员长，一角文书学校总稽查撤委，一角文书学务处会办撤委，把茂椿气得瘫了。古人只有一日三次迁职，没有一日四次撤差，哪里来的晦气星接二连三地进门？看来苏州站不住，只好回到扬州去做那光杆乡绅。

著者写到这里，顺便表叙几句。这时的石茂椿不但被德禄弃之如遗，便是德丰也把他恨之刺骨。德丰得了瑛姨的死信，着实地痛惜一番，忽而想道：石茂椿早把这妮子送给了我，便不会演出这惨剧，他要在我手里讨差使，却去巴结我哥哥，千娇百媚的一个妙人儿，生生地被哥哥糟蹋死了，直接是哥哥把瑛姨逼死，间接是石茂椿断送了瑛姨一命。我哥哥是风月场的门外汉，哪里及得我这般怜香惜玉？瑛姨的性命既害在茂椿手里，我便不把茂椿治罪，也得把茂椿的差委撤去，小小惩戒一下子。

德丰正在这般着想，事有凑巧，恰逢高等巡警学堂学员的全体公禀送来过目，公禀上是挽留旧堂长，讦告新堂长，旧堂长怎样办事认真，操守清洁，新堂长怎样不学无术，声名狼藉。德丰看了公禀，正遂了他的心计，向例生徒讦告师长，总不能邀官长的允许，无非辕门牌示"原禀掷还，毋庸多渎，致干查究"，再不然说"该生等是否挟嫌讦告仰提学使查明呈复"，唯有这一番不待批示，先把石茂椿的差使撤去。

学员们得了消息，果然把这石乌龟轰退了，喜得欢天喜地，高唱凯歌。至于挽留旧堂长一层，德丰坚执不许，他也知吕少蕙办理学务，并无过失，可是既把他提空了，忽又许他重回原职，大中丞的威信不免扫地，凭学员们连递公禀，只是批斥不准。学员们无可奈何，也就知难而退，好在这位教务长余德礼和学员感情很好，教务长暂代堂长，当然不生异议，单苦了吕少蕙，无端撤差，便是睡梦里也不曾料及有这一番变迁。

著者这支笔便可以抛却吴门，再从广陵说起，免得喧宾夺主，说了苏州，忘了扬州。

杭州的西湖，天下闻名，扬州的西湖，只为瘦了一些，声名远不如杭州的西湖"若把西湖比西子，淡妆浓抹总相宜"。淡也相宜，浓也相宜，唯有瘦却不宜，所以春秋佳日，四方游人到杭州去逛西湖的络绎不绝。若说邀朋结伴，不惮远行，巴巴地去逛那扬州瘦西湖，这便不大听得了，可见世俗的性质，喜肥不喜瘦，回头一笑，心醉肥环，憔悴姬姜，不施青睐，无怪名登仕版的只是较量肥缺，武断乡曲的只是择肥而噬呢。

闲话少说，且说麻雀虽小，五脏俱全，西湖虽瘦，风景也备，一样的杨柳垂堤，桃花夹岸，湖中画舫，荡漾镜波。这时节杂花生树，群莺乱飞，江北风景不让江南，游船里面有一只瓜皮艇子，坐着两个斯文模样儿的人，一个白净面皮，几茎疏疏的短髭，额上有一粒黑痣；一个年龄约莫五旬，生得面黄肌瘦，和干瘪枣儿一般。操舟的是个乡村女子，穿一套白洋布衫裤，发髻上簪着一朵野花，橹声欸乃中花朵儿颤巍巍地摇动，倒也别有风致。湖水深浅，出没的游鱼历历可数。

那瘦子看得出神，连唤着："得其所哉！得其所哉！"

白净面皮的笑道："式谷兄，你道这几句说鱼呢，还是说人？"

王式谷道："有才兄，你也是在庠先生，听话须领清题旨，这是郑子产放鱼所说的话，当然是说鱼。"

许有才笑道："说鱼也可，说人也未尝不可。好春三月，我和你偷得余闲，游湖作乐，这便是我们的得其所哉。摇船女郎载着我们两位风雅文人，在镜面也似的湖中游行，这是摇船女郎的得其所哉。"

那船娘回转头来笑道："你们道的是什么话？"

有才道："这一笑也得其所哉。"

船娘料是打趣话，只不明白话中之意，似嗔非嗔地瞟了有才一眼。有才笑道："这一问也得其所哉。"

船娘一壁摇橹，一壁喃喃自语道："念书人总不是个好人，越是满口子的书句，越不肯说着好话。"

式谷点头道："君子不以人废言，船娘之言，金玉之言也。"

有才道："你也是念书人，被她骂了，兀自赞她。"

式谷笑道："骂乎其所不得不骂，赞乎其所不得不赞，其此之谓乎？"

咬文嚼字的当儿，船摇近湖心，这其间有一个很高的土阜，砥柱中流，内湖外湖以此为界，艳艳的夕阳映射波面，万道金光逼得人不可注视。

正待把船开入，内湖那时有一只游舫恰从内湖放出，打了个照面，船里面男女约五六人。式谷眼快，向那边舱里的中年男子拱手道："吕少翁何时回来？失候失候！"

那边舱里正坐着吕少蕙和张氏、蕙孙、金寡妇母女一辈人。少蕙见式谷向他招呼，便回拱着手道："兄弟回来了七八天，还没有到府问候。"

只敷衍得这几句话，两船擦着船舷过去，一来一往，早已分道扬镳。

式谷笑向有才道："有才兄，你瞧吕少蕙早回了扬州，足见我的说话真实不虚，你要我从中着力，今天湖上草堂这一席酒，万不可少。"

有才全不作声，只伸长着脖子，向后艄头一直望去。式谷伸手拍他的肩道："你瞧什么失魂落魄？和你讲话都不作声。"

这时，船已扳艄转弯，有才望不见了那只过去的游舫，方才回过头来，笑问着式谷道："我们在苏州游湖，还是在扬州游湖？"

式谷拍手笑道："亏你问得出，我们又没有缩地方法，怎会到苏州去游湖呢？"

有才徐说道："倘不在苏州游湖，怎么眼见着范大夫载着西施从五湖里过去？式谷兄，你可知道西施姓甚名谁，何处人氏？"

式谷益发大笑道："这一问可问得更痴了，你既知她是西施，当然姓西名施，是苎萝村人氏了。"

有才道："你别和我打诨，规规矩矩告诉我，船里的西施是谁？"

船娘听得船里西施，只道是说她，回头笑问道："许老爷，谁是船里西施？"

有才连连摇手道："我不说你，你也不是西施，也不是东施。"

船娘道："不是东施，不是西施，是什么？"

有才道："这便叫作不是个东西咧。"

这一句说得式谷和船娘都笑了。笑了一阵，式谷又道："我方才和你说的话，你可听得？吕少蕙回来了，这桩事便十拿九稳，只是要烦你做个大大的东道，我便替你从中着力。"

有才道："少蕙回来，这话当真吗？"

式谷道："你说的范少伯便是吕少蕙，我恰才还和他招呼，你怎么不听得？"

有才笑道："不瞒你说，我正目逆而送之曰美而艳，谁耐烦听你们的攀谈呢！他既是吕少蕙，这个女郎不问而知，便是他的女儿了。"

式谷道："是不是他的女儿，且别理会，但是少蕙回到扬州，这堂长一席，当然鹊巢鸠占，敝居停石观察可以稳取荆州，我不是早向你说的吗？敝居停做了堂长，他是抱定清一色主意的，一切职员、教员完全都用扬州人充当。表面上是江苏高等巡警学堂，实际上是维扬公所。他在半个月前便有信给我，说：'堂长一席，早晚可以到手，任事以后，还得老夫子到苏帮忙，家乡人才，也替我设法罗致。办事人员纯用扬帮，按月薪水，彼此对分。'"

有才点头道："这些话你都向我说过了，我须问你，假如我仰仗了大力，可以荐到那边充当教员，究竟担任些什么功课？"

式谷道："这也不消说得，当然是国文教员了。你可知道，目下的秀才分着三等，八股出身的秀才唤作老牌秀才，策论出身的秀才唤作新牌秀才，还有一辈高等小学的学生，听说毕业以后，也给个秀才出身，这便唤作冒牌秀才了。现在石观察延聘的国文教员，当然取法乎上，不用冒牌秀才、新牌秀才，一定要用呱呱叫的老牌秀才。在下是补过廪考过优的，上面又上，算得大上秀才，总教员一席，非在下不可。总教员以下有正教员，恰和你的资格相称，这事成就后，你定是一位国文正教员。"

有才道："正教员有多少薪水？要是和堂长对分了，只怕所剩无多。"

式保道："这是省立的高等学堂，薪水会得少吗？一个月总得有五六十两，你便分一半孝敬堂长，也有二三十两到手，还不够你的开销使用吗？"

有才听说按月有二三十两，馋涎都挂了下来，连连拱手道："仰仗仰仗，老哥替兄弟玉成了这桩事，生当衔环，死当结草。"

式谷道："言重言重，你只吩咐把船泊在湖上草堂石坡前，上岸去饱餐一顿，我自替你竭力打干。"

有才伸手在自己袋里一摸，暗暗唤声："惶恐！这袋里的东西怎够一顿大嚼？"却又不好拒绝，小钱不去，大钱不来，眼瞧着摇船女郎道："你们做的炒鸡蛋、炸鸡汤味道很好，我和王老爷到你家里去吃便饭，你把船摇回去。"

船娘一声答应，忙把船向着长春桥那边摇去。有才笑向式谷道："毛丫头家里，竹篱茅屋，别有风致，还有几朵活色生香的姊妹花依依左右，你道好不好？"

式谷道："这要你东道主人做主，随便哪一处都好。"

这时节，一抹红霞辉映天半，渲染得鱼鳞细波都变了胭脂颜色。无多时刻，那只瓜皮小艇早拢近了岸，船娘横起篙子做扶手，船里的有才、式谷都扶了篙子上岸，船娘也随后上来，两秀才摇摇摆摆向着树林子那边走去。

几株疏柳里面露出几间茅屋、一带槿篱，有才这里走得熟了。原来毛家船户有三个姊妹，方才操舟的是大丫头，还有二丫头和三丫头，比着大丫头要加添几分姿色。有才拉式谷到这里吃饭，一来熟识的所在，价值上可占些便宜；二来莺莺燕燕，在旁边飞来掠去，自有许多趣味。谁料走入门中，只见一个白发飘萧的毛老婆子，却不见那娇憨活泼的双姊妹。问及老婆子，回说这两个孙女载着客人去逛小金山法海寺，便在那边赏月饮酒，要深夜才得回来。有才听说赏月，回头向东面望去，上边一轮明月从云霄里推将起来，下面便是毛姓的桃园。

这天是三月十五日，桃花开得正盛，便拖着式谷道："巧极巧极，春夜宴桃李园，再好也没有，琼筵坐花，羽觞醉月，如诗不成，罚以金谷酒数，来来来！"

两秀才同入园中，碧桃花下，布置着几张桌椅，这里常有人来小酌，打扫得很是洁净。况且地近湖滨，从那麂眼篱中望去，湖光月色，一一在目。有才摸出两块钱，交付大丫头。坐定以后，大丫头捧上杯盘酒肴，仗着月明，不须秉烛，四只碟子，不过是咸鸭、熏鱼、盐炒豆、醋拌萝卜。有才饮酒当儿，兀自左顾右盼，嘴里嘤嘤嗡嗡地念那篇《春夜宴桃李园序》。式谷望着水面的月光，也念着什么"浮光跃金，静影沉璧；渔歌互答，此乐何极"。

　　有才道："你道的几句，可是说杭州西湖的风景？"

　　式谷笑道："先生错了，这是《岳阳楼记》中语，道的是洞庭湖风景。"

　　有才强辩道："我岂有不知？我说杭州西湖的风景，大约也是这般。"

　　式谷道："你还没有到过杭州的西湖咧，西湖的风景强过我们瘦西湖百倍，老于游湖的都说晴湖不如雨湖，雨湖不如夜湖，夜湖不如秋夜湖。"

　　说话时，恰值大丫头端了一大盘炒鸡蛋走来，笑道："你们为什么总不肯说好话？"

　　有才愣了一愣，问道："怎么不说好话？"

　　大丫头道："好端端在这里吃酒，却谈些臭话，什么夜壶呢、臭夜壶呢。"

　　两秀才知道她误会了，不禁哈哈大笑。大丫头放下盘儿，手指着篱笆外道："你们欢喜臭夜壶，不见篱笆外面搁着两把臭夜壶吗？都是满满地装着一肚子尿。"

　　有才跟着她指点处望去，隐隐地见岸旁边果然搁着两把紫砂夜壶。式谷摇着头道："这便大煞风景了。"

　　有才道："煞风景的事还多呢，记得那年敝居停臧太史向我谈及一桩笑史，有一次臧太史约着几位朋友，也到这里来游湖，酒酣耳热，联句哦诗，真不愧雅人深致。后来宾朋里面有一位贺紫苓孝廉，忽然乘着酒兴和几个船娘在场圃上赌捉迷藏，谁料踏了一个空，跌入粪窖子里，弄得满颈满脸都成了黄金颜色，而且跌闪了一只腿。却被轻薄少年编了几首《望江南》小词，贴在校场上、茶社门首，把他尽情挖苦。这桩事约莫有十多年了。后来贺孝廉不久身亡，这叫作时衰鬼弄人，所以搁这霉头。"

　　式谷道："《望江南》词中道些什么，你可记得？"

有才搔头摸耳一会子，便道："拢总有八首，我可不能全记了，只记得两句，叫作'妾自有情怜傅粉，郎疑此窟不销金'。只这十四字，已把他挖苦得够了。"

　　式谷道："下句果然刻毒，只是上句傅粉的典故弄错了，他姓贺不姓何呢。"

　　有才道："并没弄错，这贺孝廉本姓是何。"

　　式谷听了，方才豁然。又饮了几杯酒，这时大丫头捧上一碗炸鸡汤，这是船娘的拿手戏，烹调得咸淡都宜，香脆无比。两秀才吃得舔唇咂舌，赞不绝口。

　　有才道："同是一碗鸡羹，家里烹调的总不兴，一到了船娘手里，便弄得这般可口。"

　　式谷笑道："那么你把大丫头讨回家去，便天天有炸鸡汤吃了。"

　　有才也笑道："只要你肯借钱给我，我便把她讨回家去。"

　　式谷道："你得了学堂一席，还怕没钱讨小吗？只有一层，尊嫂多么厉害，哪里容你讨小？有才兄，我想着一个妙对了。从前有人把'溪西鸡齐啼'去对'屋北鹿独宿'这叫作一韵对，天造地设，巧不可阶。我现在也有一个韵对，叫作'讨小老嫂恼'，你去对来。"

　　有才忙把"讨小老嫂恼"五个字念了几遍，便道："这出联同在一韵，果然很巧，只是哪里寻得出这现成的对仗？不用浪费心思，我便喝个三杯，认了罚吧！"

　　当下提起酒壶，连筛三杯，都是一饮而尽。酒壶里涓滴都无，忙唤着："大丫头添酒！"

　　却不见大丫头跑来，忙走到门边去张望。式谷唤道："你不用张望，方才的下联即景生情，我替你对好了，叫作'张娘狂郎忙'。你在门旁边张望船娘，你这狂郎不是太忙了吗？'张娘狂郎忙'同在七阳韵，你看对得可好？"

　　有才听了，把不住喝起彩来，一迭声地说："对得很好，对得很巧。"

　　大丫头听得呼唤，便从厨下走来，忙道："怎么大呼小唤，又是很好，又是很巧？"

　　有才早有了几分醉意，酒落欢肠，把不住春心荡漾。加着大丫头走近身边，一阵阵的粉花香直刺鼻孔，不由他不心醉，忙道："我说你来得很

183

好，来得很巧，来来来，我和你亲热一下子。"

大丫头见他迷花着色眼，不怀好意，不由得扑哧一笑，向那桃树底下躲去。有才踉跄着脚步，追到那边，一把拖住了大丫头，酒气冲天的鼻头凑上去嗅她粉颊。大丫头忸忸怩怩地躲闪，碰得桃树的枝儿一摇一摆，飘下许多的桃花瓣子来，宛似降了一阵红雨。

式谷瞧在眼里，只是哈哈大笑，还念着书句嘲笑道："有才兄，怎么手舞足蹈起来？极态横生，极形可掬，可谓无所不用其极者矣。"

谁料醉极生乱，乐极生悲，疏疏的麑眼篱外，有两只凶焰焰的狮眼在那里张望。这只狮子也是雇着瓜皮艇子，荡湖而来，静悄悄躲在篱外，借着亮月的光，瞧得清切，狮眼里面不由得射出凶焰焰的光来。这只狮子是谁？本书第二回大闹书塾和张敬甫老夫子撞头拳的便是她。眼睁睁瞧着丈夫和船娘打混，正是孔二先生所说的是可忍也孰不可忍也，把不住浑身狂热，都提到脸门上来，急忙忙三脚两步，直向茅屋里闯入。

毛老婆子这时恰在厨下，所以婆娘闯入没有人知晓。式谷瞧着有才和大丫头打扯，大丫头嘴里笑嚷着："不要嘘，不要嘘！"

有才气呼呼地说道："有什么打紧？我还得花着几百块钱讨你去做小老婆咧！"

大丫头笑道："你别混话，你敢讨小老婆吗？有了你的人，没有你的胆。"

有才仗着酒兴说道："你道我怕老婆吗？我不过免得淘气罢了。要是我发起威来，兀那婆娘怎禁得我脚下几踹？早踹作了……"

这言未毕，早听得破锣也似的嗓子，一路嚷着进来道："天杀的，你把我踹作什么？"

式谷见来人是有才的浑家平氏，一溜烟便向外跑，另在湖边唤着瓜皮艇，避开这是非的旋涡。大丫头也撇去了有才躲过一旁。只有这位许秀才，宛比鼠子见了猫，忒棱棱抖个不住，待要跑时，两条腿似斗败的公鸡，怎由得自己做主？说时迟，那时快，早被平氏扭住了胸脯，拖拖拽拽地出门。大丫头暗想：由他们去闹吧，好在船钱、菜钱都付了，落得隔着篱笆，看他们厮扭。

有才苦苦央告道："太太，你放着手，跟你回去便是了。"

平氏骂道："天杀的，有这般容易？你要讨小老婆，你要把我放在脚底下踹？"

有才自己打着嘴巴道："太太不须动怒，只算我放的狗屁！"

这时，早扭到了岸边，平氏一眼瞧见那边搁着两把破夜壶，便道："天杀的，你要我息怒，你快向这两把臭夜壶行个三跪九叩的大礼，要不是，我便拼着老命和你一起投河。大家死了却干净，免得你偷食猫儿性不改，闹什么鬼鬼祟祟的勾当？"

有才到这地步，怎敢倔强？知道平氏的性子，说得出做得到，不依她定不甘休，只得向左右望了望，见没人走来，便扑地向着臭夜壶跪下，依着从前考取了秀才，望阙谢恩的礼节：跪——叩首叩首三叩首兴——跪——叩首叩首六叩首兴——跪——叩首叩首九叩首兴……旁边虽没有礼生喝礼，可是有才跪拜的当儿，默默地记着这礼节，端端整整地行这大礼，一些儿没有错误。也是把臭夜壶交了好运，竟有这自命天上文星的许有才先生向它礼拜。

平氏司空见惯，依旧板起面孔，不露笑容。篱笆里的大丫头掩着嘴笑得咯咯的，半晌直不起腰来。还有岸边停泊的一只瓜皮艇子，船里的船娘也是笑得前仰后合，险些跌落湖中，只得揉着肚子，上岸来催平氏下船。平氏便押着有才下船而去。

原来有才赋闲在家，没甚消遣，小狗子又不服教训，教他读书，他只和老子玩笑。有才心里异常昏闷，便不时约着朋友到瘦西湖打桨作乐，醉翁之意不在酒，有翁之意也不在瘦西湖，只是存心要勾搭几个搔首弄姿的船娘。然而平氏的眼光何等厉害，瞧见丈夫在这几天内失魂落魄，很有些靠不住的模样儿，私下里四处访问，自有耳报神报给她听，说："你们许先生常雇着毛家的船，在瘦西湖里荡来荡去。"平氏得了这个消息，便存心要捉住有才的把柄。

今天有才荡舟的当儿，平氏也雇着一只小船，远远地盯梢。有才往哪里她也往哪里，实行做那《三笑姻缘》里的一出《追舟》。有才的船泊岸后，她的船也停泊了，只不上岸，坐在船里侦察动静。月光虽然皎洁，可是数十步外总有些朦朦胧胧，瞧不仔细，况且她坐的这只船又停泊树荫下，所以她瞧得见有才，有才却瞧不见她。柳梢的风款款地吹来，听得有才和式谷谈笑的声音，咬文嚼字，滔滔不休，哪里会得？只有"讨小"两个字吹入耳朵，便把妒火蓬蓬地烧着，立时舍舟上岸，鸦行鹊步，匿身在麂眼篱外，才演出这一出趣剧。

有才回家以后，饱受平氏一顿臭骂，免不得又要伏地谢罪，马前泥首。哪里来的马？无非马桶罢了。

到了来朝，忽接式谷来信，说昨日所谋之事变生意外，敝居停石观察忽遭宪谴，差委尽撤，今日已返扬矣。有才大失所望，怎不气恼？然而瘦西湖边跪拜夜壶的事早已传遍了城内，轻薄少年又编了两首《西江月》贴在热闹市场的茶社门首，这叫作《望江南》后又有《西江月》，倒也算得后先辉映呢。小词上说的是：

> 领略醉乡乐事，泛来春水扁舟，碧桃花下逞风流。狮子一声怒吼。　　自有老娘约束，哪容荡子勾留？蛇行匍匐不知羞，频向壶公叩首。
>
> 忘却秀才面目，捣将学究头皮，儒冠溲溺不为奇。哀莫大乎心死。　　宛比谢恩金阙，又如奏对丹墀。壶公开口笑嘻嘻，赐尔平身站起。

欲知后事，且阅下文。

第十八回

访檀奴情绪缠绵
拜莲座眼花缭乱

吕少蕙撤差回乡，转遂了自己的心愿，薄薄田园尽够温饱，何必仰面求人，受这许多肮脏气？

又听得有人传说，石茂椿到差只一天，便被学员们撵走，不但堂长没有到手，便是原有几个差使也都撤去，可笑他得陇望蜀，蜀未得，陇先失了。贪夫的下场，只是如此，宦海之中，风波不测，得早早戢影田园，塞翁失马，又安知非福呢。

金寡妇母女一时觅不到相当的房屋，只得暂和兄嫂同居。蕙孙、秀娟原在苏州肄业，这番离苏回扬，不免要另寻学校，继续读书。可是那时扬州的学校，还没有苏州这般发达。蕙孙、秀娟的眼界都抬得高了，扬州的男女学校怎么瞧得上眼？柳春办的男学、明似珠办的女学，当然没有一顾的价值，只有臧太史办的那所广陵中学规模还大。少蕙夫妇意思，便拟把蕙孙转学到广陵中学，好在和师范学校程度相当，舍师范而入中学，也不算吃什么亏。

蕙孙道："我算是有了读书的地方了，翠妹妹呢？数千年来重男轻女的习惯现在已打得虚空粉碎，翠妹妹没有读书的地方，我怎好去入校肄业？"

张氏笑道："只有妹妹不出嫁耽误了姊姊，没有表妹不读书耽误了表哥哥，况且翠翠又不是不读书，有了好好的女学校，她自然要进去的，不用你替她着急。"

蕙孙道："那么我便等候着翠妹妹有了学校，然后去进中学校读书，再不然便请臧老先生在中学校里设立一班女生部，我和翠妹妹同在一路读

187

书，多少是好。"

张氏扑哧一笑道："阿祥痴了，这么大的闺女，好到男学堂去读书吗？做闺女的，瓜田李下，辨别嫌疑，还不免惹人家指摘。你叫她抛头露面，混在许多年轻男子队里去，成什么样子呢？痴孩子，你别说这痴话吧。"

蕙孙正色答道："妈妈，这不是痴话，东西洋各国的青年男女都是同学的，越是男女同学，越发可以提起着竞争精神。"

张氏道："你没什么说，便拉上什么东洋西洋来，你知道我除却扬州到苏州、苏州到扬州，再也不曾出过远门的。东洋这么样，西洋那么样，由着你说嘴，欺侮我不懂。但是我要问你，你可曾到过东洋西洋来？可曾眼见他们的男女青年同过学堂来？不知道哪里听来的野话，你竟当作了真，在我面前说嘴。"

蕙孙道："这不是我说谎，有书为证的，秀才不出门，能知天下事，何必要到过东洋西洋，才能明白世界的大势呢？"

张氏道："便算东洋西洋真个有这般风俗，我们又何必去学他？我们该学的地方很多很多，唯有男女同学一桩事，我们中国人万万学不得。"

蕙孙道："这不过是时间问题，大约不出十年八年，男女同学的风气一定要能行全国。"

张氏道："呸！你又要混说了，除非十年八年里面，我们这辈老古派的人死得一干二净，才能够应着你的话。要不然，便再加上二十年三十年，也不会男女同学。"

娘儿俩闲论的当儿，恰巧金寡妇母女走来。金寡妇道："你们谈些什么？死呢活呢，怪难听的。"

张氏便把方才的话述了一遍。金寡妇道："嫂嫂的话是不错的，年轻的男女，干柴烈火，要是在一起读书，你爱着我，我爱着你，捉对儿做起夫妻来，那便糟了。"

秀娟道："妈妈，不要这般说，俗语道得好，滚的不稳，稳的不滚。人格高尚的青年，任凭男女同学，断不会发生苟且，要是不尊重自己的人格，任凭怎样防闲得紧，总是没用。"

蕙孙拍手道："翠妹妹这几句话爽快之至。但看胡同甫和陆绯霞，何尝同着学校，也会干出这勾当来，这真叫作滚的不稳呢。"

张氏道："话虽如此，但是现在的青年，稳的少，滚的多，假如都像了你们兄妹俩，那便好了。可惜人心不同，你爱稳，人家爱滚，到了那时，也不由你不跟着人家去滚。假如广陵中学里面果然可以男女同学，只怕这位柳碧云女士早气吁吁地从苏州赶来，丢却教员，来做学生。那时，你要读书，她和你谈情话，祥弟弟长祥弟弟短，向你纠缠不休，你便不被她诱惑了心，可也麻烦得够了，还能够安安稳稳地读书吗？"

蕙孙想起前事，不禁好笑，男女同学的主张果然有许多妨碍，还是不同学的好。

"祥弟弟，你好，不给我一个信，你便回了扬州了。"说话的正是柳碧云，她果然气吁吁地从苏州赶来，行装才卸，便打听着蕙孙的住址，不待通报，直闯地进来，见了蕙孙，便是这般说，水汪汪的眼睛含着许多怨意。这时，大家又是好笑，又是诧异，怎么说着曹操曹操便到呢？

秀娟瞧着师生分儿上，只得迎上前来，说："柳先生怎么也来了？苏州学校里走得出吗？"

碧云不即回答，先把蕙孙瞅了几眼，方才回转头来，和大家都招呼了。蕙孙把这嫩脸蛋儿红得和旧金山的苹果一般，只向碧云说了一声："请坐！"拔脚便往外跑。

碧云张开两手，拦门一立，说："祥弟弟，且慢出去，我特地从苏州赶来，有正经事和你商议，怎么便走？"

蕙孙怔了一怔，只得停着脚步，暗想：她有什么正经话和我说？难不成当着众人，当面锣对面鼓地和我说亲？也罢，看她说什么，我只索直截痛快地回绝了她，也好断她的痴念。当下便远远地坐着，说："柳女士，有什么赐教？"

碧云笑道："这般称呼是很生疏的，你便唤我一声姊姊，不见得便落去了你的一块肉。"说时，便走到蕙孙身旁的一张椅子上坐了。

张氏姑嫂俩你瞧着我，我瞧着你，两下里只是撇嘴。外面几个仆妇也不来送茶，只是舒头探脑地在门口张望，瞧这铁包面皮的柳小姐，怎生向我们祥少爷提起亲事。秀娟瞧着教员分儿上，亲自向碧云送了一杯茶，远远地站着。

碧云笑盈盈地说道："祥弟弟，你可知我为什么赶回扬州？"

蕙孙冷冷地答道："这是女士的自由，我怎会知晓？"

碧云道："祥弟弟，你不要假装不知晓，祥弟弟，你便不知晓，也得

189

你猜这一猜。祥弟弟，你猜，祥弟弟，你是很聪明的，包你一猜便着。"

连珠炮似的"祥弟弟"，唤得屋子里几个人浑身都起着鸡皮疙瘩，唤得门口几个仆妇掩着嘴都在那里匿笑。那位祥哥益发听得不耐烦，觉得"祥弟弟"三个字钻入耳朵，含着一种不可思议的膨胀力，专在头脑里面作祟，要是她把"祥弟弟"叫个不停，我的脑袋瓜儿不要涨得和笆斗一般大吗？因此沉着脸，说道："柳女士，我和你非亲非戚，姊弟的称呼从何而来？你不用我做弟弟，我呢，益发不用你做姊姊了。"

这几句话，大家很替碧云难受，谁料碧云听了，转是笑得咯咯咯的，笑了一阵，才道："祥弟弟，你是西贝的道学家，我和你规规矩矩地讲正经话，你却向我开玩笑。祥弟弟，你这个人再要刁钻也没有，你不是个好人。"

慌得蕙孙连连声辩道："女士这真冤枉煞人，谁和你开玩笑？"

碧云又笑瞅着蕙孙一眼道："祥弟弟，不把你点破，你不心服，我这颗心最是玲珑剔透，你含讥带讽地把我调戏，我听了便明白。你说'你不用我做弟弟，我益发不用你做姊姊'这两句是套着《西厢记》里张生的论调'小姐不用小生做兄，小生益发不用小姐做妹'，你分明自比张生，却把我比莺莺。祥弟弟，真赃现在可被我捉住了，你羞不羞？"

这几句话羞得蕙孙脸上发烧，抬头不起，懊悔不该道出这两句。我虽没有看过《西厢记》，可是在苏州时曾往茶寮里听弹词，张生道白里面确乎有这两句，被她一点破，无心变作了有心，分明是她来调戏我，却像是我去调戏她，这便怎么是好？

张氏瞧见儿子羞窘情形，忙向碧云剖白道："柳小姐，你别错怪了人，我家阿祥是实心眼儿的孩子，从来不会花言巧语，怎说他把你调戏？"

碧云大笑道："伯母不须着急，这算得什么？'调戏'两个字是旧社会中野蛮名词，二十世纪文明新词典里只有爱情神圣，只有男女公开社交，这'调戏'两个字早已天然淘汰了。"

又向蕙孙说道："你不用害羞，我有正经话和你讲。"

蕙孙慢慢把头抬得起来道："有话请讲。"

碧云道："我这来替你介绍一桩事，包管你有许多好处。"

张氏暗唤一声："哎呀！蛤蟆跳上戥盘，她竟自秤自卖了，看她说什么？"

碧云见蕙孙不作声，便道："我是很光明很正大地谈话，你沉吟不语，敢莫又存了什么歪念？我知道男子的一颗心，再要龌龊也没有的，人家闺女好好的一句话，男子们听了，只不转着好念，专在歪的一方面猜测。祥弟弟，你是不是这般心理？"

蕙孙皱着眉道："什么光明正大的话，请讲请讲，何必枝枝节节，牵上这许多闲话？"

碧云道："你别性急，我讲给你听。你在苏州时不是在师范学校里肄业吗？你的宗旨不是预备毕业以后去充当教员吗？现在半途中止，回到扬州，这里又没有开办师范学校可以转学。你抱负的志愿就此抛弃，岂不可惜？祥弟弟，你还是到苏州去继续读书的好。"

蕙孙道："我不到苏州去，我要侍奉父母的。"

碧云笑道："祥弟弟，你这般说，可不折尽了少年男子的志气？我们女子家兀自在外面谋自立，做了男子，反而恋恋着老子娘，你把男子志在四方的一句书忘得干净了。祥弟弟，你怎么这般没志气？"

蕙孙又羞又愤道："这是我的自由，不须你干涉。"

碧云道："怎么这般地忠言逆耳起来？也罢，我早料到你恋家心重，所以特地从苏州赶来，替你介绍一桩事。我有一位远房哥哥，唤作柳春，在这里都天庙开办一所学校，生徒发达，名誉蒸蒸日上。你横竖在家里闲着无事，不妨在他的学校里充当一名助教。一则师范生注重实习教授，你担任了助教，便是实习试验的良好机会；二则我们学界中人，多少总得在家乡尽些义务，这叫作责任所在，义不容辞。祥弟弟，我把你竭力扶助，引导你走那人生正当的轨道，可好不好？"

蕙孙听到这里，才明白她的来意，并没有什么暧昧行为，转是自己误会了，便道："多承女士推荐，可是我自己尚在求学时代，怎便好为人师？"

碧云道："不妨不妨，你的学问，说高不高，说低也不算低，总比那位柳春校长好得多咧。你肯屈就这一席，便是生徒们的幸福，我们扬州立时放起万丈的光明。快快答应了吧！替家乡尽义务，是我们应有的天职，你万不可回绝，回绝了便是放弃天职，不爱乡，不爱国。"

蕙孙又冷冷地说道："既这么说，你为什么在苏州做教员，不到家乡来尽些义务？"

碧云回眸一笑道："你要我在家乡做教员吗？只等你答应了助教一席，我便辞却了坤秀女学校的琴歌教员，来帮这里明似珠姊办学务。好在柳春的男校和明似珠的女校相隔没多远，我们可以天天会面，研究些教育原理，替家乡大大地出一番力，将来教育史上，我和你成就一对大教育家。祥弟弟，可好不好？"

蕙孙暗忖道：原来如此，她果然不怀着好意。当下气昂昂地站将起来道："柳女士，人各有志，不能相强，你去尽你的义务，我便放弃我的天职，不爱乡不爱国吧！"说完这几句，便向外面一走，自到书房里，闩上了门，横在榻上看书消遣。

碧云讨了个没趣，约略也有些羞惭，搭讪着说道："很漂亮的人，怎么使这牛性子？明天再来劝他吧。"于是告别出门。

秀娟送过碧云，回到里面，忍不住咯咯地好笑。屋子里几个人也都笑得哈天嘻地。仆妇人等方才听了一会子，依旧莫名其妙，在先只道是柳小姐和祥少爷当面锣对面鼓地公定终身，后来听听又不对，似乎不谈亲事，讲些都是学堂里的话。只不知道祥少爷为什么气昂昂地走了。

那时，张氏早去敲开了书房门，唤得蕙孙出来，说："都是你把男女同学讲得太起劲了，才有这怪物上门。今天纠缠了一会子，明天还得上门来瞧你咧！"

蕙孙笑道："不妨不妨，爹爹明天要去逛瘦西湖，我们都走个一干二净，待她来时，只剩个聋子舅母和她讲话，看她怎么样？"

说时，吕少蕙和他妻舅张丹生恰从外面进来，问悉情由，也只有付之一笑。

到了次日，少蕙果然雇了游舫，吕、金两家都去游湖。张丹生自往商店中去办事，家里只剩着丹生的浑家颜氏和一个老妈子看守门户。这颜氏素性呆滞，嫁给丹生，经了十余年，好容易生了一个又白又胖的男孩子，小名唤作长生。夫妇俩十分欢喜，轮流怀抱，有时唤他一声长生的乖乖，有时唤他一声长弟弟，后来叫得熟溜，无论什么人都唤他一声长弟弟。谁料命里不该有子，抚养到两年六个月，突然害了急惊风，不及医治，这长生竟把小眼乌珠一翻，向着来的路上去了。丹生把颜氏一顿痛骂，说："都是你这只呆鹅不小心，好好的一个孩子，被你糟蹋死了。"

颜氏又是悲痛，又是气愤，接着便是一场大病，待到病好，耳朵早气得聋了，因此蕙孙唤她聋子舅母。她年纪不上四旬，早已老态颓唐，头发大半花白了，神经又不大清楚，人家和她讲话是很费力的，谁也不高兴和她攀谈。她又是好静不好动，镇日价坐守门庭，喃喃讷讷地和菩萨讲话。她为什么要念佛呢？一来解解自己的寂寞，二来还得求菩萨有灵，保佑她重生一个孩子。她崇拜的菩萨当然是女性的菩萨，女性菩萨里的送子观音，她最是念念不忘。长生死已三年，她只想这死鬼孩子重来投胎，依旧做她的乖乖心肝。三年里面，不知念过几千万卷的白衣观世音神咒，可是观音菩萨的耳朵和她一般地聋，由她念得口苦舌干，一些没有灵验。她兀自不肯心死，救苦救难，大慈大悲，只放在嘴里乱嘈，嘴里嘈，心里打算，观音菩萨是最慈悲的，难不成由着我百般哀求，不给我一些预兆？偶然抬头唤声：“哎呀，外面跑来一个白衣白裙的女郎，难不成便是白衣观世音菩萨向我点化？”当下手放着念佛珠，抬身上前，笑盈盈地动问来人是谁。但见那女郎口角牵动，樱唇翕张，只不听得说什么。

颜氏道：“慈悲的小姐啊，我是个聋子，请你高声一些。”

才见那女郎走得上前，凑近她耳朵，似乎说一句：“长弟弟！”

颜氏揩着眼泪道：“长弟弟便是我的孩子，可怜可怜，三岁上亡过了。小姐问他做甚？”

那女郎知她误会了，扑哧一笑，又凑着她耳朵高声说道：“你听明白了，祥弟弟便是蕙孙，蕙孙便是祥弟弟。”

颜氏听罢这两句，喜得心花怒放，扑地向碧云跪下，连连磕头道：“阿弥陀佛，你果然是白衣观世音菩萨下凡，你说长弟弟便要回生，回生的便是长弟弟。啊哟！好了，我家乖乖的长生快要回阳了。可是他已亡过三年，只怕皮肉都腐烂了，全仗你菩萨慈悲，佛法无边，把这杨枝水遍洒枯骨，使他枯骨上面生出白白胖胖的皮肉来。我便一辈子感激不尽，朝朝向你烧香，夜夜向你点灯。”说时，扑通扑通地在方砖上碰头，险些把头皮都碰破了。

碧云暗唤一声：“晦气，我巴巴地来找我这甜蜜心肝的祥弟弟，谁料碰着这疯疯癫癫的聋子妇人。屋子里面除却这聋子，又没有别人，这真奇怪极了。”回转娇躯，拔脚要走。

颜氏怎肯错过这千载一时的好机会，膝行上前，张着两手，紧紧地把碧云双腿连裙子一齐抱住。碧云又是好气又是好笑，向她连连呵喝，她兀自死抱着不放，带哭带喊，只嘈着："大慈大悲的观世音，快把我儿子救活回阳。"

正在难分难解的当儿，亏得里面跑出一个老妈子，见这情形，笑得肚肠根都要迸断，双手捧着肚子，跑到颜氏身边，大声疾呼道："聋子太太，快不要胡闹，她不是观世音菩萨，她是苏州来的柳小姐呀！"

颜氏才知道是自己误会了，便松着双手，从地上爬得起来，重拈念佛珠，依旧坐着念经。眼观鼻，鼻观心，再也不向碧云兜搭。

碧云理着裙子，喃喃地向老妈子发话道："你家祥少爷躲在哪里？怎么不出来会客？却叫这疯婆子向人纠缠，这是什么道理？"

老妈子道："我们老爷、少爷和太太、姑太太、翠小姐今天都去逛瘦西湖了，只有这位聋子的舅太太在家，她并不是疯，只为想念着去世的孩子，才有些呆头呆脑。"

碧云道："我也不管她是呆是疯，只是你家少爷太没情理，我约定他今天会面，怎就跑了，却叫我白走这一趟？他临走时，可曾有什么说话？"

老妈子道："不是小姐问及，险些忘怀了。少爷临走时有话嘱咐我，说：'柳小姐来时……'"

话没说完，碧云早堆着满面笑容，忙道："你家少爷怎么说？可是另约日子和我相会？"

老妈子摇头道："不是不是，说出来小姐别见怪。他说素性不喜和女子做朋友，小姐要觅朋友，可另去寻觅知己，这里不劳你来走动。"

碧云听罢，气得花容变色，掉转身子，头也不回地径自走了。一路走一路咬牙切齿地恨，恨自己不生眼睛，错把那妍皮包着蠢骨的吕蕙孙当作情人。在苏州时寄给他几封情书，他没有片字答复，已违反了男女社交的公例，我兀自原谅他。这番我到扬州，好意去探望他，又被他当面抢白，我兀自容忍。谁料他又吩咐老妈子，斩钉截铁般地拒绝我。从来说到男女恋爱的，都道男想女，隔重山，女想男，隔层单。今日里却倒了转来，枉费了我半年来的梦魂颠倒，只落得这般结局。罢了罢了，难不成除却蕙孙，没有第二个美貌男子？她在神思懊丧的当儿，信步走去，冷不防背后有人唤着："姊姊到哪里去？"

这是她兄弟柳荣的声音，把碧云唤住了脚步，便道："我不到哪里去，我是回家。"

柳荣是个十一岁的孩子，一手挟着一个报纸里的书包，一手执着一本很单薄的《华英初阶》，一跳一跃地跑上前来，笑说道："我只道姊姊不是回家，要是回家，怎么走过了自己住的一条巷，不想转弯?"

碧云向巷口望了望，几乎也笑得出来，却又掩饰道："我久在苏州住了，连自己的门巷也生疏起来，要不是你唤住了我，还得一直跑过去，不肯回头咧。"

当下挽着柳荣的手，转入这条巷里，一壁走，一壁说道："你拢总只有几本书，却要分作两起拿。"

柳荣笑道："报纸裹着的是国文教科书，这本是外国书，不用包裹，拿在手里很好看。"

碧云笑了一笑："原来你读得半本泼辣骂，便在外面出风头。"姊弟俩约莫走近了门前，瞧见邻居家里走出一个十余岁的女孩子。柳荣忽地停了脚，向女孩子做了一个鬼脸，嘴里喃喃地念道："温土色利福!"

那女孩子呆了一呆，不知他嘈些什么。柳荣大笑道："我在这里骂你。"

女孩子当作了真，便道："你骂的什么?"

柳荣道："我把你爹爹、妈妈、哥哥、嫂嫂一股脑儿都骂在内，你听着，我又要骂了。爱甫爱，法脱，爱儿爱，腊脱。"

女孩子怎肯甘休，跑上前来扭柳荣。慌得碧云放去了柳荣，捏着女孩子的手道："好妹妹，你别信他，他在那里读拼法，不是骂你。"

女孩子不晓得什么叫作拼法，她见碧云笑颜相劝，柳荣又走了，相骂没对口，只索罢休。

碧云劝住了女孩子，才回到自己家里，见了母亲柳太太，把方才的事告诉她。柳太太道："都是你撺掇我，叫把柳荣送到都天庙洋学堂里去读书，洋学堂怎及我们扬州学堂的好? 一敲三下钟便散了学，嘴里叽叽咕咕，专在外面惹祸招非，也不止今天这一遭。那一天对门住的范老头儿恰在巷口看告示，他把洋学堂里拾得来的石灰笔在范老头儿马褂后面画了一只大乌龟，吃范老头儿觉察了，跑上门来吵闹，我百般赔罪，请他吃了一碗肉面，范老头儿抹抹嘴，才没说话。又一天，他在巷口钱老板家里游玩，老板娘娘供奉一尊白衣观音，天天礼拜，谁料他听信了洋学堂里先生的浑话，说观音是泥塑的，不用礼拜，他竟把桌子上的观音请到地上，提起着长衫，却在观音头上跨出跨进。老板娘见了，又跑上门来絮聒，我又担了许多不是，请她吃了一碗馄饨，方才没话。唉，我又不开什么面馆、馄饨馆，似这般地惹祸招非，怎么是了？还不如依旧送他到张敬甫先生……"

话没说完，柳荣在房里大解，把马桶盖在地板上拍得怪响，嚷道："张老头儿那边死也不去。"

碧云连忙喝住了，说："妈妈和你开玩笑，值得这般着急？"

柳荣听了放心，才不吵闹。柳太太便问女儿："你端的留在扬州当教员，还是到苏州去？据我看来，在家乡办事，一切便利，多少是好。"

碧云道："我为什么要留在扬州？这里局面小，经费又少，明似珠又不容易同事，在这里办事，一百年也不会出头。"

柳太太一切都听女儿主张，女儿这么说，当然不持异议。怎知道女儿的去留，只在吕蕙孙身上，假使蕙孙答应了在柳春那边做助教，碧云便死心塌地地留在扬州，局面也不小了，经费也不少了，明似珠也容易同事了。

蕙孙从那日逛湖回来，老妈子告诉他聋子太太误拜观音的一桩笑话，听得有趣，便狂笑了一阵。老妈子又说："我把少爷叮嘱的话照实向柳小姐说了，柳小姐不说什么，怒容满面地走了。"

蕙孙道："我只巴望她怒容满面，要是笑容满面，那便纠缠不清了。"

蕙孙虽是这般说，然而忐忐忑忑，依旧放心不下，只怕她过了一天，放下了怒容，又堆着笑容来厮缠。后来探听得碧云已往苏州，蕙孙方才放下了胸头一块石。

时光容易，一眨眼残春已尽，再眨眼又过了炎炎的长夏。广陵中学里暑假期满，招考插班生。当时风气初开，招考新生全凭中文定去取。蕙孙槖笔应试，史论一篇，时务策一道，振笔疾书，没有什么费力。待到榜发，高高地取列第一名，当下收拾书籍、被囊，入校肄业。少蕙夫妇当然有一番叮嘱。秀娟和蕙孙同居多时，天天会面，这一番当然有恋恋惜别的意思。

蕙孙入校以后，秀娟还没有觅得相当的学校，只在家里温习功课。好在少蕙家居无事，秀娟遇有国文中疑难的所在，常向舅舅请教。少蕙也不惮反复指导，少蕙以为眼前的甥女便是将来的媳妇，恨不得倾筐倒箧把自己的学问完全都传给了秀娟。

　　看官，少蕙虽有意把秀娟娶来做媳妇，可是这层意思，只有张氏知晓，便是妹子金寡妇面前，也不曾明白宣布。少蕙的用意，一则蕙孙、秀娟年纪尚轻，正在求学时代，不必把婚姻的事分他们的心；二则两家正在一屋子住，要是早定了亲事，未婚夫妇反而要避面起来，自有许多不便。若说金寡妇心里，恨不得把秀娟嫁给蕙孙，一重亲变两重亲，眼前的侄儿变作将来的娇客，只为金姓清贫，比不上吕姓的家况，自己向哥嫂开口，便是希图高攀，哥嫂向自己提议，才是真心俯就。然而这几年来，却不见哥嫂向她提议这头亲事，她不免有些恐慌，曾向哥嫂俩有意无意地说道："翠翠的年龄渐渐地大了，我是一只没脚蟹，短命的金其良又撇着我走了，没人在场面上往来。翠翠的亲事，只有仰仗我哥哥做主，替我选择一个好女婿。"

　　少蕙笑答道："妹妹不用着忙，甥女的亲事完全都在我身上，现在提议还早，到了那时，还你一个很满意的女婿。"

　　金寡妇不知哥哥葫芦里卖什么药，所说很满意的女婿，是不是阿祥？只有心里纳闷，未便多问。直到去年中秋看月华，张氏戏言："阿祥、翠翠大家福分好，不是兄妹俩，简直是……"话虽说得半句，却见得哥嫂心中，果然愿把翠翠做媳妇，所以她心中暗暗欢喜。

　　这天，少蕙带着吕升出门访友，张氏和金寡妇坐在里面闲话。秀娟做些结线的活计，替蕙孙结就一只小钱囊，钱囊黑地白文，结就"长毋相忘"四个篆文。正在收口的当儿，忽见吕升汗流满面，气喘吁吁地从外面跑来报道："太太，不好了，老爷被县里的差役捉到江都县衙门去了。"屋子里几个人得了这个消息，都吓得魂不附体。

　　欲知后事，且阅下文。

第十九回

离桂郡雪奴失踪
走权门玉女留影

江苏抚院接见属僚的日子，辕门里面好不热闹，官厅上衣冠济济，都在那里守候传见。巡捕官高擎着手本，扬着喉咙，高声调一起起地传唤进见，一班进，一班出。

约莫经了一两点钟，属僚都已见过，一带官厅子里的官儿，各各回衙治事，走个一空，只剩着一位头戴红顶的官儿，在官厅里面打转。他实在守候得不耐烦了，足足来了两点钟，兀自不听得巡捕官传唤他的名字。他这番上院，预备献一种计划，一则可以不失宪眷，二则可以报复私仇，只要抚宪肯传见，这计划便可以成就，一举两得，前途的希望很多，因此他在官厅子里踱去踱来，心头急煎煎，和热锅子上的蚂蚁一般。踱了一会儿，兀自不听得传唤进见，他便立在廊下，舒头探脑地张望。忽听得外面传唤进来道："金小姐回辕了！金小姐回辕了。"

他老大地吃着一惊。他想：我这来正为着金小姐问题，要在金小姐身上大大地发一注横财，怎么这里也跑来一个金小姐？难不成捷足先登？我意中的金小姐早被人献上辕门，博取富贵，那么我的计划又失败了。他便伸着脖子向外望，要认一认进来的金小姐怎样一个千娇百媚的人物。金小姐没有见，但听得"娘乎娘乎"的呼声愈逼愈近。停睛看时，一员巡捕官引着一个头戴破毡帽腰系青布作裙的乡下人，从仪门里走得进来。那乡下人捧着一只金眼狮子猫，猫儿看了面生人，慌得要逃避，却被乡下人紧紧捏住了。猫脚逃避不得，只是"娘乎娘乎"地极叫。这位官儿见了，好生奇怪，猜不出谁是金小姐。那时，巡捕官吩咐乡下人："须得把金小姐好好抱住，待禀明大人再来唤你！"便见巡捕官飞风也似的跑入里面，相隔不多时，便又跑得出来道："奉大人宪谕，立传那送金小姐的来人进见。"

那个乡下人怎敢怠慢？依旧牢捧着猫儿，随着巡捕官直入里面。这位官儿瞧在眼里，摸一摸自己帽上的大红顶儿，暗暗唤声："惶恐，我枉算是二品顶戴的道员，坐候了两点钟，兀自不得进见，那个头戴破毡帽的乡下人，一进了辕门，没多耽搁，便得传呼进见。破毡帽压倒了二品顶戴，尊卑颠倒，没怪四处八方都纷纷地革命造反。乡下人是来贡献金小姐的，我也是来贡献金小姐的；他的金小姐是四脚的猫，我的金小姐是两脚的裙钗；献猫的立时传见，献裙钗的冷坐在官厅子里。贵畜而贱人，这真是大大不平的事。"

他喃喃自语，呆坐在炕上，老大地不快活。由他不快活吧，著者暂把他搁在官厅子里，这一回书还没有分清头绪。什么两脚的金小姐，什么四脚的金小姐，诸君看了，不易明白，著者少不得要还诸君一个明白。

话说江苏巡抚德丰，是从广西巡抚调任而来。他在广西调任的当儿，搜括的民脂民膏划分四类，甲类金银珠宝，乙类古董书画，丙类绫罗绸匹，丁类精致器具，包封的包封，装箱的装箱，编列号数，捆载来苏，约莫有三千多号。

德丰有一只心爱的金眼狮子猫，是广西总兵孝敬他的，两眼睛金光闪闪，黑夜里都放出光芒，遍体一色雪也似的拳毛，顾盼生姿，玉雪可念，果然是不凡的异种。从此这员总兵便蒙德丰特别垂青，专折保奏，说他熟读韬钤，才堪大用，不上半年，升任提督而去。

德丰生平有十爱：一爱色，二爱财，三爱猫，四爱像姑，五爱酒，六爱古董，七爱赌博，八爱蟋蟀，九爱鹦哥，十爱狗。至于爱君爱国，只把来做口头的幌子，要是盘问他的心里，十爱以外可爱及君国，任凭加上百爱千爱，也轮不到爱君爱国。

自得了这只金眼狮子猫后，饷以美肴，卧以文茵，每逢办公完毕，退入内衙，总把金眼狮子猫捧上膝头，百般地抚弄。姨太太们见德丰宠爱猫，用不着拈酸吃醋，当然迎合德丰的心理，把猫十分抬举。一应上下人等，提起猫，总得唤一声"金小姐"。金小姐走到哪里，仆婢人等都要起立致敬，谁也不敢碰伤金小姐的一根毫毛。每逢贺年贺节，仆婢人等打伙结伴，向大人、太太、姨太太叩头贺喜，叩罢起来，也得向金小姐行一个半跪礼。德丰发下赏号钱时，也替金小姐开发一份赏号钱，仆婢们照例向金小姐屈膝谢赏。

比及德丰奉了移抚江苏的谕旨，挈同眷属和那心爱的猫狗等同赴新任，叵耐这位金小姐竟在离任的前三天，一去杳然，毫无踪迹。德丰大怒，立传中军官，派遣营兵在城厢内外挨户盘问，献出宪猫者重重有赏，隐匿宪猫者加等治罪。营兵倚仗声势，借端骚扰，累得百姓们连天叫苦，鸡犬不宁。幸而德丰的行期已定，过了三天，猫儿仍无着落，也只得离却桂省，去赴江苏的新任。全家眷属仆婢人等，一百八十一人，甲乙丙丁四大类大小箱笼，三千八百九十二件，一些没有缺少，只少了这只金眼狮子猫，德丰心里总觉得惘惘如有所失。

这天，德丰的哥哥德禄奉着朝旨来京陛见，阖城的大小官僚，借着城外的寒碧山庄，设宴公饯。德丰当然在座，饮至半酣，德丰偶然抬头，但见对面假山石上，有两只闪闪的金睛向他注射，停睛看时，正是他在广西失去的这只金睛狮子猫。不禁失声大呼道："咱们的金小姐回来了！"这一声呼唤，惹得在座的许多官员个个惊诧，都随着德丰的目光向着外面观看，只有花光映壁，树影摇风，哪里有什么金小姐？

那时，德丰早离着座，迎上前去看那金小姐。抚台一离了座，慌得在座的官儿个个离座肃立，只有德禄坐着不动。

德丰走下阶石，面向着假山，连唤着："来来来，金小姐，这里来啊！"

他唤了几声，却又碰着嘴唇，连呼："咪咪咪！"

众官员恍然大悟，原来抚台呼的是猫不是人。有一员掇臀捧屁的长洲知县趋步上前，向德丰禀告道："回大人话，卑职愿告奋勇，上这假山，把金小姐请将下来。"

德丰点了点头，说一声："须要仔细，别把她吓跑了。"

那知县拾起了箭衣，鸦行鹊步，一步步走上石级。那猫儿高坐在石顶，巍然不动，待到知县伸着手腕前来捕捉，那猫儿嘴里呜的一声，扑地便向树头上跳，知县睁圆着眼，只有呆看。那猫在树头略一接脚，耸身便向屋檐上跳，转眼之间，早已不知去向。知县吩咐随役，捐梯子上屋面四面瞭望，也不见猫儿的踪迹，枉把屋上的瓦片踏得四分五裂。知县老大没趣，无可销差，却被德丰跺着靴脚一顿申斥，说："你枉做了苏城首县，怎么这般地粗心浮气，办事操切？一只猫儿都拿不到，要是地方上出了什么盗案，你益发没有本领去捕拿了。本部院恭膺简命，有甄别属员的责任，似你这般庸劣的县令，实在有玷官箴，难膺民社。"知县涨红着脸蛋儿，只有连声道是，怎敢剖辩半句？

德丰重回座席，众官员才敢依次入座。德丰在席上，把金小姐怎么在广西失踪的情由说了一遍。

提法使沉吟了片晌道："这只猫儿敢怕不是大人的金小姐吧。广西和江苏，水路隔海洋，陆路隔山岭，怎能够翻山越海跑到苏州？"

德丰怫然道："这只猫儿怎说不是金小姐？方才瞧得清楚，和金小姐一般无二，怎有错误？"

提学使凑趣说道："经了大人法眼，绝无错误，猫儿翻山越海，这是古人笔记上常有的事。记得有一种笔记上说，前朝有一位总督，酷爱狸奴，豢养一只毛狮子猫，唤作雪奴，总督爱如拱璧，坐卧不离。有一年，总督进京陛见，只为关山跋涉，不便把雪奴携带进京。临走，吩咐家人好生把雪奴照顾着，休得疏忽。又手抚着雪奴道：'雪奴雪奴，你主人去觐天颜，多则半年，少则三月，依旧要回总督原任。你好好儿在这里守候着，休得胡行乱走。'叮嘱已毕，然后上道。比及到了京都，面君以后，退回自己的私邸，灯下静坐，正忆念着雪奴，猛听得几声猫叫，从窗外跳入一只雪白的狮子猫，仔细看时，正是留在任所的这只雪奴，喜得总督心花怒开，只不知道千里遥隔，雪奴怎样跑来的。待到来日，朝廷传下谕旨，授总督为东阁大学士，毋庸回总督原任，方才恍然大悟，原来雪奴有先知之明，知道主人不回原任，千里迢迢地来觅主人。这桩事载入笔记，只是想不起在哪一种笔记上。现在大人的金小姐，想也有先知之明，知道大人移抚江苏，特地赶到苏州来候主人，把笔记上的事做证，大人或者还有入阁拜相的希望。"

这一席话深合德丰的心理，喜得眉飞色舞，点头不迭，只是这只猫没有到手，又不免连唤可惜。

在这当儿，有一名戈什哈上前回话道："回大人话，听得守园人说起，这位金小姐常在这里走动，可以设法拿住，送还大人。"

德丰大喜道："那便好极了，你去传谕守园人，着他在三天以内，把金小姐送还衙门，重重地有赏。"

戈什哈领了宪谕，自去传达。酒阑席罢，各官都作鸟兽散，寒碧山庄是城面重归清净。早把看守园门的赵老二笑得嘻天哈地，腰都直不起来。笑了一阵，喃喃自语道："这位抚台大人，活见他的鬼来，广西的猫没人携带，怎会乘轮搭车来到苏州？况且这只金眼狮子猫，我眼见它从母猫肚里产生，怎说是广西来的金小姐？既然送到辕门，重重有赏，我明日便把狮子猫捉住了，也好到衙门里去领赏，省得留在这里，不是偷鱼吃，定是偷肉吃，夜间不捉鼠，反而打碎了许多碗碟。"

这天，巡捕官带领着一个头戴破毡帽腰系青布作裙的乡下人，便是赵老二。赵老二自从有了这一双脚，第一次踏着都宪衙门的地皮，战战兢兢随着巡捕官低头行走。走了几重门，那时德丰早得了信息，迎将出来，接受这位金小姐，吩咐仆人赏给送猫儿的十块钱。赵老二接了赏洋，叩头谢赏，仍由巡捕官带领出门。出得抚署大门，只剩了一副眼镜。

原来经过一重门，守门的都向赵老二需索，每重门需索两块钱，经过四重门，索去八块钱，末了，只剩着眼镜般的两块钱。头是赵老二磕的，钱是别人赚的，总算没有白跑这一趟，有这两块钱到手，还是幸事。

德丰捧着金小姐，心头欢喜，想起昨天提学使所讲的故事，猫寻旧主人，大有入阁拜相的希望，益发笑逐颜开，连连唤着"金小姐"。可是在他手里的金小姐，却没有依依恋主之诚，四脚乱捽，只想逃走。

那时，许多姬妾仆妇也都围上前来，争观这合浦珠还的金小姐。金小姐见了多人，益发捽得厉害，德丰竟有些捉它不住，把来授给三姨太太。三姨太太捧在手里，仔细一瞧，便唤道："哎哟，这不是咱们家里的金小姐！"

德丰惊问道："怎见得不是咱们家里的金小姐？一双金眼，浑身拳毛，和金小姐一般无二。"

三姨太太拉开猫的双腿道："大人请瞧，这不是雄猫吗？咱们的金小姐是雌猫，怎么会得女转男身，变作了一只雄猫？"

众人听得这般说，许多眼光都注射到金小姐的胯下，忍不住哄堂大笑。德丰知道错认了，自己也觉好笑，强敛着笑容道："有什么好笑？不管雄的雌的，凡是金眼狮子猫，总非凡猫可比，你们好好豢养着便是了。"

说罢，正待更衣休息，仆人上来回话道："外面官厅子里还有一位客没有接见。"

德丰皱着眉道："还有客吗？取手本来瞧。"

仆人便把手本取来过目，一行细字，写着"前江苏高等巡警学堂堂长湖北候补道石茂椿"。

德丰点头道："不错不错，快把手本交给巡捕官，传他进见。"

原来这手本，德丰方才已过了目，只因送猫的到来，所以忘却了，若不是仆人禀告，任凭茂椿守候一百年，也不会传见。这仆人为什么肯替茂椿帮忙？也不是仆人帮忙，十块钱的一张钞票在那里帮忙。

冷坐在官厅子里的石茂椿益发等得不耐烦了，去又不是，留又不是，正在没做理会处，忽见一个仆人从廊下经过，他便抢步出官厅，向着仆人高拱手、低作揖，央告他到大帅前禀告一声，说："我石茂椿在官厅子足足坐了三句钟了，大帅再不传见，我枯坐在里面，不是饿死，也要瘾死，请他老人家大发慈悲，容我进见吧！"

那个仆人只向茂椿瞟了一个白眼，理都不理，兀自走他的路。茂椿又抢上几步，一把扯住了衣袖，那仆人扭转头来，正待发话，冰冷的眼光向茂椿注射，却见茂椿从靴勒子里掏出一纸十元钞票，塞到他的袖子里来，顿把他的两道冰冷眼光化作了两股热气，笑说道："不消石大人破费，我们大帅休息一会子，便要见客。"

果不其然，仆人进去了没有多时，巡捕官高擎着手本，传唤着："石茂椿石大人，大帅有请！"慌得茂椿整整冠，洒洒袖，随着巡捕官直到里面，在会客室里坐定了。

又隔了一会子，才听得靴声橐橐，德丰出来会客。茂椿早已站起，连连打躬，礼毕坐定。德丰把茂椿瞅了几眼，才冷冷地说道："你那天寄给我的信，我已上瞧过了，目今朝廷注重新政，件件般般都该从根本做起。巡警一项，尤关重要，是根本中的根本，巡警学堂的堂长，没有专门学识不能充当。我把你撤去差委，并没有丝毫私意，替皇上家办事，不得不然，你可不能错怪我啊！"

茂椿挺着腰答道："职道岂敢？职道风尘俗吏，没有专门学识，理该退避贤路，大人为国择人，破除情面，取舍至公，怎有丝毫私意？"

德丰捻着短髭道："只要你知晓便是了。你那天的信里，说什么从前的错误，你已懊悔不迭，失之东隅，收之桑榆，你预备着一个报效的方法，须得见了我面，细细地禀告。你今天上辕求见，大概为着这桩事吧？"

茂椿道："职道今天上辕求见，便是为着这桩事。"

德丰静听他有什么下文，他又止住不说了。德丰冷笑道："你说有话禀告，你原来没有什么话说，哼哼！你也不用说，我可明白了。你说失之东隅，便是失却这个堂长；你说收之桑榆，便是恢复这个堂长；你说见了我面细细禀告，不消说得，定是愁穷道苦，要把这差使挽回过来，预备你的啖饭地步。哼哼！你既然知道我为国择人，破除情面，你便不该来见我，须知我恭膺简命，身受天恩，请训出京的当儿，仰蒙监国摄政王谆谆嘱咐，须把一切新政竭力举行。因此到任以来，掬着一片忠心，替皇上家办事，只知报国，不知其他。你没有专门学识，便不能充当堂长。替国家裁汰一部分冗员，便是替国家培植一部分元气，你还有什么话说呢？"

说到这里，便把茶碗一举，侍从人等见着大帅举碗，便高喊一声："送客！"茂椿暗唤："不妙，抚宪下逐客令了！"这时也顾不得官场仪注了，忙从怀里取出一帧五寸长三寸宽的硬片，向着德丰一扬道："职道的下情还没有奉禀，职道上辕禀见，便为着这桩事。"

德丰冷冰的眼光和这帧硬片相接触，说也稀奇，立时也把他两道冰冷的眼光化作了两股热气。回头吩咐侍从，不用送客，又笑向茂椿道："我们随意喝茶，别拘官场礼节。"

又把这硬片讨取在手，喜滋滋地看个不歇，越看越爱，便问："这是谁的照片？怎说你上辕禀见，便是为着这桩事？"

茂椿道："请大人屏退侍从，职道便敢把这桩机密事细细禀告。"

德丰真个屏退了侍从，和茂椿秘密谈话。这一席话，促膝而谈，声浪又是很轻的，侍从人等远远地回避，除却室中的主宾二人，谁也不会知晓。然而著者这方破砚上早筑起无线电台，主宾谈话瞒不过著者一支秃笔。

德丰问："这照片上的女郎是谁？"

茂椿道："这便是职道的同乡金女士。她的母亲是寡妇，她的舅父便是从前在治下充当巡警学堂堂长的吕少蕙。"

德丰道："你从哪里取得这照片？巴巴地送到这里来做甚？你可知道本部院弊绝风清，不容尝试吗？"

这两句官话，把茂椿兜头一压。茂椿再也狡猾不过的，偷眼瞧德丰，却见他迷花着双眼，兀自赏识这帧照片。明知他言不由衷，和自己开玩笑，便假扮着惶悚模样儿，恭恭敬敬地答道："职道该死，职道少年时读韩昌黎《送李愿归盘谷序》，道的是'飘轻裾，翳长袖，粉白黛绿者，列屋而闲居……大丈夫之遇知于天子，用力于当世者之所为也'。职道徒读死书，只知道自古至今的大丈夫都是如此，谁料大人却大大地不然，大人弊绝风清，职道岂敢轻于尝试？请大人发还这帧照片，职道就此告别。"

慌得德丰连连摇手道："前言戏之耳，你怎么便顶真起来？你说的'飘轻裾，翳长袖'，我便是这等的大丈夫。你说你说，这照片是从哪里得来的？"

茂椿不慌不忙地说道："好叫大人得知，这照片上的女郎是扬州数一数二的美人儿，唤作金秀娟。美中不足，只是脚大一些，人家都唤她半截观音。"

德丰笑道："不打紧，不打紧，越是脚大越妩媚，我们八旗妇女，没有一个裹脚的，便是古书上说的西子王嫱，也不曾道她双趺瘦削，纤纤莲钩。美不美在貌不在脚，相貌好了，脚大也好，脚小也好，我赏鉴美人，不存成见。就如这位金女士，容颜韶秀，体态风流，分明玉女下凡。她的裙下无论是纤足，是天然足，都衬得起她的好处。纤足呢，越见得她袅袅婷婷，惹人怜爱；天然足呢，越见得她落落大方，异常偶傥。不比我们二大人，醉心在裙下双钩，见了小脚的妇女，面貌不好也道好，却和我的宗旨截然相反。"

茂椿道："这便见得我大人物色人才，不拘一格，择贤以才，不以细行；择女以貌，不以小脚，其道一也。"

德丰道："你莫说恭维话，且把美人的家世讲给我听。"

茂椿道："职道平时也听得金女士貌美，只是不曾会过一面。本年三月里，职道家中有位西席姓王的，泛舟湖上，曾和金女士邂逅相遇，真个玉女临凡，令人目眩神荡。后来西席和职道谈起这桩事，把金女士的面貌十分夸奖，职道兀自不信扬州有这般的美貌女子，只道西席先生言之过甚。直到上月，从一家照相馆门口经过，恰见吕少蕙挈同家眷从照相馆中出来，这位金女士也在其内。职道匆匆一见，便叹西席的眼光不错，却又暗暗地替这位金女士万分侥幸。"

德丰诧异道："这话怎么讲？"

茂椿道："这位金女士虽是中等人家的闺女，然而早年丧父，家况平常，将来许配人家，至多也不过嫁个读书人家的子弟，温饱终身，便算幸福。若说五花冠诰、一品荣封，多分她没有这般的福命。只为这一番遇见了职道，便是她的绝大幸福。职道素闻大人姬侍虽广，还没有诞生公子，倘然娶得一位如花如玉的如夫人，一索得男，将来这位小公子一定是朝廷的柱石、邦家的栋梁，那么这位如花如玉的如夫人，便稳稳地享受那五花冠诰、一品荣封。职道的意思，便想替大人牵挽这条红丝，所以说是金女士的万分侥幸。"

德丰大喜道："你果然把这段姻缘撮合成就，我可以委你几个优差，自作酬报。但是这位金女士要多少身价银，何时可以送入辕门？据我看来，还是从速的妙。"

茂椿道："大人且慢，职道的初意，是替这位金女士万分侥幸，谁料事出意外，变生不测，职道又不得不替这位金女士万分悲悼。"

德丰突然一惊道："难道这位金女士花残月缺，香消玉殒了吗？唉，既然如此，你巴巴地献这照片来做甚？"

茂椿道："大人且慢，这位金女士依旧好好地活着，只恨她有了一个不近人情不谙世务的舅父，把她的五花冠诰一品荣封完全断送了，所以职道要替她万分悲悼。"

德丰道："你的话不明不白，我可不懂。"

茂椿道："好叫大人得知，这位金女士的终身大事完全都由他舅父吕少蕙做主，职道受了大人知遇之恩，特去拜会少蕙，替大人牵挽这条红丝。谁料少蕙不受人抬举，把职道一场辱骂，辱骂职道不必说，他又唤着大人的名字，说出许多悖逆的话。"

德丰忙问："什么话？"

茂椿道："职道受了圣朝三百年深仁厚泽，这些悖逆的话，怎敢出口？"

德丰道："这却不妨，你是传话，并不是直接骂人，快说快说。"

茂椿道："那么职道斗胆了。他说大人是奴才，他说大人是狗，他说：'我们神明种族，黄帝子孙的闺女，怎肯嫁给奴才、狗做小老婆？'"

德丰听罢，又是恼怒，又是惊慌，恼怒当然恼怒，为什么要惊慌呢？

原来这时的革命风潮早已发动，两湖地方光复汉族的旗帜，处处辉映五色。德丰私幸江南一带，安谧如常，没有什么变动。现在听得茂椿这般报告，可见得吕少蕙便是革命分子，少蕙曾向东洋去过，难保他不和革命党人勾结。

德丰听了谗言，深信无疑，气吁吁地说道："胆大妄为的吕少蕙，他敢是要革命吗？他是革命党，他的甥女难保不是一个女革命党。哎哟！革命党何等厉害！我怎能够引狼入室，惹火烧身？这段姻缘，快不要提起吧！"说时，便待把照片给还茂椿，却又呆瞧着画里，真真舍不得脱手。

茂椿道："大人不容忧虑，吕少蕙只是口头革命，他的革命是假的，他的甥女幽娴贞静，是一个有才有德的好女子，怎说是女革命党？"

德丰连连点头道："瞧这照片，很不像是个女革命党，从前捉到的女革命党，个个粗眉大眼，哪有这样的好模样儿？但有一说，吕少蕙既不愿把甥女给我做妾，为什么肯把这照片交给你手里？"

茂椿道："他怎肯交给职道照片？这是职道央托照相馆主人，私下里多映一副片，呈请大人赏鉴。只要大人瞧得上眼，职道不才，为着报答大人的知遇起见，略施小计，管叫大人不费分文的身价钱，稳稳地把金女士娶入衙门，享受艳福。"

德丰问："计将安出？"

茂椿不慌不忙，道出一番计较，喜得德丰六叶心花一齐开放，立时传唤厨役："设宴相待！"先请茂椿吃这一顿谢媒酒。直饮到傍晚时分，方才散席。

茂椿辞别出辕，按着他的预定计划，在旅馆里过了一宿，便返扬州，待要觑个机会，发展手段。发展的什么手段？当然和少蕙这番无端被捕大有关系。

少蕙无端被捕，真个闭门家里坐，祸从天上来，便在睡梦中，也想不到有这飞来横祸。原来少蕙和茂椿无怨无仇，茂椿却把少蕙恨得咬牙切齿，恨的是什么呢？

那一天巡警学堂的学员掮旗掌号欢送石乌龟，茂椿只道是少蕙指使，因此不恨学员，只恨着少蕙一人，而且他自撤差以后，不肯心死，兀自百计侦察，为什么德丰对于他的感情忽然冷淡？后来，有一个抚署幕友深知内幕，他说："抚宪把茂椿撤差，全为着吃醋起见，茂椿把美婢赠德禄，给德禄折磨死了，抚宪兀自心疼，深怪茂椿不晓事，把名花置于死地，要是这个美婢赠给了抚宪，他便是护花使者，断不使红颜归于黄土。听说德禄的姨太太死了，抚宪十分悼惜，替哥哥作了几首悼亡诗，挥洒了许多痛泪。"

茂椿得了这个消息，老大懊悔，当时果然把小凤子赠给了德丰，断不会有这挫折，怎么一时糊涂，打错了算盘？这都是自己的失计。然而见兔顾犬，未为迟也；亡羊补牢，未为晚也。德丰既是一个色鬼，不妨投其所好，挽回以前的宠眷。后来听得王式谷谈及金秀娟怎样美丽，他便不怀着好意，直待照相馆前邂逅美人，他又贿嘱了照相馆主人，多映一张副片，送到德丰那边去贡媚。至于拜会少蕙，替德丰说亲，被少蕙痛骂奴才，这都是茂椿信口造谣，并没有这么一回事。他的意思，无非要激怒德丰，把少蕙当作叛党看待，便好遂他的复仇主意。可怜少蕙不知道有人暗算，这天带着吕升出门访友，才走到县署左近，突见有一个面不相识的男子，手执着书信一封，向他打千道："吕老爷，这是家主的书信一封，本要送到府上，难得在这里相遇，省了小的脚步。"说时，把书信送给少蕙，转身便走。

少蕙道："且慢，你是谁家的下书人？还没动问。"

那人一壁跑，一壁说道："吕老爷，瞧了书信，自会知晓，小的还有要事，明天到府来讨回音。"说罢这几句，早已远远地去了。

少蕙好生突兀，拆开书信，只看得一句，早吓得面如土色。原来开端第一句便写着"兴汉除满铁血团团长吕少蕙先生鉴"，哎哟，这是怎么说起？正待撕毁这书信，冷不防掩上几名江都县捕役，抢去书信，把链子套上少蕙的脖子，怎由少蕙声辩，牵了便走。

吕升见这情形，唤声"不好"，便气吁吁地赶回家里报信。张氏夫人得了警报，忙坐着轿赶到江都县探望丈夫。待要动问情由，设法布置，谁料赶到那里，江都县早把少蕙解往苏州，业已启程。夫妻俩不得相见，张氏哭哭啼啼地回家，准备收拾金银上省打干。

欲知后事，且阅下文。

第二十回

假眼泪幻成真眼泪
恶心肠装作善心肠

吕少蕙被逮到苏州，叫起撞天的冤屈，生平和党人素无来往，怎么硬派他是个铁血团团长？既是抚宪密札江都县，指名捕捉，实则实，虚则虚，见了抚宪，理直气壮，不难分清皂白。

谁料到了苏州，只把他暂禁在县监里。德丰既不曾亲问口供，也不曾委着官员来审问。少蕙没有别法，只指望苏州的官绅代抱不平，替他在德丰面前说一句公道话。谁料和少蕙熟识的许多官绅，平日间杯酒论交，情投意合，不是举起酒杯说"我们是道义之交"，定是捧着酒壶说"我们是患难之友"。席面上慷慨淋漓的话，和咀嚼哺啜的声，喧成一片。到了今日，一个个口噤寒蝉，由着少蕙极口呼屈，他们只是袖手旁观。唯有高等巡警学堂的全体学员，得了这个消息，霎时间热血涌浪，义气冲天，登高一呼，应者云集。大讲堂上齐集了五六百人，要求这位代理堂长余德礼先生，率领着全体学员到抚宪衙门里去击鼓，替那位前任堂长吕老师申冤。

余德礼上了讲堂，愁眉苦脸地说道："少蕙先生的冤狱，不但诸君愤愤不平，便是鄙人得了这个消息，也不知暗暗地洒了多少痛泪。少蕙先生的为人是很纯正的，鄙人和他同事一年，推心置腹，什么话没有谈过？从来不曾听得他提倡革命。他抱定君主立宪的主张，对于革命，绝对地不赞成，怎说他是个铁血团的团长？这番横遭屈陷，变生意外，鄙人对于私交、对于公谊，断无坐视不救的道理。乡邻有厄，尚且要被发缨冠而往救之，而况少蕙先生是鄙人道义之交、患难之交。"

说到这里，取出手巾，不住地去擦那干眼睛，擦得眼圈红红的，眼角里仿佛有些湿汪汪，倒引出了许多学员的真泪。

就中有人起立道："余老师既然这般仗义，合该从速援救，使那吕老师早早出狱。"

余德礼道："不瞒诸君说，鄙人一得了这个消息，忙不迭地便去上院，愿把全家生命保这位少蕙先生出狱。叵耐德大中丞拒绝不见，连去了三趟，总是挡驾。"

于是学员们纷纷地说道："我们一起上辕击鼓，怕他不见？事不宜迟，快去快去！——二——三——"

口号喊得响，准备着开步走，却把余德礼吓得矬了，忙忙摇手道："且慢且慢，诸君这一去，不但救不得少蕙先生，而且坐实了他的革命罪名，便是诸君也脱不了干系。事关重大，万万鲁莽不得，快请坐下，听我申说。"

大家经这一挫，充分的热度陡地降落，不由得坐了下来。余德礼见众人坐了，方才心定，又取出手巾，不住地在面上揩拭，揩拭的是汗，学员们只道他是揩抹痛泪。

余德礼道："少蕙先生不主张革命，这是我们都知道的，援救的方法，只可以釜底抽薪，却不能扬汤止沸。诸君诸君，你们可知道少蕙先生虽没有革命的思想，却脱不了革命的嫌疑。"

众人忙问："嫌疑安在？"

余德礼道："三四年前，安徽省城里不是闹着一桩徐锡麟暗杀恩大中丞的案子吗？徐锡麟是副贡生出身，曾经到过东洋，回国以后，便在安庆开办巡警教练所，借着毕业为名，延请恩大中丞看操，闹出轰天动地的大案，只落得剖心致祭，累及许多毕业学员都受着牢狱之灾，险些性命不保。这桩案子，诸君想该记得。"

"我们都记得，但是和吕老师的事有什么相干？"

余德礼道："实际上不相干，表面上却犯着重大的嫌疑。诸君，你们可知道少蕙先生是什么出身？曾经到过哪一国？办的是哪一种学校？"

"我们都知道的，少蕙先生是副榜贡生出身，曾到日本，回国后，办的便是我们的高等巡警学堂。"

余德礼道："那么少蕙先生的出身履历，竟和徐锡麟一般无二，这还不打紧。听说徐锡麟没有失败的时候，曾和少蕙先生拜把子，虽然各行其是，两人的宗旨绝对不同，可是就这形迹上面，总不免授人口实。德大中

210

丞面前，定有人告发，所以雷厉风行，把少蕙先生逮捕下狱。幸而从前的徐锡麟是现任的巡警会办，目今的少蕙先生是去职的巡警堂长，有这一桩不同，少蕙先生虽然横被屈陷，待到对簿问供的当儿，尽有剖白的余地。只消说奉令去职，闭户读书，无拳无勇，怎会革命？上司听了便可以分清皂白，没的身任堂长的当儿，有千余名学员，有千余支新式快枪，这时不革命，却在去职以后反而革起命来。诸君诸君，少蕙先生的冤狱，你们不用着急，早晚便可以昭雪。要是逞着一时血气之勇，哄堂塞署，到抚宪衙门里去击鼓，大中丞怎不恼怒？见得少蕙先生和你们串通一气，那时救不得少蕙先生，还不免把你们一律当作乱党看待？徐锡麟一案，便是前车之鉴，这是万万鲁莽不得的。"

这一席话把学员们的狂热说得冰冷，大半都顾着身家性命，犯不上为着已经去职的堂长下这重大的牺牲。也有少数学员，兀自愤愤不平，破口骂几句："该死的奴才，万恶的国贼！手执金刀九十九，杀尽鞑子方罢手，我们本不想革命，照这样时局黑暗，一定要革命，一定要革命！"

余德礼听得一片革命的声浪，慌得摇手不迭。那些高呼革命的学员益发嚷得厉害，也有高唱着"不自由毋宁死"的，也有朗诵着石达开的檄文，说什么"可怜上国衣冠，沦于夷狄，相率中原豪杰，还我河山"的，也有三呼着"革命军胜利，汉族万岁"的，七嘴八舌，闹得沸沸扬扬。余德礼无可理喻，忽然号天嗐地地大哭起来，滚滚涕泪挂得满嘴满腮。他哪里来的这副急泪？却是纯任自然，毫无勉强，只为学员们狂喊革命，革命不打紧，他这只堂长饭碗，岂不要随着革命声中打个粉碎？这是和他有密切关系的，怎不号啕痛哭？从来哭国家、哭社会的，大半都是假哭，唯有为着饭碗而哭的，才是打从心坎里流出的血泪，一些儿没有虚假。

学员们见堂长哭得泪人儿一般，许多喧闹声浪立归沉静。便有人上前劝尉，说："堂长，有话请讲，不用痛哭，你为什么这般伤心？可是恋恋清廷，洒这副痛泪？还是怕德丰知晓了，把你撤差，因此痛哭？"

这几句话分明猜破了余德礼的心思，然而他却绝对不肯承认，呜呜咽咽地说道："我也不恋恋清廷，我也不恋恋这堂长位置，我却为着我的好友吕少蕙先生放声一哭。少蕙先生和诸君何怨何仇，却要把他置诸死地？他不过暂犯嫌疑，早晚便该脱罪。诸君这么一闹，传扬出去，便弄假成真，坐实了他的革命罪名，绑赴法场，身首异处，伤心不伤心？"

说时，又跺着脚放声大哭。学员们互相抱怨："不该这般鲁莽，余老师的话是不错的，我们不用胡闹，暂抱着冷静态度，听候吕老师的出狱消息便是了。"

　　余德礼方才止住了哭声，心头暗暗欢喜，不待细表。这天的开会毫无结果而散。

　　少蕙在县监里过了一宿，铁索锒铛，受尽了多少苦楚，待到来朝，张氏和蕙孙早哭哭啼啼地前来探监。少蕙却是很镇静地叮嘱妻儿："不用着急，一经公堂对簿，自有个水落石出。暂且静候着，哭也没用。"

　　少蕙急需的，便是监牢里一切费用，好在张氏早携带银两，替丈夫打干。禁卒们得了好处，怒目金刚顿变作了低眉菩萨。蕙孙又呜呜咽咽地禀告老父，说："得了这个消息，便四处托人救援。扬州绅士，唯有江景星先生正直不阿，肯说一句公道话，可惜他在三天以前，早挈眷进京去了。中学堂监督臧太史和官场很通声气，孩儿去求他，他却说不在其位，不谋其政，办学以外，一些事都不管。孩儿又到本地巨绅程中丞、杨状元府上求救，他们都是拒绝不见。还有一个石茂椿，也算扬州的绅士，他和爹爹不大融洽，素无往来，孩儿没有去求他，免得受他的嘲笑。"

　　少蕙叹了一口气道："世态炎凉，人情反复，也只有听天由命罢了。"

　　禁卒们见少蕙家属讲话过久，便上前来干涉，娘儿俩只得洒泪而别。

　　少蕙见他们去了，把不住一阵伤心，湿泪颗颗地落下，可见得患难之际，还是夫妻父子有特殊的感情，除却娘儿俩，谁到牢狱里来看我？平生的好友都不可靠，何况石茂椿是个幸灾乐祸的小人，听得我下狱，敢怕他的牙齿都要笑掉咧。

　　少蕙正在感想的当儿，忽然司狱官跑来，吩咐禁卒，把少蕙的锁械松去了，另换一间清洁的地方，特别优待。禁卒们怎敢怠慢？赶把少蕙的锁械解除，引入一间小小的屋子，里面有坐凳、有床铺。少蕙只道是财可通神，司狱官得了好处，才肯另眼相待。正待道谢，司狱官却连连恭喜道："恭喜少翁，不久便该出狱，这是上司吩咐下来的，说少翁革命的嫌疑，虚实未定，和罪犯不同，别把少翁难为了，所以兄弟特来向少翁道歉，替少翁贺喜。"

　　少蕙听了，转有些沉吟不决，既把我诬为革命党，为什么又是这般相待？

司狱官道："少翁不须沉吟，兄弟从辕门上听得消息，大帅为着这桩案，十分恼怒，一定要尽法惩治，亏得一位贵同乡星夜上省，在大帅面前竭力替少翁剖白，愿把全家性命替少翁担保。宪怒方才稍霁，传下命令，暂把少翁松械看管，且待军讯以后再作定夺。这真是天大的喜事，才遇着这个救星。"

少翁益发惊异，忙问："这位敝同乡是谁？"

司狱官笑道："不消说得，这定是少翁的肝胆之交了，要不然怎肯担这血海般的关系？"

少蕙自忖：同乡之中，不畏强御仗义执言的只有一位汪景星，方才祥儿说起，景星又进京去了。除却景星，谁是个肝胆之交？

外面又跑进一个仆役，手持着一张卡片，凑到司狱官耳边，轻轻地问了几句话。司狱官接了卡片，笑吟吟地授给少蕙道："这便是贵同乡，特地到这里来探望你，兄弟失陪了。你们知己谈心，不用拘什么形迹，再会再会！"说罢，转身便走。

少蕙急急地瞧这卡片，暗唤一声："哎哟，怎么来的是他？敢怕我眼花了？"把眼睛拭抹一下，细细地看，怎说是眼花？卡片上明明有"石茂椿"三个字样。哎哟！我只道他是个幸灾乐祸的小人，原来他是个仗义执言的君子。

少蕙在这里私自忖量的当儿，这位仗义执言的君子却早走入了里面，一见了少蕙，忙不迭地握手慰问道："老哥，这是哪里说起？似你这般忠君爱国，宗旨纯正，怎会和革命逆党通同一气？哎哟！世道崎岖，人心险恶，哪里来的狗彘不食之徒，背地里把老哥屈陷？老哥，你不用愁闷，文王尚有羑里之囚，孔圣不免陈蔡之厄，年灾月晦，算不得什么，早晚便可以安然出狱。兄弟和老哥，平日里虽然踪迹甚疏，可是君子之交淡如水，老哥的学问道德，兄弟早已五体投地，钦佩得了不得，一听得老哥被陷，兄弟便星夜上省。今天谒见了德大中丞，兄弟伏地陈词，替老哥竭力剖白，说：'吕少蕙品行端谨，乡望素孚，职道愿把全家担保，担保他不是革命党，倘有虚诬，听凭大人把职道全家处斩，职道死而无怨。'"

少蕙听了，怎不感激洒泪，答道："我只道恶毒社会里面找不出一个主持公理的人，却不料有吾兄这般古道热肠，肯替小弟排难解纷，小弟身受大惠，真叫作感激涕零，不知所报。可是中丞公听了吾兄之言，当时如何答复？"

茂椿道："我们坐了，细细地讲给你听。"

当下便拖了一张长凳，和少蕙并肩坐下，轻轻地说道："当时中丞公见兄弟愿负全责，很有转圜的意思，便说：'但愿吕少蕙不是革命党，有你作保，当然可以无虑。'兄弟谢了中丞公，才从地上爬得起来，便催促中丞公下令释放。中丞公说：'还没有派员审问，陡然释放了，恐招物议。'兄弟说：'吕少蕙一介书生，挨不起牢狱之苦，还得大帅开恩，早早释放。'中丞公道：'这也容易，我传谕狱吏，不把他难为便是了。'老哥，你现在手足自由，脱离锁械，这便是中丞公传谕狱吏的效力。"

少蕙感谢道："不是吾兄援救，怎得如此？但不知何日可以派员审问，昭雪屈陷？"

茂椿道："兄弟也把这句话向中丞公请示，中丞公说：'来朝便派员审问，只要吕少蕙投递亲供，表明和革命党并无往来，那便无事了。'兄弟又谢了中丞公，正待端茶送客的当儿，谁料事变不测，老哥的磨难未满，里面跑出一名仆人，说：'师爷有话和大帅商议。'中丞公便吩咐兄弟暂坐，少顷还有话说。中丞公进去了一会子，重又出来会客，忽然又发生了一个难题，却把兄弟吓呆了。"

少蕙忙问："发生的什么难题？"

茂椿凑着少蕙的耳朵道："这桩事真诧异，不晓得中丞公哪里得来的消息，说你有一个才貌兼全的甥女，唤作金秀娟，是坤秀女学校的高才生，中丞公尚少一位专房之宠，说你倘肯做主，把甥女给中丞公做姨太太，那么满汉界限早已破除，革命嫌疑当然消灭，中丞公便立时把你释放，还得给你一个优差。要是你不答应，便见得你对于满汉的界限不能破除，你的革命嫌疑便可以证实，国法俱在，万万宽恕不得。"

少蕙气得面都青了，一时说不出话来。

茂椿道："不但少翁听了气恼，便是兄弟听了，当时也气得发颤，便向中丞公回话，说：'大人要职道担保吕少蕙不革命，职道肯立下保状，若要吕少蕙把甥女献上辕门，职道却不敢担保。吕少蕙是个心高气傲的丈夫，可杀不可辱，怎肯把甥女献上辕门，希图自己活命？'中丞公说：'你别管他肯从不肯从，你只传我的话，细细地向他劝导一下子，他若真个不从，那么他便是醉心革命，我把他处决了，也叫他死而无怨。'"

少蕙愤愤地说道："我不革命，他强派我革命，把我冤杀了，玉成我一个革命流血的荣誉，我这一死也值得。他要我把甥女献上辕门，这是哪里说起？我的孤孀妹子，只有这一颗掌珠，没的为我分儿上，把好人家的女儿生生地断送了。要杀便杀，旁的说话，叫他再也休提。"

茂椿连连嗟叹道："兄弟早知道老哥是誓死不肯承诺的，果不其然，足见所料非虚。但是中丞公差遣兄弟来传话，兄弟不得不把这几句话传到，士各有志，何能相强？兄弟不能久坐，还得去复命，再会再会。"说罢，拱一拱手，转身便走。

走到外面，司狱官迎上问道："石大人，这桩事商议得如何？"

茂椿道："这牛性子的人，一时怎劝得他回心转意？好在还有一条线索可以设法，不怕他从中作梗，要是第二条计不成，那么只好央托你用一用非刑了。钢铁都得打软，何况他是个血肉之躯？"

司狱官点头道："石大人吩咐。"

原来茂椿行使这条毒计，除和德丰密议外，这员司狱官也是其中的小小参议。

张氏和蕙孙探监回来，才到旅馆门首，便遇见了王妈。张氏诧异道："怎么你也来了？"

王妈道："太太和小姐都为着舅老爷遭了横祸，百般地不放心，你们动身后，太太和小姐带着我也来苏州，才走进旅馆，小姐便瞧见黑板上有祥少爷的名字，便知道舅太太和祥少爷都住在这家旅馆，因此我们也在这里住下了。恰才遇见吕升，说舅太太和祥少爷都往监里探望去，不知可曾见过了舅老爷？"

张氏道："且到里面再说。"

当下三个人都上了楼，金寡妇母女住的房间正和张氏连号，彼此都相见了，想后思前，都不禁盈盈欲涕。从前大家到苏州，少蕙恰赴堂长的差使，何等起劲！这回重到苏州，少蕙身陷囹圄，大家都为着探监而来，何等凄凉！秀娟见蕙孙清减了许多，好不心疼，蕙孙也见秀娟的眼皮红肿，料她不知哭过了多少次数。自己家里遭了这横祸，累及翠妹妹担惊不浅，远道奔波，既痛着老子受冤，又惜着表妹担惊，一颗心受万刀攒刺，急雨般的泪阵滚滚地打落在衣襟上。蕙孙一哭，秀娟也陪着他呜呜哭泣。张氏和金寡妇正谈着探监的事，也是无限心酸，泪随声下。

王妈道："你们总得想一个方法，把舅老爷救得出狱才好，哭有什么用呢？"

王妈虽然反对哭泣，可是她的衣襟上也沾湿了一大块泪渍。

张氏且哭且说道："有什么法子想呢？除是方才遇见的同乡石先生，真个肯替我们出力，或者有些巴望。"

蕙孙道："石茂椿和爹爹没交情，方才的话敢怕是猫哭老鼠假慈悲。"

张氏道："也许是他真个肯仗义，要不然为什么也去探监？"

金寡妇和秀娟听了不明白，张氏便告诉娘女俩说："方才探了监，才出得门，却见同乡石茂椿正在门口下轿，阿祥是认识他的，便和他招呼了。他却很殷勤地拉了阿祥的手道：'贤侄，想是来探望令尊的。令尊遭了屈限，我也替他不平，为着同乡分儿上，总得大大地出一番力，待我见过了令尊，商议一个好法儿，使令尊安然出狱。'阿祥问他什么好法儿，他含笑不肯直说，但嘱阿祥不用着急，包你老子无事便是了。又问明了阿祥住的旅馆，说回来还得和贤侄细谈。"

金寡妇道："阿弥陀佛，原来扬州还有这位好乡绅，多分我哥哥有救，才能够好人相逢。翠翠，方才我们在火车里，不是也碰见一位好人吗？"

秀娟道："他也不过安慰我们一番罢了，空口说白话，有什么用呢？"

张氏正待问碰见的是谁，却见吕升进房来禀报，说："我们扬州的石大人来了，要和太太、少爷相见，有紧要事商议。"

张氏尚没回答，金寡妇抢着说道："好了好了，救星来了，你们娘儿俩快到隔壁房间中去会客，我和翠翠在这里听好消息。"

张氏这时也没了主见，便吩咐吕升，请茂椿在隔壁房间中坐定，自己和蕙孙便去会客。见面以后，蕙孙先谢了茂椿，说："老伯亲到监牢探望家严，感激匪浅。"

茂椿笑道："这算得什么？我不但探望令尊，还得把令尊援救出险，只是可惜……"

说到这里，敛着笑容，频频地嗟叹。张氏道："伯伯肯把外子援救出险，天大的恩德，不晓得怎样地相救？"

茂椿道："容易容易，要是少蕙兄肯听我言，现在已出了狱门了。只是可惜……"

蕙孙道："老伯为什么连唤可惜？"

茂椿紧皱着双眉道："可惜令尊拘守着一些小节，拼着牺牲这七尺宝贵之躯。目今时局不靖，到处戒严，凡有革命嫌疑的人，不论是虚是实，拿到便斩。令尊在这生死关头，上司面前，我替他竭力担保，才能够刀下留人，有脱罪出狱的好机会。分明九霄云里降下了赦书，可惜令尊不肯接受这赦书，反而欢迎那阎罗大王的勾魂票。"

张氏且哭且说道："哎呀！他可是痴了？生路不走，去走死路，他难道抛得下我娘儿两人？"

茂椿道："这也难怪少蕙兄，他是个端人正士，一些儿不肯自贬身份。方才他向我说的几句话光明正大，真不愧顶天立地的男子汉，好不令人钦敬。只是我的意思，身份事小，性命事大，要保全性命，贬一贬身份何妨？况且这也算不得自贬身份，那些趋炎附势的小人见了这条门路，正自求之不得咧。"

蕙孙见茂椿吞吞吐吐，不肯直截爽快地说出，急得什么似的，便催促茂椿宣布真相。茂椿不慌不忙，把方才在狱中和少蕙所谈的话重述一遍，还把材料扩充一些，说得德丰怎样地暴跳如雷，要把少蕙立时处斩，自己怎样地长跪求情，替少蕙百般地剖白，险些把双腿都跪折，头皮都磕破。直说到德丰回嗔作喜，立时传下命令，把少蕙松去锁械，不日便有释放的希望。

张氏和蕙孙立时跪拜在地，拜谢茂椿援救之恩。隔壁房中的娘女俩也听得心花怒放，谢天谢地，谢这天外飞来的救星。

茂椿见娘儿俩拜倒，慌得离座答拜，说："快别行这大礼，话尚没有说完咧。"

拜罢起身，又把下文许多话细细地说了一遍，不但张氏和蕙孙面面厮觑，没了主张，便是隔壁房中的娘女俩也吓得浑身发颤，心房中开着打米厂，一上一下捣个不休。

茂椿又道："论理呢，少蕙兄严词拒绝，一些不错，可是现在的世界，怎有道理可讲？道理是亡身之本，惹祸之源。少蕙兄的话，我怎能够据实禀复？要是据实禀复了，哼哼！大中丞一条令下，立时绑赴法场，一刀两断。"

张氏哭道："伯伯，你救人须救彻，快不要据实禀复。"

茂椿道："只为禀复不得，才到这里来和嫂嫂、贤侄商议。你们是自家人，休戚相关，总得从长计议。我待你们议决了，才去复命，可好不好？"

张氏哭道："秀娟是我的甥女，不是我的女儿，要是女儿，便叫她舍身救父，受些委屈，也怨不得许多了。"

蕙孙也哭道："老伯，请你禀复中丞，革命嫌疑都和家严没相干，小侄便是个真正革命党，小侄在这里待罪，听凭中丞派人来逮捕，要杀要剐，誓不皱眉。只求把家严早早释放。"

茂椿假意擦泪道："贤侄能舍身救父，难得难得，你既有这条孝意，孝可动天，大约也感得中丞公。我便把贤侄的意思禀复中丞，看中丞作何办法？"说时，抽身要走。

这时，早急煞了张氏，顾不得嫌疑，把茂椿衣袖拖住，哭喊着："伯伯去不得！"

茂椿便停了脚步，长长地抽了一口气道："可怜可怜，不但当局悲伤，便是旁观也都心碎。你们且商量一个最妥的方法，我在这里守候。"

蕙孙很激昂地说道："德丰的用意，我都知道了，不是要冤杀我爹爹，定是要轻侮我表妹。我爹爹光明正大，为什么要被他冤杀？我表妹巾帼丈夫，为什么要受他轻侮？除非我承认了革命党，没有更妥的方法。老伯快把小侄去告发，老伯不告发，小侄也得投身到案，听候德丰把我杀，把我剐。"

张氏听了，仿佛儿子已绑上法场，受杀受剐，赶把蕙孙抱住了，心儿肝儿不住地哭喊。茂椿又连连搓掌，口唤着："伤心伤心！"

假伤心引出真伤心，蓦然间，门帘揭处，闯进一个泪人儿，柳叶眉间，深锁翠黛，芙蓉颊上遍缀明珠，一壁哭一壁说道："德丰既然指名要我，我金秀娟情愿牺牲一生幸福，救我舅舅性命。"

茂椿拍手道："金女士既肯解围，少蕙先生便可以指日出狱了。"

话才说完，外面又闯进一个中年妇人，且哭且喊道："翠翠使不得。"

秀娟哭道："妈妈，我主见已定，决无更改。"

欲知后事，且阅下文。

第二十一回

隔户听悲声书生肠断
开筵遭剧变都宪魂飞

在那四面楚歌声中，兀自喜洋洋地弹一曲《凤求凰》，你道此人是谁？便是头品顶戴江苏巡抚部院德丰。外面的警报连珠般地报将进来，签押房里的公文厚可尺许，随意检阅几件，都是些不祥消息：一件革军大胜，声势滔天；一件京师震惊，下诏罪己；一件邻省响应，遍挂白旗；一件上海和议，势将决裂。德丰自言自语道："罢了罢了，大清帝国二百六十余年的气运满了，我去虑它做甚？拼着不做官，长把醇酒美人消遣我的下半世。醇酒呢，藏着十年陈绍酒、二十年陈花雕，要多少有多少，尽够我下半世吃喝。现在眼巴巴盼望的，只盼望这个美人儿早早送入辕门，和我做一对儿。美人来了，便是国破家亡，我的艳福仍在。昔人咏马嵬坡诗云：'到底君王太薄情，江山心重美人轻。'我却不然，叫作：'到底咱家不薄情，美人心重国家轻。'"

德丰正在吟咏妙句的当儿，早有仆役上前禀报道："启禀大人，石茂椿石大人在官厅里候见。"

德丰大喜道："快快传他进见。"

这时的石茂椿可红极了，身入宪辕，才向官厅子里坐得一坐，早有巡捕官来传见。进了会客室，尚没坐定，德丰早出来相见，一切官场仪注，尽行豁免。当下德丰屏退仆从，涎脸问道："足下此来，可有好消息？"

茂椿道："恭喜大人洪福齐天，贺喜大人天缘凑巧。职道此来便是报告这桩天大的喜事。"

德丰大喜道："可是吕少蕙应许了吗？"

茂椿道："吕少蕙应许不足奇，最难得的便是这美人儿樱唇里面道出这'愿嫁德大人'五个字。大约不出三天，便可以藏娇金屋了。"

德丰诧异道："你不是说金女士住在扬州吗？你怎又听得她亲口允许亲事？"

茂椿道："大人天上星辰、人间卿相，大人的喜事，冥冥之中，自有百灵效顺。职道今天到监狱里向吕少蕙百般劝导，说得舌敝唇干，谁料他固执己见，不肯应诺。职道探得他家眷住在旅馆里，便亲到旅馆和他妻子相见，说以利害，动以祸福。谁料依旧没效，只在没作主张处，这位金女士便是未来的宪姨太太，总算她福至心灵，竟款款盈盈地走得过来，自言：'愿嫁德大人，侍执巾栉，以充下陈，但求早早把舅父释放出狱。'那时她的母亲金寡妇不识好歹，从中劝阻，这位未来的宪姨太太怎肯被浮言所动，斩钉截铁般地向娘说：'主见已定，不能变更，依着我便没话说，不依着我拼把白绫三尺，了此生命。况且嫁了德大人，舅父可保无事，做女儿的又得侍贵人，锦片前程，说不尽的荣华富贵。娘和女儿何仇，一定要把女儿的好姻缘打破？将来胡乱嫁个田舍郎，女儿死也不愿。'金寡妇仔细一想，觉得女儿的主见不错，也便允许了。职道当时好不欢喜，问她们娘女俩怎么也在苏州，金寡妇说：'今天才到苏州，本意前来探狱，却不料成就了女儿的亲事。'职道便不觉以手加额，暗想：贵人的福命，和职道这般草茅下士，真有天壤之隔，喜信一动，月下老人便拦命奔走，把那住在扬州的未来宪姨太太送到苏州。两下姻缘，轻轻凑合。大人纳宠，以后还得派遣几名差弁捧着香烛元宝，到杭州西湖月老祠去还愿，才不负他老人家一番撮合之功呢。"

德丰听了这一番报告，满肚皮都装着欢喜，笑视着茂椿，道："不错不错，天上月老的功不可忘，人间月老的功也不可不记。"

茂椿挺着身子答道："大人说哪里话？职道身受大人的栽培，肝脑涂地，不足报称区区微劳，何足记功？"

德丰又问："要多少身价银？"

茂椿道："回大人话，似这位未来的宪姨太太，绮年玉貌，绣口锦心，便是量珠数斛作为聘钱，也不为过，可是他们急于援救吕少蕙出狱，倒不在这金钱上计较。大人毕竟肯出多少身价银，职道特来请示。"

这一句话可弄得德丰踌躇不决起来，生平十爱，一爱色，二爱财，鱼我所欲也，熊掌亦我所欲也，这便如何是好呢？踌躇了片晌，才伸出两个指头儿道："你看此数何如?"

茂椿问："可是二千金?"

德丰点了点头。茂椿笑道："回大人话,金女士那边并不要分文身价金,据职道看来,要是真个没有代价,不免轻亵了这位未来的宪姨太太,请大人把这二千金赏给职道做媒红吧!"

德丰微微一笑道："身价二千还觉少,媒红二百也嫌多,抽个十分之一给你二百金,聊作酬劳,将来还有优差委你,总使你满意。"

茂椿嘴里道谢,心里懊悔,要是把这两个指头儿猜作二万金,那么抽个十分之一,还有二千金到手。

谈了一会子,茂椿又提及金女士那边,有三桩要求。

第一桩,把吕少蕙即日释放出狱。

德丰道："立时释放便是了。"

第二桩,从少蕙释放日期起,直到第三天,才能够把姨太太娶入辕门。

德丰沉吟片晌,道："三天的期限,似乎太久了,没奈何也依了她。"

第三桩,迎娶的一天,须用全副辕门执事,拥护着这乘花花轿儿,直进辕门。

德丰连连摇头道："那个不行,职官在任纳妾,向干例禁,怎能大吹大擂,招摇过市?倘被京城中穷御史知晓,据实揭参起来,须不得了。"

茂椿道："职道的愚见,却和宪意不同,第三桩不生问题,天高皇帝远,穷御史的耳朵也没有这么长,万一揭参起来,大人亲友满朝廷,自有人从中弥缝。不过说事出有因,查无实据罢了。第二桩三天限期,转眼便到,应允了,也不打紧。唯有第一桩却应允不得,倘把吕少蕙即日释放出狱,他却挈带妻子亲戚,悄悄地向上海租界上一跑,那便糟了。"

德丰点头道:"足下虑得甚是,但是不把吕少蕙释放,恐怕金女士变卦。"

茂椿道:"这倒不妨,表面上释放出狱,却把他交给长洲县看管两天,待到第三天,然后恢复他的自由。那时,金女士已入宪辕,便没事了。"

德丰依计行事,又把二百金谢媒红交给了茂椿,不在话下。

衙门里的德丰欢欢喜喜盼望这快活日子到来。旅馆里的吕蕙孙变作了天下第一伤心的人,整整的一颗心却被那无形的钢刀剁作粉碎。他方寸里的感触，著者一支笨笔，哪里能够曲曲达出？不过写个大凡罢了。又是愧，又是愤，又是急，又是痛：愧的身为男子汉，不能救父出狱，转赖表妹琐琐裙钗舍身相救；愤的堂堂封疆大吏，倒行逆施，难怪四方志士都要革命起义；急的光阴迅速，转眼便是第三天断肠日子，侯门一入深如海，只怕兄妹俩永无会面的期；痛的高尚纯洁的翠妹妹，为着我们家里的事受这重大的牺牲。这"愧愤急痛"四个字，宛比四柄钢刀，齐心向心房里乱刺，怎不把整颗的心剁作粉碎？

金寡妇不能阻止女儿的主张，分离在即，当然悲痛，可是女儿进了辕门，只要抚台宠爱，她生了儿子，将来扶为正室，一般可以受诰封，但不知女儿可有这福分。想到这里，悲痛中间，兀自有一二分希望。

张氏又是一种心理，甥女和丈夫毕竟爱分厚薄，牺牲了甥女，可救丈夫出狱，没奈何，只得出此下策。好在甥女自愿，并非强迫，到这地步，也顾不得许多了。

那天石茂椿去后，张氏便向金寡妇屈膝磕头，说："翠翠肯为着她舅舅受这委屈，便是我的大恩人，我不能向甥女磕头，只得拜谢你妹妹。"

金寡妇扶了她嫂子起来，只有相对堕泪。吕升和王妈见了心酸，也忍不住热泪直流。吕升道："反了反了，这般的世界，真个革命世界了。"

王妈也叹道："这般的官儿，实在不成了样子，我若轻了三十岁年纪，也得手提钢刀，混在里面喊造反。"

唯有秀娟态度沉静，不肯轻抛珠泪。金寡妇向着她哭，她道："妈妈哭什么？假如天王寺歹僧行劫，没有恩人来告密，女儿早做了黄泉下的冤鬼。天付女儿薄命，过了一难，又有一难，也只索听天由命罢了。"

金寡妇道："翠翠，你的话却不错，那夜你果被歹僧劫了去，别说你没有命活，便是做娘的一条苦命，也留不到今朝了。你现在嫁给抚台做姨太太，我心里虽然不愿意，但是要救你舅舅的命，你受些委屈，也博得人人称赞。"

秀娟听了，微微一笑。金寡妇道："你见了抚台大人，须得和他说明，千年不断娘家路，过了一月两月，须得回扬州一次。我们不受他的身价银两，和卖绝的小老婆不同，却不能断绝娘家的路。"

秀娟又是微微一笑道："妈妈，这些说它做甚？女儿也等不到一月两月，便要回来伴老娘。"

石茂椿这时大起了忙头，一会子到旅馆，一会子上衙门，要借着这座撮合山，充作升官发财的终南捷径。吕少蕙早出了狱门，却在长洲县衙门里住，房屋清洁，伺候周到，一日三餐，毫无欠缺，只不许他出门，也不许他和县官相见。妻子那边也没有人来探候。少蕙心里闷得慌，不知是吉是凶，是福是祸。其实石茂椿早和张氏说明，在这两天内不必去探望少蕙，他是个方正君子，听得把甥女去赎他性命，他一定不答应，莫如暂时把他瞒过，直到第三天抚台那边备轿来娶新人，你们这边也备轿去迎少蕙。那时，少蕙回来，得知消息，生米已煮了熟饭，便不怕他不答应了。

张氏素知丈夫生性固执，听了这话，极表赞成。秀娟也频频叮嘱，这个消息不能预给舅舅知晓，要是走漏了消息，舅舅一定拼命不肯出狱门。

光阴先生，做尽了人间仇敌，鳔胶粘不住，长绳系不牢，看看这两天光阴容易过去，一轮落日又红艳艳地向西山矬下。哎呀，这轮红日可以矬下的吗？红日红日，你到西半球去游历一周，来朝再返东土，便另换了一番景象。佳人已属沙吒利，义士今无古押衙。红日依然，红颜何在？红日红日，没怪你在最后五分钟，红得这般可怜啊！这些感想都从祥哥儿心里发生，他在这当儿，喜也喜到了极点，痛也痛到了极点。横遭屈陷的老子，明天便可以恢复自由，这便是极端的喜；高尚纯洁的表妹，明天便不免身入魔窟，这便是极端的痛。他在旅馆里和秀娟住的是连号房间，虽只有一墙之隔，这时节似隔了云山几万重。秀娟兀坐室中，不言不语，也不向外面来走动，很活泼的女青年变作了入定的老僧，便是蕙孙跑得过去向表妹慰藉，秀娟也只有报以一笑，这不是巧笑，却是苦笑。

石茂椿在这一天，跑了好多次，无非传达宪谕，说："明天虽不是全副仪仗来迎新人，却也有一乘绿呢大轿、八名戈什哈、四匹从马，这排场也很好，你们须得早早预备。"

金寡妇向女儿说了，秀娟道："预备些什么？只不过待到轿来，女儿立时上轿便了。这是女儿大辱的日子，不是女儿大喜的日子，难不成女儿去做人家小老婆，这里还得悬灯结彩、宴会宾朋？"

金寡妇听了不错，便答复了茂椿。隔了一会子，茂椿又来了，说："你们虽不必铺张扬厉，可是门前一幅红绸，堂上几盏红纱灯，是必不可少的，要不然，抚台不快活，你家小姐过去后，只怕易伤感情。"

金寡妇只得勉强应允。过了一会子，茂椿又来了，说："你家小姐上轿时，虽不必凤冠霞帔，和新娘子一般装束，可是也须浓妆艳抹，穿着华丽的衣裙。要不然，明天见了抚台，只怕不容易得他的宠爱。"

金寡妇又向女儿说了，秀娟恨恨地答道："我们在客边，哪里有什么华丽衣服？明天只是随身衣服上轿，得宠和失宠，和他没相干，谁要他多管？"

金寡妇听了不错，又答复了茂椿。隔了一会子，茂椿又来了，说："抚台一定要新人浓妆艳服，你们这里没有预备，抚台已遣人承办，随后便得送过来。"

金寡妇只得勉强应允。蕙孙见茂椿忽往忽来，感他时感得铭心，恨他时恨得入骨。倘无茂椿，我爹爹不会出狱，这便是铭心的感；倘无茂椿，我表妹也不会分离，这便是入骨的恨。

那时天色向晚，金寡妇和她嫂子下楼去瞧那送来的吉衣。王妈和吕升也都在楼下，去看悬挂灯彩。蕙孙初时跟着母亲下楼，忽一转念，翠妹妹独自在房中，不知她做什么？这两天翠妹妹的神色大异寻常，我何妨悄悄上楼，窥她有什么举动。想定了主见，便蹑步上楼梯，不放一些声响。只见那边房门掩闭着，门上恰有微微的一条裂缝，便凑过头去，张这一下。却见秀娟面向着里，只把背后给人看，仿佛在那里参那面壁的禅。蕙孙瞧不见什么，心头纳闷，俄而镜光一闪，从那镜子中间，却瞧见了秀娟的容颜。蕙孙肚里忖量：原来翠妹妹在房里对镜，这也难怪她红颜薄命，怎不顾影自怜？在这当儿，又见秀娟放下镜子，从怀里取出一件亮晶晶的东西，倒把门外的蕙孙猛吃一惊。原来这亮晶晶的东西不是汉宫菱花镜，却是并州快剪刀。翠妹妹身藏利剪做什么呢？正在这般想，房里的喃喃自语，隐隐可听。蕙孙怎敢怠慢，赶把耳朵贴在门缝上听个仔细。

"秀娟秀娟，你的末日将到了，过了一宵，瞧得见东方日出，瞧不见西方日落。死神死神，你大概已跟着我走了，人人怕你，我却不怕你，假如那年死在强盗和尚手里，这一死便无名目。明天的一死很有价值，全我的贞操，又救了我舅舅性命，救了我舅舅，便是救了我祥哥哥。剪刀剪刀，我和你结个最后的知己，到了明朝，你须努力一下子……"

蕙孙听到这里，仿佛秀娟手里的剪刀在他胸口乱刺，初时不过在门外偷自弹泪，后来满肚皮的苦浪痛潮直冲咽喉，哪里按捺得住，不禁失声痛哭。吓得房里的秀娟赶把利剪藏在怀里，忙不迭地开了房门，便问："祥哥哥做什么？"

蕙孙只说着一个"你"字，苦痛在喉，哪里说得出话来？忽听得扶梯声响，却是金寡妇急匆匆地上楼，口唤着："翠翠，你学校里的先生来了。"

慌得蕙孙忙掩着面，三脚两步跑入自己住的这间房里，随手把房门掩上了，又落了闩，心头勃勃地跳。我正在万分懊恼的当儿，还加着一个不识趣的人来和我纠缠，那便要我的命了。柳碧云，柳碧云，你的耳朵怎么这般长？气吁吁地跑来做甚？他正这般想，便听得咯噔咯噔的革履上楼声，多分是柳碧云上楼了。他对于碧云，见着影儿都头疼，听着声儿都脑涨，赶把双手掩住了耳朵，倒在床上，暂图耳根清净。毕竟来人是否柳碧云，著者写到这里，有些笔乱墨忙，暂缓交代。

却说武昌城革命军起，到这时将近一月，这一月中，已起了许多变化，光复的旗帜飘飘扬扬，挂满了万家千户，誓师的檄文洋洋洒洒，传遍了海澨山陬。江苏全省，虽然暂时无事，可是充满种族思想的青年大都希望着清帝退位，革命成功，便是主持忠君论调的老先生，见势不佳，也会改变着从前论调，迎合那奔腾澎湃的革命潮流。从前说的是圣清二百六十余年，深仁厚泽，浃髓沦肌，现在说的是满清二百六十余年，专制暴虐，天怒人怨，其中不过变易得几个字，口吻完全不同，分明是彼一时，此一时，彼时不愧为忠臣，此时不愧为豪杰。史可法道得好，人心已去，收拾不来，风声一天一天地紧急，人心也是一天一天地变化。大凡报纸上登着民军获利的消息，一霎时便可销售净尽，人人喜滋滋地读那战电；要是载着民军的败耗，便道是报馆中得了满人的津贴，捏报军情，淆人耳目，仗着一时狂热，哄到报馆里，乒乒乓乓打个落花流水。苏州省会中的官吏，除却德丰，其余都是汉人，排满的声浪愈逼愈近。德丰虽然深居简出，总不免有些风声传入他的耳里，不但暗暗叫苦，并且暗暗呼冤。叫苦不必说，为什么要呼冤呢？他想皇上家还存个满汉成见，三千宫女，不纳汉人，唯有我德丰打破这个成见，满汉妇女一例看待。目前还得讨娶一位扬州姨太太，将来宠可专房，还得压倒原有的满洲姨太太，我何曾亏待着汉人？他们要把我满人排斥，可冤不冤呢？

这天正是德丰纳宠的日子，长洲县已奉着宪札，把革命党吕少蕙即日释放，毋庸看管。

迎娶金秀娟的仪仗，除戈什哈和轿马外，还加着两面金锣、两顶红伞、十六名护卫亲兵，谁料新人尚没进门，旧人早吃起醋来。原有的满洲姨太太拥着德丰，纷纷地说那不平话。有的说："大人当年纳我时，只雇着一辆骡车，把我送入公馆便算了。"有的说："我是出身丫鬟，升作侧室的，只向大人磕了几个头便算了，骡车也没有乘，小轿也没有坐。"你也和新人比较，我也和新人比较，都说先入山门僧为大，大人把新人这般抬举，我们旧人待怎样？把贱种女子这般抬举，我们贵族女子待怎样？慌得德丰连连摇手道："你们别闹吧，我把新人抬举，不是喜新忘旧，也不是重视贱族，轻视贵种。现在的满洲人可比不上以前了，我抬举新姨太太，便是融化满汉感情的入手办法。外面的革命党真不得了，都道满人虐待了汉人，要替全中国的汉人报仇，但看湖北、山西地方，凡是满洲将军驻防的所在，一经革命党攻陷城池，把满洲人捉来便杀，也不知丧掉了多少生命。我得了这消息，怎不心惊胆战？从前做官时，侥幸这胞胎投在满洲人肚里，一经出仕，便扶摇直上地做到封疆大吏；现在四处排满革命，又不幸这胞胎投在满洲人肚里，只落得提心吊胆，愁着汉人来报仇。没奈何想出这个办法，把金秀娟抬举一下子，用着仪仗去迎娶，待到入门时，我不叫她伏地叩头，只和我行个平等的礼数，以便传布出去，说德大人待遇汉人端的不错，娶个汉人做偏房，抬举得和正室一般，谁说他凌虐汉人，当作牛马奴隶般看待？满汉的感情调和了，那么江苏省便不会出什么乱子。只求大清国的江山不失，革命党归于覆败，我们满洲人仍不失为贵族，你们暂时受一些委屈，将来时局平静了，依旧可以整顿家教，把金秀娟降作侍婢，由你们呼来喝去，或打或骂，我绝不从中袒护。"

这些满洲姨太太也知道外面的风声不好，汉人报复的手段很厉害，听得德丰这般说，也只得暂时忍耐，再作计较。德丰压平了醋潮，正自欢喜，忽然仆人来报，说："布政使、提法使、提学使、巡警道、中军、守备一辈文武官员都来禀见。"

德丰呆了一呆，暗想：今天又不是上院的日期，他们合伙儿来见我做什么？莫非知道我今天纳宠，特来贺喜？便一起一起地请见。谁料都是来告警，都不是来贺喜。

提法使说："上海地方，民党聚集，不日便将起事，请大人示，怎样的设法解散？"

巡警道："本省的巡警，实力缺乏，不敷分遣，职道见人心涣散，大有骚乱的现象，万分焦灼，请大人示，总得调取别处得力的巡警，前来填防，才可以维持秩序。"

中军参将守备都戎也上前禀报："军力单薄，倘有疏虞，不堪设想，请大人示，檄调几支生力军前来助守，才没有意外之变。"

提学使从靴靿子里摸出一张揭帖，说："各衙门中，常有这般的匿名揭帖，发现人心摇惑，关系匪小，请大人示，合该作何办法？"

你也来请示，我也来请示，德丰哪有闲工夫理会这些军国大计，对着文武官吏，只说几句含混话道："这都是革党的狡计，虚张声势，谣言惑人，我们须得处以镇静，才是道理。目下不必张皇，待到紧急时，调兵遣将，本部院自有权衡。"

众官吏见德丰这般说，有事没事，横竖他自有权衡，落得不担着干系，只说："有大人保障东南，真是大江南北千百万生灵的大幸。"

比及捧茶送客的当儿，德丰又凑近各官吏的耳朵，轻轻地说了几句话，无非说今天纳宠，请他们前来喝杯喜酒。各官吏才恍然大悟，原来大中丞待唱佳期，厌闻警梦。

众官去后，德丰正待吩咐驺从到旅馆里去迎娶娇妾，忽然仆人又来通报："外面到了许多乡绅，说来求见大人，面呈保障人民的条陈。"

德丰瞧了瞧衔片，无非胡翰林、苟进士、姬状元、滕传胪一辈人，恨恨地把靴子跺这几跺道："不识趣的瘟乡绅，在这当儿，还来上什么瘟条陈？"

当下吩咐仆役前去挡驾，说："今天大人和属员会议要政，不便见客，请把条陈留下，明天再请相见。"

仆役回复了众乡绅，取得一份条陈，请德丰过目。德丰只把来搁在签押房里，谁有闲工夫去研究这个劳什子。立时吩咐排齐仪仗，到旅馆里去迎亲。

这时将近午牌时分，城中的官吏，除却几个骨鲠的不来贺喜，其余的都是顶儿翎儿，衣冠济济地来赴盛宴。石茂椿益发起劲，他正希望着盐捕营统领的优差，德丰允许他三天后便下委札，那时见了德丰，掇臀捧屁，百般献媚，自不必说。

华堂上金碧辉映，铺设一新。德丰预备着四名旗装婢女，届时搀扶新

227

人出轿。他又当着来宾，宣布礼节，说："少停新姨太太的彩舆到了，侍婢们拥护新人出轿，只需向我行一鞠躬礼，不用跪拜。须知我优待汉人，不存成见，因此有这般破格的举动。"说时，向众官瞧了一眼。

众官都说："大人实行破除满汉界限，真是我国家前途之福。"

待到未正，众宾还没散席，但听得锣声镗镗，一路敲将进来。别人不打紧，几乎乐杀了这个德丰，他早已翎顶辉煌地一步步走上红氍毹，预备着金秀娟向他鞠躬行礼。

不多时，一乘八抬八绰的绿呢大轿，四平八稳地抬入华堂。轿役人等退出外面，那四个头梳燕尾髻、足踏马蹄鞋的满洲婢女，把轿里坐的新姨太太款款盈盈地扶将出来。新人出轿，众宾都离了席次，打这一看，柳眉桃腮，还加着簇簇生新的装束，谁也都觉得眼前一亮。

比及拥上氍毹，侍婢们嘱咐新人行一鞠躬礼，新人便低垂粉颈，软折纤腰，向德丰深深地行了一个鞠躬礼。德丰有些眼花缭乱，凑步上前，正待细认新人的面庞，说时迟，那时快，新人早伸出左手，把德丰的发辫扭住，提起右手，握着一个鹅卵般大的炸弹，柳眉倒竖，杏眼圆睁，喝道："瞎眼的奴才德丰，你道我是金秀娟吗？我不是金秀娟，我是沪军大都督麾下女子决死队队长……"

话没说完，众宾都觉得眼前一暗，跟跟跄跄奔逃一空。

欲知后事，且阅下文。

第二十二回

水尽山穷客窗逢旧雨
灯红酒绿绣闼锁奴星

古人有一句不通的话，叫作双管齐下，双管怎么可以齐下呢？一支笔写这方面的事，一支笔又写那方面的事，同时下笔，叫作双管齐下。休说著书人没有这般本领，便是阅者诸君也不能在同一时间一只眼睛瞧这方面的事，一只眼睛又瞧那方面的事。

德丰那边的新姨太太暂时按下，金秀娟房里来的女学教员，前回中还没有表叙明白。吕蕙孙双手掩耳，倒在床上，只道是惹厌的柳碧云来了，暗想：我在这创深痛剧的当儿，还禁得起她来纠缠吗？索兴把被头蒙着脸，免得把碧云的声浪传入自己的耳朵里来。谁料睡魔却和他来纠缠，只为两三夜没有好好地睡，这一睡竟睡着了。神思恍惚，便见柳碧云笑盈盈地跑得过来，拉住了自己的衣袖，连唤着祥弟弟，说："我和你文明结婚去。"自己再三挣扎，哪里挣扎得脱，正在没作理会处，猛听得砰砰的一阵敲门声响，敲醒了他的一场怪梦。

梦醒了，敲门声兀自不停，他哪里敢答应，只道是隔房的柳碧云，知晓他躲在这里，前来敲门打户。然而房里越是不答应，门越是敲得响，还夹杂着啧啧的诧异声道："阿祥端的在房里不在房里，怎么默默不作声？"

才听出是他母亲的声音，赶把房门开放了。张氏一进了房，悄悄地向蕙孙说道："你躲在里面做甚？快到那边去，那边有人待和你讲话。"

蕙孙把头摇得拨浪鼓似的，说："妈妈，你怎么还不知道孩儿的心？她是何等人，却配和我说话？死也不去，死也不去。"

张氏道："吓！你道方才来的是谁？"

蕙孙轻轻地说道："她是柳碧云。"

张氏扑哧一笑道："活见你的鬼咧，她不是柳碧云，她是我们的大恩人，救你老子，救你表妹，都得仰仗了她，快去快去。"

蕙孙听说不是柳碧云，才放下了这条心，不是碧云，却没人和我纠缠了。谁料来人虽不是碧云，却比碧云亲来纠缠更甚。

蕙孙正待问不是碧云是谁，却听得一阵步履声响，他姑母和秀娟早陪着一位女宾闯入室来。瞧这女宾，不是柳碧云，却是明似珠。蕙孙依旧有些不好意思的模样儿。

似珠笑道："这位公子哥儿，一二年没有见面，依然和旧式家庭里的女孩儿一般模样儿，见了人总是腼腼腆腆，我也不来和你握手，免得你转身便跑。"

蕙孙益发不好意思，面上觉得烘烘地热。

秀娟道："明先生别取笑，我们商量正事要紧。"

似珠便在门外望了望，嘱咐金寡妇："在门外站着，有人走过，须得咳嗽为号，我们在这里秘密议事，走漏了消息，须不是耍。"

布置已毕，然后掩上了房门。大家都坐了。

秀娟轻轻地说道："祥哥哥，那天我们初到旅馆时，妈妈不是说起在火车中遇见一个好人吗？后来石茂椿来了，把这话打断，不曾说明。我们遇见的好人，便是这位明先生。那时我们赴苏州，明先生赴上海，不期而遇，在火车中相会，明先生问我到苏州做甚，我把舅舅被陷，特去探监的事说了一遍。明先生笑了一笑，说：'不用着急，你舅舅不久可以出狱。'我问她什么道理，她说：'事关秘密，不便在车中细讲。'我好生疑惑，定要她说明，她才取出墨水笔，在袖珍簿上写了许多话，悄悄地给我看。我看了，才明白。"

金寡妇在门外合罕合罕地咳了几声嗽，接着便有人从房门外走过，待到脚声远了，蕙孙便问写的什么话。秀娟道："她说：'上海革命党即日便要举事，首领唤作真济美，英雄盖世，不出三五日便是一位沪军大都督，素知德丰胆小如鼷，是个没用的奴才。到了那时，苏州不攻自下，你舅舅便可以安然出狱。'我瞧了这些话，只说一句：'但愿如此！'把袖珍簿交还了明先生，心中兀自有些半疑半信。后来下车以后，曾向妈妈谈及此事，妈妈谢天谢地说舅舅有救了。我说：'只怕明先生说句安慰的话，不见得成为事实。'"

蕙孙急问道："这些话且别理论，我只问明先生来到苏州是何宗旨？"

似珠向蕙孙瞟了一眼，笑盈盈地说道："我到这里来征服德丰，救你们出险。"

蕙孙把舌头一伸道："明先生，你真个能征服德丰，救我们出险吗？"

似珠伸着柳眉，扬着粉搓玉琢的拳头道："你别小觑了我，纤纤素手，收得转汉族河山，呖呖莺声，喝得破奴才心胆。"

金寡妇又是合罕合罕地咳了几声嗽。秀娟忙向似珠摇摇手，待到门外的人走过了，秀娟道："我们不用发什么议论，祥哥哥，你凑耳过来，我来做个简括的报告。明先生虽是个琐琐裙钗，却是胆大包身，有谋有勇。她知道上海的革命可以一举成功，因此潜到苏州来，待向德丰那边做个示威举动。她带了几位女同志，住的便是对门的这家旅馆，她不知道我们住在这里，今天她遇见了王妈，才知道我们住在这里，因此她便来访，我闭了房门，轻轻地讲话，你虽在隔房，料想没有听得。我把德丰要强纳我做妾的事述了一遍，她道：'你愿去不愿去？'我道：'我为着要救舅舅性命，没奈何出此下策，早安排着一死，并用利剪……'"

蕙孙抢着说道："翠妹妹，这个使不得，你拼着一死，我也拼着一死。方才在房门外听得你的决裂话，直把我的心肝片片割碎。"

秀娟忙道："祥哥哥，别着慌，我现在不死了。明先生向我说：'你明天向上海去一走，我代你去出嫁。'我只道明先生是戏言，明先生说：'这不是戏言，我正待到德丰那边去，恨没有门路，我冒着你去，倒是和德丰接近的好机会。你只收拾东西，和你妈妈舅母表兄都住到对门这家旅馆去，你们的房间让给我和几个女同志住。待到天明，你们乘着早车，便向上海。横竖你的舅舅明天便得释放出来，你便差你表兄去迎接，父子俩也向上海一走。德丰那边派人来迎你，我便把新娘的衣服妆饰一一穿戴了，装着新娘去和他相见。待到被他瞧破了，你们早到了上海，他便奈何你们不得。'我说：'德丰虽然奈何我们不得，可是你身入虎口，岂非害了你吗？'明先生说：'不入虎穴，焉得虎子？我把德丰当作乳臭小儿相待，到时自有主张，你不用代为担忧。'当下便催着我按计行事，我因此把这桩可喜的事向你报告一遍，事不宜迟，快快预备才是。"

蕙孙听了这一席话，真个喜从天降，当夜向账房里算清了房饭钱，移到对门旅馆里去居住。似珠又招呼她两个女同志，移到这里来居住。这两个女同志都是女子决死队里的重要人物，一个唤作谢巧针，一个唤作郑润卿，前集《广陵潮》中，她们俩也曾在舞台上露脸。账房虽知道明天这里有喜事，可是谁是新娘，也不甚了了。他见方才来了一位女客，蕙孙他们便忙不迭地让出房间，只道这位女客便是新娘。账房是个颟顸的人，打定了主见，便自以为是，不来多管。

到了来日，张氏、金寡妇、金秀娟、吕升、王妈果然乘着头班车先赴上海，在租界上觅得一家旅馆居住。吕升重回到车站，候这二班车来。待到二班车抵站，吕少蕙父子俩果然也到了，这一番脱险赴沪，宛比从天罗地网里钻将出来，说不尽胸头快活。

再说苏州旅馆里彩舆临门，便由谢巧针、郑润卿两人扮作了随嫁侍婢，扶着这位珠围翠绕花团锦簇的西贝新娘上那彩舆，她们俩也各坐着小轿，随着彩舆而去。一路鸣金喝道，前呼后拥，直向抚宪衙门而来。

行人知道是德丰纳妾，大概唾骂连声，说："人心惶惶的时代，做大员的兀自寻欢作乐。"也有一部分人啧啧叹羡："那位大人三世修来，享受那无穷艳福。"

以上的补笔，交代了一个明白。

且说准备享受艳福的德丰，吓得心惊胆战，半晌开不出口来。似珠又喝道："你听着，我是沪军大都督真济美麾下女子决死队队长明似珠，你若贪生怕死，须得听我指挥，要不然，炸弹落地，周围一丈以内的人立时都成了齑粉。"说时，高举着炸弹，做那欲掷之势，吓得在那一丈范围以内的人倒躲不迭。

德丰喘吁吁地道："女英雄、女豪杰，有话好说，别掷炸弹。"说时，向那左右窥望，可有卫队来救护。有是有的，只在一丈以外，舒头探脑。

似珠又喝道："不许东张西望，你再扭转头，炸弹又该落地。"

德丰忙道："不……不敢。"

似珠道："你吩咐卫队退出，不得在这里舒头探脑。"

德丰道："你……你们都回避了！"

卫队们尽数退出。那时随嫁的两名西贝婢女，兀自立在庭中。似珠道："决死队正先锋听令！"

谢巧针答应一声"有"，飞步上堂，在似珠面前站立。似珠道："你一只手扯住了那奴才左手，一只手握着炸弹。"

232

谢巧针便从怀里摸出了炸弹，一只手扯住了德丰左手。似珠道："决死队副先锋听令！"

郑润卿答应一声"有"，飞步上堂，也在似珠面前站立。似珠道："你一只手扯住了奴才右手，一只手握着手枪。"

郑润卿便从怀里掏出了手枪，一只手扯住了德丰右手。可怜的德丰，两手一辫被三位女将军扭住，颤巍巍地哀求饶命。

似珠道："你别慌，你只领我到洞房里去，我不伤你性命。"

德丰道："使……使得，使……使得！"当下浑身发抖，步履欹斜，指引着路途。

三位女将军架着德丰，径向洞房而去。这间洞房预备着藏娇之用，装潢得十分华丽，百般旖旎。似珠才一声吩咐，把德丰放下了。却遣谢巧针、郑润卿两人把守洞房的门户。似珠老实不客气，竟在一张红木精雕全本《西厢记》的大床上坐定，双手兀自捧着这颗炸弹，吩咐德丰在床前站着，喝一声："你可想活命？"

德丰战战兢兢地答道："女英雄、女豪杰，你们有什么要求，我都答应，只求饶我一命。"

似珠道："我们也没有什么要求，只不过借着你的洞房，由我们在这里住宿三天。每日三餐须得格外丰盛。"

德丰道："一切都可遵命，别说三天，便是三十天三百天也不妨。待我去吩咐厨房，预备着丰盛筵席，款待你们三位。"说时，转身便走。

走不到三两步，镇守房门的谢巧针、郑润卿一个握着弹，一个擎着枪，齐喝一声："奴才休走！"吓得德丰又钉住了脚。

似珠阴扎骨的几声冷笑道："哼哼！德丰，你休想越这雷池一步，老实向你说了吧，我们决死队里的姊妹，个个视死如归，不比你贪生怕死，恋恋着这一条狗命。在这三天以内，你只陪着我们住在这里，外面的仆妇丫鬟一个都不许放入。要茶要汤要酒要饭，只许她们放在门口，我们自会取用。你果然低首下心，一些儿不倔强，过了三天，还有命活，要不然，我这手里的东西向下一丢，你这头品顶戴江苏巡抚部院，便陪着我们决死队三姊妹同归于尽。"

德丰怎敢倔强，只有诺诺地答应。隔着房间，有许多姨太太仆妇丫鬟，都在那里窃听动静，听得似珠这般说，都把舌头伸出了寸许。大家想把德丰援救出险，只是投鼠忌器，想不出一个援救的方法。

大姨太太哭丧着脸道："咱们妇人家想不出主见，还不如到外面和师爷们商议。"

当下到了外面，把几位足智多谋的师爷们一一都请到了，谈及这桩事，大家都是智穷谋尽，一筹莫展。

张师爷捋着短髭道："这便怎么处呢？要把这女革命党处死，是很容易的，机关枪对准了房门，噼噼啪啪放这一下子，便完事了。只是大人怎么样呢？"

李师爷连连跺脚道："糟了，糟了，这般的绑票，真个闻所未闻。匪徒绑票，只有把人绑到山上去，没的便在本人自己的房里绑起票来。"

王师爷道："她们虽只有三个琐琐裙钗，可是大人在她们掌握之中，便有万马千军，也近她们不得。和她们硬干是没中用的，还不如设法软骗。"

姨太太忙问他用什么软骗方法，他又光睁着两只乌珠，没个计较。

陆师爷素有神机军师之称，不慌不忙地说道："硬干既然没用，软骗也未必有效，但看我方才下的一着棋，可下得错不错？"

姨太太忙问："下的什么一着棋？"

陆师爷道："大人今天纳金秀娟为妾，怎么换了一个明似珠？可见这个女匪是金秀娟指使而来。方才出事的当儿，我已面托吴县知县，快传衙役，把金秀娟捉到这里。女匪挟制大人，我们便挟制金秀娟，女匪想把金秀娟保全，当然不敢把大人难为。"

众师爷听了，都称许他的计划很好。在这当儿，仆人上来禀报，说："吴县衙门里有电话来，说金秀娟一应人等都跑了。"

陆师爷连连搓着双掌道："这便棘手了，她们有挟制，我们没有挟制，如何是好呢？"

姨太太们又苦苦央告，都说："可另有什么方法？"

陆师爷皱着眉道："方法是有的，只怕没效吧。她们既勒索酒饭，可在酒饭里下些毒药，只是这一着也很危险，万一被大人误吃了，须不是耍。再有一法，她们要在这里连住三天，日间不易设法，待到夜间，她们都睡着了，悄悄地撬门进去，也可以救出大人。只是撬门的当儿，全仗着手段敏捷，不露声息，要不然惊醒了她们，须不是耍。这两个方法，姨太

234

太看事行事，自作计较吧。"

姨太太们依旧不得主张，只得惨凄凄地回到里面。

师爷们互相商议："这个消息传到外面，堂堂巡抚，被女匪架到新房里去做肉蛋，和大人的颜面有关，只得掩耳盗铃，说刺客都捉住了，正在秘密研讯，严究主使，大人政躬不豫，暂缓见客。"

又因这桩祸端都从石茂椿一人发生，便派人到石茂椿公馆里捉人，谁料又扑了一个空。

原来众宾客奔跑的当儿，石茂椿第一个脚快，他见彩舆中扶出的不是金秀娟，老大吃了一惊，双脚早下了动员令。比及似珠把德丰扭住，茂椿怎敢迟延，一溜烟逃出抚辕，带着仆人，悄悄地自回扬州。

不多几天，扬州也闹着革命，他便趁这机会，赶走了江都县毕升，自己便做那扬州民政长。这是前集《广陵潮》中事，不再复叙。

再说往赴喜筵的文武官僚，听着"炸弹"两字，早把他们的三魂七魄炸得粉碎，抱头鼠窜，逃出抚署。乘轿的乘轿，骑马的骑马，各回自己衙署。待到回了衙署，粉碎的魂魄渐渐地凝合拢来，唤一声"侥幸，亏得两条腿跑得飞快，没有做那炸弹底下的冤鬼"。

他们惊魂略定以后，便纷纷地遣人到抚宪衙门探听消息。比及打探的人分途回去报告说："炸弹没有爆发，刺客们都拿住了，大帅只略受些虚惊。"

他们听得大帅没有受伤，又不免上院问安，乘轿的、骑马的陆续都到了辕门。里面传出消息，说："大帅政躬不快，一概挡驾。"

众官员只得各回衙署，不在话下。

再说这位大帅，早不成其为大帅了，这三天洞房地狱，真够他的受用。很华丽的洞房，前后房都有门户，后房门早给明似珠堵断了，只留着两扇前房门，仍由谢巧针、郑润卿两人把守，窗儿都上了屈戌，没有丝毫疏虞。德丰依旧朝珠补褂，翎顶辉煌，待要更衣，似珠怒目相视，只是不许，又取得一条带子，穿入德丰辫股中，双重绾住，把一端牢系在床柱上面。有这羁绊，德丰益发不能远走，最远也不过走到房门左近。房里的椅子只有三人可坐，德丰站不住，只好在地上打坐。

待到夜间，似珠的新娘衣服完全卸下，只穿件妃色闪光缎紧身夹袄，下系一条苹果绿线绉夹裤，把炸弹放在床头，拖过一个绣花文明枕，竟横

235

压在大红绉纱的被上，闭目养神。房里的电灯照耀如同白昼，似珠又生得很妖冶的，在那灯光之下，又穿了红红绿绿的衣裤，德丰虽在患难之中，偷眼瞧见了，也不禁心坎一动。谢巧针、郑润卿又吆吆喝喝，催着外面送饭来，外面佣妇们怎敢怠慢，便送上几色佳肴、一壶美酒、一锡锅的香稻白米饭来。巧针、润卿不许佣妇进房门，只许把饭盘放在房门左近的地上，喝一声："你把这菜肴搬上桌子，伺候我们吃饭。"

德丰怎敢不依，把东西搬上了桌子。似珠才从绣床上翻身而起，软洋洋地伸了一个懒腰，向紫檀椅子上坐定，瞅着德丰，唤一声："来！"

德丰哪敢不来，似珠把壶里的酒倒入银杯，授给德丰道："你干这一杯。"

德丰便一口喝尽了。似珠又在每色菜肴里面，用牙筷夹取少许喂给德丰道："你吃你吃！"

德丰又凑过嘴去，一一地吃了。似珠把酒肴都给德丰尝过，方才放心托胆地享用那美酒佳肴。房门外的佣妇瞧见这情形，便向大姨太太那边去报告。大姨太太暗想：这女匪好不厉害，亏得酒肴里面没有下毒，要不然岂不先毒死了我的大人？从此把下毒的念头放下，只得待他们都睡熟了再作道理。

原来德丰的姨太太共有八人，宠擅专房的，唯有大姨太太一人，其余大半失宠。那失宠的姨太太，表面上虽然愁眉泪眼，心里却暗暗快活，谁叫他厌新弃旧，弄个贱种的女子来？如今撞着了女匪，也是天有眼睛，合该他受这苦恼。我们八旗贵族的妇女他不爱，爱上了贱种的女子，如今把他绑票的便是贱种的女子。

似珠在房里用过夜膳，洗过了脸，便握着炸弹，去替代巧针、润卿守门。巧针、润卿胡乱吃了饭，便吩咐德丰："把残肴搬到地上，席地吃饭。"

德丰哪里吃得下，又不敢不吃，胡乱吃了些，把碗盏收拾在盘里，捧着饭盘，放在门口，揩台抹桌，都由德丰效劳。不消细说。

似珠、巧针、润卿三人轮替守门，哪有半些儿疏忽？妆台上的时辰钟敲了十下，似珠面含薄醉，星眼微饧，吩咐巧针、润卿："门禁森严，须得注意，我不客气，先睡了。待我睡醒，换巧针妹妹睡。巧针妹妹睡醒了，换润卿妹妹睡。"吩咐已毕，便到后房去上马桶，待到事毕，重回床

236

畔，解去衣纽，把衣服都卸了，搭在衣架上，上身只剩一件小半臂，下身只剩一条贴肉汗裤。她也不避着德丰的眼，公然宽去鞋袜，上床安睡。湖色绉纱帐兀自挂起在银钩上面，并不放下，拖过一条锦被，掩盖了身子，竟自睡了。

德丰瞧在眼里，又不禁心旌动摇。却听得似珠吩咐道："德丰，你只许在地板上打盹，你若上床，枕头边炸弹爆裂，管叫你血肉横飞。"

德丰又吓得毛发耸然，打灭了邪念，没奈何，趺坐在地板上，权做个入定的老僧。下半夜似珠睡醒，便握着炸弹去守门，换取金针上床安睡。她们三个人，只是这般更替迭换，大姨太太又得了信息，唤一声："苦也！"

陆师爷说的第二个计较又做不成，八位姨太太没法可想，只得用着苦肉计，隔着房门，插烛也似的罗拜在地，央告这三位女英雄、女豪杰："瞧我们八个姊妹面上，把大人释放出房，凭你们要多少金银财帛，如数拜纳，绝不短少。"

似珠在房里喝道："咦！休得胡言乱语，我们替四万万汉族同胞吐气，才有这光明正大的举动，没的不替四万万汉族同胞吐气，反而向你们八个贱妇卖情。"

八位姨太太又百般央告，一壁央告，一壁磕着响头。似珠喝道："决死队正先锋！"

谢巧针道："有！"

似珠道："贱妇们倘不退下，你便抛掷炸弹。"

八位姨太太吓得跟跟跄跄，逃奔不迭，这苦肉计又归无效。

德丰在夜间卸去顶帽，胡乱躺在地毯上。到了来朝，似珠又吩咐他戴了翎顶，听候差唤，捧面水、捧燕窝汤、捧点膳都是他的专职。这还不打紧，最难堪的，似珠等三人上过的马桶也令他掇到门口，他当时很有些难色，无奈受着武力压迫，也只得把马蹄袖双捧着马桶，掇到房门口，再由佣妇掇出。

列位，这不是著书的过甚其词，从来生命和体面，在那患难中间，大有不能并立之势，顾全了生命，牺牲体面，顾全了体面，牺牲生命。历史上的樽前行酒，马前执盖，帝王的下场尚且如此，何况德丰是一个区区巡抚。

三天的磨难转瞬将满，外面惊人的消息早传遍了苏城。第一个警报，上海民军攻破制造局，真济美执掌全权，被举沪军大都督；第二个警报，真济美派兵遣将，前来夺取苏城；第三个警报，十万光复军浩浩荡荡杀奔苏州而来，已在青阳港和清兵接战，杀得尸横遍野，血流成河，苏州人不禁恐吓，纷纷叫苦连天。其实第一个消息是确的，其余的都是无稽之谈，哪有影响？真济美派着明似珠等三人，把德丰软禁在房，比着十万雄军更加得力。官居巡抚，有统属全省文武的权力，巡抚被禁，托言卧病，雪片也似的告急文书都积压在签押房里，谁来理会？幕友们见势不妙，纷纷地溜之云乎。地方官上院几次，都被挡驾，也纷纷地存了异心，三十六计，走为上计，收拾细软，挈带家眷，把个脚底给百姓看。

　　可怜德丰幽囚在绣闼里面，和外间隔绝消息，只道三天期满，脱离灾厄，依旧可以堂皇高坐，行使他统属文武的职权。谁料"江苏巡抚"四个字，从这天起已成了历史上的名词，蓦地里新军哗变，拥戴着新军统领苏耀光将军，飘飘扬扬地挂起白旗来。旗上大书特书"江苏大都督苏耀光"。

　　苏耀光和真济美素通声气，早有预约在先，只需真济美在上海得了制造局，他便举起义旗，在苏州响应。这番营寨里白旗飘荡，全营兵士都在衣袖上缠着白布，各处布店里的白布销数立时大旺。城里的官员逃走的不必说，没有逃走的，见大势如此，没法挽回，也只得在衣袖上面缀着一条三寸宽的白布，和二百六十余年深仁厚泽的大清帝国脱离关系。

　　街坊上静悄悄不见了行人，军士们骑着高头大马，驰向四方八处，吩咐商民人等张挂白旗。他们哪里有这许多白布，有布的挂起布旗，没有布的挂起纸旗，旗子上写的都是"汉族重光""河山无恙"的字样。各处光复情形，大都如此，不待细表。

　　德丰巴巴地盼到这第三天，向着似珠苦苦哀求说："三天到了，合该放我出去。"

　　似珠不待他说完，劈口骂道："放你出去做甚？"

　　德丰道："放我出去，我便凑集些银两，谢你们不杀之恩。"

　　似珠道："你预备多少银两做酬劳？"

　　德丰踌躇了片晌道："预备白银五百两。"

　　似珠冷笑道："你这条狗命只值得五百两吗？"

　　德丰又逐渐地添加起来，加到一千两。似珠兀自不答应。

德丰道："女英雄、女豪杰，你们须得多少银两才满意？"

似珠道："最少也该五万两。"

德丰听了，把不住心头一跳，转念想道：我可痴了，离了这间屋，那便权自我操，这三个乱党都该枪毙，落得答应了，以便早早地恢复自由。便道："愿出白银三万两做酬报。"

似珠道："什么时候交纳？"

德丰道："把我释放了，立时交纳。"

似珠道："口说无凭，立下笔据来。"

德丰没奈何，便在房里立下了笔据。似珠把来藏在怀里，不禁暗暗纳闷。为什么纳闷呢？她本是一朵自由花，爱在外面出风头，现在陪着德丰闷坐三天，她想：德丰不闷死，我转该闷死了。上海动身的当儿，我那情人真济美再三叮嘱，说不出三天，苏州定可光复，届时派遣部下健儿迎我回沪。今天不是第三天吗？怎么还没有动静。

正在昏闷的当儿，隐隐地听得一排枪声，接着便有妇女啼哭的声音。似珠大喜，便向巧针、润卿笑说道："这好消息转眼便到了！"

巧针、润卿也都笑逐颜开，来和似珠喁喁私语，一个疏懈，离却了防守的地点。说时迟，那时快，门外早拥进许多军人来。

德丰大喜，认得是手下的卫队，忙道："卫队们，快把三个乱党捉住了，立付枪决。"

似珠等三人在先只道是上海来的民军欢迎她们回沪，因此不曾把炸弹取在手里，现在听得德丰唤卫队，知道不好了，待取炸弹，有些措手不及。

欲知后事，且阅下文。

第二十三回

宦海遭风卫兵缠白布
情天历劫逆旅挽红丝

天有不测风云，人有旦夕祸福。离奇变幻的时局，忽焉白云，忽焉苍狗，哪里猜测得出？赫赫炎炎的江苏巡抚，离却了卫队，便似没脚的蟹。这三天内屈服在女将军底下，受尽许多腌臜龌龊的气，再也不敢抬一抬眼皮，伸一伸眉毛。万不料在这当儿，拥进了七八名卫队，这只没脚的蟹重又生出脚来，当然可以横行如故了，忙不迭地唤着："卫队们，把乱党绑出，立付枪决！"

似珠她们只道来的是沪军都督的健儿，不料是江苏巡抚的卫队，凭她们胆大包天，到这地步也慌了手脚，不及施放这炸弹。说时迟，似珠她们都吓得呆了，那时快，屋子里几个人早被卫队捉住了一个，倏地双手加上了洋铐。

诸君试猜，捉住的是谁？擒贼擒王，大概是明似珠吧，要是明似珠被捉，那么红颜历劫，黑铁无情，风流倜傥的妙人儿怕不要丧命在枪弹之下。幸而捉住的不是似珠，却是德丰。慌得德丰乱喊道："卫队们，捉错了人咧！本部院命你们捉乱党，怎么不捉乱党，捉住了本部院？"绰啪两声，自命本部院的嘴巴上结结实实地被卫队打了两下，喝一声："奴才，谁是你的卫队？你枉生了两只眼睛，不见我们军衣的袖上缠了一块白布？没有这一块白布时是你的卫队，有了这一块白布便是江苏大都督麾下的光复军。"

这一句提醒了德丰，睁眼看时，果见进来的卫队个个衣袖上都有这白布为号，哪里再敢自称本部院，哭丧着脸唤一声："兄弟们，看我分儿上……"

话没说完，被一名卫队喝住了，说："我们黄帝子孙，神明后裔，谁和你称兄道弟？"

似珠她们在先很有些惊惶，后来瞧见了卫队们白布系袖，胆便壮了，忙问一声："江苏大都督是谁？"

卫队们见问，便正立举手，向似珠她们行了一个军礼。似珠她们也都把右手摸鬓，答礼如仪。卫队长恭恭敬敬地禀告道："苏军大都督便是新军统领苏耀光苏大人，他得了沪军大都督真济美真大人光复上海的消息，便在营盘里竖起白旗，全营兵士欢声雷动，城内城外的新旧军队一律白布缠臂，表示服从。我们奉了大都督的军令，一来拿捉德丰全家，二来保护你们三位出险。大都督便在外面，请你们三位出去相见。我们拿住了人，也该到大都督麾下去缴令。"

似珠她们好生欢喜，便随带了炸弹、手枪，有四名卫队前后拥护。这卫队拥护着三位女英雄，比拥护着江苏巡抚益发趾高气傲，耀武扬威。

单苦杀了房里的德丰，巴巴地盼到这第三天，谁料有这绝大的变端。他想：我待苏耀光不薄，怎么忘恩负义，干这没良心的勾当？耀光到省时，是一名闲散军官，我把他竭力提拔，才有这新军统领做，到今朝不思报德，却来反噬。他正在寻思的当儿，房里还有一员卫队长、两名卫队，催着他快走，可怜他受着辫发的羁绊，怎么可以跑动？原来他的一条豚尾，兀自被这带子穿着，系在床柱上面。卫队长不问情由，陡的一道白光，指挥刀早出了鞘，高高地举起，向着德丰劈来。德丰哎呀一声，早被他劈成了两截。

读者勿误会是德丰被杀，德丰依旧好好地活着，只是脑后的一条发辫受了腰斩的刑，上半截兀自拖在德丰脑后，下半截悬挂在床柱上，竟演出一出割发代首。

他们把德丰拥上了大堂，却见高坐在暖阁里面的便是新军统领苏耀光，正和方才的三个女革命党讲话。德丰虽不懂得廉耻，到此也觉得有三分惭愧，座上客做阶下囚，已是不堪回首，何况他是衙门中的主体，想不到鹊巢鸠占，堂堂的江苏巡抚，竟在自己的大堂上做罪犯。

卫队吆喝着跪下，他又怎敢不跪？倒是上坐的苏耀光，见了老大不忍，忙从暖阁里走下，把德丰拖了起来，吩咐卫队松去了他的手铐，又把他的翎顶外套一股脑儿都卸去了。

苏耀光道："德大人，并不是耀光反复无常，前日的僚属，今天和你做仇敌，这是大势所趋，不得不然。要救那汉族同胞出于水火，便顾不得从前的私谊。现在耀光也不把你伤害，你的家眷和私财已派人监护，限你在二十四点钟内挈带家眷和私财离开这座苏州城。"

德丰听了，感激涕零地谢了苏耀光，正待到里面去部署一切，却被似珠一把扯住了，喝道："奴才，你有笔据在我身边，缴出了三万金，放你逃生，要不然，把你押解到上海去。苏军都督肯饶你，沪军都督却不肯饶你。"

德丰哪里敢抵赖，只得唤了姨太太们出来，先把这三万金从速凑齐，一时凑不出这许多现金，只得把些金珠钻石折价抵算。似珠约略估计，三万金尽管有余，哪有不足，便还了德丰的笔据，放他逃生。

后来，似珠她们回到上海，向真济美那边去报功，只把德丰缴出的现金五千两呈献真都督，充作军饷，其余价值二万五千两的金珠钻石，似珠竟自饱私囊，不曾献出。又恐巧针、润卿不快活，约略也分给她们些金珠，堵住她们的嘴巴。

真都督见似珠建此奇功，怎不欢喜，便拔升她充当女子北伐军的队长，后来又娶她做那专房的姨太太。似珠连交着好运，嫁了大都督，早已吃着不尽，何况又有这一笔巨万的私财，稳稳地可供那下半世无穷快活。只是货悖而入者，亦悖而出，《大学》上两句格言，毕竟颠扑不破。

读过前集《广陵潮》的，见似珠价值十余万的贵重东西都被那黑心的船户席卷而去，便知道著者引这两句格言，并非凿空之谈，却是般般可据咧。

苏州光复以后的状况，暂置弗论，回转笔尖儿，又该叙那逃去虎口的吕、金两姓了。

少蕙等一干人到了上海，在先暂住旅馆，不敢径回扬州，尚恐德丰札令江都县，把他重行逮捕。

过了两天，上海入了民军掌握，听得苏州也光复了，德丰弃职逃生，不知去向。少蕙方才放下了这条心，那时回到扬州，便不怕德丰和他作对了。猛地里扬州的警报传来，说什么黄天霸起兵造反，杀得扬州城神号鬼哭，惨不胜言。少蕙虽知道风声鹤唳，半是谣传，然而当这玄黄未剖的时代，回到家乡，也不免饱受惊恐。世外桃源，无过上海，住在内地的都纷

242

纷搬家到上海来，少蕙又怎肯离却桃源，颠倒向枪林弹雨中去寻生活？好在张氏动身时预备替少蕙打干出狱，带来的银钱不在少数，除却出了些监狱使费，还有一千五百多块钱没有动用，大约在上海暂住三五个月不至有绝粮之厄。只是上海本来人浮于世，在这风声鹤唳时代，四方来避难的纷纷不绝，把上海当作安乐之土。亏得少蕙一干人到申还早，才有这两间房屋住，要不然，只怕走遍了上海滩，再也觅不到一间半间的旅馆房屋。

东也光复，西也光复，各处商民感受的苦痛不消细说，唯有上海的市面颠倒比平日利市三倍，不但旅馆生涯蒸蒸日上，便是茶馆、妓馆、剧场、游戏场也都座上客常满，樽中酒不空。大抵搬家到上海的都是各处的殷实富户，不然也是个小康之家，若辈搬到了上海，没事可做，只得在花天酒地中消遣岁月。其中也有一部分守财奴，素性悭吝，一个鹅眼钱瞧到似车轮般大，可是到了上海，也会变化这悭吝的性质，这不是著者扯谎，须知社会生计学的公例，时局越是骚乱，国民的起居服用越是奢华。世上的守财奴都是在承平时代养成的，他们为着时局安谧，烽火无惊，才肯节衣缩食，把省下的金钱或权子母，或购田地，日积月累，把来传给身后的子孙享用，便做了一世牛马，死也瞑目。要是时局闹得四分五裂，人心惶惶，朝不保暮，眼见这壁厢兵变，那壁厢抢劫，人家千辛万苦积下的金钱，给那些丘八太爷照单全收，席卷而去。守财奴见了，宛比当头一棒，打醒了储金的痴梦。须知替儿孙做牛马是人人情愿的，虽说是做牛做马到了呜呼哀哉的当儿，毕竟有孝子孝孙披麻戴孝，替那已死的牛马绷些场面，况且五祖传六祖，衣钵相传，总是这般，自己的财产既是上代的牛马传给我的，那么自己便替下代儿孙做牛马也是应尽的义务。唯有白花花的银子，都去孝敬那些丘八太爷，丘八太爷不是我的儿子，我为什么去替他们做牛马？这是人人都不愿的，所以守财奴到了上海，也不免打破悭囊，起居服用上面，不复安于俭朴。

吕、金两姓住的一家旅馆，唤作春申旅社。少蕙经了这番风浪，万念都灰，除在旅馆里看书消遣，再也没有情绪去赏玩洋场风景，却把秀娟益发器重，说外甥不出舅家风，翠翠的一番义举，不是庸脂俗粉可以希冀万一。

这天，蕙孙偶然问秀娟道："那天窥见妹妹手执利剪，喃喃自语，事后追忆，兀自心惊肉跳，不晓得翠妹妹怀带利剪，还是想刺死德丰，还是

243

自寻短见？我见翠妹妹喜读陆次云作的那篇《费宫人传》，敢怕你想效法费宫人刺虎，先刺死德丰，后刺死自己？"

秀娟笑道："德丰怎配说虎？只算是一狗，我去刺狗，没的脏了我这柄利剪。老实向你说了吧，我预备彩舆进辕的当儿，把利剪猛刺咽喉，血花喷溢，叫他见了也胆战。"

金寡妇听了，把不住泪点飘零，说："我那翠翠，你有这么的辣手，全不想我把你抚养成人。"

说到这里，竟有些呜呜咽咽起来。秀娟大笑道："妈妈痴了，我虽有这么的心，却侥幸不曾做出这么的事。事已过去了，我好好地活着，妈妈这副眼泪挥洒得真没交代。"

金寡妇自己也好笑起来，道："我被你们急得昏了，一提着这可怕的事，眼泪便直淌地下来。现在果然没事了，这眼泪真淌得没交代。"

说时，笑容可掬，可是亮晶晶的泪颗儿兀自挂在腮上，宛比剧场中妇女看见了悲剧，明知是假，却把不住地要淌泪，一壁淌泪，一壁又把不住地自己好笑，这叫作眼泪汪汪笑嘻嘻。

蕙孙忽然大发议论道："翠妹妹自杀的问题，虽不曾成为事实，可是这个问题大有研究的价值，须知自杀行为，勇者不为也。从前萧莲君的自杀，也叫作可以死可以无死，死伤勇，须知自己一死，反而便宜了仇人，逍遥事外，没人和他去算账，徒然牺牲了生命，有什么价值呢？你说德丰是一狗，这句话却不错，只是你牺牲了生命，却不曾损伤狗的一根毛，你把这生命看得太轻了，你学着费宫人这般举动，身便死了，毕竟有一条狗命陪着你死，总比你方才说的自杀计划有些价值。妹妹，你道我这几句话可是不是？"

秀娟含笑不答。金寡妇道："祥哥儿这几句话可说入我的心坎里来了。翠翠，你不是常看《天雨花》的吗？左仪贞小姐吃郑国舅强抢去做小老婆，和德丰娶你去做姨太太事迹很有几分相像，毕竟左小姐看得这身子贵重，不肯私寻短见，后来把奸贼灌醉了，一剑杀死，自己却没有死，这才算得女中丈夫。要是左小姐也像你方才所说的，临出轿时便一剑把自己勒死，岂不便宜了这姓郑的奸贼吗？"

秀娟依然含笑不答。蕙孙笑道："好一个口若悬河的翠妹妹，今天也被我们堵住了嘴。"

秀娟笑道："我不是词穷理屈，我正回想着一句话，不得解决。"

蕙孙道："什么话，我替你解决。"

秀娟道："我正要烦你解决咧。那天你向我说一句可怕的话，说什么我死了你也不想活，祥哥哥，我的死法方才已向你说了，虽没有成为事实，然而讨论这个问题，我们不妨权认为事实。祥哥哥，要是我真个这般地死了，你又怎样地不想活呢？"

蕙孙不假思索，冲口地答道："妹妹在刀上死，我便在水里死，人不知鬼不觉，悄悄地向着西面跑，直到胥口太湖滨，趁个夜阑人静，月黑星稀，便扑通地跳入水里，拼把汪洋三万六千顷做我的坟墓。"

秀娟扑哧一笑道："祥哥哥，那便以子之矛攻子之盾了。祥哥哥说自杀害勇，我是承认的，我的自杀果然是不勇，可是你的自杀勇在哪里？祥哥哥说自杀没有价值，我是承认的。我的自杀虽没有特殊的价值，然而牺牲了这条生命，毕竟可以救舅舅出狱，你的自杀徒然增添二老的痛苦，价值又在哪里呢？"

蕙孙暗唤一声："哎呀！那可堵住了我的嘴了。"搔头摸耳一会子，搜索枯肠，实在想不出什么正当理由可以驳倒秀娟，单把一双眸子呆呆地瞧着秀娟，转引得秀娟抿着嘴好笑。

隔壁房里的张氏听得这里热闹，一路笑将进来道："你们兄妹俩辩论得好热闹啊！小兄妹不见面便罢，一见面总是开着辩论会。"又瞧了瞧蕙孙道，"阿祥，你又变作了不开口的葫芦了，你妹妹能言善辩，你怎么驳得倒她？十次开辩论会，你总得十一次失败，你们辩论的是什么问题？"

秀娟笑道："没有什么好问题。祥哥哥偏和我研究这自杀问题。"

张氏把舌头一伸道："好端端又提起这可怕的事，难道除却自杀便没有好问题？"

金寡妇插嘴道："我也是这般说，年纪轻轻的人，上茅厕也得讨个吉利，没的坟地长坟地短，专拣些没交代的话放在嘴里乱嚼。"

秀娟大笑道："妈妈又来胡缠了，我们说的问题就是题目，你怎么认作了坟地？"

张氏母子俩也和着秀娟笑得前仰后合。金寡妇搭讪着说道："我懊悔少读了几年书，动不动便惹你们发笑。"

众人笑罢，张氏道："笑得也够了，我们该议正经事。那天旅馆里倘

245

没有明小姐到来，敢怕我们的眼泪永没有干时。现在避难到这里约莫半个月了，听说明小姐组织了女子北伐军到南京去攻打张勋，阿弥陀佛，但愿她旗开得胜，马到成功。等到奏凯回来时，我们总得到她跟前叩谢她这番救命之恩。"

蕙孙道："这桩事我也切切于心，那天要没有她代嫁，我的妹妹怕不花残月缺，玉殒香消。"

金寡妇忙问道："没有她代嫁，你妹妹便怎么样？"

蕙孙道："不免一死。"

金寡妇道："你方才不是说死，疙疙瘩瘩，有七八个字。"

蕙孙笑道："虽有七八个字，实在只道得一个'死'字。"

金寡妇若有所悟道："我方才懊悔少读几年书，现在又转亏得少读几年书了。读书有什么用？只不过把个很容易明白的字换上七八个疙疙瘩瘩不明不白的字，便算是读书人的本领了。宛比方才说的'死'字，说出来人人都懂得，到了读书人嘴里，偏不肯老老实实说一个'死'字，城头上跑马，绕这远道儿，疙疙瘩瘩说了七八个字，其实只说得一个'死'字。我们说一个'死'字，人人听了都懂，读书人说了七八个字，我们听了兀自不懂。辛辛苦苦读了这些劳什子，说出话来反不如我们不读书的又省便又容易懂，书去读它做甚呢？"

秀娟道："妈妈又来打诨了。方才舅母提起明先生，我很替明先生担惊，这座南京城龙盘虎踞，岂是琐琐裙钗攻打得破？况且这个忠于清廷的张勋又是不易挑惹的，报纸上说他架炮在紫金山上，不惜糜烂生民，决一死战。明先生这一去，敢怕凶多吉少。"说时，盈盈欲泪。

蕙孙道："明先生足智多谋，胆大包身，她敢于统带这些女子北伐军，我料她一定有了十二分把握才敢出发，旁的不说，只说她把这奴才德丰软禁三天，这是多么的胆力。《千锤报》上载得详详细细，说她唤德丰掇马桶便掇马桶，唤德丰做狗叫便做狗叫，唤德丰吃她洗脚的水，德丰便扯开了喉咙，一盆洗脚水吃得半点不留。她有这么的胆力，怕什么张勋？"

秀娟道："祥哥哥，不是这般讲。张勋不比德丰，很有些刚愎之气，有他在南京作梗，只怕我们不容易成功，报纸上说，一个生龙活虎般的富玉鸾志士尚且丧命在张勋手下，我因此很替着明先生捏一把汗。"

金寡妇道："这也奇了，一样是满人，怎么张勋这般厉害，德丰这般

246

没用?"

张氏笑道:"妹妹又误会了,张勋不是满人,和我们一般是汉人,要是张勋算作满人,那么我的娘家也姓张,我也是个满人了。"

蕙孙道:"姑母有所不知,张勋不是满人,这位素抱排满宗旨统领女子北伐军的明似珠女士,颠倒是个满人。我听得爹爹说,明先生的老子唤作明喜,是个旗人,现在已亡过了。"

金寡妇道:"现在的世界千奇百怪,便是神仙也猜不出是什么道理。张勋不是满人,偏生拼命地替满人出力,明似珠是个满人,偏生拼命地去打满人。祥哥儿,你是个聪明人,你可告诉我是什么道理?"

蕙孙想了一会子,没话回答。秀娟代答道:"其中确有一个道理。张勋虽不是满人,可是受了满人的深恩厚泽,不得不报。至于那位明先生呢,她的老子是满人,她的母亲却是汉人,况且她的母亲又好好地活着,她去排满,也是替她母亲出一口恶气,听说她老子在世时,待她母亲是很刻薄的。"

金寡妇笑道:"这个道理,敢怕有些说不过去吧。明似珠亏得没有哥哥弟弟,要是有了,做女儿的帮着汉人去打满人,替娘出一口恶气,做儿子的也该帮着满人去打汉人,替爷出一口恶气。那么一家骨肉变作了两国,骨也是一个国度,肉也是一个国度,成日成夜打架争锋,还成什么人家呢?"

噼啪!"谁道吾妹妹不识字?妹妹的议论竟是非常透辟!"噼啪噼啪!"骨也是一个国度,肉也是一个国度,这真是阅历有得之言。我们的中国人便犯着这个毛病。"噼啪噼啪!"权力的念头不打消,骨和肉永不能合在一起,骨肉相残,永没了期,这真叫作骨也是一个国度,肉也是一个国度。"

原来横在榻上看书的吕少蕙,听得隔房谈论热闹,不觉手抛书卷,细听一下子。听得他妹妹议论这几句,便一壁拍掌,一壁走进了这间屋子,坐下和他们一起谈话。

金寡妇大笑道:"你们别笑我不读书,我的说话却有人拍手喝彩。你们兄妹俩读了多年书,辩论了一会子,不见得有人在那里拍手喝彩。"

噼啪噼啪噼啪,这一阵拍掌声,分明是连珠炮响。

秀娟笑道:"怎说没有人拍掌?楼下的拍掌声好不热闹。"

蕙孙道："楼下闹的怎么一回事？待我去看来。"

正说时，王妈妈上楼报告道："下面有几个男不像男、女不像女的人叽叽咕咕在那里讲话，团团围着许多人，听得起劲，便不住地拍掌。我也听了一会子，听不出是什么话，话虽然不懂得，拍掌是我会得的，便跟着他们拍了几下掌。"

蕙孙道："大概是爱国志士在楼下开那演说会吧，我不妨去听一下子，也得增长些见识。"

秀娟道："我也跟着哥哥下楼去。"

金寡妇道："翠翠，你不须去吧，乱七八糟的时世，做闺女的还是躲在里面的好。"

秀娟便想到德丰觊觎她做妾，大概也是被人窥见了秀色，才有这意外风波，便听从了娘言，不下楼去。

单说蕙孙欢欢喜喜地跑下楼梯，果见天井中间环绕了许多人，他便从人丛中挤将进去，打一看时，有几个剪下发髻的女志士在那里演讲光复历史，若不是裙下这一双黑油油的漆皮鞋子，险些认作了下山的俏尼僧。青丝不是齐根剪去，还留着二三寸光景的短发，掩盖头皮，兀自用着扑鼻甜香的生发油，涂饰得发光可鉴，一丝不乱。周围的前后刘海把这粉头颅围在垓心，不但遮着后脑，且把头额眉毛一齐遮去。乌溜溜的眼珠躲在头发缝中瞧人，她们开口女英雄，闭口女豪杰，又扮出英雄豪杰的姿势，双手叉腰，活像那大人国里的花瓶模样儿。

"诸君诸君，休小觑了我们女界，现在的女界可是一跃千丈了。真都督光复上海，明将军光复苏州，真都督光复上海，制造局攻打了一夜方才得手，明将军光复苏州却是兵不血刃，唾手而得。这位明将军厉害不厉害？诸君诸君，休认作她是剑眉虎眼的莽男子，休认作她是拔山扛鼎的大力士，休认作她是三头六臂的哪吒化身，她只是个贞洁自守的妙龄女郎，一般是三绺梳头两截穿衣，却不料她有这般的胆量。这位明将军可算是从古至今的女界第一伟人。"

人丛中有一部分妇女，个个听了眉飞色舞，结伙拍起掌来。蕙孙当然崇拜英雌，况又感戴明似珠的豪侠举动，也着实地鼓了一回掌。

"诸君诸君，这位巾帼须眉的明将军，不但光复了一座苏州城便算罢手，她又统领着浩浩荡荡的女子北伐军前去推翻清室，建造民国第一座关厢，便该去攻打这座南京城，别人攻打不破，我们明将军出队，没有攻打不破的。这座龙盘虎踞的南京城，管叫在她粉搓玉琢的手掌里夺取回来。明将军的兵队本该在三天以前出发，只为军饷不足，尚没起营拔队。诸君诸君，南京不曾攻下，江苏六十州县的人民怎能够高枕安卧？要是张勋领着虎狼之师杀将出来，只怕六十州县的父老伯叔诸姑姊妹要饱受这辫子兵一番杀戮，便是诸君避祸在这里，可以免受浩劫，然而诸君的田庐财产都在故乡，怎禁得起这大大的蹂躏？若要保全财产，除非去请明将军出队，可以吓破张勋的胆。诸君为着自己身家分儿上，合该慷慨解囊，大大地捐助军饷，使我们女子北伐军早日出发，使我们明将军建一番轰天动地的奇功。"说时，便取出捐簿，向众人劝捐。

捐簿上面盖着一颗鲜红钤记，七字篆文，叫作"上海女子北伐军"。众人到这地步，才懊悔着不该听什么演说，又要受这一番损失。好在多寡不计，也有捐助十块八块的，也有捐助一块半块的。这几位女志士一壁收捐，一壁揩发收条，忙个不迭。

蕙孙也捐助了两块钱，候取收条。偏生不巧，轮到蕙孙，收条缺乏了。

蕙孙道："不妨，没有收条也是一般的。"

返身待走，却被女志士一把拖住道："这个不行，吾们万不可缺这手续。好在募捐队分着十组，这组缺了收条，那组却不曾缺，请你等一会子，门前别组募捐队经过，便可以揩取收条给你。"

蕙孙花了两块钱，转使得身子失了自由，只得停了脚步。没多片刻，果然另有一组募捐队经过这里，募捐队忙打招呼道："来来来，我们缺了收条了。"外面便跑进一位剪发女志士，手挟着捐簿，袅袅婷婷地走得近前。

蕙孙忙道："不用收据。"

一壁走，一壁便跑。原来他见外面进来的，正是那个见了影儿也气闷、听了声儿也脑疼的柳碧云女士，怎不返身便跑？哪里跑得脱，又被她们拖住道："你这先生，外表很漂亮，却这般地寿头寿脑。"说得蕙孙涨红了脸，没话可答。

柳碧云带嗔带怒地瞅了他一眼道："原来是你!"

众人也不注意，便说："他捐两块钱，没取到收条。"

碧云抽出墨水笔，在收据上填写"祥弟弟捐洋两元整"，付给了蕙孙，又把他瞅了一眼。众人见这"祥弟弟"三个字，便知道碧云和他是素识的，但不明白逃避的缘故，争拥着碧云，嘻嘻哈哈，一路说笑地去了。

蕙孙恨恨地把这纸收条撕了又撕，撕作几十块，丢落在地上，空着手上楼而去。进房见了老子娘，把方才的事述了一遍。

张氏道："原来明小姐还没有动身，报上说她已到了镇江，是不确的。她替我们解了这个劫，趁她没动身，我们合该去拜谢她的大德。"

蕙孙道："拜谢不拜谢，还是小事，我们赶快地另寻旅馆，这里住不得了，被碧云知晓了住址，天天来薅恼，那便糟了。"

张氏道："在这当儿，哪里觅得到相当的旅馆？你别闹这孩子气，便是碧云到来，也不见得要把你吞入肚子里去。"

到了来朝，蕙孙自带着吕升，禀过老子娘，说要到外面去走走，一来散闷，二来也得顺便去觅觅相当的旅馆，少蕙夫妇允了。主仆俩逛了一天的马路，挨到黄昏才返。蕙孙一进了房间，便问老子娘："今天柳碧云可曾到来？"

张氏道："碧云没有来，来了明小姐。"

蕙孙方才放下了这条心。张氏又道："这桩事可难极了，怎么是好？"

蕙孙忙问什么事，张氏道："明小姐特地赶到这里，替你做媒人，说的亲事便是柳碧云，立逼着我们允许。允许了，你不愿意，要是不允许，她救了我们的急难，我们坚执不许，她面上又下不过去。"

蕙孙听罢，吓得面上失了色。

欲知后事，且阅下文。

第二十四回

论恋爱风流夸骨相
分犒赏天足着皮鞋

　　奄奄无生气的妇女界，数千年来，除得几位大名鼎鼎的英雌，如花木兰、秦良玉辈，临过阵，打过仗，在那裙钗队里出过风头，其余的都是庸庸碌碌，仰承男子的鼻息。历朝来竞争舞台，绝无妇女活动的余地，汗牛充栋的二十一史，都是铺张男子的丰功盛烈，只留着列女一门，采取几个身遭不幸的妇女，淡淡地记载，以彰一代女德之美。那《列女传》的位置，大概在《佞幸传》《方技传》的后面，《宦官传》《叛臣传》的前面，妇女界在历史上的价值，只是如此，可叹不可叹呢？

　　冷不备在这革命声中，颎洞奔腾的潮流把妇女界的地位涌得万丈高，但看木兰沿路走，良玉满街行，光明璀璨的革命史上，妇女们大概可占个重要的位置。报纸上提倡女权，凡是女子北伐军的消息，有闻必录，都说得如火如荼，军容甚盛。明似珠的肖像经几家报馆记者屡次登门乞求，玉照登在报端，替二万万女同胞吐气，兀自用着二号铅字，印着"汉族女界伟人明似珠将军肖像"十三个字的标题。有一家千锤报馆，是广陵志士乔家运先生在那里主持笔政，对于同乡女伟人，益发尽量鼓吹，不遗余力。别说明似珠、谢巧针、郑润卿三人革命有功，都在鼓吹之列；便是对于革命事业毫无建树的柳碧云，《千锤报》上也说得她抱负宏大，志气非常，说什么碧云在七岁时，随着老子道经梅花岭下，见史阁部祠堂巍然在望，便问其父道："史阁部是何等人？"父道："是大明殉节的忠臣。"碧云又问道："既是殉节的忠臣，是谁把他杀死的？"父道："是被大清南下的兵杀死的。"碧云毅然道："我们何不推倒大清，替史阁部报仇？"其父忙掩住她的嘴道："小孩儿口没遮拦，说出这般不知高低的话。"然而从此以后，其父便知道碧云抱负非凡，将来定是一位旋乾转坤的奇女子。后来，其父死了，碧云在女学校里读书，偶从同学处借得一册《扬州十日记》，看了一遍，见清军入关伊始，把扬州的人民肆意屠戮，惨不忍言，倒累她哭了七日七夜，哭得眼睛似核桃般地肿起，同学姊妹替她加上一个徽号，唤作"女包胥"。在这当儿，她便充满了革命思想，说待到机会成熟，她仗着一身胆量，杀上北京，替二百六十余年前的扬州人民报仇雪恨。这回明将军组织北伐队，碧云也是个重要分子，将军和碧云素称莫逆，便招她来参与军机。亚东女杰，聚于一处，北伐军声势大振，清室倾覆，便在目前，云云。这都是《柳碧云小传》中说话，很费着乔先生构造这空中楼阁，大大地绞了一番脑汁。《千锤报》的女杰小传不止这一篇，其他如《明似珠小传》《谢金针小传》《郑润卿小传》，多少总有些事迹可据，唯有柳碧云羌无事实，也须撰成这一篇小传，不得不避实就虚，捏造这漫天谎话。苏州人土白，叫作像煞有介事，谁知都是乔先生笔尖儿上放出的谣言。

其实碧云做梦也不曾到过梅花岭史阁部祠堂，她在女学校的当儿，也从来没有看过《扬州十日记》，休说看过，便是"扬州十日记"五个字，也从来没有映入她的脑筋。她的脑筋里只深深映着扬州小调《十送郎》《十想郎》《十把扇》《十杯酒》罢了，就中还是《扬州十想郎》记得最熟，她想的郎当然是吕蕙孙无疑。自从那一天赶回扬州，巴巴地要和蕙孙说几句知心话儿，却博得蕙孙一场抢白，枉把自己的热气去交换他的冷气。待到来日，又去访他，蕙孙不见面，转见了这个痴婆子，所问非所答，一味纠缠，分明是蕙孙设下这计，来向自己开玩笑。碧云好生气恼，折回苏州，明知道单线织不成合欢之锦，独木生不就连理之柯，满意把这段妄想根本铲除，然而哪里铲除得去？回肠荡气，兀自撇不下这前尘影事，从十想郎一变而为十恨郎，再变而为十怨郎，三变而为十怜郎。怒气轰轰的当儿，对于蕙孙只有恨，怒气稍稍平了，便想道：我这一片痴心，蕙孙为什么全不察觉？便从恨郎变而为怨郎。又想到蕙孙这般年纪，兀自情窦未开，天真烂漫，却越见得他的可爱。世间不少饱经情场的男子，风情月意，般般体贴得周到，比及一旦变了心肠，却是不可救药，怎及得祥弟弟浑然太璞的好？便从怨郎变而为怜郎。由恨而怨，由怨而怜，到得后来，依然变而为想郎。这番逆旅中萍水相逢，碧云才知道他的心上人不在天涯，不在地角，原来只在这咫尺之间。急急地回到女子北伐军大本营中，把经募的饷项交代清楚，然后拉着明似珠的衣袖，说："要和姊姊到秘密的所在，讲几句体己话儿。"

似珠只道有什么秘密的军情前来报告，忙不迭地走入一间机要室中，掩上了门，和碧云对坐讲话，说："妹妹，你可听得了什么风声？南京城可有攻下的消息？要是攻下了，我们便可以起营拔队，浩浩荡荡地杀将过去，免得逗留不进，惹人家议论。"

碧云摇头道："南京没有什么好消息，妹子身上却有一桩好消息。"

似珠忙问其故，碧云的粉颊不是吹弹得破，比着南京城还厚得许多，她见似珠动问，便老实不客气，把单恋情形一一和盘托出。又说："蕙孙现住在上海，姊姊是吕姓的恩人，姊姊肯做冰上人，这桩亲事一说便成，我一辈子不忘大德。"

似珠听罢，突把柳眉一竖、杏眼一睁道："柳碧云，你好生大胆，本司令冒着危险，亲赴龙潭虎穴，替代金秀娟出嫁，放走吕姓全家，图的什么来？图的是结恩于吕氏，将来吕姓酬恩，少不得把蕙孙送入军营充当本司令的床头秘书、枕上参谋。本司令立下的军功，你竟敢冒滥领去，你通不记得本司令治军森严，执法如山，军营里定下的规矩'冒滥军功者斩'，你敢冒滥军功，你便犯着立予处决的大罪。本司令不斩你，何以服诸将之心？"说罢，嗖地离座，似乎怒不可遏。然而怒容满面之中，掩不住一丝笑痕。

碧云是个玲珑剔透的人物，早瞧出似珠的怒容是假、笑痕是真，立时跪在地上，捧住了似珠的裙裹腿，呜呜咽咽地央告道："妹子怎敢冒滥姊姊的军功？姊姊立下这擎天事业，自有顶天立地的伟人和姊姊做一对儿，这个虚有其表不识风情的吕蕙孙，你便替妹子玉成了姻缘，也可以鼓励着妹子北伐的志气。"说时，点点热泪，直向似珠的脚背上滴下。

似珠扑哧一笑道："痴妮子，值得这般着急？且坐定了，和你讲话。"

于是彼此重行坐定，似珠道："老实向你说了吧，要是我真个看上了吕蕙孙，你便跪在这里一千年，滚滚涕泪哭成了涕海泪河，我兀自不肯把这心上人让给你受用。妹妹，你在交际场中经历还浅，怎及我的眼光老练？世上的男子，除却这位手举独立旗、夜打制造局的真济美真伟人，更无第二个配唤大丈夫。我们扬州的云麟，大家都道他是个漂亮人物，比着真伟人，相去已远，何况贵族中的柳春呢？至于这个吕蕙孙，模样儿虽然不弱，记得那一年，我和他在扬州初次相见，好意和他行个文明礼数，他不受抬举，转身便向里面跑，我见了，怎不气恼？连啐带唾，几乎把我满口的涎沫唾个一干二净。似这般的男子，哪有一丝儿的男气息，一些儿男滋味？妍皮包着蠢骨，唤他一声男子也罪过。我和他分别后，一些不曾放他在心上，那一天和他在苏州旅馆里会面，许久不见，模样儿长得益发漂亮，可是见了我，依旧局局促促，和乾隆时代的闺女一般。妹妹你想，他怎配做男子？见了女界便红着脸的，配唤作男子吗？见了女界便羞人答答的，配唤作男子吗？我辈选择男子，重骨相不重皮相，皮相略差些不打紧，只需平头整脸，再用些男子化妆品凡士林刷一刷发，雪花粉抹一抹脸，也充得过新牌的卫玠、副号的潘安。至于男子的骨相，全仗我们放出眼光，从骨子里瞧出他的风流蕴藉、真情至爱，不是单看着脸蛋子便算了事。你赏识的吕蕙孙，脸蛋子很不错，可惜这一副蠢骨头没法医治，你便嫁了他，也似嫁了个泥塑木雕，我劝你放下了他吧。你是嫁丈夫，不是嫁脸蛋子，要是嫁脸蛋子，天津巧匠捏塑的贾宝玉，脸蛋子也是很漂亮的，你为什么不嫁他？妹妹，为人在世，须得嫁一个彻底风流的人物，才是道理，我是过来人，情场中曾经决战过一番，不是我夸口，我虽然身充着女子北伐军的总司令，我也可身充着情场决胜队的女先锋。你央托我做撮合山，凭着三寸不烂之舌，不怕吕姓不答应，但恐撮合成就了你，将来难免老大的懊悔，因此切切实实向你进一番忠告，听不听却由你。”

碧云道："好姊姊，你一切都不用理会，你只替我玉成这段姻缘，他虽妍皮包的蠢骨，妹子自有换骨金丹医治他的骨头。"

似珠见她执意如此，也只索应允了。两人才出了这间机要室，早有人报将进来，说："真大都督派遣一位姓王的副官前来犒师，已进了营门，请总司令接见。"

似珠怎敢怠慢，便吩咐碧云自去休息，她便大开正门，和这位王副官相见，彼此在应接室里坐定。这位王副官身穿军服，佩挂指挥刀，威风凛凛，相貌堂堂，望而为知缔造民国的小传人。然而他在一月前兀自伺候着德丰，充当抚署里的卫队长，自从把指挥刀割下了德丰的发辫，其功非小。后来到沪军都督那边去投效，真济美便派他充当一员军署的副官，颇加信任。这次奉令犒师，携带了许多用品食品，解入军营，先把公文给似珠过目，上写着："沪军大都督为犒师事照得。刀挥柳叶，毕韬文凤号知

254

兵，马试桃花，秦良玉也能杀敌，自昔有之，于今为烈。兹值女子北伐队组织成军，克日出发，本大都督忝号须眉，轮诚巾帼，不觑微物，敢犒劳于娘子军前，无上荣光，将勒铭于夫人城下。"这几句恭维的话，似珠见了，满怀欢喜。

后面便是犒赏女子北伐军的用品、食品清单。计开用品类漆皮高跟鞋五百双、卫生衫裤五百套、上等牙粉一千袋、大号毛巾一千条、牙刷五百个、怀中小镜五百面、大小木梳一千个、凡士林五百匣、夏士莲雪花粉五百瓶、纯白线毯五百条；又开食品类香港牛脯二千罐、广东荔枝一千罐、上等饼干五千罐、咖啡糖五百匣、金丝蜜枣五百匣、葡萄酒五百瓶、金华南腿五百只。

似珠笑道："也亏大都督想得周密，似这般的犒师单，细腻熨帖，才合着女子军的心理。"

王副官捻着短髭道："这是贵司令谬赞了。兄弟奉令来犒军时，敝都督再三叮嘱，说女子军是中国的创举，军国应备的东西，没有成例可援，只得胡乱购办一些，不知道哪一种适用，哪一种不适用。敝都督近得军报，苏军、浙军合攻南京，不出半个月，便该攻破，请贵司令暂时按兵不动，且待南京下了，那时起营拔队，便见得女子军浩浩荡荡，势如破竹。敝都督日内正忙着替贵司令制办两面绣旗、一面银盾，再隔三五日便该备着全副军乐，把绣旗银盾送入贵营，以便贵司令出发的当儿，绣旗飘扬，银盾闪烁，也好振一振贵司令的军容，壮一壮贵司令的行色。"

似珠道："大都督这般奖励三军，麾下的将士，谁不愿尽死力？贵副官回去时，须得替我代达谢忱，说女子北伐军总司令明似珠率领麾下五百名女健儿，同声道谢。"

王副官笑道："些许东西，何劳挂齿？都督又嘱兄弟转达他的渴想之忱，说贵司令戎务余闲，不妨常到军署去走走，敝都督素仰贵司令的六韬三略，正待和贵司令虎帐谈兵呢。"

似珠也笑道："我在这几天内，也很念着大都督，明天待我勾当了一桩事，或者便来谒见大都督，或者拜烦大都督做一位很有体面的证婚人。"

王副官瞅了似珠一眼道："难不成贵司令有了出阁的吉期吗？"又乱摇着头道，"不对不对，要是贵司令出阁，怎么敝都督自做证婚人？"

似珠扑哧一笑道："你不须胡猜乱测吧，到了那时，你自会晓得，或

255

者你也有一杯喜酒吃。"

王副官才不多问，临别时，兀自再三地说道："敝都督吩咐这番犒军，匆促置办，倘有什么不周不备，请贵司令一一指出，以便补送前来。"

似珠抿着嘴笑，只不作声。王副官见这光景，便知道里面定有什么不周不备，忙问缺的是什么东西。

似珠道："缺少的也是行军要品。"

王副官把头一摇道："哎呀！这还了得，这还了得？行军要品，可以缺少的吗？贵司令赶快开出了清单，待兄弟回去禀明了敝都督，克日赶办，和绣旗银盾一起送上营门，前后军乐队大吹大擂，仍由兄弟押送前来，可好不好？"

似珠大笑道："你能够押送前来，很好很好，只怕你不肯呢。"

王副官诧异道："贵司令说哪里话？上命差遣，虽劳弗辞，况且是送到贵营来的，兄弟多跑一趟，面上便多贴一张金纸，怎说不肯呢？"

似珠便轻轻地凑着王副官的耳朵说道："敝营的女子军，大半都是江南的女学生，不比北地姑娘，是上惯茅厕的。这番辎重队里，至少也该预备着二三百个马桶，大都督犒军单里，件件般般都合着女子心理，唯有这一桩却是缺点，请你回去禀明了，克日送来，以便应用。你肯押送前来，我们极表欢迎，只是你的面上不见得多贴一张金纸。"

王副官笑道："禀却可以禀明，押送的差使，敢告不敏了。民国时代的公仆总比清时代的官吏人格高贵一些，要是兄弟从前的旧主人德丰曾替贵司令掇过马桶，这番派他押送这二三百个红衣大炮，他一定当作阔差，非常荣宠，兄弟的人格虽不甚高，比着德丰，敢怕高出一筹吧。"

说罢，鞠躬作别，径出营门，跨上马背，由随从人等拥他回去销差，不在话下。

这里似珠把大都督犒赏的东西分给众人，当然欢声雷动，然而也有一部分人向隅兴叹。原来这五百双高跟漆皮鞋，尺寸虽有长短，总是适用于天然足，不适用于人造足。似珠统领的五百女子军，天然足固居多数，却也有十分之一是人造足，虽在数年前曾经实行解放，然而久经束缚的人造足，脚心已断，脚背已高，纵然实行解放，也不能恢复天然的模样儿，宛比秀才变相的新学家，纵然趋向时髦，纵然满口新名词，依旧掩不住冬烘气象。这一部分人造足的女子军，表面上看来，北伐北伐的声浪喊得震天价响，"直抵黄龙府与诸君痛饮"，似乎都有些轰轰烈烈的志气，可是荷枪列队的当儿，兀自扭头扭脑，不脱女子家习惯，开步走时，也有些袅袅娜娜，不合军人们体态，这都是人造足的影响。从前碧缒香钩，恨不得双趺立时缩小，此际金戈铁马，恨不得双趺又立时放大。可怜大都督赏下的新式皮鞋，不适用于旧式的人造足，只好让别人捷足先登，自己便不免向隅兴叹了。

且说春申旅社门首，停着一辆摩托卡车，门开处，走下三位女界伟人，一位梳着古装朝天髻的便是统领女子军的明似珠，其他两位都是梳着古装顶心髻，便是似珠身边的两名女卫队。原来在这光复时代，"光复"两个字须得从头做起，男子头上适用这个"光"字，女子头上适用这个"复"字。适用"光"字，所以男子们都把豚尾割掉了；适用"复"字，所以女子们脑后拖的发髻霍地都跳上了头额。跳在额上的，便唤作古装朝天髻，跳在头顶心的，便唤作古装顶心髻。那时的女学界，谁也不肯把发髻再拖在脑后，便沾染了清的气味，唯有霍地跳上了头额，便是恢复了大汉的装束，这等志气，煞是令人敬佩。只可惜，隔了一年半载，头额上的发髻又渐渐起了变化，一步步地趋向脑后，依旧变作了脑后髻，从前很有志气的大汉女子，争穿那满洲妇女的旗袍，在人丛中出风头，这是什么心理？端的不可捉摸。后话莫提，归入正文。

茶房取了一张卡片，进房来说道："吕先生，客来！"

少蕙取这卡片看时，两行衔接条，一行姓名，衔条是什么女子决死队队长呢，女子北伐军总司令呢，姓名便是明似珠，忙告张氏道："我正待去拜谢她，她却来了，你快出去迎接。"

张氏瞧了瞧卡片，知道大恩人来了，怎敢怠慢，待要出房，似珠早闯将进来，两名女卫队只在房门外站着。似珠和张氏握了握手，笑向少蕙道："这位可是吕先生？"

少蕙忙起立让座，道："女士英名，如雷贯耳，本图亲赴营门叩谢侠举……"

似珠笑道："好了，好了，休要闹这客套了。现在光复时代，把那虚文客套一起光复了。"说时，大模大样在临窗一张椅子坐定。

少蕙夫妇旁边陪坐。隔房住的金寡妇母女也来相见，说不尽的千恩万谢。王妈送过茶后，见似珠这般威武气象，好生羡慕，要不是自己老了，便也随着她去充当一名女兵，出出风头。

似珠不见蕙孙，便问："令郎到哪里去了？"

张氏回说："到马路上去买东西。"

似珠笑道："他不在这里也倒好。吕先生，你可曾瞧见这几天的《千锤报》吗？"

少蕙道："不是天天看，曾看过几天。"

似珠道："这篇《明将军降服德丰记》，洋洋洒洒，全用着小说笔法记载，倒也亏这位主笔乔先生写得有声有色。其实呢，推翻专制是我们国民的天职，算不了一回奇事，报纸代表舆论，哪一桩不好记载，却偏偏把我的一桩极平淡的事用着全副精神去描写，我只恨这位乔先生多事。"

张氏笑道："这也是你明先生有胆有识，超群出众，报纸上才把你来记载，要是我辈没用的妇人，只懂得开口吃饭，伸手穿衣，报纸上便不来记载了。毕竟女英雄的威名比众不同。"

似珠笑道："我算不得女英雄，我们扬州的女英雄正多咧。现在且慢理论，单论我降服德丰的一桩事，你们以为干得可爽快？"

少蕙道："女士快人快事，再要爽快也没有，倘没有这桩事，我便不被德丰杀害，也应气死在牢狱里面。"

金寡妇道："明先生真个天上掉下的救星，倘没有你到来，我家翠翠这条命便活不成了。"

似珠笑问秀娟道："那天没有细细地问你，要是德丰真个把你娶去，你真个预备自杀吗？"

秀娟道："怎么不真？我把这柄纯钢新剪刀磨得锋利无比，拼把这一腔热血保全我的贞操。"

金寡妇道："明先生，你救了一条命，便是救了两条命。翠翠真个自尽了，我这条苦命还活得成吗？"

少蕙道："女士救了金姓全家，也是救了吕姓全家，要不然，秀娟为我而死，我妹子又为秀娟而死，我也只索同归于尽，免受那精神的苦痛。"

张氏道："明先生，你这桩豪侠举动，功德不小，我家阿祥那天还说起，翠翠有了三长两短，他也预备着自尽。你也自尽，我也自尽，剩了我一个人，还有什么希望？少不得也跟着他们一路走。"

似珠笑抢着手指道："待我来算这一算呢，要是我没有冒名代嫁的事，

258

这位要自杀，那位要自杀，吕先生也预备自杀，蕙孙和吕太太也预备自杀，哎呀！这不是关系着五条生命吗？救人一命，胜造七级浮屠，救人五命，胜造三十五级浮屠，难怪你们说功德不小，这功德实在不小咧。"

金寡妇合着掌道："明先生，你施了这般的大功德，我们不该唤你明先生，须得唤你明善人、明菩萨。"

似珠大笑道："建造这三十五级浮屠，并不是我的功德，暗地里另有一位建造浮屠的工程师，她便配唤作善人，配唤作菩萨，我不敢掠人之美。你们也不该吃了对门的，却去谢隔壁。"

这几句话倒把众人说得呆了，思来想去，却猜不出这人是谁。少蕙道："这位端的是谁？请女士快快宣布，也叫我们可以衔感在心，力图报答。"

似珠道："这人非同小可，她的小传也曾在《千锤报》上披露。"

少蕙道："莫非也是一位女英雄吗？"

似珠道："确是一位女英雄。"说时，把手一招，便有一名女卫队跑得近前。

似珠道："你把昨天的《千锤报》取来，送给吕先生过目。"

那卫队便从插袋里取出这份预藏在内的《千锤报》授给了少蕙，依旧退到门外。屋子里几个人除却金寡妇、王妈不识字，其余的都围着这份报，先睹为快，怎么样的一位女英雄？却见报上载着的只是一篇《柳碧云小传》。

傅少蕙道："怎么便是她？"

秀娟道："却不料……"

张氏道："难不成……"

似珠听出他们含而未伸的意思，大概对于碧云都不甚满意，便道："你们别小觑了她，她虽是个琐琐裙钗，却生就英雄肝胆、菩萨心肠，她得知你们遭了这不幸之事，特地从苏州赶到上海，向我乞救。我道：'我在上海，他们在苏州，远水不能救近火。'她道：'只要你肯救，我可以替你划策。'我道：'计将安出？'她道：'只需如此如此、这般这般，吕、金两姓便可没事。'我道：'吕、金两姓可以没事，我为了他人投身虎穴，不太危险吗？'她道：'你枉自抱负非凡，怎么不懂得不入虎穴，焉得虎子？'我受了她这一激，便鼓动了我的好胜心，赶到苏州干这一桩大快人心的

259

事。当时匆促之间，没有向你们说明缘故，可是我不能掠人之美，我建造这三十五级的浮屠，却不是我的本愿，我只受着工程师的督促。你们放着这位大恩人不图报答，却唤我作善人、作菩萨，这不是吃了对面谢隔壁吗？"

众人听了，兀自半信半疑。金寡妇好生奇怪道："谁是善人，谁是菩萨？"

秀娟道："便是柳碧云先生。"

金寡妇听了不作声，似乎也不大相信。

似珠道："我把这件事表明了，可见你们五条生命都仗着碧云救援之力，和我明似珠没相干。你们可记得《儿女英雄传》上有一桩佳话，十三妹救了安龙媒，便和安龙媒结为夫妇。我们这位碧云妹妹，义侠胜似十三妹，吕先生便似安老爷，吕公子便似安公子，我特地来撮合这桩亲事。吕先生果存着有恩必报之心，便该立时允许，倘以为这般大恩不须报答，便拒绝了也不妨。"说时，眼瞅着少蕙，立候回答。却把房里几个人都吓得呆了，只是面面相觑。

少蕙沉吟了片晌，便道："承蒙女士作伐，自当允许。"

似珠抢着说道："那么吕先生竟允许了，恭喜恭喜！"

少蕙道："女士且慢，婚姻大事，一半由父母做主，一半也该得着蕙孙的同意。今天偏不巧，他出门去了，须得待他回来，议定了，再行答复。"

似珠扑哧一笑道："人说读书人说话不爽气，推三阻四，不肯答应，又不肯拒绝，这般大恩人来做你的媳妇，也不见得辱没了你的门风。男子汉大丈夫，假如应允，合该斩钉截铁般地应允，便是拒绝，也该斩钉截铁般地拒绝。似珠虽是个女子，遇着义不容辞的所在，只是轰轰烈烈地做去，才能够投身虎穴，救你们两家出险。要是也是这般蝎蝎螫螫，便一千年也干不成这桩快事。"

少蕙受了奚落，面上红一块白一块，只得和张氏商议道："你看怎么样才好？"

张氏紧皱着双眉道："你堂堂男子，兀自没有主张，叫我妇人家想出什么来呢？明先生的美意，果然不能辜负，但是小孩子的意思，素来和这位碧云女士有些不大合适。"

似珠道："从前不大合适，现在包管他合适。我们碧云妹妹救了你们两姓，要是令郎兀自藐视我们妹妹，便是以怨报德，和大恩人宣战。敢怕令郎不见得有这条心吧！"

那时，似珠面上很有些悻悻的模样儿。秀娟只替蕙孙着急，不便说什么话。金寡妇从中转圜，请似珠在三天以内再听答复，三天不能缩至两天，两天不能缩至一天。似珠才勉强应允，限在二十四点钟内来取满意的答复。

好笑这位吕公子，躲避碧云，逛了一天的马路，回到旅馆，听说碧云没有来，正自侥幸，冷不备老子娘向他备述明似珠强做媒人的事。"哎呀！"一声唤毕，气填了咽喉，良久良久，才道："哎呀，这里住不得了，我们快快回扬州去。"说时，扑落落的眼泪，直打那衣襟。有形的眼泪打落衣襟，无形的眼泪直打入秀娟的心坎，累得她心坎里起着皱浪，扭转了粉脸庞看墙壁，珍珠泪串挂满了芙蓉粉颊。

少蕙叹了一口气道："古人所以不肯轻受人恩者，正为此耳！要是悄悄地搬回扬州，在那恩德上面，似乎太说不过去。好孩子，你瞧着父母分儿上，便受了些委屈吧！"

那夜吕、金两姓都为着这桩婚姻问题，商议了大半夜，觉得应允也难，拒绝也难，依旧没有个解决。待到来日，抢指算时，二十四点钟已过了四分之三，哀的美敦书期限将满，这位义重恩深的女军阀转眼便来讨取答复，可不把少蕙夫妇急坏了吗？

命里该受的惊慌，一波未平，一波又起，但听得旅馆里的茶役气吁吁地跑上楼梯道："奇怪奇怪，好好的一个少年，死在黄浦里了。"

少蕙夫妇急觅蕙孙，却不在左右，这惊慌才是惊慌，目瞪口呆，险些晕倒在地。

欲知后事，且阅下文。

第二十五回

世风不古廉吏受奇冤
天道何知孤儿遭横祸

　　吕少蕙夫妇得了这个消息，果然晕倒在地吗？晕倒不晕倒，在乎这消息正确不正确。

　　这消息果然正确吗？正确不正确，在下暂时不答复，重敲锣鼓再开场，另叙起一桩事实。诸君看罢这事实，便知道蕙孙跳河的消息正确不正确。

　　诸君，本书第十回中，陆绯霞谈论坤秀女学校状况，不是提起着一位国文教员，唤作魏老古董吗？说这位魏老古董连五大洲的名词都没有知晓，似乎他是不学无术的了。然而著者却不以为然，学问的有无，不能把这几个名词做标准，要是懂得五大洲名词便有学问，乳臭未干的小学生谈及五大洲名词都是滔滔汩汩，背诵如流，那么他们都是大学问家了。要是不懂得五大洲名词，便是不学无术，当年韩、柳、欧、苏懂得什么五大洲名词？那么他们都是不学无术的了。若说韩、柳、欧、苏所处的时代，和今人所处的时代不同，韩、柳、欧、苏尽可以不知五大洲，生在二十世纪的人却万万不可以不知五大洲，那么这位魏老古董也不过欠缺一些新知识，道他不合潮流则可，道他不学无术则不可。况且循名核实，他既然以老古董得名，便是违反潮流，也叫作名副其实，又何必轻相咨议呢？

　　原来这位魏老古董，单名一个达字，从小时便鄙弃八股，曾在诗古文辞上用着一番苦功。虽没有提过考篮，进过文场，然而论他的文学程度，休说寻常的八股秀才不敢望他项背，便是胡翰林、苟进士、姬状元、滕传胪一辈通籍先生，也只有借着科名做幌子，论到真才实学，却远不及这位魏达先生。坤秀女校长刘姚女士久慕魏达的文学高超，品行谨饬，便聘请他担任本校最高的一级历史和国文。魏达素性不欢迎学校聘书送来，曾经托词谢绝，无奈刘姚女士至再至三，上门敦请，他便起了一种知己之感。只为潦倒半生，动辄遭人的白眼，却不料巾帼中人倒还独具只眼，可以鉴别人才，所以便不再辞了。他和刘姚女士当面约定，说自己专治国学，一切新知识都是门外汉，君子不强人以所不能，上课讲国文是我的专责，却不能把国文以外的科学知识前来难我。刘姚女士当然一口应承，所以那天魏达在课堂上说不出五大洲的名词，学生们以为笑话，前来禀告校长，刘姚女士转把学生们一顿训斥，说："这位老先生言明在先，专谈国粹，不能以科学相难。你们不把精深的国学向他请教，反把一知半解的科学名词向他卖弄，这是你们的不是。"

学生们受了训斥，也没有什么话说。学校通病，生徒们对于本国的文学和历史都不甚注意，逢着上课，只是虚应故事，谁耐烦和魏达讨论国粹？也有少数好学的生徒，听得校长这般说，便在国文、历史里面搜出许多佶屈聱牙的典故来，向教员问难。魏达毫不思索，随口回答，说得头头是道，这才把学校里的高才生佩服得五体投地。大凡充当教员的，只需压得住高才生，那些低级生都是以耳为目的，高才生道一声好，低级生便随声附和起来，当然不会和教员冲突的。

魏达在校数年，和学生们相安无事，直到本年暑假后招考插班生，由魏、包两教员出题监考，只因坤秀的名誉很好，远近来应考的倒也不在少数。这时的招考方法，只凭着一篇国文以定去取。考试完毕，两位国文教员魏达和包青选都在预备室里阅卷。包青选手托着茶杯，一壁阅卷，一壁喝茶；魏达拈着一支笔，在这一叠试卷上，优的圈圈点点，劣的涂涂抹抹，蓦地里放下这支笔，捏着拳头，在桌子上猛力一击。旁边的包老先生陡吃一惊，手里这只茶杯忽地堕地，水花四溅，瓷片纷飞。魏达却大着声说道："天地灵秀之气，不钟于男子而钟于女子，咄咄怪事，咄咄怪事！"

包青选道："老哥，怎么这般地大惊小怪？兄弟被你吓了一跳，这杯茶都脱手落地了。"

魏达道："包先生切莫嗔怪，兄弟读了这篇惊人的文章，不由不大惊小怪，谁料女子里面有这般好笔墨？从前金秀娟在校时，文采斐然，也算得是全校的翘楚，然而笔力究属懦弱，不脱女学生的本包；唯有这本试卷，眼高于顶，笔大如椽，句句文字都是千锤百炼而出，不但有韩、柳二家的气息，而且造语如子，料想她在周秦诸子里面用功很深，百炼钢化为绕指柔，才有这般的造诣。包先生你想，女界里面寻得出第二副笔墨和她一般的吗？别说女界，便是兄弟在诗古文辞上用过数十年苦功，援笔为文，也没有她这般的笔力。"

包青选听得这般夸奖，便凑过头去，把这篇文字读了又读，却越读越有精神，才信魏达所说绝非谬赞，不但文字好，便是书法也不凡，苍劲中姿媚跃出，女界中也罕有其匹。揭过卷面看姓名，却写着"何悴民"三字。包青选皱着眉道："这个名字，怕取得不大吉利吧。"

正议论的当儿，恰值校长进来，见校仆孙妈在这里扫除碗片，魏、包两教员指着试卷，兀自点头拨脑。

校长笑道："两位先生敢莫瞧见了什么出色的试卷？"

魏达道："岂但出色，竟是须眉罕有，巾帼无双。"

校长点了点头道："魏先生说的这本试卷，我知道了，敢莫是何悴民？"

魏达拍手道："奇了，奇了，校长没有阅过卷，怎么知道是何悴民？"

校长在旁边一张椅子上坐下道："说起这位何女士，真叫作家学渊源，其来有自，她的父亲是南通州的名孝廉何汝孝先生。"

魏达道："南通何汝孝，是研究古文的，是桐城派中的一员健将，有是父必有是女，不凡啊不凡！"

校长道："这位何先生和先夫是个道义之交，彼此往来，踪迹很密，那时何姓侨寓吴门，鄙人和何太太也是情投意合，时常过从。后来先夫亡过了，何先生也不住在苏州，便渐渐地疏隔起来。话虽如此，鄙人和何太太每隔一年半载，总得通一二回书札，因此何姓的状况，鄙人兀自得知大略。何太太膝下两女一男，悴民最长，鄙人和何太太相见时，悴民不过八九龄，这时还不唤悴民，大家不过唤她一声何大小姐罢了。何太太携着女儿的手道：'你不是会得对那对子吗？你去求刘伯母赏一个对子你对对。'悴民听了，果然向鄙人来讨上联，鄙人恰见庭中蔷薇吐苞，便随口说道：'春暮见蔷薇。'这位女神童竟不假思索地答道：'岁寒知松柏。'鄙人好不惊异，问及何太太，才知道这女神童幼承庭训，九岁上已读毕了四书五经，现在操觚作文，二三百字的短篇，可以一挥而就。便讨她的窗稿来看，果然笔气非常，很不像垂髫女郎的手笔。这是十年以前的事，后来和何太太通信，常常问及这位女神童，且常常讨她的近作来看。去年何汝孝先生得了湖北武昌的税务局差使，把家眷搬到武昌去居住，何太太曾有信来，说湖北的女校办得没有苏州这般顶真，意欲把大女儿送到贵校来肆业，她在国文上虽略有些根底，可是科学程度还嫌幼稚，还得大大地用一番苦功。鄙人得书，不胜欢喜，便立时答复何太太，说暑假后敝校添补学额，令爱届时可来插班，这是上半年的事。今番暑假招考，悴民果然先期到苏，未考以前，便留在学校里住。她这篇文字，果然作得不错吗？"

魏达捧着这篇文字，请校长过目。校长粗看一遍，见自首至尾都是圈儿，真个是"圈儿词"中所说的把一路圈儿圈到底，便笑向魏达道："魏先生的意思，该把她插入哪一班？"

魏达道："本校最高的一级便是中学三年级，然而论这国文程度，和悴民相去万里。据我看来，除是特设一班，位置她一人，才不委屈她的才学呢！倘嫌一人不能成班，莫如聘她担任本校的国文功课，就她这般的学问，教授生徒，绰绰乎游刃有余。况且本校自从萧女士去世后，久没有相当的女教员，人才难得，校长休得错过了这个机会。"

校长听了，点头赞成。后来，校长和悴民提议这桩事，悴民却是退让不遑，说："学生正在求学时代，怎敢好为人师？虽承魏先生竭力荐举，然而学生有自知之明，断断不敢承诺。"

校长道："你不须谦逊，我也得开诚布公地向你说。实因本校生徒的程度和你相去太远，要是为着你特设一班，时间上也感受困难。我今请你担任了功课，余下时间仍可以上那科学的课，半教半读，你总算帮我的忙，可好不好？"

悴民沉吟了片晌道："帮校长的忙，这是学生很情愿的，不过须待学生在本校毕业以后，才能够承乏教席。至于校中不能为着学生特设一班，这也不妨，但求这位魏先生每天抽出半句钟和学生讲解讲解，每逢文期，学生随班作文，请魏先生删改删改，免得抛荒国文便是了。校长便依了她的请求，通知魏达，开学以后，每日抽出半小时和悴民讨论文学。魏达当时也欣然应允，谁料经过得一星期，这位魏老先生不禁喊起连天的苦。魏老先生喊苦，只在家里喊，到了校里，便似哑巴吃黄连，说不出的苦痛。

原来魏老先生担任了多年女校功课，只为生徒程度太低，一共也不曾费什么预备功夫，便是删改课卷也不用抠心挖肚，只把笔尖儿上的话头随

265

意点窜点窜，生徒们已获益匪浅。这番来了何悴民，可是遇着了劲敌了。悴民对于魏教员，很守着弟子职，虚心请教，循循有礼，然而越是虚心请教，做教员的越是感受困苦。论到悴民的程度，何待教员讲解，魏达先把《汉书》《文选》和她讨论，她在这两类书早大大地下过功夫，再也不须指授。

魏达道："你暂取几种不曾研究过的书籍，随意浏览浏览，遇有疑义，就我一知半解，和你质证质证吧。"

悴民欠着身答道："老师钧谕，学生敢不遵依？学生行箧里带着一部《墨子》，曾经约略看过，大部分还能明了，从明天起，带上课堂，按日浏览，遇有不明了的地方，请老师不吝赐教。"

魏达暗暗喊了一声苦。

原来魏达叫她自行浏览书籍，是个取巧的办法，每天只陪着她坐半小时，不须讲解多少是好。谁料她拣出一部《墨子》来问难，又不好回绝她，阻她向学的苦心，只得暗地里赔贴功夫。回到家中，拣出《墨子》来预备，直预备到深更半夜，遇着不明了的字句，深思冥想，务通其义。

魏老太一忽醒来，兀自见一灯如豆，丈夫的花白头颅在灯光里打圈，不禁扑哧笑道："你真个是六十岁学打拳唡，挨这深夜，还想用什么功？夜间失睡，明天怎有精神去教书？"

魏达叹了一口气，只得熄灯安睡。来日到校上课，陪着悴民看书，亏得预备了大半夜，凡是自己了了于胸的，悴民都不来质问，凡是隔宵深思冥想，务通其义的，悴民却一条条把来问难。有了预备，才有对付，要不然，只好光把这两只眼睛向悴民呆看。从此以后，魏教员每夜预备，暗地里赔贴了多少功夫。

逢到作文期，悴民见了题目，沉吟了片刻，早已胸有成竹，下笔春蚕食叶声，哪消半小时，便首先来交卷，却是精神饱满，笔力纵横。待到删改时，又苦了这位魏老先生，待想不易一字，把一路圈儿圈到底，似乎没有尽这改笔的责任，良心上说不过去，少不得把这篇文字细细地审查了几遍，约略点窜几个字。待要下笔，又缩住了，辨一辨分量，自己改的字句却没有原文这般老练和稳重，没奈何，重行思索，索尽了枯肠，才换得一字两字，消磨的时刻足足有一两个小时。要是删改别人的课卷，二三十本也都好了。魏老先生感受了这许多痛苦，怎不在家里喊苦连天？

266

匆匆一星期，魏老先生觉得精神困惫，生怕磨出病来，没精打采地进学校，正待向校长提出辞职书，以便在家养疴。见了校长，尚没开口，校长却皱着眉道："魏先生，这是本校不幸的事，可惜可惜。"

魏达听了一惊，暗想：这也奇怪，我还没有启齿，怎么校长先窥破了我的心事？校长见魏达这般错愕的情状，便道："我只道魏先生已得了消息，原来还没有知晓。魏先生，可惜可惜，你赏识的高才生何悴民业已自行退学，径回湖北去了。"

魏达听了，又惊又喜。喜的是悴民走了，我的辞职书不须提出；惊的是无缘无故，悴民为什么要退学？正待动问，校长早向他报告道："昨天散学后，悴民忽接湖北来的急电，说'父病盼速来'，电文简约，不晓得何汝孝先生害的是什么病，但是催促到女儿回去，料想这病势定然不轻。悴民接了这个急电，方寸已乱，便向鄙人那边来声明退学，以便赶赴鄂垣，侍奉病父，说话的当儿，声泪俱下。鄙人见了也凄然，只得强行慰藉，说：'吉人天相，绝无他变，待到令尊病好了，仍望你前来肄业，这里当留缺以待。'于是悴民收拾收拾，挨到了今天清晨，便出城去乘早车，以便抵宁以后，搭轮赴鄂。临走时还向鄙人致意，说：'魏老师那边不及告别，央恳代达，歉忱云云。'悴民走后，不但鄙人叹息，便是全校生徒也都十分怅惘。魏先生，你得了这消息，想亦同声惋惜。"

魏达听了，口头的嗟叹抵不住心头的快活，按下慢表。

单说这位何汝孝先生，本是南通名士，素性耿介，不取非义之财，曩年在赣省充当统捐局差使，剔除中饱，涓滴归公，很受藩司刘文庆的赏识。后来刘文庆调任湖北布政使，便把何汝孝调到鄂垣差遣，只为他是理财熟手，便委任他充当税务局总办。汝孝感恩知己，当然也似赣省这般地认真办理，这一认真，却认真出祸殃来了。他到差几个月，便各处去探听舆论，只听得商民人等一片声地嗟叹苛税病民，指摘武昌税务局黑幕重重，正税以外，往往百般婪索，不顾商民的死活。汝孝探访得实，便召集了全体局员，大大地施了一番告诫，说人言籍籍，不尽无因，诸君倘不力改前非，洁身自好，本总办唯有破除情面，从事斥革。他以为经此一番告诫，局员们有所顾忌，不敢复萌故智。

谁料过了几个月，探听舆论，依旧是怨声载道。汝孝便存了决心，倘不根本改良武昌的税务，永没有弊绝风清的一日。当下明察暗访，把几个

267

惯会舞弊的局员一律撤换。这个消息传将出去，商民人等欢声雷动。唯有这几个被撤的局员愁眉泪眼地出这局子，回到家里，室人交谪，免不得一场痛哭。汝孝抱定"一家哭何如一路哭"的宗旨，只要多数的商民开颜欢笑，便顾不得少数的局员咬牙切齿。

自经一番整顿以后，所有的税款实征实解，一些儿没有染指。在那收数的比较上，税务日有起色，可谓上利于国；在那商民一方面，正税以外，别无需索，可谓下利于民。汝孝心中暗喜，只要这般地实事求是做去，便可以上报国家，下酬知己。

刘文庆见汝孝热心办事，不负委任，便大大地把他奖励了一下子，又记上了几次大功。汝孝益发感激，向着何太太说道："谁说廉吏不可为？毕竟公道尚在人间，刘方伯这般竭力提拔，才不枉了我的一片热心。"

何太太道："但愿如此便好。只是方伯以上，还有端制台，这位制台大人却不比刘方伯这般公正，你也得步步留心才是道理。"

汝孝笑道："你又要过虑了，只须按月的税额有盈无亏，制台大人其如余何？"

谁料笑声未毕，一名仆役急匆匆地来回话，说："老爷不好了，武昌府派遣衙役们到局子里来拿人，又不说明是拿谁，专请老爷过去答话。"

汝孝听了诧异，好在局子便在隔壁，便过去询问情由。衙役们取出朱票，给汝孝看。票上写着"奉督宪密谕，迅提税务局总办何汝孝到案质讯，火速火速"。汝孝见了大惊，急忙询问被逮的情由。衙役们喝道："你到案后自会知晓，快走快走！"当下不由分说，把汝孝拖拖拽拽，捉到府衙门里去了。

这个消息传入公馆里，何太太和儿子继贤、幼女慧民都吓得魂飞魄散，叫苦连天。何太太素知道这位端征端制台骄蹇恣肆，作威作福，恐没有道理可讲，当下一面遣人向刘方伯乞救，一面遣人到府衙门里去探听动静。

究竟汝孝犯的是什么罪？这叫作欲加之罪，何患无辞。

原来充当这税务局总办的，历来都是些诌媚上司的马屁鬼，端征那边按月都有数千金的孝敬，唯有汝孝却不肯横征暴税，把商民汗血之资供权门苞苴之用。端征心里当然异常恼怒，只是不曾发作。后来汝孝撤换局员，其中有一个被撤的局员却是端征的九姨太太的乡邻的亲戚，他靠着这条门路，怎肯和汝孝甘休，便去哭诉自己的亲戚。那亲戚靠着是九姨太太从前的乡邻，便去告诉九姨太太。那九姨太太也算不得是端征身边的红人，然而在端征跟前说几句话，尽有无上的效力，可怜何汝孝的滔天大祸即发生在九姨太太的两片樱唇里面。她说何汝孝侵吞公款，不下巨万，怕局员告发，竟下个先发制人之策，把原有的局员一律撤去，另换了一辈私党，以便狼狈为奸，没人告发。

端征忙问：“你这消息是哪里来的？”

九姨太太道：“税务局里有一名被撤的局员，是我的同乡，这个消息便是局员的妻子告我知晓。”

端征听了大喜，便饬人把这被撤的局员传来问话，局员见了端征，便把汝孝说得怎样地贪婪无厌，怎样地病国殃民。端征听了，也不十分相信，只为汝孝不肯献纳苞苴，落得公报私仇，试一试自己的严厉手段，立传武昌府知府进署谕话，把这局员交给知府带去，再三叮嘱：“不得把局员难为，你只按照局员的告发，将那贪婪无厌、病国殃民的何汝孝重重问罪便是了。”

知府领了密谕，当下雷厉风行，把汝孝捉拿到案，据着局员一面之词，问汝孝追究这笔一万二千金的公款，如何擅入私囊，只图肥己，上亏国课，下害民生。汝孝仗着理直气壮，便问知府：“此语何来？”

知府道：“自有人向督署告发。大帅已准了状纸，札下本府，专向你追缴这笔赃款。你若悉数缴出，大帅面前，本府可以代你求情，从轻发落；要是不然，你的命运便不堪设想了。”

汝孝叫起撞天的冤屈，说：“款项出入，局子里都有簿册为凭，请堂上调取簿册察核，若有作弊，愿受重谴。”

知府捋着胡子冷笑道：“局子里的簿册，当然要调取察核，可是有弊无弊，不能把这簿册作凭。总而言之，宪怒不测，你识得风云气色，还是从速缴款，限你三天把赃款悉数缴出，倘满限期，便该刑追，你在那时悔之晚矣。”

当下便把汝孝发所看管，严禁家属探视。到了限期，当堂刑比。

汝孝这一气非同小可，他本有肝胃气症，拘禁在看守所里，越想越愤，当夜旧疾大发，来势异常凶险，直到来朝，看守所的所长唤医诊治，早已不及。好好的一位利国利民的税务局总办，独不利于本身，竟气死在

269

看守所里。知府得报，便动了惺惺惜惺惺之心，上辕去见端征，很替何汝孝竭力洗刷。

端征道："他既然惧罪身死，这侵吞税款的事，便从宽不要深究吧。"

知府回衙以后，把这告发的局员一场申斥，驱逐出外。汝孝的遗体，自有家属人等前来殡敛。

原来刘文庆方伯得了汝孝被逮消息，便去禀见端征，诘问汝孝被逮的缘由。端征说："有人告发他侵吞巨款，事关国课，不得不把他从重治罪。"

刘文庆愤愤地说道："何汝孝的操守，本司深知灼见，他果然有这侵吞公款的事，本司愿连带负责，听候大人揭参。要是事出子虚，这个诬告的奸人，大人也该交付本司，严究指使。"

端征含笑道："本部堂已把这起案子札委武章府秉公审讯，毋枉毋纵，贵司不须着急。"

说罢，端茶送客。刘文庆怏怏而出。

现在何汝孝气愤身死了，端征怀着鬼胎，生怕刘文庆又来挺撞，落得做个好人，不去追问这笔款项，一天乌云就此吹散。然而汝孝的一条性命已是白白地牺牲了。刘文庆纵然不平，然而端征究是他的上司，也只得忍气吞声，奈何上司不得。

何太太挈同儿女，料理丧事，无限伤心，不须细表。

只因长女悴民在苏州坤秀女学校肄业，便发个急电，催她来鄂。又因悴民笃于天性，倘早知乃父身遭不测，或者痛不欲生，变起意外，所以电报上只说"父病"，不曾报告这凶信。

过了几天，何公馆来了一位女学生，才走进门，早望见了堂上设立的灵座。这女学生大叫一声，立时晕倒在地，慌得何太太把她抱起，佣妇人等忙作一团，有的揉胸，有的掐人中，连唤着"大小姐醒来"！

这远道回来省亲的何悴民女士方才悠悠苏醒，醒后跪伏在灵座前号啕大哭，凡是听得她哭声的，便是铁石人也得挤出几点眼泪。哭罢，询问父死的缘由。何太太擎着眼泪，把汝孝无端被逮、气愤身亡的事述了一遍。悴民又痛又愤，大骂端征无良，说要赶上京师挝登闻鼓，替老子申冤。何太太忙说："使不得，端征势焰熏天，满朝亲贵都是他的狐群狗党，你琐琐钗裙，何苦去投身虎口，白送生命？况且你老子身死客边，我们盘柩回

270

籍，最关紧要。我素来多病，自经这风浪，苦痛在心，身子益发不济，谅来无多岁月，要随着你老子一路走。你的弟妹年龄还轻，伶仃可怜。你是我的长女，万事都仗着你照顾，你怎么好舍着我赴京师？"说到这里，眼泪扑簌簌直打衣襟。

悴民哭道："娘，别说伤心话，女儿暂时不上京师便是了。"

何太太一壁擦泪，一壁说道："你老子薄有田宅，在家乡也好过活，何必辛辛苦苦干这宦海生涯？他偏偏感恩知己，巴巴地跑到武昌来送掉这条老命。以后你须牢记我言，无论家里穷得怎样，无论做小贩做劳工都好，你切莫使继贤去干那政界生活。"说到这里，又呜呜地哭起来了。两女一儿都陪着她娘痛哭。

很可怜的孤儿寡妇，水路迢迢，伴着灵柩回里。谁料福无双至，祸不单行。回里以后，赶办葬事，葬事办毕，死者有了归宿，生者反而失却了根据地，轰轰烈烈把一所数十间的宅子烧成了焦土。

原来何姓全家下乡去办葬事，住宅里面只住着几家租户，也是合当有事，偏偏晚餐失慎，竟兆焚如，待到孤儿寡妇送葬回家，早已无家可回了。俗语道得好，漏屋偏遭连夜雨，破船又遇打头风。在他们徘徊瓦砾凭吊灰烬的当儿，抢地呼天，够多么痛苦。幸而亲戚人家把他们接去暂住，何姓除却这所住宅，还有几处市房，百亩良田，撙节度日，不忧饥寒。叵耐武昌革命军起，风声鹤唳，到处震惊，渐渐南通地方也是谣言纷起，许多大户人家都搬到上海来避难。

何太太受了几次磨难，这颗心早已吓怕的了。乘着亲戚人家赴沪避难，便向儿女商议道："我家正在倒运的当儿，不要遭了火灾，又遭兵乱，莫如随着亲戚暂到上海去躲避一下子。况且上海一家钱铺子里，你老子有五百元存款，现在银根紧急，防着钱铺子倒闭。我们到了上海，顺便可把这笔存款提出，待到风声平定了，再回乡里，多少是好。"

悴民听得娘这般说，当然赞成，不持异议。其实这赞成却赞成得不好，也经这一赞成，又遭了许多惨变。

何姓随着亲戚搬家上海，一时觅不到相当的房屋，暂在旅馆里居住，这家旅馆便是吕、金两姓所住的春申旅社。论起交谊，吕少蕙和何汝孝也是文字之交，金秀娟和何悴民又是同学，然而同住在一家旅社里，彼此都不曾知晓。一来少蕙虽和汝孝交好，可是汝孝的眷属，少蕙却不相识；二来金秀娟虽和悴民同学，可是悴民进那坤秀女校时，秀娟业已退学，彼此都不曾识面；三来吕、金两姓住在楼上，何姓住在楼下，同住了半个月，彼此都不曾接近。

这天，少蕙夫妇听得茶役上楼报告道："好好的一个少年，死在黄浦里了！"这时，蕙孙恰不在旁边，夫妇俩只道是蕙孙寻了短见，吃惊不小。蓦听得"我的儿呀！""我的弟弟呀！""我的哥哥呀！"这一片哭声在楼下喊将起来。夫妇俩惊魂略定，知道跳河的不是自己儿子，正待询问根由，却见蕙孙急匆匆地上楼道："好叫爹爹妈妈知晓，楼下十三号里的少年唤作何继贤的，死在黄浦里了。"

欲知后事，请阅《新广陵潮》第二部。

图书在版编目(CIP)数据

新广陵潮. 第一部 / 李涵秋, 程瞻庐著. — 北京：

中国文史出版社,2019.3

（民国通俗小说典藏文库·程瞻庐卷）

ISBN 978 - 7 - 5205 - 0906 - 0

Ⅰ. ①新… Ⅱ. ①李… ②程… Ⅲ. ①长篇小说 – 中

国 – 现代 Ⅳ. ①I246.5

中国版本图书馆 CIP 数据核字(2018)第 272224 号

点　　校：清寒树　旷　野
责任编辑：牟国煜

出版发行：中国文史出版社
社　　址：北京市海淀区西八里庄 69 号院　邮编：100142
电　　话：010 – 81136606　81136602　81136603　81136605（发行部）
传　　真：010 – 81136655
印　　装：廊坊市海涛印刷有限公司
经　　销：全国新华书店
开　　本：720 × 1020　1/16
印　　张：18　　　字数：286 千字
版　　次：2019 年 3 月第 1 版
印　　次：2019 年 3 月第 1 次印刷
定　　价：59.80 元